BASTEI LÜBBE

SYLVIAN HAMILTON

DER KNOCHEN-HÄNDLER

Aus dem Englischen
von Werner Siebenhaar

BASTEI LÜBBE

BASTEI LÜBBE TASCHENBUCH
Band 14581

1. Auflage: August 2001

Vollständige Taschenbuchausgabe

Bastei Lübbe Taschenbücher ist ein Imprint der Verlagsgruppe Lübbe

Deutsche Erstveröffentlichung
Titel der englischen Originalausgabe: THE BONE-PEDLAR

Umschlaggestaltung: Guido Klütsch, Köln
Titelillustration: Archiv für Kunst & Geschichte, Berlin
Satz: KCS GmbH, Buchholz/Hamburg
Druck und Verarbeitung: Brodard & Taupin, La Flèche
Printed in France
ISBN: 3-404-14581-X

1

In der Krypta der Klosterkirche von Hallowdene kochten die Mönche ihren Bischof.

Er war ein Mann von beispielhafter Frömmigkeit gewesen, dessen Seligsprechung zu gegebener Zeit sicher war – zumindest sehr wahrscheinlich –, und die Mönche wollten kein Risiko eingehen. Über des Bischofs Totenbett hatten die berechnenden Augen des Küsters und des Almosenpflegers die Vorteile eines äußerst gewinnträchtigen Haufens von Knochenreliquien abgewogen, sodass Bischof Alains Leiche kaum kalt geworden war, als er auch schon ausgenommen und zerteilt wurde und nun im größten Kochtopf siedete, der sich in der Klosterküche hatte finden lassen.

»Ist das nicht ein bisschen, nun ja – sagen wir, *voreilig?*«, hatte der Bruder Koch protestiert, als man ihm aufgetragen hatte, des Bischofs Glieder vom Rumpf zu hacken. »Seid Ihr denn sicher, dass er wirklich tot ist?«

»Natürlich ist er tot!«, erwiderte der Almosenpfleger bissig.

»Mir kam's nämlich so vor, als hätte ich ihn stöhnen hören.«

Ein Anflug panikartiger Geschäftigkeit brach aus, als der Almosenpfleger sein Ohr auf den unbewegten bischöflichen Brustkorb legte und der Küster beunruhigt auf die gebrochenen Augen und den heruntergeklappten Unterkiefer der verehrten Leiche starrte.

»Nun fangt schon an«, sagte der Küster ungeduldig. Daraufhin machte der Küchenbruder sich mit seinen Messern und einem vom Schlachter geliehenen kleinen Hackbeil an die Arbeit.

»Im Heiligen Land«, kommentierte dazu der alte Bruder Maurice, der dort gewesen war und das auch ja niemanden vergessen ließ, »war es üblich, Kreuzritter zu kochen, wenn gewünscht wurde, dass ihre Knochen zur Bestattung nach Hause gebracht werden sollten. Aber eine *heilige Leiche* haben wir in einen Ameisenhaufen gelegt. Die kleinen Tierchen fraßen die Knochen so gründlich ab, dass sie perlweiß waren – einfach schön. Aber wenn man die Knochen kocht«, fügte er hinzu, wobei er skeptisch auf den Kessel blickte, der einen Übelkeit erregenden Geruch verströmte, »werden sie braun.«

Der jüngste Novize, der ein Günstling des Bischofs gewesen war, schnäuzte sich an seinem Ärmel und betupfte sich dann die Augen mit dem Saum. »Das erscheint mir irgendwie … pietätlos«, meinte er.

»Wer hat dich denn gefragt?«, entgegnete der Küster. «Halt du dich mal da raus. Geh lieber nach draußen und klopf die Schlafsaalmatten aus!«

Der Junge raffte einen Rest von Mut zusammen und protestierte, dass ein Laienbruder diese Matten doch erst am Morgen ausgeklopft habe, erreichte damit aber nur, dass er sich von dem nervösen Küster einen Schlag aufs Ohr einfing, sodass der Bursche leise jammernd davonzog.

»Immerhin«, warf Bruder Maurice ein, »wir sollten das wohl doch nicht tun, jedenfalls nicht so schnell. Es könnte doch nichts schaden, ein Weilchen zu warten. Der neue Bischof …«

Die anderen bedachten einander mit ironischen Blicken. Es gab noch keinen neuen Bischof, und es würde auf etliche Zeit auch keinen geben, denn das Interdikt und Seine Gnaden König Johann waren unnachgiebig. *Eines Tages* kam wahrscheinlich ein anderer Bischof, aber der war möglicherweise nicht gerade begeistert davon, dass man seinen Vorgänger in Reliquien verwandelt hatte. Wie die Dinge lagen, würden die Mönche von den anderen religiösen Einrichtungen der Diözese sowieso angefeindet werden. Es war schieres Glück, dass der Bischof in Hallowdene tot umgefallen war. Er hätte es ja auch irgendwann während seiner Besichtigungen tun können, sodass diese durchtriebenen Augustiner-Wichte, die ihnen an der Straße bei Carderford am nächsten lagen, ihn schon unter sich aufgeteilt hätten, bevor man das Wort Reliquie auch nur hätte *sagen* können, und für die Benediktiner wäre nicht mal ein Fingerknöchel geblieben.

»Na ja, jetzt ist's zu spät«, bemerkte der Almosenpfleger forsch und starrte in den fettigen Dampf. »Wie lange dauert das denn für gewöhnlich?«

»Stunden«, meinte Bruder Maurice. »Den lieben langen Tag – und auch noch die ganze Nacht zum Abkühlen, wenn man sich nicht die Finger verbrühen will.«

Der Almosenpfleger rümpfte sein normannisches Riechorgan mit dem hohen Nasenrücken vor Abscheu, wobei nicht zu erkennen war, ob die Ursache dafür der fettige Gestank in der Krypta oder der Gedanke an die noch bevorstehende grässliche Arbeit war. Doch was Reliquien betraf, fühlte die Abtei sich stark benachteiligt, seit sie ihren größten Schatz, den unermesslich wertvollen Gürtel der Gesegneten Jungfrau Maria, im Jahre 1180 – also vor fast einem halben Jahrhundert – an Diebe verloren hatte.

Der Abt, der diskrete Distanz zu den Aktivitäten in der Krypta wahrte für den Fall, dass es zu einem zukünftigen Zeitpunkt nützlich sein könnte, auf seine Missbilligung dieses Vorgehens der allzu hastigen Reliquienherstellung hinzuweisen, hatte sich mit seinem Schreiber in sein Privatgemach zurückgezogen und diskutierte dort eben dieses Thema – den gestohlenen Heiligen Gürtel.

»Ich fürchte«, meinte der Schreiber des Abts, »dass keine

Hoffnung mehr besteht, ihn zurückzubekommen, Mylord. Euer Mann hat keinen Erfolg gehabt.«

Der Abt seufzte und entgegnete in seiner schwächlichen, von Lungenpfeifen begleiteten Altmännerstimme: »Hätte er keinen Erfolg gehabt, Petronius, hätte er sich bereits bei uns zurückgemeldet.«

»Warum sollte er, Mylord? Er hat doch die Hälfte seines Honorars im Voraus erhalten – und das war eine unverschämt hohe Summe. Also, ich meine, der hat nur unser Gold eingesteckt und sich davongemacht, wobei er herzlich über Dummköpfe gelacht hat. Er hat nie beabsichtigt, unsere Reliquie zurück zu stehlen, jede Wette.«

»Er wurde uns wärmstens empfohlen«, sagte der Abt matt. Er hatte sich die Argumente seines Sekretärs nun schon den ganzen Nachmittag anhören müssen und war mit seiner Geduld so ziemlich am Ende. »Mein Bruder in Christus, der Erzbischof von York, hat sich sehr lobend über ihn geäußert. Der ist kein Gauner. Vor einigen Jahren hat er schon mal einen ähnlichen Auftrag für die Nonnen von Sheppey übernommen, als ein verderbter griechischer Priester ihre ›Heilige Vorhaut‹ gestohlen hatte. Dieser Straccan hat sie für die Nonnen zurückgeholt.« *Dagegen kann er nun wirklich nichts vorbringen*, dachte der Abt zufrieden. Die Meinungen seines Sekretärs hatte er inzwischen oft genug zu hören bekommen, sodass er ihrer nun herzlich überdrüssig war – so überdrüssig wie der schmutzigen, abgekauten Fingernägel dieses Mannes und des fettigen schwarzen Haars, das aus seinen Nasenlöchern und den Ohren sprießte.

»Das ist nun schon fast ein Jahr her, dass er den Auftrag bekam, Mylord«, meinte der Sekretär und schnaubte verächtlich. »Ich glaube, dass keine Hoffnung mehr besteht und wir die Reliquie wie auch unser Gold abschreiben können.«

»Dieser Meinung bin ich nicht«, erwiderte der Abt hartnäckig und verlagerte ein wenig die Haltung seiner dünnen, alten, blau geäderten Füße in der Silberschüssel voll warmem, nach Rosen duftendem Wasser. Petronius ergriff ein goldumrandetes Handtuch, das zum Aufwärmen neben dem Feuer lag, kniete nieder, tupfte sich die Füße trocken und streifte ihnen Lammwollsocken über. Der alte Mann seufzte vor Wonne und betrachtete seinen Sekretär mit Wohlgefallen. »Das ist doch keine leichte Aufgabe«, sagte er geduldig und nahm den Becher gewürzten Rheinwein, den Petronius ihm reichte. »Die Diebe von Winchester bewachen den Heiligen Gürtel mit beharrlicher Anbetung, umso mehr, da sie ihn selbst gestohlen haben und wissen, dass sie kein Recht darauf besitzen. Der Gürtel wird hinter Schloss und Riegel gehalten, weil sie schon alle die Jahre fürchten, wir könnten ihn uns zurückholen. Straccan kann doch nicht einfach dort hineingehen, den Gürtel an sich nehmen und dann genau so einfach wieder hinausgehen.«

»Ich wundere mich, dass unsere Gesegnete Jungfrau sie nicht schon bestraft hat«, murmelte der Sekretär mürrisch und hängte das feuchte Handtuch ans Feuer.

»Sie hat ewigliche Geduld«, meinte der Abt.

»Das mag wohl sein, Mylord, aber wir, die nur allzu menschlich sind, wären doch froh, wenn diese Geschichte endlich zu einem Ende käme. *Ich* meine, wir sollten jemanden nach diesem Straccan suchen lassen. Woher kommt er eigentlich?«

»Ich weiß es nicht. York ließ ihn holen, und so kam er her.«

»Dann sollten wir Seine Gnaden von York fragen, wo wir den Kerl finden können.«

»Nicht jetzt«, erwiderte der Abt. »Das Wetter ist nicht Vertrauen erweckend. Es wird Schnee geben. Schaut doch mal zum Himmel.«

Ja, das war wirklich ein unfreundlicher Himmel. Die geballten, tief hängenden Wolken hatten einen schmutzigen, bedrohlich gelben Schimmer.

»Ein schneller Reiter könnte York noch vor dem Schnee erreichen«, meinte Petronius.

»Und würde dann bis zum Frühling eingeschneit bleiben, sodass hohe Rechnungen für seine Lebensmittel und Getränke für uns auflaufen«, entgegnete der Abt. »Nein, wir werden Straccan mehr Zeit lassen.«

»Wie Ihr meint, Mylord, aber *ich* denke ...«

»Zum Teufel mit Euren Gedanken«, fauchte der Abt. »Ich habe jetzt genug davon gehört, was Ihr denkt! Wir warten.«

Petronius zuckte die Achseln. »Gewiss, Mylord.« Er nahm die Fußschüssel und ging damit vorsichtig zum Fenster, um das Wasser dann in einem glänzenden Bogen hinauszuschütten. Ein erstaunter Schrei erklang von unten, wo ein Gärtner arbeitete. Petronius lehnte sich aus dem Fenster und schaute nach unten. Der Gärtner hatte Pflanzen und zarte Zweige zum Schutz vor dem heraufziehenden Sturm zusammengebunden.

»*Ich* denke«, sagte Petronius, ohne wirklich zu denken, »wir hätten diesen Herbst mehr Birnbäume pflanzen sollen. Zwölf waren nicht genug. Zwei oder sogar drei Dutzend wären besser gewesen.«

Der Abt starrte mit Widerwillen auf den Rücken seines Sekretärs.

Der Gegenstand ihrer Diskussion schlich – es gibt kein anderes Wort dafür – in diesem Moment eine matschige Hintergasse entlang, die zu einem von Winchesters ruhigeren Bordellen führte. Die ›Zwei Glocken‹ waren nicht der Ort, den ungebärdige junge Männer aufsuchten. Dieses Etablissement war auf seine Weise fast respektabel und wurde von Händlern und stimmberechtigten Bürgern sowie gelegentlich von verschämten Mönchen frequentiert. Die Abtei lag gerade um die Ecke; man konnte leicht über die Hintermauer klettern –

und schließlich war ein Mönch doch auch ein Mann wie alle anderen.

Den ganzen Tag hatte es nun schon geschneit, sodass die Einsamsten wie auch die Leidenschaftlichsten lieber im Haus blieben. Es bestand also wenig Gefahr, dass irgendjemand ihn bemerkte, aber Straccan war dennoch erleichtert, als er die ›Zwei Glocken‹ erreichte, ohne jemandem begegnet zu sein. Er stieß die Haustür auf und stieg in den warmen, schwach erleuchteten und gemütlichen Mief. Sein Eintritt löste einiges Grinsen und ein paar hochgezogene Augenbrauen aus, aber die Männer dort hatten dann doch Besseres zu tun, als den Ankömmling anzugaffen. Der beißende Wind hatte Tränen in Straccans Augen gepeitscht, und er wischte sie mit dem Ärmel ab, als er sich umschaute und seinen Helfer Hawkan Bane in der Ecke beim Feuer erblickte, ein munteres, dralles Mädchen auf den Knien und einen Lederkrug in der freien Hand. Als er Straccan sah, flüsterte Bane der Maid irgendetwas ins Ohr, bevor er sie sanft von seinem Schoß gleiten ließ. Lachend stolzierte sie mit wogenden Hüften, die alle Augen auf sie zogen, in die Küche.

Straccan setzte sich zu Bane. Dessen Gefährtin kam mit einem weiteren Krug Bier und zwei Näpfen mit dampfender Suppe zurück, die sie auf die Tischplatte vor ihnen setzte, wobei sie kicherte und Straccan neugierig anschaute.

»Gutes Kind«, sagte Bane und tätschelte ihren üppigen Busen. »Schreib's nur auf meine Tafel. Ich komme dann später zu dir.«

»Auch auf meine Tafel, ja?«, fragte Straccan. »Das kommt wie gerufen. Ich bekomme nämlich in diesem verdammten Kaff nicht mal genug zu essen!« Er fischte seinen Löffel aus dem Etui am Gürtel und machte sich hungrig über die Suppe her.

»Wie läuft's denn?«, wollte Bane wissen.

»Schlecht. Ist von Anfang an ein mistiger Auftrag gewesen.

Zehn Monate sind wir jetzt schon hier – und immer noch keine Aussicht, irgendwie in die Nähe des Gürtels zu kommen. Die bewachen ihn Tag und Nacht. Und jetzt, wo ich mir was Feines und Sauberes ausgeknobelt habe, geht alles in einem Handwagen zur Hölle.«

»Was willst du denn damit sagen?«

Straccan leerte seinen Krug. »Sie haben ihn verkauft«, antwortete er bitter. »Der Abt hat die Reliquie an den König von Frankreich verkauft.«

»Schiet«, fluchte Bane. »Er ist also weg?«

»Noch nicht. Der Mann von König Philipp ist in der Abtei. Er kann in diesem Schneesturm nicht abreisen, aber die Reliquie soll ihm um Mitternacht übergeben werden.«

»Das war es dann also«, meinte Bane. »Was sollen wir denn jetzt also noch tun?«

Straccan beugte sich so weit über den Tisch, dass nur noch Bane ihn hören konnte. »Kannst dich heute Nacht bereithalten. Es wird die Hölle sein, sich in diesem Wetter davonzumachen – aber sie werden uns auch einige Zeit nicht folgen können.«

»Wir brechen heute Nacht auf?«

»Wenn du die Pferde zwei Stunden vor Mitternacht bereithalten kannst«, antwortete Straccan.

Bane grinste grimmig. »Natürlich kann ich das. Es ist also doch noch nicht alles verloren?« Plötzlich wurden seine Züge ernst. »Wir werden doch nicht etwa den Gesandten des französischen Königs überfallen?«

»Nicht, wenn wir nicht müssen«, gab Straccan zur Antwort. »Nein, nein – wollen wir mal Holz anfassen.« Damit klatschte er mit der rechten Hand auf den Eichentisch. »Ich habe da nämlich eine Idee.«

2

Das Feilschen war vorüber, das Geschäft besiegelt, die Gold- und Silbermünzen gezählt (zweimal), in Beutel geschüttet, diese verschnürt und in der eisernen Tresorkiste des Abts eingeschlossen. Die beiden alten Männer, der Abt und der Abgesandte des französischen Königs Philipp, schlürften Wein und unterhielten sich über dieses und jenes … die Affären der Welt, ihre Könige und Lords, Bekannte im Allgemeinen, den neuesten Skandal – harmlos oder nicht so harmlos – und, noch wichtiger, über die Schäden durch den Schneesturm, der die letzten zwei Tage gewütet hatte, mit beträchtlichem Verlust an Leben und, schlimmer noch, Zerstörung von Eigentum.

»Bring uns Wein, Bruder«, sagte der Abt, »und auch noch ein paar von diesen kleinen, leckeren Törtchen.« Dann, an seinen Gast gewandt, als der Kochbruder davoneilte: »Die Kapelle wird bis Mitternacht benutzt. Wir können den Gürtel also bis dahin nicht vom Altar abnehmen.«

Der Gast schnüffelte an seiner medizinischen Duftkugel. Die halbe Gemeinde war von einer bösen winterlichen Erkältung befallen. Vierzehn Mönche hatte es so schlimm getroffen, dass sie im Krankenrevier untergebracht werden mussten. Das Revier war nun überfüllt, sodass Strohsäcke im angrenzenden Destillierzimmer und den Vorratsräumen hatten ausgelegt werden müssen. Der Bruder Krankenpfleger lag selbst auf den Tod darnieder, sodass sein sehr junger Helfer alle Pflegeverantwortung hatte übernehmen müssen, während die anderen Brüder in der gesamten Abtei husteten und niesten.

Des Abts Sprechzimmer war klein und gemütlich. Eine formschöne Kohlenpfanne glühte und wärmte den ganzen Raum. Ein schwerer Vorhang an der Tür und ein dichter Fensterladen hielten den Novemberwind fern, der draußen klagend heulte. Des Abts Füße, die in warmen Stricksocken steckten, rösteten auf einem Fußwärmer, der unter seinen pelzgefütterten Überrock geschoben war. Rosig, dicklich und behaglich saß er ganz ruhig da und musterte von Zeit zu Zeit seinen Besucher mit einem Ausdruck der Selbstgefälligkeit. Beide Männer waren zufrieden – der Besucher, weil er für den Gürtel der Gesegneten Jungfrau weniger gezahlt hatte als erwartet und der Abt, weil er mehr bekommen hatte, als wiederum *er* erwarten durfte. Der Vorhang bewegte sich leicht, als Zugluft durch den Gang draußen pfiff, die aber nicht bis in dieses Sanctum vordrang. Schläfrig saugten sie die Wärme auf – König Philipps Mann wie eine dunkle, verrunzelte Eidechse, die sich von der Sonne braten ließ; Abt William wie ein verhätschelter, überfütterter Schoßhund.

Ein zottiger Sachsenkopf, dessen Tonsur schon ziemlich überwuchert war, lugte an der Seite des Vorhangs an der Tür zum Krankenrevier hervor.

»Ist er schon tot?«

»Noch nicht ganz.«

»Nun dann, rückt mal zur Seite. Lasst den Hund mal das Kaninchen sehen.«

Bruder Sylvestris, der vom Ellbogen des Bruders Witleof grob zur Seite gestoßen wurde, machte seinem Ärger Luft.

»Oh, Verzeihung!«, sagte Bruder Witleof darauf. »Habe ich Euch wehgetan?« Sein Tonfall und sein munteres Grinsen ließen erkennen, dass es ihn eigentlich völlig kalt ließ, und Bruder Sylvestris bemühte sich denn auch, möglichst unbekümmert zu erscheinen.

»Ach, macht ja nichts«, erwiderte er. »Beeilt Euch aber! Es ist nicht mehr viel Zeit.«

Bruder Witleof war von ziemlich kleinem Wuchs, sodass er in der Kutte, die er (gegen die Regeln) von einem schnarchenden und viel größeren Brudermönch im Schlafsaal entliehen hatte, fast verschwand. Seine eigene Kutte war nämlich vom Blut eines zuvor geschlachteten Schweines getränkt, weil Witleof über den Eimer mit dem roten Saft gestolpert war. Er fummelte in der Brusttasche der Kutte herum und nahm irgendetwas heraus, das wie ein Stück von einem alten Strick aussah. Ehrerbietig legte er den Gegenstand auf die Brust des sterbenden Mannes.

»Wollt Ihr beten?«, fragte Witleof.

Bruder Sylvestris, der genau das gerade gewollt hatte, änderte seine Absicht, schüttelte den Kopf und steckte seine kalten Hände in die Kuttenärmel.

»Nein? Na, dann macht, was Ihr wollt«, erwiderte Witleof. »*Ich* aber werde ein paar Worte sagen, ja? Ist's egal, welche?«

Ermutigt durch ein weiteres Kopfschütteln des jungen Krankenpflegebruders klappte er die Handflächen zusammen, blickte zur Decke und sprach: »Heilige, gesegnete Jungfrau, schau auf uns herab! Dort liegt der Bruder Alfred im Sterben, und wir haben deine heilige Reliquie, deinen gesegneten Gürtel ausgeliehen, bevor er von hier weggenommen wird. Wir wissen, dass er unserem Bruder die Lebenskraft wiederbringen kann.«

»Sie wird Euch nicht anhören«, bemerkte Sylvestris bissig.

»Warum denn nicht?«

»Ihr betet nicht auf Latein.«

»Das ist doch egal«, meinte Witleof verärgert. »Die Mutter Gottes wird doch wohl Englisch verstehen!«

»Die Sprache von Schweinen«, zischte der Normanne Sylvestris, der die Geduld verloren hatte. »Das ist respektlos.«

»Unsinn«, gab der Sachse Witleof zurück. Die beiden starrten sich unmönchisch über dem Körper des pfeifend atmenden Haupt-Pflegebruders an, und des Normannen Faust war schon auf dem Weg zur Nase des Sachsen, als der Sterbende plötzlich nieste und die Augen aufschlug.

»Bruder Alfred!«, rief Sylvestris, ergriff die Hand des Kranken und drückte sie inbrünstig. »Alfred, ich bin es, Sylvestris! Seid Ihr geheilt?«

Bruder Alfred blinzelte, nieste wieder und starrte Bruder Sylvestris an. Ein Blutstrom ergoss sich aus seinem Mund, die Augen verloren ihren Glanz, und der Unterkiefer klappte herunter.

»Verflixt noch mal!«, rief Bruder Witleof klagend. »Es hat nicht funktioniert. Er ist tot!«

»Typisch«, murmelte Sylvestris. »Das sieht einem von diesen elenden Sachsen wieder mal ähnlich! Nach allem, was wir für ihn getan haben.« Er fuhr erschreckt herum, als der Vorhang vor der Tür zur Seite gerissen wurde und jemand eintrat. Sylvestris beruhigte sich jedoch, als er sah, dass der Ankömmling bloß ein Laienbruder war.

Bruder Arnold, dessen Gesicht und die schmutzige, zerrissene Kutte blutbefleckt waren und aus dessen Nase ungehemmt Blut strömte, zuckte entschuldigend mit den Achseln und tupfte mit einer durchtränkten Hand voll Werg an seiner Nase herum.

»Was ist Euch denn geschehen?«, wollte Witleof wissen.

»Eine Unpässlichkeit«, murmelte Arnold. »Es will nicht zu bluten aufhören.«

»Legt Euch nieder«, befahl Sylvestris. »Da in der Ecke ist ein Strohsack.«

»Nein«, meinte Witleof, »Ihr solltet ihm einen kalten Schlüssel auf den Rücken legen.«

»Oder oin Hufeisen«, schlug Arnold hilfreich vor. »Der alte Bub hot immer oin Hufeisen benutzt.«

»Wartet mal einen Augenblick«, sagte Sylvestris. »Ich werde den Schlüssel vom Medizinschrank holen.« Dann flüsterte er Witleof eindringlich zu: »Nimm es weg, das Ding. Nimm's weg – jetzt sofort!«

»Ja, ja.« Witleof nahm den Gürtel von der Brust des Bruders Krankenpfleger herunter. In diesem Moment verlor Bruder Arnold völlig die Besinnung und fiel gegen Witleof, der den Gürtel fallen ließ und versuchte, Arnold zu halten, aber der größere Mann war zu schwer für ihn und glitt unaufhaltsam auf die Steinplatten.

»Helft mir, ihn hinzulegen«, keuchte Witleof.

Sylvestris ergriff ihn bei den Schultern und Witleof bei den Fußgelenken. So gelang es ihnen, ihren ohnmächtigen Bruder auf den Strohsack zu legen.

»Werdet Ihr rechtzeitig zurück in der Kapelle sein, bevor sie kommen, um den Gürtel zu holen?« Sylvestris zog seine Kutte glatt und klopfte deren Schöße ab. »Nehmt ihn und beeilt Euch!«

»Ich beeil' mich ja schon«, maulte Witleof.

Er tastete den Boden ab, auf den das Kerzenlicht tiefe Schatten warf, bis seine Hand die Reliquie fühlte. Er steckte sie hastig unter die Brust seiner Kutte und verschwand hinter dem Türvorhang. Sylvestris horchte auf das Klappen seiner Sandalen auf dem Steinfußboden des Gangs, bis das Öffnen und Schließen einer Tür in der Ferne diese Geräusche abschnitt.

Bruder Arnold stöhnte und versuchte, sich aufzusetzen, doch Sylvestris schob ihn wieder zurück. »Bleibt still liegen!«, befahl er. »Ich hole den Schlüssel.« Ein weiterer Blutschwall aus Arnolds Nase spritzte auf den Ärmel des Junior-Krankenpflegers, sodass er verärgert den Arm zurückzog.

»Ich kann nich so liegen bleiben«, protestierte Arnold und

bemühte sich wieder, sich aufzurichten. »Ich werd' noch in moin oigen Blut ertrinken!«

»Nun, dann setzt Euch auf, haltet den Kopf nach hinten und atmet durch den Mund. Ich hole Eis, um die Blutung zu stoppen, und Wasser, um Euch abzuwaschen. Ihr seht ja wie ein Schlachtfeld aus.«

Draußen auf dem Stallhof brach er das Eis in dem gefrorenen Pferdetrog und legte ein paar Stücke in einen kleinen Sack. Auf dem Rückweg füllte er einen Krug mit Wasser aus der Bütte im Gang vor der Tür des Krankenreviers, wo das Wasser auch schon nahe daran war zu gefrieren, denn die Oberfläche erstarrte bereits in Falten und kräuselte sich.

Sylvestris zwängte sich wieder durch den Vorhang und ließ den Blick über seine Domäne schweifen. Da lag Bruder Alfreds Leiche, die ihn anstarrte. Mit einem Aufschrei setzte Sylvestris den Krug ab und schloss des toten Mannes Augen mit eisigen, schmerzenden Fingern. Sobald er die Hand wegnahm, klappten die Lider wieder auf. *»Merde«*, murmelte Sylvestris, schloss die Lider erneut und hielt sie diesmal einige Augenblicke zu, bevor er wieder losließ. Diesmal blieben sie geschlossen. Sylvestris wandte sich von dem blutigen Toten zu dem blutenden Lebenden, musste aber feststellen, dass der nicht mehr auf dem Strohsack lag. Bruder Arnold hatte sich davongemacht. Als Sylvestris sich erneut der Leiche zuwandte, bemerkte er, dass sich ein Auge wieder geöffnet hatte, sodass es den Anschein hatte, Bruder Alfred würde ihm zublinzeln.

Glocken klangen. Sandalenbekleidete Füße klapperten auf Steinböden. Einem leichten Klopfen an der Tür folgte ein frostiger Luftzug, und der Küster erschien, Bruder Euphemius. Er wischte sich seine rote, geschwollene Nase am Kuttenärmel ab. »'s ist an der Zeit, ehrwürdiger Abt«, krächzte er.

»So ist es«, antwortete der Abt mit einer vorwurfsvollen Grimasse. »Holt den Gürtel.«

König Philipps Mann stand auf, streckte sich und gähnte. »Ich hätte nicht gedacht, dass ich noch eine Nacht hier verbringen muss. Dieser teuflische Sturm!«

»Beim ersten Tageslicht werden Leute draußen sein«, sagte der Abt, »um die umgeknickten Bäume zu zerkleinern, wegzuschaffen und den Schnee zu räumen. Der Sturm lässt nach. Sobald die Straße geräumt ist, könnt Ihr abreisen. Wenn der Wind günstig steht, könntet Ihr Euch morgen einschiffen.«

Nach einem weiteren Klopfen trat der Sakristan mit einem silbernen Kästchen wieder ein. Durch die geöffnete Tür sprang die grausame Kälte in ihr Nest der Wärme, sodass die beiden alten Männer erschauerten.

»Hier ist er«, sagte der Abt, nahm das Kästchen und legte es in die Hände des Franzosen. »Der Gürtel der Gesegneten Jungfrau ist jetzt der Eure, Mylord de Mortai – besser gesagt, er gehört jetzt König Philipp.«

Der Franzose drehte den Schlüssel um, öffnete das Kästchen und nahm etwas heraus, das wie ein Stück eines alten Seils aussah. »Sieht ja nicht gerade nach viel aus«, meinte er. »Woraus besteht er denn – aus Pferdehaar?«

»Wir vermuten, er ist aus Kamelhaar, Mylord«, erwiderte der Abt. »Ach – kann ich ihn mal ansehen – nur noch einmal, bevor Ihr den Kasten schließt? Ihr müsst wissen, dass wir einen so wertvollen Schatz nicht verkaufen würden, wenn unsere Not nicht so groß wäre.«

De Mortai nickte. Er wusste von dem ruinösen Prozess, den Winchester gegen ein benachbartes Nonnenkloster nach einem langen und erbitterten Kampf verloren hatte, und von den gewaltigen Schadensersatzleistungen, die die Abtei nun zu erbringen hatte, sodass sie Ländereien und Schätze dafür veräußern musste. Er hielt dem Abt das Kästchen hin, und dieser nahm den Gürtel von seinem seidenen Bett. Dabei huschte ein seltsamer Ausdruck über seine Züge, der aber sofort wieder verschwand. Er hielt die Reliquie an die Lippen, legte sie dann rasch wieder auf die Seide, schloss den Deckel und reichte das Kästchen dem Franzosen zurück.

»Wenn Ihr wollt, könnt Ihr ihn verschlossen über Nacht hier in meinem eisernen Geldkasten lassen«, bot er an.

De Mortai grinste. *Das werde ich ganz sicher nicht tun*, dachte er bei sich, aber hüstelte höflich und erwiderte: »Vielen Dank, Mylord – aber das will ich doch lieber nicht. Ich werde heute Nacht mit dem Kasten unter meinem Kopfkissen schlafen – und jede Nacht, die noch folgt, bis ich ihn König Philipp in die Hände legen kann. Ich muss Euch bitten, niemandem von dem Verkauf zu erzählen, bis ich sicher zurück in Paris bin. Wenn bekannt würde, dass ich einen solchen Schatz bei mir trage, würden Räuber versuchen, ihn mir zu nehmen.«

»Natürlich«, sagte der Abt. »Dann werde ich also Eure Diener rufen lassen und Euch eine gute Nacht wünschen.«

Als der französische Graf in sein Schlafgemach gegangen war, nahm Abt William sich den Küster vor. »Was habt Ihr denn mit dem Gürtel angestellt? Glaubt Ihr vielleicht, wir können damit davonkommen? Was hat Euch nur dazu getrieben, so etwas zu tun?«

»Was denn, Mylord?«, fragte der Küster mit erstauntem und – wie der Abt erkannte – völlig unschuldigem Blick.

»Ach, kümmert Euch nicht darum. Ich bin müde und«, er nieste, »ich glaube, ich habe mich erkältet.«

Der Küster war besorgt. Er hatte den seltsamen kleinen Ausfall schon vergessen, als er nach warmen Steinen für das Bett des Abts und heißem Wein mit einem Schlafmittel rief, das ihn durch die Nacht bringen sollte. Es würde gar nicht schicklich sein, wenn es dem Abt nicht gut genug ginge, um sich am Morgen vom Grafen de Mortai zu verabschieden. Das würde so aussehen, als schmolle er.

Bald schwitzte der Abt in seinem Bett. Das steigende Fieber machte ihn benommen, und er erinnerte sich an das Gefühl des Heiligen Gürtels in seiner Hand. Der war rauer gewesen, als er eigentlich sein sollte, beinahe stachlig. Auch war er seltsam schwer gewesen und nicht von der richtigen Farbe – ein helleres, *jünger* aussehendes Braun. Jemand hatte die echte Reliquie gestohlen, und der König von Frankreich bekam nun eine Fälschung! Aber, dachte der Abt, als die ersten dicken, weichen Schleier des Schlafs sich über ihn legten, der König hat ja noch nie den echten Gürtel in der Hand gehabt – also ist es sehr unwahrscheinlich, dass er Verdacht schöpft. Gesegnete Mutter Gottes, lass es bloß niemanden herausfinden!

»Das war eine stümperhafte Arbeit«, sagte Straccan. »Am Ende hatte ich keine Zeit mehr, so sehr stand ich unter Druck. Die ganze verdammte Angelegenheit schien mir zu entgleiten. O Gott!« Er kniete neben einem Bach nieder, nackt bis zur Hüfte, und spritzte sich das eisige Wasser über Gesicht und Brust, die blutbefleckt waren. Die gleichfalls blutige Kutte hatte er schon abgelegt und Reithosen und Stiefel angezogen.

»Ist all das Blut von Euch?« Bane rollte die beschmutzte Kutte auf, legte sie in den Bach und bettete dann Steine darauf.

»Einiges. Der Rest ist Schweineblut. Die hatten nämlich gestern ein Schwein geschlachtet.« Straccan schlotterte vor Kälte. »Ich musste kleine Blasen voll Blut mitnehmen, für den Fall, dass meine Nase zu bluten aufhört.«

»Wie habt Ihr sie denn überhaupt zum Bluten gebracht?«

»Ich musste einen Streit mit dem armen, dummen Bruder Odo vom Zaum brechen. Er holte aus und erwischte mich an der Nase. Ich trat ihn zwischen die Beine, genau in die Eier. Ich glaube, er war noch dabei, zum Krankenrevier zu kriechen, als ich das Gebäude verließ. Ich fiel nämlich über irgendetwas Weiches. Etwas Besseres, als den Streit mit Bruder Odo anzufangen, fiel mir auf der Stelle nicht ein, als ich hörte, dass Sylvestris und Witleof sich die Reliquie ausleihen wollten, bevor sie dem Franzosen übergeben würde.«

»Hier, zieht das an.« Bane holte ein zerknittertes, zusammengerolltes Hemd und ein dickes, gestricktes Wams hervor. Straccan zog beides an und steckte die Reliquie behutsam in einen Lederbeutel, den er dann zwischen dem Wams und einer Lederjacke verbarg, die er über allen anderen Kleidungsstücken trug.

»Wir werden im Bachbett gehen, so weit wir kommen«, sagte er, »und dann zurück nach Süden, an der Abtei vorbei. Wenn sie nach uns suchen, dann nicht in dieser Richtung, und falls sie Hunde zu Hilfe nehmen, können die unsere Fährte im Bach nicht wittern. Die Burschen merken vielleicht nicht mal, dass ich die Gürtel vertauscht habe, jedenfalls eine Zeitlang nicht, wenn wir Glück haben. Es wäre hilfreich, würde es ein bisschen mehr schneien. Dann könnte man unsere Spuren überhaupt nicht mehr sehen.« Seine Zähne klapperten.

Bane hielt ihm schweigend eine entkorkte Flasche hin.

Straccan trank, schnappte nach Luft, schüttelte sich und trank noch einen Schluck. »Habt Ihr was zum Essen?«

Bane holte Brot und kaltes Fleisch hervor und warf sich sein Gepäck über den Rücken; dann stiegen sie in den Bach und machten sich mit platschenden Schritten auf den Weg, wobei Straccan kaute und schluckte. Seine Kehle fühlte sich wund an. »Das wird meine Verdauung in Unordnung bringen«, meinte er. Das Eis am Bachrand knackte und zersprang. Er biss sich auf die klappernden Zähne. »Wie weit ist es denn bis zu den Pferden?«

»Mehr als eine Meile. Schafft Ihr das?«

»Es bleibt mir ja nichts anderes übrig. Ihr würdet mich ja nicht tragen können.« Er nieste mehrmals laut. »Verflucht noch mal! Jetzt habe ich die verdammte Erkältung von denen bekommen!«

Es begann wieder zu schneien.

3

Die kleine Pforte öffnete sich mit einem scharfen Knarren, und durch die Öffnung starrten sich zwei Augenpaare an. Der Mann draußen sah ein rundes, weiches, rosafarbenes Gesicht mit großen braunen Augen und einem kleinen Schmollmund, umrahmt vom gestärkten weißen Haubentuch und dem schwarzen Schleier. Laurencia ihrerseits sah ein hageres Gesicht, das noch eine schwache Bräune von weit zurückliegenden Sommern in fernen Gefilden besaß, und feuersteinfarbene Augen, um die herum strahlenförmig verlaufende blasse Falten sich scharf von der Bräunung abhoben. Das Antlitz wurde vervollständigt durch einen breiten, dünnen Mund, ein eckiges Kinn, eine gerade Nase und kurz geschorenes, sonnengebleichtes Haar unter einer rostbraunen Kappe, die der Mann nun herunterzog. Eine Zeitlang blieben sie beide so stehen, den Blick starr aufeinander gerichtet, bis Straccan eine kleine bleierne Scheibe in die Höhe hielt, nicht größer als ein Penny, auf der das Siegel der Priorin Hermengarde zu erkennen war.

Die Nonne lächelte und nickte. »Wartet«, sagte sie.

Die kleine Pforte schloss sich wieder knarrend, und Straccan hörte, wie die Schritte der Nonne sich entfernten. Er stopfte seine Kappe unter die staubige Jacke, rieb sich mit einer Hand über die Stoppeln auf seinem Schädel, drehte sich um und streichelte Nase und Hals seines Pferdes. Plötzlich hörte er wieder Schritte. Riegel wurden zurückgezogen, und das Pförtchen schwang wieder knarrend auf.

»Kommt herein.« Es waren jetzt zwei Nonnen – die Pförtnerin, die irgendwie an ein Kaninchen erinnerte und eine andere, große, dünne Schwester, die blass war wie ein abgeschabter Knochen. Dann kam auch noch ein Bediensteter – nach Aussehen und Geruch ein Stallknecht.

Die blasse Nonne sagte: »Martin wird sich um Euer Pferd kümmern. Kann ich das Erkennungszeichen der Mutter Priorin einmal sehen?« Straccan hielt die kleine Scheibe wieder hoch, und sie beäugte sie misstrauisch. »Mutter Hermengarde ist letzten Herbst gestorben«, fuhr sie fort. »Jetzt ist Mutter Rohese die Priorin. Sie will Euch empfangen.«

Hinter dem Tor trennten sie sich, die Pförtnerin stieg wieder zu ihrem kleinen Zimmer über der Pforte hinauf. Das Pferd wurde in eine Richtung geführt, der Mann in eine andere; es ging über den mit Kopfsteinen gepflasterten Hof, wo drei Laienschwestern sich an Waschzubern zu schaffen machten. Knochige rote Ellbogen bewegten sich hinauf und hinunter, während die Frauen lachten, schwatzten und den Mann unverhohlen anstarrten. Spritzer flogen durch die Luft, und ihre herunterhängenden Schürzen saugten sich voll Waschwasser.

Dann ging es durch eine Tür und einen dunklen, steingefliesten Gang entlang. Straccan schnüffelte mit Widerwillen die unangenehm bekannten Gerüche von Feuchtigkeit, Weihrauch, Kerzenwachs und gekochtem Fisch. Er stellte fest, dass das Nonnenkloster viel sauberer als irgendein Mönchskloster war. Alles war gewaschen und abgeschrubbt, einschließlich der Damen. Mönche reinigten nur, was man sehen konnte, staubten ab, was ins Auge fiel, und ließen Ecken voller Schmiere und Schmutz zurück, Spinnweben hinter Vorhängen, tote Ratten unter Möbelstücken, Abfallreste zwischen Steinplatten. Mönche rochen nach ranzigem Schweiß. Nonnen rochen nach nichts – eine sterile Heiligkeit. In der Ferne hörte man die dünnen Klänge singender Frauenstimmen, klar und rein. Schwarz gekleidete Nonnen eilten wie aufgescheuchte Fledermäuse geschäftig über die Gänge.

Noch eine Tür. Die Nonne klopfte an; eine Stimme antwortete von innen, und sie betraten den kleinen, hellen Raum, in den sich die Nachmittagssonne golden durch zwei Spitzbogenfenster hinter dem Stuhl der Priorin ergoss. Priorin Rohese war klein und stämmig, mit braungelben Augenbrauen und den Gesichtszügen des englischen Königsgeschlechts der Plantagenets, wie man auf Anhieb sehen konnte. Straccan seufzte. Wieder ein Bastardkind des alten Königs. Heinrich hatte aber so gut wie möglich für sie gesorgt – jedenfalls für die, von denen er wusste –, und nun tauchten sie überall auf, immer in Stellungen von Ansehen und Einfluss. Straccan nahm zwar an, dass sie weiter unten auf ihren jeweiligen Leitern hatten anfangen müssen, aber immer wenn er einem von diesen Königsbastardkindern begegnete, war es schon oben an der Spitze.

»Ich bin Mutter Rohese.«

Er beugte ein Knie, küsste den Ring an der kleinen, breiten Hand, die ihm entgegengehalten wurde, und fühlte missbilligende Blicke auf seinem Schädel und den Stoppeln seiner noch sichtbaren Tonsur.

»Ich bin Straccan«, stellte er sich vor. »Kann ich meine Tochter sehen?«

»Gewiss, Sir Richard. Januaria wird sie holen. Bitte setzt Euch.«

Die hochgewachsene Nonne verließ das Zimmer, und eine andere schlüpfte herein, um ihren Platz einzunehmen.

»Wein«, ordnete die Priorin an. Die Nonne öffnete einen kleinen Wandschrank und nahm einen Zinnkrug und zwei Tonbecher heraus.

»Geht es ihr gut?«, erkundigte sich Straccan.

»Ja, Gott sei es gepriesen.«

Die Tür öffnete sich wieder, und Januaria führte ein Kind

herein, klein für seine zehn Jahre, ein Bündel von Kleidchen aus ungeschorenem Wollstoff mit hellem Haar, das unter einer grauen Haube hervorlugte. Unter Möwenflügel-Augenbrauen blickten intensiv dunkelblaue Augen. Das Mädchen schickte einen raschen Seitenblick auf Straccan, während sie sich vor der Priorin verneigte.

»Gilla«, sprach ihr Vater sie an und holte tief Luft bei dem Verlangen, sie hochzuheben und zu umarmen, »hast du mich schon vergessen?«

Sie saßen zusammen im Besucherzimmer und teilten sich eine klebrige Hand voll Marzipan aus Straccans Jackentasche. Gilla ließ die Beine baumeln. Mit einer Hand hielt sie die Süßigkeit, mit der anderen – klein, warm und trocken – hielt sie fest die Hand des Vaters.

»Wo seid Ihr denn gewesen?«, fragte sie.

»Oooch, in Winchester, Halowdene und wieder zurück nach Hause.«

»Ich hatte Euch schon vor Wochen erwartet.«

»Ich weiß, Liebling. Ich wollte ja auch früher kommen. Aber dann wurde ich krank und musste einige Zeit in einem Bett in einem kleinen Dorf liegen.«

»Geht's Euch denn jetzt besser?« Die blauen Augen musterten ihn besorgt.

»O ja. Es war bloß eine Erkältung.«

»Bleibt Ihr jetzt zu Hause?«

»Eine Weile, ja. Möchtest du auf ein paar Wochen zu mir nach Hause in Stirrup kommen?«

»Oh, ja, bitte!« Das kleine Gesicht wurde durch ein strahlendes Lächeln verändert. Einen Moment ähnelte Gilla dabei so sehr ihrer toten Mutter, dass Straccan einen unerträglichen Stich des Schmerzes und der Erinnerung an seinen schweren Verlust verspürte.

»Ich werde das mit Mutter Rohese regeln«, versprach er.

»Vater?«

»Was denn, mein Liebling?«

»Ihr habt doch nicht wirklich geglaubt, dass ich Euch vergessen habe?«

»Nein, nicht wirklich.«

»Ich habe die ganze Zeit für Euch gebetet und Unserer Lieben Frau alles über Euch erzählt. Ich hab' auch einen Penny für Euch gebogen – das heißt, Schwester Mahaut hat das für mich getan. Aber es war mein eigener Penny.«

»Na, das hat doch Erfolg gebracht.«

»Eigentlich nicht«, meinte das Kind ernst, »sonst hättet Ihr doch die Erkältung nicht bekommen. Vater ...«

»Was denn, Liebes?«

»Meint Ihr, dass es ein *schlechter* Penny gewesen ist?«

Nachdem Gilla zum Abendessen gegangen war, vollgestopft mit Marzipan und viel zu aufgeregt, um noch etwas hinunterzubekommen, trafen sich Straccans und Mutter Roheses feste, abschätzende Blicke wieder im Sprechzimmer der Priorin. Letztere hatte sich rasch ihr Urteil gebildet. *Der Mann ist kein Narr*, dachte sie. *Er ist vorsichtig, klug und verschwiegen. Er wird der Richtige sein.*

»Zuerst einmal zu Devorgilla«, sprach Mutter Rohese. »Es geht ihr gut, wie Ihr gesehen habt. Sie ist glücklich hier. Sie ist ja auch nicht allein, denn wir haben drei andere kleine Mädchen bei uns. Sie lachen und spielen und machen harmlosen kleinen Unfug. Habt Ihr Euch entschieden, ob Devorgilla hier bleiben, Novizin werden und bei uns das Gelübde ablegen soll?«

»Nein«, antwortete Straccan. »Sie ist doch erst zehn Jahre. Ich möchte sie noch nicht der Religion weihen. Später kann sie selbst wählen, ob sie bleiben will oder nicht.«

Die hochgezogenen Augenbrauen der Priorin konnten Missbilligung bedeutet haben oder nicht. »In welchem Alter wird sie denn Eurer Meinung nach ausreichend Verstand und Erfahrung haben, um diese Entscheidung selbst zu treffen, Sir Richard?«

»Mein Vertrag mit der Priorin Hermengarde besagt, dass Gilla bis zum Alter von zwölf Jahren hier bleibt – wofür bis zum Letzten bezahlt ist«, fügte er in schärferem Tonfall hinzu, »und zwar durch den Kiefer des heiligen Lukas auf Eurem Altar, einer beglaubigten Reliquie von unschätzbarem Wert.«

»Natürlich, das bestreite ich ja gar nicht, Sir Richard. Ihr versteht mich falsch. Ich möchte nur, dass Ihr rechtzeitig an Devorgillas Zukunft denkt – die Zukunft, die sie in unserer Gemeinschaft erwarten würde. Sicherheit und die Aussicht auf ein hohes Amt sind doch nicht zu verachten. Ihr müsst wissen, dass die Zukunft der Freundinnen Devorgillas bereits geregelt ist. Zwei werden in unserer Gemeinschaft bleiben. Die dritte ist verlobt und wird uns im nächsten Jahr verlassen, um zu heiraten. Devorgilla gehört also weder zu der einen noch zu der anderen Seite. Ich glaube, sie ist sich dieser Ungewissheit, dieses Schwebezustands bewusst.«

Er hatte sie falsch eingeschätzt; er hatte gedacht, sie wollte Gilla unbedingt für ihr Haus haben – eine gut betuchte Novizin, die den kompetenten Fingern Mutter Roheses nicht entschlüpfen durfte. Aber ihr lag das Kind wirklich am Herzen. Sie hatte es beobachtet, hatte es sorgsam beurteilt. Das verdiente Respekt.

»Ich danke Euch«, erwiderte Straccan. »Ich werde darüber nachdenken. Im nächsten Monat komme ich noch einmal her, und bis Ostern möchte ich Devorgilla mit mir nehmen. Ich kenne sie ja kaum.«

»Sie wächst heran«, meinte die Priorin. »Sie wäre unter uns willkommen. Hier liebt man sie. Aber jetzt, mein Herr, gibt es da eine andere Angelegenheit, bei der ich gern Euren Rat hätte.«

Es war eine seltsame Geschichte. Eines Abends, Ende Januar, hatte eine Gruppe von Holzfällern einen sterbenden Mann in die Priorei gebracht. Die Männer hatten nach Einbruch der Dunkelheit laut an die Pforte gehämmert und gerufen, sodass die ganze Klostergemeinschaft sich erschreckte. Der schwere, lange Körper lag auf einem Holzschlitten. Er war von Räubern schlimm verwundet worden. Da war kein Erkennungszeichen, nicht einmal eine Heiligenmedaille um den Hals. Einfach ein sterbender Mann, der in einen Hinterhalt geraten war – gestochen, blutend, grau im Gesicht und nicht mehr fähig zu sprechen. Die Holzfäller hatten ihn auf ihrem Heimweg gefunden. Die beiden mageren, halb verhungerten Räuber, die sie bei ihm gesehen hatten, hatten sich tunlichst nicht mit vier wohlgenährten Bauern mit Äxten einlassen wollen und waren mit der Geldbörse ihres Opfers geflüchtet, die sie mit dem Messer, das sie in dessen Leber gestochen hatten, rasch von seinem Gürtel abgeschnitten hatten.

Die Priorin hatte ihn ins Krankenrevier bringen lassen, wo sich zu dem Zeitpunkt keine Kranke befand. Einige Nonnen protestierten wegen der Anwesenheit eines Mannes, doch die Priorin setzte sich darüber hinweg.

»Ihr würdet wohl auch den verletzten Christus höchstselbst abweisen, weil er ein Mann ist!«, fauchte sie.

Der Mann starb. Gott sei Dank war noch Zeit für die letzte Ölung, aber er konnte nicht mehr beichten, kaum noch atmen. Als er gewaschen und für das Begräbnis vorbereitet war, entdeckte die Schwester Krankenpflegerin ....

»Das hier«, sagte die Priorin.

Straccan drehte den Gegenstand in den Händen. Ein alter, sogar sehr alter Reliquienbehälter, zylindrisch, aus Bronze, grün vor Alter. Um ihn herum war ein Spiralband abgenutzter Symbole eingraviert, in einer Sprache, die Straccan nicht erkannte, und auf dem Deckel war ein Gebilde zu sehen, das einem Seestern ähnelte.

»Wisst Ihr, was das ist?«, fragte die Priorin.

»Es ist sehr alt.«

»Schaut mal hinein«, forderte sie ihn auf.

Er zog die fest sitzende Kappe ab. Darin befand sich ein weiterer Zylinder, aber aus steifem Stoff, zusammengerollt und mit einer Schnur zusammengebunden, die durch ein Bleisiegel verlief. Er streifte die Schnur nach unten ab und rollte den Stoff vorsichtig auf. Farbe sprang ihn von der Innenseite an, die nicht aus Stoff, sondern aus langen, schmalen Elfenbeinstreifen bestand, die durchbohrt und Seite an Seite zusammengenäht waren, sodass sie eine glatte Oberfläche bildeten, aus der die kräftige Farbe in die Luft zu verdunsten schien. Die Farbe stellte ein Gesicht dar, ein Frauengesicht – nicht jung, nicht schön, aber äußerst anziehend, dunkel, mit unübersehbar östlichem Einschlag und großen schwarzen Augen, aus denen ein solcher Kummer sprach, dass Straccan unbehaglich wurde. Die vollen Lippen waren zusammengepresst, und ein roter Schleier, der unter dem Kinn mit einer goldenen, edelsteinbesetzten Spange in Form eines Fisches zusammengehalten wurde, verbarg das Haar.

»Was haltet Ihr davon?« Er bemerkte die unterdrückte Erregung in der Stimme der Priorin.

»Das Porträt ist aus Ägypten … oder vielleicht aus Syrien«, meinte er. »Es wurde vermutlich von einem Kreuzfahrer mitgebracht. Das muss eine heilige Frau gewesen sein – vielleicht eine frühe Märtyrerin.«

»Der heilige Lukas, sagt man, war Künstler und Arzt zugleich«, sagte Mutter Rohese eifrig. »Er malte die himmlischen Züge der Mutter Gottes vom lebenden Objekt.«

»Ja«, erwiderte Straccan gedankenvoll. »Aber wenn man nicht weiß, wem das Porträt gehört, kann man nur Vermutungen anstellen.« Er drehte den Zylinder und hielt ihn seitlich zum Licht geneigt, um die Inschrift besser sehen zu können, aber solch fremdartige Hieroglyphen hatte er nie zuvor gesehen. »Dieses Etui ist nicht ägyptisch«, sagte er dann, »und auch nicht byzantinisch oder aus irgendeiner Gegend, von der ich weiß. Es ist viel älter als das Bild – die Dinge gehören also nicht zusammen. Jemand hielt es für praktisch, das Bild im Etui aufzuheben; das ist die ganze Erklärung.« Er rollte es wieder zusammen und steckte es in den Zylinder. »Was soll ich nun für Euch tun?«

»Ich hatte gehofft, dass Ihr mir sagen könnt, was dieses Bild bedeutet«, antwortete die Priorin. »Diese kostbaren Dinge sind doch Euer ...« Sie hielt inne und blickte verlegen drein.

»Mein Geschäft.« Straccan lächelte.

»Genau das. Ich hoffte, dass Ihr das Bild kennt und mir sagen könnt, wen es darstellt.«

»Tut mir leid.«

»Der tote Mann trug auch diesen Brief hier bei sich.« Er war in einer eckigen, nicht sonderlich gewandten Handschrift geschrieben und trug weder Anrede noch Unterschrift. Der Text lautete knapp: »Tut, um was ich gebeten habe – um meiner Seele willen!«

»Was soll ich jetzt machen?«, fragte die Priorin. »Es geht um die Seele von irgendjemand – aber wie finde ich heraus, wohin der Mann gehen wollte?«

»Leichter kann man ergründen, woher er kam«, meinte Straccan, der sich selbst diese Frage stellte. »Das wird uns dann zur Antwort führen. Habt Ihr einen klugen Mann unter Euren Bediensteten? Jemand, den Ihr die Straße zurückgehen lassen könntet, damit er Nachforschungen anstellt?«

»Der Sohn unseres Amtmanns hat einigen Verstand«, erwiderte die Priorin.

»Dann versucht einmal, was er herausbringen kann. Inzwischen, wenn Ihr wünscht, werde auch ich ein wenig nachforschen. Wollen doch mal sehen, was ich herausfinden kann.«

»Darum wollte ich Euch eigentlich bitten. Vielen Dank!«

»Auf Eure Kosten«, entgegnete Straccan.

»Natürlich«, sagte die Priorin mit einem säuerlichen Lächeln. »Ihr werdet uns dann Eure Rechnung geben.«

4

Straccans Haus war in einem Viereck gebaut, im Stil einer alten römischen Villa, auf deren Grundmauer das Haus errichtet war. Von den Römern bearbeitete Steine bildeten noch einen Teil des Mauerwerks, und rote Dachziegel, Ziegel für das Hypokaustum – den Heizraum – und vielfarbige Mosaikfliesen waren überall dort aufgetaucht, wo gegraben worden war. Nun bestanden die Dächer aus Stechginster und Stroh, und etliche Teile des Gebäudes waren aus neuem Holz. Straccans Geschäftszimmer lag hinten. Dort saß er an einem Tisch und überprüfte die Posten einer langen Liste, während sein Schreiber seltsam geformte Päckchen öffnete und sortierte, die er aus einer kleinen, mit Leder verkleideten Truhe nahm. An diesem milden Märzmorgen waren die Fensterläden geöffnet, sodass Licht und Geräusche ungehindert ins Innere dringen konnten. Im Hof wurde soeben ein Frachtwagen entladen, sodass Männer und Frauen mit Säcken und Bündeln hin und her gingen – rufend, lachend und pfeifend.

»Nächster Artikel«, sagte Straccan. »Sechs Fäden vom Hemd unserer Lieben Frau.«

»Hier« entgegnete der Schreiber.

»Nächster Artikel: Rippe der heiligen Cäcilia.«

»Hier.«

»Nächster Artikel: Staub vom Grab des heiligen Thomas Becket.«

»Ja, etwa ein halbes Pfund, in einem Lederbeutel. Ich klebe ein neues Etikett darauf, denn das hier kann man kaum noch lesen.«

»Nächster Artikel: Knochenstück vom Arm der heiligen Maria Magdalena.«

»Nein. Streicht das. Der Prior von Winchelsea hat das gekauft, als Ihr fort wart. Der wollte auch noch den Fuß vom heiligen Martin – erinnert Ihr Euch?«

»Den er sich aber nicht leisten konnte.«

»Stimmt. Da kam er so auf diesen Einfall. Er möchte ihn *leihen* – für zwei oder drei Jahre. Er glaubt, das wird ihm in dieser Zeit genug Spenden einbringen, dass er ihn dann *kaufen* kann.«

»Da täuscht er sich aber gewaltig«, meinte Straccan und strich Maria Magdalenas Überbleibsel von der Liste. »Etwas von Beckets Staub ist mir in die Kehle geraten. Lasst uns einen trinken, Peter.«

Der Schreiber schenkte Bier aus einem Krug in zwei Zinnbecher, und Straccan ging zum Fenster, lehnte sich hinaus und rief: »Hat jemand Bane gesehen?«

»Der ist ins Dorf gegangen, Herr«, rief ein Mann zurück.

»Ich will ihn sprechen, sobald er zurück ist.« Dann nahm er die Liste wieder auf. »Bereit? Nächster Artikel: Kiefer des Lazarus.«

»Hier. Sieht aber eher wie der Kiefer einer Frau aus. Na ja – macht nichts.«

»Nächster Artikel: Ohr des heiligen Marcellinus.«

»Kann ich nicht finden. Ein Ohr? Wir haben doch noch nie ein Ohr gehabt, nicht wahr?« Peter wühlte in mehreren kleinen Schachteln, Beuteln und Bündeln. »Nein. Oh – ist es etwa *das* hier?« Er hielt einen Gegenstand hoch, der wie ein verschrumpeltes, geschwärztes und zusammengefaltetes Stück Leder aussah. »Das könnte vielleicht ein Ohr sein.« Beide Männer starrten das Etwas zweifelnd an. »Wer war eigentlich Marcellinus?«

Straccan konsultierte seine Liste. »Es heißt hier, dass er ein früher Märtyrer war. Wollen wir's uns mal genauer ansehen.« Er nahm das dunkle Stück in die Finger, schnüffelte daran, zuckte die Achseln und legte es wieder zurück. »Haltet es gut trocken. Es fängt an zu stinken, wenn Feuchtigkeit daran kommt.«

»Was soll sonst noch in diesem Los sein?« Peter stocherte in der als Dämpfungsmaterial dienenden Schafwolle herum.

Das Prasseln von Pferdehufen wurde übertönt durch das Geräusch des munteren Treibens draußen. Straccan überflog den Rest der Liste. »Wir sollten hier die Leibbinde der Heiligen Jungfrau haben, des Weiteren eine Windel des Jesuskinds und zwei seiner Milchzähne, einen Dorn von seiner Dornenkrone, eine Kniescheibe des heiligen Petrus, drei Haare vom heiligen Edmund, einen Splitter vom wahren Kreuz, verschiedene blutige Nägel von verschiedenen Märtyrern, einen Pfeil, der im heiligen Sebastian steckte – oh, und noch drei Zähne von der heiligen Apollonia.«

Ein hässliches, zahnlückiges Gesicht mit gefurchter Stirn lugte hinter der offenen Tür hervor. »Herr, da ist ein Mann, der Euch sprechen will.«

»Wer ist es denn, Cammo?«

»Na, *der*«, erwiderte Cammo mit offensichtlicher Missbilligung. »Der von diesem Meister … wie heißt er doch gleich …?«

»Master Gregory?«

»Genau!«

»Na, dann führ ihn ins Sonnenzimmer. Lass auch sein Pferd versorgen. Sag Adeliza, sie soll ihm zu Diensten sein. Ich komme, sobald ich mit diesem Los hier fertig bin.«

Master Gregorys Bote saß bequem auf dem mit einem Kissen versehenen Fenstersitz und tauchte die Hände ständig in eine Schüssel mit warmem Wasser, die Adeliza ihm hinhielt. Er war offenbar vollauf damit beschäftigt, die Finger immer wieder einzutauchen und das Wasser dann an ihnen herunterlaufen zu lassen. Adeliza schaute unglücklich drein, und ihre Arme begannen von der Anstrengung zu zittern, die Schüssel so lange zu halten. Nach einiger Zeit zitterte dann auch die Schüssel so sehr, dass ein wenig Wasser in den Schoß des Mannes lief. Er lächelte Adeliza an.

»Unbeholfene Schlampe«, sagte er ganz leise und kniff ihren Handrücken so fest, dass es ihr wehtat. Seine Fingernägel waren sehr lang. »Eine hübsche, aber unbeholfene Schlampe. Er nennt dich seine Haushälterin, nicht wahr? Hältst ihm das Bett warm, ja?«

Tränen schossen Adeliza in die Augen, und sie trat zurück.

»Ich bin noch nicht fertig«, sagte er.

»Doch, das seid Ihr!«, warf Cammo von der Tür ein. Er lehnte am Türrahmen, die riesigen Hände unter den Gürtel geschoben, und starrte den Mann an. »Nimm die Schüssel weg, Liza. *Ich* werde mich um ihn kümmern.« Als sie aus dem Zimmer eilte, ergriff Cammo das Handtuch, das über ihrem Arm hing, und warf es dem sitzenden Mann zu.

»Euer Meister ist nicht gut bedient«, sprach der immer noch lächelnde Mann. «Tölpelhafte Kühe und unverschämte Knechte.«

»Möchtet Ihr etwas zu trinken?«, fragte der riesige Cammo, schlenderte auf den Mann zu und beugte sich über ihn.

»Nein. Wartet … doch.«

Ein kleines Mädchen war in den Hof gelaufen und sprach vor dem Fenster mit einem der Fuhrmänner. Der lachte und hob die Kleine hoch auf den Kutschbock seines Wagens, gleich hinter die vier gewaltigen Ochsen, deren Köpfe tief in Futterbeuteln steckten, während ihre Schwänze die Fliegen davonwedelten und ihre glänzenden Flanken zuckten.

Der Bote beobachtete das Kind und leckte sich die Lippen. »Wessen Gör ist das denn?«, wollte er wissen. Cammo überging die Frage, stellte mürrisch einen Becher Bier auf den Sitz neben den Mann und nahm seine Wartestellung an der Tür wieder ein. Draußen lachte Gilla glücklich und rief den Ochsen »Hü, hott« zu, bis der Fuhrmann sie wieder herunterhob und ihr jeden Ochsen einzeln vorstellte – Kloß, Rabe, Hängebauch und Junikäfer –, bis Adeliza aus der Küche herauskam und das Mädchen zurück ins Haus zog.

Peter trat ein. »Der Meister sagt, es tut ihm leid, Euch warten gelassen zu haben. Würdet Ihr jetzt mitkommen?« Der Bote schob sich an Cammo vorbei, ohne ihn noch eines Blickes zu würdigen.

»Guten Tag wünsche ich Euch, Sir Richard«, begrüßte er Straccan. »Mein Meister hat wieder einen Auftrag für Euch.«

»Was will er denn?«

»Er braucht eine Reliquie vom heiligen Thomas.«

»Dann muss er sich an Canterbury wenden.«

»Nein, er meint doch nicht den Thomas Becket, sondern Thomas den Apostel, Thomas Didymus.«

»Den ungläubigen Thomas?« Straccan schaute nachdenklich drein.

»Man sagt, seine sterblichen Überreste sind in Indien.«

»So wird es sein. Aber der König von Frankreich hat den Schädel – oder einen Teil davon – in seinem Sanktum.«

Straccan nahm ein großes, dickes Buch vom Tisch neben ihm und blätterte darin. »Hmmm«, sagte der dann. »Der heilige Thomas. Der Papst hat einen Finger, aber er will ihn nicht für weniger als ein Königreich verkaufen, und das Verhandeln mit seinen Agenten kann Jahre dauern. König Philipp – ja, *dem* könnte es vielleicht gelingen, wenn der Preis richtig ist.«

»Mein Herr vertraut darauf, dass Ihr an seiner Stelle verhandelt, wie Ihr es zuvor schon getan habt. Geldmittel können in Paris vom Juden Rohan oder in Rom von dem Bankier Tolomei beschafft werden.«

»Ich werde mich umhören«, erwiderte Straccan. »Mein Honorar beträgt einhundert Goldstücke – die Hälfte davon auf die Hand, bevor ich mich aufmache. Sie gehört mir auch dann, wenn ich keinen Erfolg habe. Die andere Hälfte bei Lieferung.«

»Einhundert? Eure Forderungen sind aber mächtig gestiegen, Sir Richard!«

»Das Leben ist ja auch teurer geworden. Das Interdikt, müsst Ihr wissen. Alles kostet mehr – Reisen, Wirtshäuser, Nahrungsmittel. Außerdem ist es immer ein teures Vergnügen, mit Hoheiten zu verhandeln. Da sind Hände zu schmieren, Freunde zu kaufen und Gefälligkeiten zu verteilen.«

Der Bote schnallte seinen Gürtel ab und drehte ihn über dem Tisch um. Goldmünzen fielen heraus, eine nach der anderen. Straccan zählte zwanzig.

»Meldet Euch beim Haus des Juden Eleazar in Nottingham und gebt ihm das hier.« Der Bote nahm eine Pergamentrolle aus der Tasche. »Das ist meines Herrn Anweisung, den Rest zu zahlen.«

Die Eskorte des Boten, zwei Waffenknechte, warteten bereits, als sein Pferd aus dem Stall geführt wurde. Ein Junge hielt den Kopf des Tieres hoch, während der Bote aufstieg. Im Sattel sitzend, ließ er einen Moment den Blick über den Hof schweifen, betrachtete die zahlreichen Türen und Fenster. Aus einer offenen Tür kam der Gesang eines Kindes. Der Mann lächelte. »Wer ist denn die kleine Maid?«, fragte er. »Ich habe sie doch schon auf dem Wagen sitzen sehen.«

»Das ist unsere Gilla«, antwortete der Junge strahlend, »des Meisters kleine Tochter. Singt sie nicht wunderschön?«

»Wie ein Engel«, bestätigte der Bote und hörte noch einen Augenblick zu, bevor er seinem Pferd leicht die Sporen gab und unter dem Torbogen vom Hof trottete.

»Ich habe Arbeit für Euch«, sagte Straccan, als Bane zurückkehrte. Er erzählte ihm die Geschichte von dem toten Mann von Holystone. Bane hörte aufmerksam zu und pfiff leise. »Die Nonnen haben den Sohn ihres Amtmanns geschickt, um die Spur des Burschen zurück zu verfolgen und etwas über ihn herauszufinden.Als Gilla hierher kam, ließ die Priorin die Nachricht mit ihr schicken, dass ihr Mann ohne Erfolg zurück gekommen sei. Ich möchte nun, dass *Ihr* es mal versucht. Findet heraus, woher der Bursche kam, wer ihn schickte, wohin er wollte und was das Bild zu bedeuten hat.«

»Gut. Bis wann?«

»Bis morgen.«

»Als ich kam, bin ich Gregorys Mann und seiner Eskorte begegnet. Was wollte der denn?«

»Er möchte eine Reliquie vom ungläubigen Thomas«, antwortete Straccan. »Aber habt Ihr jemals so etwas gesehen?« Er zeigte Bane eine Goldmünze. Sie war klein und sehr dick. Auf einer Seite standen unbekannte Schriftzeichen; auf der anderen war das Abbild einer hässlichen kleinen Kreatur mit Fangarmen zu sehen.

»Wird wohl so eine Art Krake sein«, meinte Bane. »Nein, eine solche Münze habe ich noch nie gesehen. Woher stammt sie?«

»Keine Ahnung. Dabei war ich sicher, schon alle Geldmünzen gesehen zu haben, besonders die östlichen. Meint Ihr, dass die hier aus dem Osten kommt?«

»Wahrscheinlich. Aber ich finde sie seltsam. Woher habt Ihr sie?«

»Gregory hat sie geschickt – als Teil einer Anzahlung für den Reliquienkauf.«

»Solange sie aus echtem Gold ist ...«, meinte Bane.

»O ja, aus Gold ist sie.« Straccan hielt eine der Münzen hoch, auf der man seine Bissspuren erkennen konnte.

5

Straccan wusste sehr wenig von Banes Vorleben. Er hatte eine Geschichte, das ja, doch wie viel davon der Wahrheit entsprach, konnte man nur raten. Von Zeit zu Zeit ließ er Bemerkungen über mehr oder weniger bewegte Abenteuer fallen. Zuerst wäre er Lehrling eines Arztes gewesen, behauptete er, sei dem Mann aber davongelaufen und Soldat geworden; dann wäre er bei einem Scharmützel in Frankreich verwundet worden; weil er überlebte, sei er zum heiligen Jakob nach Compostela gepilgert und ohne einen roten Heller in der Tasche zurückgekommen; dann habe er sich als Bettler durchgeschlagen; er habe sich auch als Dieb versucht. Schließlich schloss er sich einer Gruppe wandernder Schauspieler an.

Straccan hatte ihn zuerst am Pranger auf dem Marktplatz in Evesham gesehen, wo sich eine kleine Menschenmenge um ihn herum versammelt hatte – nicht, um den Gefangenen mit Unrat zu bewerfen, sondern um über seine Witze, Lieder und Grimassen zu lachen. Zur Sperrstunde verließen die Leute allmählich den Marktplatz, und zwei große junge Lümmel begannen mit Abfall zu werfen. Straccan, der von der Tür eines Bierhauses zuschaute, bemerkte, wie der Kopf des Gefangenen plötzlich nach hinten schnellte und sein Körper zusammenfiel, sodass er an Hals und Händen wie ein Sack im Pranger hing. Ein Stein hatte ihn getroffen. In diesem Augenblick kam der Helfer des Sheriffs, um den Pranger zu öffnen. Er ließ den bewusstlosen Mann in den Schmutz fallen. Die beiden Jugendlichen waren geflohen, die Sonne sank, die Glocke zur Sperrstunde läutete, und drei, vier Leute eilten vorbei, ohne sich um den zusammengekrümmten Körper zu kümmern.

»Was hatte der denn verbrochen?«, fragte Straccan den Wirt des Bierhauses.

»Seine Kumpel hatten sich davongemacht, ohne ihre Rechnung zu zahlen.«

»Warum blieb *der* denn?«

»Zu besoffen.«

Straccan wuchtete ihn hoch, doch der Körper war so leicht, dass Straccan nach hinten stolperte; denn er war auf ein größeres Gewicht gefasst. Er trug den Körper ins Bierhaus, legte ihn auf eine Bank, holte Wasser und einen Lappen und wischte dem Mann Blut und Schmutz aus dem Gesicht. Am Ende einer Augenbraue schwoll eine immer dunklere Beule ins Haar hinein. Der Mann stöhnte, versuchte sich aufzusetzen, und übergab sich heftig. Es dauerte dann ein paar Tage, bis er wieder stehen konnte. Bis dahin lag er auf Stroh im Heuboden des Stalls – auf Kosten von Straccan.

Als Bane das albtraumhafte Schwindelgefühl abschüttelte, das bewirkt hatte, dass er schwach wie ein neugeborenes Kätzchen auf dem Rücken gelegen hatte, setzte Straccan ihn auf sein Packmaultier und ritt nach Perborough. Am Tor der dortigen Abtei sagte er: »Weiter reite ich nicht.«

»Ich stehe in Eurer Schuld«, entgegnete Bane.

«Schon gut.«

»Gebt mir die Gelegenheit, diese Schuld abzuarbeiten.«

»Ich brauche keine Hilfe«, erwiderte Straccan knapp.

»Die Straßen sind nicht sicher. Zwei Männer überfällt man nicht so schnell wie einen.«

»Ich kann mich wehren.«

»Das glaub' ich gern. Aber ich kann's auch, wenn ich nüchtern bin.«

»Trotzdem, ich möchte keinen alkoholseligen Gaukler um mich haben.«

»Ich bin keiner«, entgegnete Bane betroffen. »Die Schuld hatte das verdammte faulige Bier.«

»Das sagen alle«, meinte Straccan. Er nahm den Führungszügel des Maultiers und ritt ohne einen Blick zurück durch den Bogen des Tores der Abtei.

Seine Geschäfte nahmen mehr Zeit in Anspruch als vorgesehen, denn Seine Hochwürden, der Abt, von der Gicht geplagt, wollte niemanden empfangen, bis er sich besser fühlte. Drei Tage später, als Straccan wieder hinausritt, löste sich eine Gestalt von der schmutzbespritzten Mauer und humpelte ihm barfüßig hinterher. In der Nähe des Stadttors hielt der Reiter und ließ den Mann aufholen. Die Schwellung über dem Auge war zurückgegangen, aber diese Seite seines Gesichts war so gelblich rot wie ein drohender Morgenhimmel, der Sturm ankündigte.

»Wie nennt man Euch denn?«, fragte Straccan.

»Hawkan Bane.«

»Nun, Hawkan Bane, Ihr schuldet mir nichts.«

»Nein? Dann schätze ich, dass *Ihr* mir etwas schuldet.«

»Was?«, rief Straccan lachend. »Warum denn das?«

»Ihr habt mir das Leben gerettet. Ich wäre wahrscheinlich gestorben. Die Leute hätten mich in dem Matsch liegen und darin ertrinken lassen. Also müsst Ihr Euch jetzt weiter um mich kümmern! Am Dienstag hab' ich meine Jacke gegessen und gestern meine Schuhe. Jetzt ist alles, was ich noch habe, dieses Hemd, und wenn ich das auch noch für was zum Essen verscherble, muss ich halbnackt herumlaufen. Also habt Ihr jetzt Verantwortung für mich.«

»Einen solchen Unsinn habe ich mein Leben lang nicht gehört«, entgegnete Straccan, »aber ich habe Respekt vor Eurer Unverschämtheit. Wozu könntet Ihr mir wohl nützen?«

»Ich kann so einiges. Ihr werdet überrascht sein.«

»Na, dann überrascht mich mal.«

»Ich kann zum Beispiel kochen, stopfen, Vieh hüten und kenne mich mit Wunden, Fieber und so was aus. Ich kann lesen und schreiben – ein bisschen jedenfalls – und rechnen. Ich kann Eure Feinde töten und Eure Freunde erheitern.«

Straccan schnaubte verächtlich. »Klingt wie eine Empfehlung als Ehefrau. Könnt Ihr wirklich lesen und schreiben?«

Bane beugte sich nieder und schrieb mit dem Finger in den Matsch: *Gott, Köhnig, Engelland.* Straccan schaute sich das an, bis der Matsch wieder zusammenlief. »Na, das geht ja«, sagte er. Dann schubste er sein Pferd leicht mit dem Knie, sodass es langsam weiter trottete. Bane hielt sich am Steigbügel fest und humpelte mit. »Was habt Ihr eigentlich gemacht, bevor Ihr in solche Not geraten seid?«

»Ich bin gereist«, antwortete Bane. »Ich war Soldat.«

»Wo?«

»Frankreich. Mit König Richard bei Gisors. Wurde für tot liegen gelassen. Der Nachtfrost verhinderte, dass ich zu Tode blutete, und eine Frau half mir – eine von diesen menschlichen Aasgeiern, die nach einer Schlacht die Toten fleddern. Ich gefiel ihr aber. Sie war sehr nett.«

»Mir ist's mal ähnlich ergangen«, sagte Straccan. »Mein Pferd wurde schwer verwundet, und ich dachte, es würde sterben, aber es starb nicht. Mir hatte man eine Pike durch den Schenkel gestochen. Bei schlechtem Wetter ist er noch heute steif.«

»Ein Kavallerist wart Ihr also?«, stellte Bane erstaunt fest. »Was wart Ihr denn – ein Sergeant?«

»Nein. Ich bin Ritter. Aber ich muss jetzt meiner Wege ziehen, also geht Ihr Eurer und lasst meinen Steigbügel los.«

»Lasst mich eine Woche bei Euch bleiben! Wenn Ihr mich dann immer noch nicht wollt, werde ich wirklich meiner Wege gehen.«

Vier Jahre später war er immer noch bei Straccan.

In Banes Reisetasche waren die notwendigsten Dinge: ein Löffel im Etui, eine Notration, Becher und Wasserflasche, Angelrute, Haken, ein Satz Wäsche zum Wechseln, Ersatzschuhe, Binden, Salben und eine erfinderische Sammlung verbogener Waffen sowie das am Rücken getragene Kurzschwert, der Dolch im Gürtel und die am Sattel befestigte Axt. Da waren auch ein paar weniger gewöhnliche Dinge, wie etwa eine Flöte und ein kleiner Dudelsack. Sein langgliedriges, knochiges Pferd erregte keine Aufmerksamkeit, und Bane selbst, eine kleine, magere Gestalt, mit Mantel und Kapuze in Dunkelgrün und Brauntönen gekleidet, war unauffällig beinahe bis zur Unsichtbarkeit. Seine äußerst wandelbare Miene konnte von einem Augenblick zum anderen das Aussehen eines viel älteren Mannes annehmen, eines Greises mit zusammengezogenem, zahnlos aussehendem Mund. Der alte Mann, den man in einem Dorf gesehen hatte, war augenscheinlich nicht der viel jüngere Bursche, den man weiter die Straße hinauf antraf.

Er machte sich zuerst auf nach Holystone, um so viel wie möglich über den Toten zu erfahren – sein Aussehen, sein Auftreten und die Umstände seines Endes. Der Stallknecht Martin holte einen Sack und stülpte ihn um.

»Das hat er getragen. Der Amtmannssohn Tom, der hatte sich das alles schon angeschaut, bevor er wieder ging.«

Bane wühlte in dem kleinen Haufen von Kleidungsstücken herum: Gamaschen, Stiefel – die Stiefel sahen neu aus, die Sohlen waren schmutzig, aber kaum abgenutzt –, ein zerrissener und blutbeschmierter Überrock und ein Wams, eine gestrickte Kappe, ein rauher Friesumhang mit Distelkletten am Saum. »Ist das alles, was er hatte?«

»Da ist sein Bündel«, sagte Martin und nahm einen Ranzen von einem Haken an der Wand. »Nur ein Paar Ersatzschuhe und ein Überrock. Es waren auch noch Brot, Speck und Käse darin.«

»Was ist damit geschehen?«

»Wir haben's gegessen. Das heißt, ich und Oswyn, der Küchenjunge. Da ist auch eine Flasche – hier.« Er nahm eine Zinnflasche mit Anhängerriemen vom Haken. »Da war Bier drin.«

»Ich nehme an, die ist jetzt auch leer, ja?«

Martin warf ihm einen verächtlichen Blick zu.

»War's gutes Bier?«

»Ja, kann man sagen.«

»War das Brot frisch oder trocken?«

»Nicht mehr als 'nen Tag alt.«

»Guter Käse?«

»O ja!«

»Aus der Gegend hier?«

»Nein – östlich von hier, glaub' ich. *So* einen macht man in Trundle. Die verkaufen ihn dort an Jahrmarkttagen«, und dann mit Stolz: »Ich war auch schon mal da!«

»Ein bereister Mann also.« Bane griff in seine Geldbörse und legte eine Silbermünze in Martins ausgestreckte Hand. »Habt Ihr Amtmann Toms Sohn von den Nahrungsmitteln und dem Bier erzählt?«

»Nein. Der hat ja nie danach gefragt.«

Während Bane nach Osten und dann nach Norden ritt, wohin seine Nachforschungen ihn gerade führten, sandte Straccan Botschaften an seine Agenten in Frankreich und Italien hinsichtlich der Reliquien des heiligen Thomas und wartete auf Antwort. Es gehörte zu seinen Gewohnheiten, jeden Morgen um seinen Bauernhof zu reiten, und da Gilla jetzt zu Hause war, setzte er sie dabei auf den Sattel vor sich. An diesem milden, feuchten Morgen hielten sie an, um zuzuschauen, wie Arbeiter den Schutt zusammengefallener Mauern wegräumten, wo neue Ställe und Remisen geplant waren. In ihren Regenumhängen aus Stroh sahen die Männer wie kleine wandelnde Heuhaufen mit Armen und Füßen aus. Straccan legte einen Augenblick sein Kinn auf den Kopf seiner Tochter und zog den süßen, kräuterähnlichen Duft ihres weichen Haares ein.

»Dein Haar ist ja gewaschen worden«, bemerkte er und befingerte eine feine, lockere Strähne, die sich um seine Finger wand.

»Adeliza hat es gestern Abend gewaschen – erst ihr Haar und dann meines. Ihr Haar ist so lang, dass sie darauf sitzen kann. Wird meines auch so lang?«

»Wenn du es nicht abschneiden lässt.«

»Die Nonnen haben alle ihre Haare abgeschnitten – so kurz wie deine.«

»Die müssen das. Sie dürfen nicht eitel sein.«

»Aber sie sind doch mit unserem Heiland verheiratet! Möchte der denn nicht, dass sie hübsch aussehen?«

Straccan öffnete den Mund zu einer Antwort, doch Gilla plapperte schon weiter: »Und das ist auch so eine Sache. Wie kann der Heiland so viele Frauen haben? Es gibt siebzehn Nonnen in Holystone und doch wohl hundert mehr auf der ganzen Welt.«

»Das muss Mutter Rohese dir erklären, wenn du wieder dort bist«, antwortete Straccan, denn er fühlte, wie der feste Boden irdischer Dinge zu theologischem Treibsand unter ihm wurde.

»Mutter Rohese hat immer viel zu tun. Januaria sagt, dass gute Christen keine Fragen stellen und dass Fragen Werkzeuge des Teufels sind.«

Straccan fühlte sich noch unbehaglicher. »Ich glaube, das hängt von der Art der Fragen ab«, sagte er schließlich.

»Ja, aber wenn niemand einem sagt, was man wissen möchte, wie kann man es denn herausfinden, wenn man nicht fragt?«

6

An Sir Richard Straccan, Ritter, in Stirrup bei Dieulacresse, zu eigenen Händen«, lautete die Überschrift. Straccan erbrach das Siegel mit dem Daumennagel und hielt den Brief in das am Fenster hereinfallende Licht. Der Brief war von seinem Agenten in Paris in verschlüsselter Form und begann ohne Vorrede mit dem Wichtigsten: »Der betreffende Artikel ist ein ganz besonderer Schatz der Königlichen Kapelle. Es besteht keine Aussicht, dass er verkauft wird. Die Kapelle wird nie unbewacht gelassen. Die Reliquien werden in, unter und hinter dem Altar eingeschlossen. Ständig werden Messen gesungen. Es sind immer mindestens zwei Bedienstete anwesend. Die Türen werden bewacht.« Der Agent fuhr fort mit einer Aufstellung von Reliquien, die vorher in jener Woche mit dem Schiff *Sainte Foy* (Heiliger Glaube) zusammen mit verschiedenen Aufträgen von Kunden abgeschickt worden waren, und mit einer kleinen Liste von Agenten des Papstes über mindere verkäufliche Reliquien.

Es dauerte drei weitere Wochen, bis die Antwort aus Rom eintraf. Straccan las sie und ließ seinen Schreiber holen. »Seine Heiligkeit hat den Finger des heiligen Thomas nicht mehr. Er hat ihn dem Erzbischof von Canterbury gegeben.«

Peter stieß einen Pfiff aus. »Langton hat ihn! Ist er noch in Rom?«

»Nein, er ist in Beckets altem Versteck, in Pontigny. Ich muss dorthin. Wir könnten zu einer Abmachung kommen.

Wenn je ein Mann Geld brauchte, ist es unser verbannter Erzbischof!«

»Ich dachte, der Heilige Vater ist sein Freund.«

»Ja, seit ihrer Kindheit, glaube ich. Der Papst verteilt Erzbischofstitel und Reliquien unter seinen Busenfreunden, aber er ist knauserig mit *wirklichen* Werten.«

»Seid vorsichtig!«, mahnte Peter. »Der König sieht es nicht gern, dass jemand Langton besucht.«

»Das hat doch nichts mit Politik zu tun«, meinte Straccan. »Ist doch nur ein kleines Geschäft.«

Bane schaute über den lehmigen Fluss, über die Stadt und die graue See, ließ sein Pferd grasen und saß mit dem Rücken an einen großen Stein gelehnt. Von der Burg aus, die drohend über dem Fluss Tweed kauerte, dehnte sich eine Ansammlung von Häuschen aus. Die mit Heidekraut gedeckten Dächer waren reichlich mit Seemöwenkot besprenkelt, der weiß glänzte. Es war gerade Flut und der Fluss voller Boote. Zwei große Handelsgaleeren lagen unterhalb der Burg vor Anker, mehrere kleinere Schiffe dümpelten vor Lagerhäusern am Ufer. Die Stadt drängte sich dicht an die Burg. Während Bane schaute, bewegten sich Lastkarren, Reiter und Leute zu Fuß in die Stadt hinein und hinaus. Der Wind verteilte den Rauch der Schornsteine dünn über die See.

Die Stadt Berwick sah geschäftig, friedlich und schäbig aus. Die Narben ihrer alten Leiden waren unverkennbar. Gruppen von Arbeitern machten sich da und dort an den Burgmauern zu schaffen; die mit Steinen aufgefüllten Lücken sahen roh und blass aus. Seemöwen schwärmten wie Bienen durch die Luft, kreisten und kreischten – ein ständiger wilder, heiserer Lärm, wenn sie auf Abfall herunterstürzten und triumphierend wieder aufstiegen. Kleinere Vögel wurden von größeren verfolgt. Alles, auch fast jeder Mensch da unten, war von ihrem Kot befleckt.

Er hatte die Stadt nun schon seit dem frühen Morgenlicht beobachtet, hatte gesehen, wie die Fischerboote ausliefen und wie die kleinen, weit entfernten Wachen auf den Burgmauern sich ablösten, sah den morgendlichen Andrang von Bauern, die mit Milch und anderen Erzeugnissen der Landwirtschaft in die Stadt kamen, während Reisende verschiedene Richtungen einschlugen. Einige, deren Ziel im Süden lag, waren an ihm vorbeigezogen. Bane hatte Nottingham, York, Durham, Newcastle und Alnwick nun hinter sich, sodass er seit seiner Abreise von Holystone mehr als zweihundert Meilen zurückgelegt hatte.

In Nottingham hatte er eine Frau gefunden, die sich seiner fremdartigen Ausdrucksweise wegen an den toten Mann erinnerte. »Ein Ausländer«, sagte sie. »Walliser, Ire oder so was. Ja, er trank hier, und ich füllte seine Flasche. Er versuchte, den Preis zu drücken! Darauf sagte ich ihm, dass es doch das Interdikt gibt, die Strafandrohung nach dem Kirchenrecht. Nein, er hatte kein Pferd. Fragte nach einem Schuhmacher.«

Der Schuhmacher, der mit einem Viertelpenny gesprächig gemacht wurde, gab sein Scherflein an Information preis. Er hatte des Mannes Stiefel als einen Teil der Zahlung für ein neues Paar genommen. Die alten waren abgetragen. Nein, er hatte sie nicht mehr. Hatte das noch brauchbare Oberleder, das gewöhnliche Ware war, wieder verwendet. Die Herkunft hatte er an der Verarbeitung nicht erkannt, aber die Stiefel waren nicht in der Gegend angefertigt worden. Der Mann sagte, dass sein Maultier sich in Newark ein Bein gebrochen hätte und er danach zu Fuß gehen musste.

In Newark trieb Bane den Hufschmied auf, der das Maultier mitsamt dem Zaumzeug gekauft hatte. »Keine englische Arbeit«, meinte der Hufschmied und streifte mit einem schmierigen Daumen über die Nähte. »Was Ausländisches.«

»Irgendeine Ahnung, woher er gekommen sein könnte?«

»Nein, aber ich hatte das Maultier auf der Landstraße von Doncaster übernommen.«

In Doncaster schien ihn das Glück zu verlassen, bis er durch reinen Zufall mit den dienstfreien Torwächtern beim Würfelspiel saß und einer sich daran erinnerte, dass er zwei Shilling von einem Reisenden gewonnen hatte, dessen Beschreibung gut auf den Ermordeten passte und der ein schlechter Verlierer gewesen war.

»Da hatten wir doch so 'ne richtige kleine Rauferei«, berichtete der Wächter munter, »bis einer meiner Kameraden einen Sack über ihn stülpte und wir ihn über Nacht in der Zelle einschlossen. Am nächsten Morgen ließen wir ihn abziehen. Fluchte mordsmäßig.«

»Mord hat er auch bekommen«, meinte Bane. »Wisst Ihr, woher er kam?«

»York.«

York war eine große Stadt, sodass Bane, als er dort nach einem großen Mann, wahrscheinlich einem Ausländer fragte, der ein graues Maultier ritt, zwei Tage lang nichts erfuhr; dann aber fand er einen Schmied, der das Maultier beschlagen hatte. Es hatte etwa eine Meile vor der Stadt ein Hufeisen verloren. Der Schmied war gesprächig und hatte ein gutes Gedächtnis. Der Mann habe ihn mit einer schottischen Münze bezahlt und sich über den Zustand der Straßen in Richtung Doncaster erkundigt.

»Ich weiß, wohin er ging. Ich will wissen, *woher* er kam«, entgegnete Bane.

»Weiß nich' woher, aber durch Durham isser gekommen«, sagte der Schmied darauf. »Sagte mir, dass er am Schrein vom heiligen Cuthbert gebetet hat – um 'ne sichere Reise.«

»Da hat der heilige Cuthbert aber nicht zugehört«, meinte Bane.

In Durham verfolgte er die Spur zu einem Bordell, wo eine

verärgerte Hure sich an den Mann erinnerte – wegen seiner Grobheit und der falschen Münze, die er ihr gegeben hatte.

»Muss ein Ausländer gewesen sein«, erklärte Bane. »Walliser, Ire oder so was.«

»Schotte«, sagte das Mädchen.

»Seid Ihr sicher?«

»Meine Mom war Schottin, deshalb bin ich mir sicher.«

»Sagte er, woher er kam?«

»Er meinte, dass ich mich mit den Huren von Newcastle nicht messen kann und dass sie für das Vergnügen mit ihm weniger verlangt hatten«, antwortete sie und spuckte verächtlich aus. Bane gab ihr einen Penny.

»Hoffentlich ist *der* wenigstens echt«, maulte sie.

»Keine Angst. Ich gebe Euch zwei mehr davon, wenn Ihr mir seinen Namen nennen könnt.«

»Oh – das war *Grimmer, Grimmon* oder so ähnlich«, antwortete sie. »Gebt mir jetzt den Zweier!«

Newcastle war kalt, dunkel, neblig und stank nach Fisch. Die Hurenhäuser der Stadt waren trist, und die Huren hatten auch schon bessere Tage gesehen, aber beim achten Etablissement hatte Bane Glück. Der große Schotte mit dem grauen Maultier war dort in unliebsamer Erinnerung geblieben. Der Name des Mannes sei Crimmon gewesen, und er sei aus Berwick gekommen.

So machte Bane sich auf den Weg nach Berwick und fragte sich, ob er wohl noch bis zur nördlichen Spitze von Schottland weiter so dahintrotten müsse. Da saß er nun und schaute auf die Stadt hinunter, die gähnte und bei der Morgentoilette war. Er kratzte sich die Wanzenbisse der vergangenen Nacht und hoffte, in der Stadt einen Stall zu finden, wo er in der nächsten Nacht schlafen könnte. Jahre der Erfahrung hatten ihn gelehrt, dass die meisten Pferdeleiber sauberer waren und besser rochen als die von Christenmenschen. Als das morgendliche Gedränge hinein und heraus

aus den Stadttoren vorüber war, ritt er hinunter und in die Stadt ein. Dort fragte er nach dem Sheriff.

»Crimmon, sagt Ihr? Ist das alles – nur ein Name?«

»Nur ein Name. Er ritt ein graues Maultier.«

»Warum sucht Ihr denn nach ihm, Engländer? Was hat er getan?«

»Hat sich ermorden lassen. Die Priorin von Holystone meint, dass seine Angehörigen benachrichtigt werden sollten.«

»Ist ja sehr freundlich von der Frau, dass sie deshalb jemand den ganzen Weg bis hierher schickt.«

»War ihre Christenpflicht«, meinte Bane.

»Nun, ich werd' schon rausfinden, wo er gewohnt hat, und werde seinen Leuten die Nachricht bringen«, erwiderte der Sheriff. »Ihr könnt jetzt nach Hause reisen, Engländer. Habt Eure Christenpflicht erfüllt. An Eurer Stelle würde ich hier nicht länger rumhängen. Ihr seid doch auf der falschen Seite der Grenze!«

7

Pontigny

Straccan hatte sechs Tage gewartet. Die Gruppe von Leuten, die hoffte, zum Erzbischof vorgelassen zu werden, änderte sich täglich – einige trafen neu ein, andere gingen wieder. Ein paar waren sogar bis zu ihm vorgedrungen. Adlige und Bauern, Mönche und Nonnen, Priester und Händler – alle kamen und gingen. Da war auch ein gelegentlicher Bote aus Rom, der päpstliche Ermutigung für den verbannten Erzbischof brachte oder eine Nachricht von König Philipp von Frankreich. Dadurch wurde etlicher Staub aufgewirbelt, wenn auch ohne Konsequenzen. Dem Erzbischof gefiel es, wenn England und die katholische Kirche sich gegenseitig an die Kehle gingen. Seine Abwesenheit von seinem zugewiesenen Bischofssitz bedeutete nicht, dass er keine Verbindungen mit England mehr hatte – weit gefehlt! Ein ständiger Fluss von Abgesandten verschiedener englischer Anstalten und Stiftungen strömte mit Klagen, Problemen und Bitten um Rat herbei. Bei der Ankunft nannten sie ihre Namen, einige auch ihren Beruf, dem Gästemeister des großen Klosters von Pontigny, wo Stephen Langton, der letzte in einer langen Reihe unzufriedener englischer Kirchenmänner, die Zeit verbrachte, während er darauf wartete, den bischöflichen Stuhl einnehmen zu können, den ihm der Papst verliehen und König John so entrüstet verweigert hatte. Solche Boten warteten dann auch darauf, zum Erzbischof vorgelassen zu werden.

Straccan befand sich in einem kleinen, muffigen Klosterschlafsaal mit drei anderen Möchtegern-Besuchern: einem dicklichen Pariser Kaufmann, der ständig und unmelodisch durch die Zähne pfiff; einem schweigenden, grauhaarigen Adligen in kostbarer, aber schmutziger Kleidung, der die anderen misstrauisch beäugte, mit keinem sprach und sich ständig die Fingernägel kaute; und einem schäbigen kleinen irischen Mönch, Bruder Dermot, der eine Pergamentrolle von seinem Prior und ein Geschenk für den Erzbischof bei sich trug, einen kostbaren Daumenknochen der heiligen Brigitte. Letzteren zeigte er Straccan, der ihn mit professionellem Interesse untersuchte und ein Angebot machte, worauf Bruder Dermot den Knochen hastig wieder einwickelte und ihn beschämt an der Brust verstaute.

Straccan saß da und wartete, stand auf und wartete, ging umher und wartete, aß, schlief, stand wieder auf – und wartete. Der Pariser Kaufmann wurde mitten in der Nacht hineingerufen. Immer noch pfeifend, folgte er dem Aufruf – und ward von den anderen nicht mehr gesehen. Bekannte Gesichter im Hof verschwanden im Laufe der Tage, und neue nahmen ihren Platz ein. Am Abend des sechsten Tages, als der Himmel sämtliche Goldschattierungen annahm und die Schatten lang wurden, kam ein Reiter mit Umhang und Kapuze, rötlich von Staub, und traf in dem Moment ein, als das Tor des Klosters für die Nacht geschlossen werden sollte. Er stieg ab und reichte die Zügel einem Laienbruder, der von der Pförtnerloge herbei getrottet war. Der Gästemeister selbst, ein ehrwürdiger dickbäuchiger Mönch, kam heraus, um den Neuankömmling umgehend hineinzuführen.

»Verflixt noch mal!«, rief der grauhaarige adlige Nagelbeißer aus. »Wer ist *der* denn, dass die ihn sofort hineinkomplimentieren, während wir hier einen Tag nach dem anderen warten müssen?« Dann rief er dem staubigen Reisenden zu: »Ihr da, Sir! Wenn Ihr Seine Gnaden seht, dann sagt ihm, dass Lord Beltrane immer noch wartet!« Darauf stürzte er auf den Mann zu, ergriff ihn bei der Schulter und schüttelte ihn wütend. Bruder Dermot streckte einen schmutzigen, sandalenbekleideten Fuß aus, und der Nägelkauer stolperte darüber und schlug schwer auf dem Boden. Als er sich erhob, griff er nach Dermot und zog einen Dolch, doch Straccans Stiefel traf den Ellbogen des Mannes, dass die Waffe durch die Luft flog.

»Lord Beltrane, wer immer er auch sein mag, braucht einen ruhigen Platz, um sich zu erholen«, sagte er zu dem Gästemeister. Es war nun schon ziemlich dunkel, und Mönche kamen mit Fackeln und Laternen herbeigerannt. Licht und Schatten tanzten und flimmerten auf den Gesichtern. Zwei Mönche führten Lord Beltrane fort. Nach Straccans Worten wandte der staubige Besucher sich heftig um und griff nach ihm.

»Sir Richard? Sir Richard Straccan?«

»Ja?«

»Richard! Ja, Ihr seid es! Das ist Eure Stimme! Erkennt Ihr mich denn nicht? Seht doch mal ...«, und dabei schlug er die Kapuze nach hinten. »Ich bin doch Sulpice de Malbuisson.«

»Mein Gott!«, erwiderte Straccan und starrte das dünne, bärtige Gesicht mit dem einen Auge und der Klappe über dem anderen an. »Jesus, Sulpice, seid Ihr das wirklich? Ich dachte, Ihr seid tot!«

»Ich esse meist im Refektorium mit den Brüdern«, sagte Stephen Langton. »Aber wenn ich Gäste habe, können wir hier unter uns sein.«

Straccan saß nach dem Abendessen mit dem Erzbischof und Sulpice de Malbuisson zusammen. Der junge Mönch, der sie bediente, räumte das Geschirr ab, wischte die Brotkrümel fort und schnitt die Kerzen.

Langton lehnte sich im Stuhl zurück und starrte Straccan an.

»Mein Neffe hat mir schon von Euch erzählt, Sir Richard«, sagte er. »Er verdankt Euch sein Leben, und ich sage Euch vielen Dank dafür. Sulpice und mein Bruder sind die einzigen Angehörigen, die mir noch geblieben sind. Seine Mutter – meine Schwester – starb sehr jung, und sein Vater starb sogar, bevor er noch geboren wurde.«

»Ich dachte, Ihr seid auch tot, Richard«, warf Sulpice ein. »Nachdem Ihr mich zurück zum Lager gebracht hattet, sagte man mir, dass Ihr verschwunden wart. Dann wurden wir alle auf Wagen verfrachtet und zu den Schiffen gebracht. Als ich dann wieder zu mir kam, fragte ich nach Euch, aber Ihr wart nicht an Bord. Ich fragte herum und suchte, auch als wir in Zypern landeten, aber Ihr wart auch nicht auf dem anderen Schiff. Viele der Verwundeten waren unterwegs gestorben und über Bord geworfen worden. Nicht alle ihre Namen waren bekannt. Seitdem habe ich immer um Euer Seelenheil gebetet!«

»Es ist mir dadurch bestimmt besser ergangen.« Straccan lächelte. »Ich war nicht bis zu den Schiffen gekommen. War noch im Lager, als die Heiden es überfielen, und wurde gefangen genommen. Ein Jahr verbrachte ich auf einer Galeere als Rudersklave, bis ich von einem spanischen Schiff mit Pilgern übernommen wurde. Es brachte mich nach Acre zurück.«

»Und was habt Ihr dann gemacht?«

»Ich hatte kein Geld, um meine Retter zu belohnen, sodass sie mich – man kann's so sagen – an einen Juden in der Stadt, einen Gewürzhändler, als Diener *vermieteten*.«

»Wie schändlich«, stieß der Erzbischof hervor, dessen Gesicht vor Zorn dunkel anlief. »Für einen Christenmenschen einen anderen Christenmenschen an einen Juden zu verkaufen!«

»Oooch, das wird oft gemacht, Euer Gnaden – an einen Juden, an einen Sarazenen und sogar an einen anderen Christen. Ich hatte aber Glück. Simeon war ein guter Mensch. Er ernährte und kleidete mich, und als er feststellte, dass ich lesen und schreiben kann, ließ er mich als Schreiber an seine Partner in Frankreich und England arbeiten. Einmal gelang es mir, einen Dieb in seinem Lagerraum zu erwischen, worauf Simeon mich damit belohnte, dass er meine Schulden bei dem spanischen Kapitän bezahlte.«

Er erinnerte sich immer noch lebhaft an den kurzen, mörderischen Kampf in Simeons Lagerraum – auch eine rote Narbe über den Rippen ließ es ihn nicht vergessen –, an die Hitze, den überwältigenden Geruch von Gewürzen, das Keuchen, das Ringen mit einem in der Dunkelheit nicht erkennbaren verschwitzten Körper, das Messer, das brennend über seine Brust fuhr und das er dann aus des Gegners Hand wand und mit dem Fuß zwischen die Säcke stieß. All die Kraft seiner vom Rudern auf der Galeere gestählten Muskeln lag hinter dem Faustschlag, den er dem Räuber sodann in den Bauch versetzte. Lichter und Schreie erklangen, als Simeons Leute, die den Lärm des Kampfes gehört hatten, mit Lampen herbeieilten. Er selbst sank in die Lache seines eigenen Blutes. Der Geruch von Blut und Zimt …

»Also habt Ihr das Auge verloren«, sagte er zu Sulpice.

»Der Pfeil heftete das Lid an den Augapfel«, erklärte Sulpice mit gerunzelter Stirn. »Sie bekamen die Pfeilspitze heraus, aber auf dem Schiff wurde das Auge dann schlimm. Eine hässliche Sache, wisst Ihr – aber das andere Auge leistet mir ja noch gute Dienste. Ich kann mich gar nicht daran entsinnen, wie Ihr mich weggebracht habt, als wir in den Hinterhalt gerieten.«

»Der Pfeil traf Euch, und Ihr seid vom Pferd gefallen. Ich bekam einen Säbelhieb über dem Schlüsselbein ab, aber es war nicht so schlimm. Ich fiel vom Pferd und auf Euch drauf. Wir rollten eine sandige Böschung hinunter. Ihr wart besinnungslos. Der Pfeil steckte in Eurer Augenhöhle. Ich konnte

Euch nur über den Boden ziehen. Da waren ein paar Felsen und eine Aushöhlung darunter. Wir fielen hinein. Ich kann mich entsinnen, wie ich gebetet habe, dass keine Schlangen darin sein mögen. So wurden wir übersehen. Es war ein hässlicher, wilder Kampf über uns. Die Unseren wurden vernichtet. Die Sarazenen schlugen ihnen die Köpfe ab und schleiften ihre Leiber hinter den Pferden her. Als es dunkel wurde und Ihr wieder ein wenig zur Besinnung gekommen wart, haben wir uns fortgeschleppt.«

Sulpice wandte sich lächelnd seinem Onkel zu. »Er zog und stützte mich zwanzig Meilen«, sagte er. »Zuletzt wurde ich immer wieder ohnmächtig, sodass er mich wie ein Kind auf dem Rücken trug.«

»Ach was, wir stützten uns die meiste Strecke gegenseitig«, meinte Straccan.

Der Erzbischof lehnte sich vor, die Ellbogen auf der Tischplatte und das Kinn in den Händen. »Sagt mir, Sir Richard, was hat Euch denn hierher gebracht?«

»Ich möchte eine Eurer Reliquien kaufen, Euer Gnaden.«

»Welche?«

»Den Finger des heiligen Thomas.«

Bane kam ein paar Tage nach Straccans Rückkehr ebenfalls nach Stirrup zurück.

»Ihr seid dünner geworden«, stellte Straccan fest, als Bane in den Innenhof humpelte, wobei er sein gleichfalls hinkendes Pferd am Zügel führte.

»Ich habe eine Blase so groß wie ein Entenei«, brummte Bane.

»Adeliza! Bring Essen und Bier! Kommt in die Schreibstube, da könnt Ihr die Füße in eine Schüssel mit Wasser stecken und mir Eure Geschichte erzählen!«

8

Robert de Beauris von Skelrig ist Euer Mann«, erklärte Bane. »Es ist sein Bild. Er schickte seinen Diener Crimmon damit zu seiner Schwester auf Schloss Arlen.«

»Schloss Arlen?« Straccan rieb sich das unrasierte Kinn, was ein Kratzgeräusch hervorrief. »Was macht die Lady denn dort?«

»Sie ist doch die Frau vom Baron.«

Erstaunt entgegnete Straccan: »Was machte der Mann eigentlich? Warum schlich er wie ein Verbrecher allein durchs Land?«

»Ja, das ist wirklich alles ein bisschen sonderbar«, bestätigte Bane. »Nachdem sie mich aus Berwick davonschubsten, hörte ich mich um, ganz heimlich, und fand Leute, die diesen Crimmon gekannt hatten. Er kam aus Mailros, erzählten sie mir. Also ritt ich nach Süden aus der Stadt, als ob ich nach Hause wollte, und schwenkte dann nach Westen. Es gibt dort drei große Hügel. Da war auch dieses Mailros, eine kleine Stadt mit einer schönen Abtei, bei der ich vorsprach und erzählte, dass die Priorin Rohese mich geschickt habe. Dann zeigte ich ihr Zeichen – das hier«, er zog eine Halsschnur über den Kopf und ließ das Erkennungszeichen auf den Tisch fallen. »Sie waren gastfreundlich und die Laienbrüder auch geschwätzig. Sie erzählten mir alles, was sie über den Lord von Skelrig wussten. Er ist so eine Art Neffe von Gerard de Ridefort.«

»Da bewegen wir uns ja in erlauchten Kreisen«, meinte

Straccan. »Erst Barone und ihre Damen und nun de Ridefort! Der war doch Großmeister des Templerordens in Jerusalem vor etwa zwanzig Jahren – was das Geschäft des undurchsichtigen Boten noch seltsamer macht.«

»Dieser Robert war einige Zeit von seiner Baronie weg gewesen, erzählten sie, auf Ritterdienst. Er sei genau zu Weihnachten zurückgekommen. Scheint so, dass er als Novize in die Abtei von Mailros eintreten wollte, aber der Abt wollte ihn ablehnen. Robert regte sich sehr darüber auf und bat, als Laienbruder bleiben zu dürfen – doch der Abt lehnte auch das ab und ließ ihn hinauswerfen. Er ging nach Skelrig zurück und ist seitdem nicht mehr gesehen worden.« Bane gähnte, streckte sich und verzog das Gesicht, als die steifen Muskeln zu schmerzen begannen. »Also ritt ich auch dorthin, aber sobald ich nach Lord Robert fragte, ergriff man mich, stieß mich in ein hässliches kleines Loch beim Stall und schloss mich da ein. Die schienen wirklich Angst vor mir zu haben. Sie riefen durch die Tür, um zu erfahren, wer ich bin und was ich will. Ich sagte, dass ich ein Geschäft mit Lord Robert zu machen hätte und dass sie mich lieber zu ihm vorlassen sollten, weil es ihnen sonst leid tun würde – und anderen Unsinn. Danach war alles eine ganze Weile still. Ich dachte schon, dass die Nacht gekommen sei, sodass ich mich am Schloss zu schaffen machte, aber da war außen ein zweiter Riegel.

Als sie die Tür schließlich öffneten, war es schon am Morgen, und da stand dieser kleine Priester zitternd und grau wie mein Hemd, und hinter ihm ein halbes Dutzend Kerle mit Bogen und Schwertern, zusammengedrängt wie Kinder hinter der Mutter. Er hat mir was auf Latein zugerufen und goss einen Becher Wasser über mich aus – Weihwasser, wie sich herausstellte, denn als ich nicht in einer Schwefelwolke verschwand, wurde er vor Scham rot im Gesicht. Die anderen stießen ihn zur Seite und wollten die Sache nun selbst in die

Hand nehmen. Doch bevor sie sich aber auf mich gestürzt hatten, rief ich: ›Crimmon, Crimmon ist tot!‹, worauf sie innehielten und mir weiter zuhörten. Einer ging, um Lord Robert zu benachrichtigen, und ich wurde ins Kastell geführt. Es ist nur ein sehr kleines Kastell mit ein paar Nebengebäuden, obwohl man sagt, dass Lord Robert ein sehr reicher Mann ist. Jedenfalls war er da, drei Stockwerke höher, hinter einer geschlossenen Tür, und schrie, wie die anderen es schon unten getan hatten.«

»Verrückt?«

»Er brüllte vor *Angst.*«

»Wovor hatte er Angst?«

»Dämonen.« Bane schenkte sich wieder Bier ein und trank. »Er hatte sich in diesem Zimmer eingeschlossen. Nachdem ich ihm alles über Crimmon, das Bild und die Priorin von Holystone zugerufen hatte, ließ er mich ein ... das heißt, er selbst ließ mich nicht ein. Er hatte da einen Burschen, einen Stummen, der solche Aufgaben erledigte ... Sachen holen oder wegtragen, Türen öffnen, Töpfe leeren. De Beauris saß da in einem großen Kreis aus Kerzen, Weihrauchbrennern, Schüsseln mit Weihwasser, Kruzifixen, Reliquien und Kräuterbündeln. Kein anderer geht zu ihm hinein, und er geht nicht hinaus. Er hat ein Bett in dem Kreis, einen Tisch, einen Stuhl und eine Truhe voller Geld. Über seinem härenen Hemd trägt er eine Mönchskutte, an der ebenfalls Reliquien und Kruzifixe hängen. Und er stinkt zum Himmel.

Ich erzählte ihm die ganze Geschichte, wie sein Mann zu Tode kam, wie die Priorin in den Besitz seines Briefes und des Bildes gelangte, und fragte ihn, was damit geschehen sollte. Nachdem ich das *stundenlang* immer wiederholen musste, sagte er schließlich, er habe das seiner Schwester Julitta geschickt, der Frau des Lords von Arlen. Sie würde schon wissen, was damit zu tun sei. Dann öffnete er die Truhe – deshalb weiß ich, dass sie voller Geld war –, nahm eine Hand voll Münzen heraus, warf sie in eine der Schüsseln mit heiligem Wasser und sagte mir, ich solle sie nehmen und Euch sehr danken. Ich solle mich aber gleich auf den Weg machen.

Ich ritt geradewegs in Richtung Alnwick. Die Straßen da oben sind grauenhaft. Glücklicherweise war's trockenes Wetter, denn wenn's nass gewesen wäre, würde ich nie dort angekommen sein – auch nicht zu Hause, denn das ist alles Morast da, wenn nicht gerade Flut herrscht. Auf der Landstraße preschte einer im Galopp an mir vorbei, den Kopf nach vorn gesenkt, in der gleichen Richtung wie ich. Ich erkannte, dass ich ihn schon vorher gesehen hatte – in Skelrig. Als ich dann in Alnwick für die Nacht hielt, war er wieder da, lungerte herum und beobachtete mich. Als ich genug von dem Spielchen hatte, entwischte ich ihm und folgte *ihm* mal zur Abwechslung. Der Kerl bekam einen ziemlichen Schreck, als er merkte, dass er mich verloren hatte. Er ging in ein Haus und kam gleich darauf mit einem anderen Mann heraus. Und nun wird's noch seltsamer. Ratet mal, wer der andere Kerl war.«

»Wer denn?«

»Dieser Mann von Gregory – der Bursche, der wegen des Fingers vom heiligen Thomas hierher kam.«

»Sein Name ist Pluvis«, erklärte Straccan nachdenklich. »Seid Ihr sicher, dass *er* es war?«

»Den hässlichen Burschen kann man doch nicht verwechseln.«

»Hat er Euch gesehen?«

»Er kannte mich ja gar nicht. Ich beobachtete die Männer, wie sie miteinander redeten. Dann stieg der Bursche von Skelrig aufs Pferd und ritt den Weg zurück, den er gekommen war. Und – wie heißt er noch? Ach ja, Pluvis – rief einem Dienstboten etwas zu und ging ins Haus zurück. Bald wurden fünf Pferde vor die Tür gebracht. Er kam mit zwei anderen Männern und zwei Bogenschützen wieder heraus. Einen von den Männern hatte ich zuvor schon mal gesehen. Es war der Eustace de Vesci. Den anderen kannte ich nicht. Hatte ein weißes Gesicht, schwarzes Haar und einen Schnurrbart. Er und de Vesci trugen Kettenpanzer. Die Bogenschützen sahen ausländisch aus. Ich glaube, es waren Sarazenen. Ich bettelte sie jammernd an, und einer warf mit Pferdemist nach mir. De Vesci ritt allein davon. Die anderen zogen nach Norden. Ich blieb noch eine Weile da und erkundigte mich, wer der blasse Mann war.«

»Und?«

»Niemand wollte über ihn reden. Außer dem Namen – Rainard, Lord Soulis – konnte ich nichts über ihn erfahren.«

9

Die kleinen dicken Goldmünzen fühlten sich unangenehm fettig an, sodass Straccan sich die Hände an seinem Wams abwischte, nachdem er sie gezählt hatte – froh, als er sie wieder weglegen konnte. Pluvis hatte die Reliquie genommen, den Restbetrag gezahlt und war gegangen. Die sonderbare Figur auf den hässlichen Münzen war kein Krake, sondern eine Kreatur, wie Straccan sie noch nie gesehen hatte – so etwas wie eine Kröte, mit Fühlern oder Fangarmen um das Maul herum. Was immer es auch sein mochte, er verabscheute es – *und* die Goldmünze, die es zierte – und brachte alle zu dem Juden Eleazar, seinem Geldmann, um sie gegen andere Münzen einzutauschen. Nur ein paar behielt er, weil sie so rar waren. Dann machte er sich mit sauberem Silber in der Geldbörse – und mehr zu Hause in sicherer Aufbewahrung – zu Pferd auf den Weg nach Holystone, um Priorin Rohese zu berichten, was Bane ermittelt hatte.

»Ich bin erstaunt, dass Euer Mann so viel erfahren konnte«, meinte sie. »Der Sohn unseres Amtmanns hatte überhaupt kein Glück und war eine ganze Woche weg.« (Straccan hatte ihr eine schriftliche Aufzeichnung von Banes Bericht und eine Liste seiner Auslagen gegeben.) »Der hat aber für zwei gegessen und getrunken!«, bemerkte sie säuerlich, während sie einen kritischen Blick über die aufgeführten Posten gleiten ließ.

»Wer denn, Amtmann Ambroses Sohn?«, wollte Straccan wissen.

»Nein, Euer Bane!«

»Ich sagte Euch, dass er klug ist, aber nicht, dass er auch enthaltsam ist«, entgegnete Straccan mit einem Grinsen. »Das war eine lange und beschwerliche Reise, und noch dazu wurde er von Skelrigs Grobianen schlecht behandelt.«

»Das tut mir leid. Ich glaube, dieses kostbare Ding muss jetzt zu Lady Julitta gebracht werden. Meint Ihr, man könnte sie dazu überreden, es uns zu verkaufen?«

»Wer weiß. Ich werde sie fragen, wenn Ihr wünscht.«

»Ich weiß nichts von ihrem Bruder«, fuhr die Priorin fort. »Wo hat er das Bild wohl her?«

»Sein Onkel, der Großmeister – oder was immer er war –,wird wohl in der Lage gewesen sein, fast jede heilige Sache in die Hände zu bekommen«, erwiderte Straccan.

»Julitta de Beauris konnte mit keiner großen Mitgift aufwarten«, bemerkte die Priorin dazu. »Ihre Mutter war Alice de Ridefort, die jüngste von zwölf Töchtern, wenn ich mich richtig entsinne, und ihr Vater war bloß ein unbedeutendes Edelmännchen – ein Schotte, wie ich annehme. Was es an Besitz gab, ging an den männlichen Erben, ihren Bruder, der sich sehr geizig mit ihrer Aussteuer zeigte. Aber sie ist eine große Schönheit. Ich habe sie mit eigenen Augen gesehen und kann bestätigen, dass alles, was man über sie erzählt, wahr ist – sie ist wirklich eine *große* Schönheit. Arlen war ganz versessen darauf, sie zu bekommen – ob Mitgift oder nicht. Das gab damals reichlich Gesprächsstoff.«

»Wollt Ihr, dass ich ihr das Bild bringe?«

»Ja. Ich werde ihr schreiben und ihr erklären, wie ich dazu gekommen bin, und wenn Ihr dafür mein Überbringer sein wollt, stehe ich in Eurer Schuld.«

»Ohne meine Rechnung zu vergessen«, bemerkte Straccan. Sie lächelten sich in völligem gegenseitigem Verstehen an. »Wo ich nun schon mal hier bin, würde ich auch gern meine Tochter sehen.«

Die Lady war nicht auf Burg Arlen, sondern in ihrem Sommerpalais, das keine Zugbrücke hatte. Sein bescheidenes Tor wurde von Bewaffneten und den größten Hunden bewacht, die Straccan je gesehen hatte, zwei riesige Bullenbeißer von der Größe kleiner Ponys. Sie waren auf jeder Seite des Tores angebunden, zerrten an den Ketten und knurrten wild, fletschten die weißen Zähne – ein Furcht erregender Anblick. Ein dünner, schmutziger Junge, von Pilzflechte gezeichnet, saß bei einer eisernen Winde, von der die Ketten zu den Halsbändern der Hunde verliefen. Als Straccan sich näherte, drehte der Junge die Winde, sodass die sich sträubenden Hunde zurückgezogen wurden. Als Straccan an ihnen zum Innenhof vorbeiging, warf einer den Kopf nach hinten und bellte ihn an – ein Schauder erregender tiefer Ton, der von den umliegenden Wänden hin und her geworfen wurde. Ein Verwalter rief einen Jungen, Straccan zum Sonnenzimmer der Lady im oberen Stock zu führen. Dort schaute eine Kammerfrau mit gehetztem Blick auf Haufen verstreuter Kleidungsstücke und offene Kleidertruhen, herumliegende Seiden-, Samt-, Batiststoffe und Bänder. Sie führte Straccan eine Wendeltreppe hinauf zu einem Fenster und zeigte auf einen anderen Innenhof.

Er fand sie schließlich im Stall bei den Pferden. Sie saß im Stroh, in einem Durcheinander aus schmutzigen Seidenstoff-Bahnen, ein Fohlen im Schoß. Die Flanken des Tierchens hoben und senkten sich, während es einen schmerzlichen Atemzug nach dem anderen tat, mit hervorquellenden, blutunterlaufenen Augen und Schaum vor dem Maul, der überallhin tropfte. Die Hände der Frau streichelten die leidende Kreatur, zu der sie sich hinunterbeugte und ins Ohr flüsterte, wobei sie ihren eigenen Atem in die roten Nüstern blies, ungeachtet des Schaums und Schleims, die auf ihr Kleid und den Schleier fielen. Die schmale, langfingrige Hand hielt den zitternden Kopf des Fohlens, und während Straccan sie beobachtete, wurde das Tier ruhiger. Das Röcheln wurde leiser, die blutunterlaufenen Augen schlossen und öffneten sich und quollen weniger hervor.

Die Frau nahm ein nach Wein riechendes feuchtes Tuch aus einem Eimer hinter ihr, wischte Nase und Maul des Tieres damit ab und wrang das Tuch so aus, dass ein Rinnsal Wein in das Maul rieselte, wobei sie ständig sanfte, beruhigende Worte flüsterte, die gerade außerhalb von Straccans Hörweite waren. Plötzlich tat das Fohlen, das einen Moment zuvor offenbar dem Tod nahe gewesen war, zwei, drei tiefe Atemzüge, hob den Kopf, schaute sich um – rappelte sich auf, schwankte, fiel beinahe wieder, erlangte festen Halt, stand dann zitternd auf den dünnen, langen Beinen und stieß ein Blöken wie das eines Lammes aus, was sofort von einem schrillen, besorgten Wiehern aus einer anderen Box beantwortet wurde.

»Das ist seine Mutter«, erklärte die Frau. »Nun wird es ihm wieder gut gehen. – Milon!« Der Kopf eines Stallknechts tauchte über der Trennwand auf. »Bring ihn zu seiner Mutter.«

Straccan trat zur Seite, damit der Stallknecht das Fohlen an ihm vorüber führen konnte. »Was hatte das Tier denn?«, fragte er und streckte eine Hand aus, um der Frau aufzuhelfen.

»Es fing an zu husten und konnte nicht mehr aufhören«, antwortete sie und wischte sich die Hände an der schmutzigen Seide ihres Rockes ab. »Es hatte einen Anfall nach dem anderen.«

»Ich dachte auch, das Fohlen würde sterben. Wie habt Ihr das gemacht?«

»Ach«, sagte sie mit einem Lächeln, »ich hab's ihm einfach ausgeredet. Aber wer seid Ihr denn?«

»Mein Name ist Straccan. Ich komme von Eurem Bruder. Indirekt.«

»Gebt mir die Ikone«, sagte sie. Sie hatte sich gewaschen und die Kleidung gewechselt. Ihre Haut schimmerte jetzt makellos im Kerzenlicht, und ihr blasses, silberblondes Haar lugte in geschmeidigen, glänzenden Wellen unter einem roten Gazeschleier hervor. Sie saß allein mit Straccan über den Resten ihrer Mahlzeit an einem kleinen Tisch in ihrem Sonnenzimmer, während ihre Kammerfrauen und Dienstmägde kamen und gingen, wobei sie wie Vögel zwitscherten, kicherten und das Zimmer mit Düften und Farben erfüllten.

»Die was …?«

»Na, das Bild.«

Er schnallte den Beutel von seinem Gürtel ab, legte ihn auf den Tisch, schüttelte den Zylinder heraus und reichte ihn ihr. Sie hielt ihn in der Hand, öffnete ihn aber nicht. »Das hier ist auch noch da«, fügte er hinzu und holte die kurze Nachricht hervor, die der unglückliche Crimmon bei sich getragen hatte, »und außerdem noch dies hier von der Priorin von Holystone«, wobei er ihr Mutter Roheses Brief hinschob. Zu seiner Überraschung brach sie das Siegel auf und las den Brief wie ein geübter Schreiber.

»Ich muss Euch belohnen, Sir Richard, für all Eure Hilfe und Mühe.«

»Die Priorin Rohese verdient Euren Dank, Lady, nicht ich. Was mich angeht, so bitte ich nur um eins.«

»Und das wäre?«

»Erzählt mir, was es mit dieser *Ikone* auf sich hat.«

Es hieße, es sei ein Porträt der Maria, der Mutter Jesu, erzählte sie ihm. Die Ikone sei von einem Heidenkönig in einem alten Kloster in Ägypten gefunden worden. Dieser König, Emir Nahadur al-Munir, habe die Ikone aus Dankbarkeit, dass ihm sein Leben gelassen wurde, König Richard Löwenherz gegeben. Richard, der nur Dinge schätzte, die er zu Geld machen konnte, um seinen Kreuzzug zu finanzieren, habe sie an den Großmeister des Ordens der Tempelritter verkauft. Wie die Ikone dann aus dessen Händen in die seines Großneffen geraten war, erklärte sie nicht, aber dass der Lord von Skelrig wünschte, dass seine Schwester sie für ihn verkaufe – und sie habe auch schon einen sehr interessierten Käufer.

»Ich könnte vielleicht mehr bieten als Euer Käufer«, sagte Straccan darauf, während er Datteln aß, »wenn Ihr mir Euren Preis nennt.«

»Seid Ihr so verwegen, Sir, den König zu überbieten?«

»Welchen König?«

»Johann natürlich.«

»In diesem Fall wahrscheinlich nicht. Man müsste wirklich leichtsinnig sein zu versuchen, Johann in irgendeiner Angelegenheit zu übertreffen.«

Sie lächelte und schwieg.

»Die Priorin von Holystone ist jedoch eine einflussreiche Dame und seine Verwandte. *Sie* könnte doch Seine Gnaden überbieten«, meinte Straccan. »Würdet Ihr nicht einen Preis für sie nennen?«

»Nein. *Ich* bin ja nicht seine Verwandte und möchte deshalb nicht sein Missfallen erregen«, erwiderte sie. Dann beugte sie sich vor, um ihm wieder Wein einzugießen, sodass ihm ihr Duft zu Kopf stieg.

»Ich bezweifle, dass Ihr das Missfallen irgendeines Mannes erregen könntet, Lady, und wenn dieser Mann ein König ist«, hörte Straccan sich verwirrt sagen.

Als er wieder auf der Landstraße ritt, einen Brief der Lady an die Priorin in der Satteltasche, konnte er ihr Gesicht nicht vergessen. Es leuchtete den ganzen Tag in seiner Erinnerung, und als er zur Nacht abstieg, stellte er fest, dass ihm der lange Ritt des Tages nur wie eine Stunde erschien. Er hatte seinen Beutel auf dem Tisch in ihrem Sonnenzimmer liegen lassen, sodass sie ihm damit hinterhergelaufen war und ihn gerade noch am Tor erreicht hatte. Sie hatte seine Hände in die ihren genommen. Sicherlich verabschiedete sie nicht jeden Boten so. Ihre Hände waren kühl und leicht gewesen, und bei ihrer Berührung hatte Straccan ein plötzliches Aufwallen von ungebührlich scharfem Verlangen verspürt.

Am Morgen, nach einem sehr sinnlichen Traum, den aus seiner Vorstellung zu verbannen ihm schwer fiel, berührte er die Flanken seines großen Braunen leicht mit den Sporen und schüttelte schließlich die hartnäckige Erinnerung an den Traum ab, als das scharfe Reiten ihm zunehmend Freude bereitete. So erreichte er Holystone noch vor der Mittagszeit und gab Mutter Rohese Julittas Brief.

»Eine korrekte Dankbarkeit«, bemerkte diese, »in korrekter Form ausgedrückt. Sie hat der Priorei die Einnahmen ihres Weinbergs bei Edgeley für ein Jahr zum Geschenk gemacht.«

»Ich hoffe, das wird Euch über den Verlust des Porträts hinwegtrösten«, sprach Straccan. »Ich habe jedenfalls mein Bestes für Euch getan, aber es soll an den König gehen.«

»Oh, an *ihn*«, sagte sie und tat ihren Bruder mit einem Achselzucken ab. »Ich hätt's mir denken können. Es heißt, die Lady sei eine *sehr* gute Freundin von ihm.«

Einen Moment verstand Straccan die Bedeutung ihrer Anspielung nicht; dann aber verspürte er einen heftigen Schmerz.

Auf dem Wege zurück nach Stirrup hielt Straccan bei Eleazars unauffälligem Haus, um eine von dem Kunden fällig gewordene Summe abzuholen, und fand seinen Geldmann unglücklich und besorgt vor.

»Habt Ihr nicht gehört? Nein, habt Ihr nicht, wie ich sehe. Da kamen vor ein paar Tagen Nachrichten aus Shawl. Dieser Pluvis, Master Gregorys Mann, hatte einen furchtbaren Unfall. Er ist tot, Sir Richard.«

»Was ist denn geschehen?«

»Sie fanden ihn – na ja, eigentlich nur Teile von ihm, und nicht mal alle – an der Kreuzung von Shawl. Von wilden Tieren zerrissen, sagt man.«

»Und seine Eskorte? Er hatte doch zwei Bewaffnete dabei.«

»Die schliefen, als es geschah. Auch er hätte im Bett sein sollen. Er *war* auch zu Bett gegangen. Sie hatten ihn bis zu seinem Zimmer begleitet und sich dann unten beim Feuer zum Schlafen hingelegt. Wie er auf die Idee kam, dann mitten in der Nacht allein im Wald umherzuwandern, weiß keiner.«

»Also«, wollte Straccan wissen, »*was* für wilde Tiere sollen das denn gewesen sein? Wölfe sind doch zu dieser Jahreszeit keine Gefahr. Ist er etwa einem Wildeber begegnet?«

»Wölfe, Wildeber – was es auch war, er wurde jedenfalls in Stücke gerissen. Die Leute mögen ›Wölfe‹ sagen, aber sie glauben es gar nicht. Sie denken, dass ein böser Geist ihn so zugerichtet hat – ja, wirklich! Ihr Christen habt seltsame Vorstellungen.«

»Das stimmt«, bestätigte Straccan und steckte das Geld in die Brusttasche seiner Jacke.

10

Das Erste, an das Gilla sich erinnern konnte, war das Gefühl, wie ihre Mutter sie in den Armen hielt, hin und her ging und leise sang. Sie hatte Gilla aus ihrem Kinderbett gehoben, als sie dort nach einem bösen Traum schrie, und auch jetzt noch, etliche Jahr später, konnte sie sich noch an Teile dieses Traums erinnern: Sie rannte enge steingeflieste Gänge entlang und schloss immer wieder Türen hinter sich, wusste aber, dass ihr ein unheimliches Ding auf den Fersen war – bis sie sich in einem kleinen Zimmer hinter der letzten Tür umdrehte, um das *Ding* zu sehen. Lange, knochige braune Finger tasteten sich durch das Schlüsselloch und kratzten dann das Holz der Tür weg, als wäre es Brot, bis da ein Loch war, durch das man hindurchsehen konnte. Ein entsetzliches Gesicht mit borkenähnlicher Haut starrte Gilla gierig an, während die knotigen, zweigartigen Finger immer mehr von dem Holz wegkratzten, um das Loch so groß zu machen, dass die Hexe hindurchklettern konnte …

Ihre Mutter roch nach Blumen und hielt sie fest und sicher. Nichts konnte Gilla mehr wehtun, nichts konnte jemals an sie heran, solange Mama da war. Aber dann war Mama *nicht* mehr da, und Gillas nächste Erinnerung war eine dickliche, weiche, freundliche Frau in Schwarz und Weiß, die ihre Hand nahm und sie zu einem kleinen Wagen mit Verdeck führte, der voller Kissen war und von zwei weißen Maultieren gezogen wurde. Die schaukelnde, schläfrige Bewegung des Wagens schien tagelang anzudauern, während die schwarz-weiße Frau und eine andere in genau der gleichen Kleidung bei ihr auf den Kissen in dem zeltartigen Raum saßen. Gelegentlich stiegen sie aus, um sich eine Zeit lang die Beine zu vertreten und hinter den Büschen zu pinkeln, aber schließlich erreichten sie das Haus, die Priorei der heiligen Catherine von Holystone. Es war das einzige Haus, in dem gewohnt zu haben sie sich erinnern konnte, denn an ihr erstes Heim bei ihrer Mutter hatte sie keine Erinnerung mehr, weil sie erst drei Jahre alt war, als ihre Mutter starb.

Die Zeit verging, und das Kind sammelte mehr Erinnerungen, als das Leben Formen und Muster annahm, als der Tagesablauf von Glockenläuten geregelt und die Welt gänzlich von Frauen in Schwarz und Weiß bevölkert wurde, sah man von Sir Bernard ab, dem Priester der Nonnen, und Ambrose, dem Amtmann, den sie oft den Gang entlang stapfen sah, um der Priorin Hermengarde Nachricht zu erstatten.

Priorin Hermengarde war Gillas Großtante, die Schwester der Mutter von Gillas Mutter, und zu ihrer Überraschung erfuhr sie, dass sie irgendwo, weit weg, in Übersee – ›Outremer‹ nannten sie es – einen Vater hatte! Ein Vater war ein Mann – kein Haustier, nicht wie Sir Bernard und gewiss auch nicht wie der Amtmann Ambrose. *Dein Vater ist ein Ritter, ein tapferer Krieger, der gegen die Ungläubigen kämpft. Die Ungläubigen sind böse Heiden, die Gottes heilige Stadt Jerusalem erobert haben und arme christliche Pilger zu Sklaven und Gefangenen machen.*

Ritter und Heiden nahmen ihren Platz in Gillas Fantasiewelt ein, zusammen mit Heiligen und Engeln, Drachen und Zauberern, Nonnen, Priestern, Bauern, Pferden und Hunden. Sie sehnte sich nach der Rückkehr ihres Vaters, aber das Gesicht ihrer Mutter verblasste bereits in ihrer Erinnerung, überdeckt vom Gesicht der Tante Priorin und der lieben Domitia, die so wundervolle Geschichten erzählte, und Perdita, die Gilla im Bett immer schön zudeckte und sich um sie sorgte, wenn sie Husten, Fleckfieber oder Ohrenschmerzen hatte.

Sie war sieben, als ihr Vater zurückkam. Im Sprechzimmer, zu dem sie gerufen worden war, sah sie den Mann warten – ein Gesicht, das von der Sonne fast schwarz gebrannt war, mit strahlend blauen Augen und einem Lächeln, das über das kleine Mädchen hereinbrach wie ein wunderbarer Sonnenaufgang, als sie sich in seine Arme warf und er sie hielt, fest, fest ... Sein Kinn war kratzig, und als sie ihr Gesicht zurückzog, war sie entsetzt, dass Tränen in seinen Augen waren und seine Wangen hinunterliefen.

»Na, na«, versuchte das Kind ihn zu trösten, »weine nicht, weine doch nicht! Alles wird gut!« Und sie liebte ihn von ganzem Herzen.

An schönen Nachmittagen spielten die kleinen Mädchen im Obstgarten der Priorei, beaufsichtigt von einer Laienschwester oder einer der Nonnen. Matilda lehrte sie manchmal ein neues Spiel – Blindekuh hatte einen solchen Erfolg gehabt, dass ihre ungezügelte Fröhlichkeit (*So ein schallendes Gelächter! So unschicklich!*) einen scharfen Verweis zur Folge hatte. Schwester Margaret saß gewöhnlich unter einem Baum und döste, während die Kinder spielten. Hawise, eine andere Nonne, hatte aus ihrer Kuttentasche Knöchelknochen von den eigenen Schafen der Priorei hervorgeholt, die sie tagelang beschäftigten, denn man konnte mit den Knochen auch im Kreuzgang spielen, wenn es zu nass war, in den Garten zu gehen.

Heute war es Margaret, die unter einem Birnbaum halb schlafend saß, nur gerade noch ihrer hellen Stimmen und des Gelächters gewahr, schon am Rande des Bewusstseins ... bis die Nonne sich bewusst wurde, dass da Stille war und diese schon einige Zeit andauerte. Sie setzte sich auf, blickte sich um und sah die Kinder bei der Mauer des Obstgartens stehen. Warum waren sie so still? Keines hatte sich irgendwie verletzt, keines weinte … Aber da war doch irgendetwas, das nicht so war, wie es sein sollte … Was nur …? Ja!

Nur drei kleine Mädchen standen noch da – nicht mehr vier!

»Wo ist denn Devorgilla?«, rief sie ihnen zu.

Die drei kleinen Gesichter wandten sich ihr zu, blass und bekümmert, und drei Stimmchen antworteten, alle zusammen, durcheinander und verwirrt:

»Wir haben gerade Versteck gespielt …«

»Gilla kletterte den Baum rauf …«

»Den da, der bei der Mauer …«

»Da saß einer auf der Mauer und rief sie …«

»Er rief Gillas Namen, und sie kletterte höher …«

»Und sie hielt ihre Hand hoch, und er zog sie …«

»Da waren Pferde. Wir konnten sie hören …«

»Und nun ist sie *weg*!«

»Ich werde selbst hinreiten«, sagte die Priorin. »Januaria, Sir Bernard und Ambrose werden mitkommen. Es genügt nicht, nur einen Boten zu schicken. Das muss ich selbst tun.«

Am Morgen nach Gillas Verschwinden saß sie mit ihren Nonnen in der Versammlung des Ordenskapitels. Sie alle waren entsetzt und sehr betrübt, aber noch mehr bekümmert von der Vorstellung, dass die Ehrwürdige Mutter sie verlassen würde, um fünfundzwanzig Meilen bis zu einem kleinen Gut zu reiten, ganz weit draußen in der Wildnis, und noch dazu bei diesem furchtbaren Wetter – denn es hatte in der letzten Nacht wieder zu regnen begonnen bei starkem Wind, und es sah so aus, als ob das immer weiter so gehen würde.

»Das Kind befand sich in unserer Obhut«, sagte die Priorin. »Ich muss das Unglück also ihrem Vater *persönlich* berichten. Wir dürfen keine Zeit verlieren.«

Protestierende Stimmen erhoben sich, doch die Priorin stand auf und gebot den anderen mit erhobener Hand zu schweigen. »Ich werde reiten. Es gibt nichts mehr zu sagen. Unterpriorin Domitilla wird während meiner Abwesenheit meinen Platz einnehmen. Ich werde ja nur über Nacht weg sein und morgen wieder zurückkommen. – Januaria, sagt Schwester Hawise, sie soll unser Reisegepäck fertig machen, und richtet Sir Bernard aus, er soll sich bereithalten – Ihr findet ihn in der Remise bei seinem räudigen Sperber. Und sagt Ambrose, sie soll die Damensättel auf Sorrell und Roland schnallen.«

Januaria, die das Reiten verabscheute, flüsterte: »Ja, Mutter«, und flüchtete unglücklich aus dem Raum. Die anderen krähten um die Priorin herum, immer noch protestierend, einige sogar weinend, doch die Priorin schüttelte sie ab wie eine Mutterkatze ihre Jungen, segnete sie alle und ging auf ihr Zimmer. Dort nahm sie Silbergeld aus einer kleinen Eisenkiste und legte es in eine abgegriffene lederne Geldbörse, die an ihren Gürtel geschnallt war. Dann stieß sie die Sandalen von den Füßen und wühlte in einer Truhe nach einem Paar fester Stiefel. Schließlich warf sie sich einen Umhang mit Kapuze über – und fertig.

Bald klapperten die Hufe der beiden Pferde aus den Prioreitoren. Sir Bernard ritt mit der Priorin hinter sich im Sattel; der Amtmann saß mit Januaria auf einer dickbeinigen Stute. Rohese fürchtete sich vor der bevorstehenden Begegnung und betete während des Rittes fortwährend für Gillas Sicherheit.

Straccan schloss die Augen. Sein Hirn schrie »*Nein, nein!*«, als er die Rechte zur Faust ballte und gegen die Wand schlug, und noch einmal, sodass die Haut aufsprang und Blut auf den Stein spritzte. *Nein, nein!* Er lehnte sich zitternd an die Tischkante, bis die vom Schreck hervorgerufene Lähmung von Kehle und Zunge abfiel und Straccan wieder sprechen konnte.

»Schließlich ist ein Kloster kein Gefängnis«, brachte er heiser hervor. »Und Nonnen sind keine Kerkerwächter. Warum sollten kleine Mädchen in einem Garten Wächter brauchen?«

»Das ist großherzig von Euch«, entgegnete die Priorin. Auch sie zitterte, zum Teil vor Ermüdung nach dem langen Ritt, zum Teil vor Erleichterung, denn in dem Moment, als Straccan die Nachricht erfuhr, hatte er ausgesehen, als wollte er die Priorin umbringen.

»Warum Gilla?«, fragte er, als würde er zu sich selbst reden. »Warum war da ein Mann auf der Mauer? Um Obst zu stehlen? Stattdessen stiehlt er ein *Kind* – das erstbeste in seiner Reichweite? Es gibt doch überall Kinder, die sehr viel leichter zu stehlen sind als Kinder, die hinter der Mauer eines Klostergartens spielen. Ich werde mit Euch nach Holystone reiten, denn ich möchte selbst sehen, wo es geschah und wie – und den Weg verfolgen. Bane! Bane!«

Als Bane nicht kam, riss Straccan die Tür auf und ging, ihn zu suchen. »Er ist im Hof, Meister«, sagte Cammo. Und da, im Hof, war ein Fremder, der eine Reihe beladener, niedergedrückt wirkender Ponys durch das Tor und in den Innenhof zog. Ein Packpferdetreiber sprach mit Bane. Bane wandte sich Straccan zu und hielt eine Pergamentrolle in die Höhe.

Straccan entrollte sie. Da waren ein paar Zeilen und eine weiche Haarlocke, so fein, dass sie sofort vom Wind mitgerissen wurde, der die hellen Haare über den Erdboden verteilte.

»Sie ist unverletzt«, lauteten die Zeilen, und weiter: »Ihr müsst den Finger des heiligen Thomas finden. Schickt ihn an den Juden Eleazar in Nottingham. Wenn ich weiß, dass er ihn hat, bekommt Ihr das Mädchen zurück.«

Er packte das sackartige Wams des Packpferd-Treibers, hob ihn auf und stieß ihn nach vorn. »Wer hat Euch das gegeben?«

»Ein M-M-Mann in L-L-Lincoln«, stotterte er.

»Was denn für ein Mann?«

»Oh, ein f-f-feiner Lo-Lord, auf einem f-feinen sch-schwarzen Pf-Pferd.«

Draußen vor der Klostermauer, wo der große alte Apfelbaum über die Straße hing, suchte Straccan den Boden ab. Er wusste selbst nicht, was er zu finden hoffte. Es hatte seit Gillas Entführung geregnet, aber er fand noch Hufabdrücke in dem weichen Boden neben der Straße. Jemand war abgestiegen, hatte das Pferd an einen großen Busch gebunden und gewartet – die Schuhabdrücke eines Mannes an der Mauer waren noch ziemlich deutlich zu sehen. *Dort* war er zurückgetreten, um das herunterspringende Kind aufzufangen, und *dort* waren die Abdrücke tief – wegen des zusätzlichen Gewichts, als er das Kind aufgefangen hatte.

Ein ausgedehnter alter Holunderstrauch wuchs etwa fünfzig Meter weiter an der Straße. Hinter diesem fand er Hufspuren von zwei weiteren Pferden und den Mist von einem – dazu noch etwas Seltsames. Ein kleiner Kreis war mit Feldsteinen auf dem Boden ausgelegt. Darin waren ein paar nasse Federn, blassrosa verfärbt mit regenverwaschenem Blut, dem geschwärzten und halb verbrannten Kopf eines Vogels und den Resten verkohlter Zweige und Blätter. Er zerrieb eines der Blätter – irgendein Heilkraut, nach dem Geruch zu urteilen, vielleicht Baldrian, dachte er. Es war ein zu bemerkenswertes Zusammentreffen, als dass der Steinring nichts mit Gillas Entführern zu tun hätte. Aber *was* war es? Die hatten da nicht einfach eine Mahlzeit gekocht. Als er in dem Holunderstrauch herumstocherte, fand er abgenagte Überreste vom kopflosen Körper einer kleinen Henne. Er hatte keine Ahnung, was er davon halten sollte.

Sie waren in Salterhill gesehen worden, zehn Meilen von Holystone entfernt. Ein sehr schöner junger Mann, sagte das kichernde junge Mädchen, das sich lebhaft an ihn erinnerte. »Stattlich wie ein Prinz, in Panzer und mit Lederhaube.«

Während sie den Befrager hoffnungsvoll anschaute, mischte ihr jüngerer Bruder sich ein. »Er hatte einen Helm an seinen Sattelknauf geschnallt, und ein kleines Mädchen schlief in seinem Arm, und da waren zwei schwarze Männer bei ihm, Bogenschützen – *au*!« Das brachte ihm einen Knuff von seiner Schwester und einen Silberpenny von Straccan ein.

Danach fanden sie keine Spur mehr.

»Ich werde nicht mehr Zeit auf diese Weise verschwenden«, meinte Straccan. »Schöner Mann oder nicht – das hat mit Pluvis und seinem Herrn Gregory zu tun. Gregory schickte die Nachricht, dass er die Reliquie nicht bekommen hat. Ich sandte die Mitteilung zurück, dass sein Mann dafür bezahlt und sie genommen hatte und davongeritten wäre – also sei es nicht mehr meine Angelegenheit. Nun ist meine Gilla gestohlen worden, und ich erhalte die Botschaft, ich soll die Reliquie finden und nach Nottingham schicken. Aber wir wissen doch, dass Pluvis getötet wurde, an diesem Ort – wie heißt er doch – ach ja, Shawl. Er war dort und hatte die Reliquie bei sich. Also werden wir auch dorthin reiten!«

11

Die Kreuzung am Waldrand bei Shawl war ein friedvoller Ort. Vögel sangen in den Bäumen, Bienen summten im Klee, und die Sicht ins sanfte Tal war hell und klar. In der Mitte dieser Kreuzung lag ein alter, verwitterter und flechtenbewachsener grauer Stein, an dem Straccan lehnte und die Zügel seines Braunen hielt. Bane saß vorgebeugt im Sattel seines täuschend klapprig aussehenden Grauen. Die Entfernung zum Dorf und dem Gutshaus von Shawl dort unten mochte etwa zwei Meilen betragen. Ein paar kleine Rauchsäulen, eher Fäden, standen über den strohgedeckten Dächern. Weit hinten bewegten sich kleine Punkte auf den Bodenstreifen zwischen den Feldern; rechts von denen, wo der Waldrand in einer Kurve den Hügel hinunter verlief und fast das Dorf berührte, etwa eine halbe Meile von den mehr außerhalb liegenden Hütten, folgten zwei Kinder einer kleinen Schweineherde, die zielstrebig auf Futtersuche ging.

Hier war ein Mann von Wölfen – oder vielleicht Dämonen – zerrissen worden. Hätten sie das nicht gewusst, würden sie ihr Frühstück, Brot und Käse, hier zu sich genommen haben, aber so beschlossen sie, nach Shawl zu reiten und dort zu essen. Wo sollte er wohl zuerst vorsprechen?, fragte sich Straccan – bei der Kirche oder beim Gutshaus? Die Kirche war näher, also würde er es mal beim Priester versuchen.

Doch Pater Osric lag im Bett, völlig der Außenwelt entrückt, und schnarchte. Nach dem Schenkengeruch in seiner schäbigen Hütte, die sich an die Kirchenmauer lehnte, war er alles andere als ansprechbar, wenn er mal wieder aufwachen sollte. Ein paar sehr kleine Kinder spielten in den freien Stellen zwischen den Hütten, doch sobald er das Geräusch von Pferdehufen hörte, schoss ein alter Mann mit einem Gesicht, das wie geräuchert aussah, in einem abgerissenen Kittel aus ungeschorenem Wollstoff und stark hinkend auf einem bandagierten Fuß, aus einem Torweg hervor, stellte sich mit einem Stock in der Hand auf und starrte den Ankömmlingen finster entgegen.

»Guten Morgen«, sagte Straccan. »Ist Euer Herr zu Hause?«

»Der Herr is weg.«

»Wo kann ich den Vogt finden?«

»Vogt is beim Herrn«, wobei er mit dem Daumen auf die Straße wies, wo das Dach des Gutshauses über die umgebenden Bäume emporragte.

Straccan ritt weiter, doch Bane stieg ab, nahm das rechte Vorderbein seines Pferdes hoch und prüfte das Hufeisen. »Wo ist denn Euer Schmied?«, fragte er.

»Schmiede is da unten beim Fluss.« Der Daumen zeigte die entgegengesetzte Richtung an. Bane wendete und führte seinen Grauen dorthin, wobei er mit dem Fuß gegen ein Rudel magerer, kläffender und hinkender Hunde stieß, die ihm folgen wollten.

»Der Körper, Sir? Das war einfach entsetzlich. So etwas habe ich nie zuvor gesehen. Ich möchte gar nicht darüber reden, dann kommt mir alles wieder vor Augen!«

»Auseinander gerissen, sagte man mir«, meinte Straccan unerbittlich. »Wurde er angefressen?«

»Angefressen? Ich glaube schon«, meinte der Vogt. »Das machen Wölfe doch, nicht wahr? Ein Fuß fehlte und die – äh – Eingeweide.«

»Waren da Spuren von Zähnen? Bissspuren?«

»Um Gottes willen, Sir, ich habe mir das nicht so genau angesehen! Er war zerrissen worden. Von wilden Tieren – von was denn sonst?«

»Also, ich tippe auf Wölfe«, meinte Straccan, »aber da gibt's das Gerede von Dämonen.«

»Dämonen?« Der Vogt bekreuzigte sich mehrmals schnell. Er sah blass und leidend aus, und Schweiß trat ihm auf Stirn und Kinn. »Lasst uns nicht von Dämonen und dergleichen reden, Sir, bitte! Ich kann nicht mehr erwarten, dass irgendjemand noch seine Arbeit macht, wenn alle denken, der Wald wär' voller Dämonen!«

Straccan starrte den Wandbehang an; er war schäbig, fleckig und am unteren Rand von Ratten angenagt. Das Motiv stellte Liebende auf einer Waldlichtung dar. Die Frau hatte goldenes Haar, das aufgelöst unter einem roten Schleier hervorquoll und Straccan schmerzlich an die lebhaften Träume erinnerte, die ihn weiterhin nachts plagten, seit er Lady Julitta begegnet war – Träume, die seine Erinnerung verstopften und ihn am Tag quälten. Er rieb sich die müden Augen.

»Erzählt mir doch, was sich zugetragen hat«, bat er.

»Niemand weiß, was wirklich passiert ist«, jammerte der Vogt. »Er ging zu Bett, und am nächsten Morgen wurde er dort gefunden!«

»Wer fand ihn?«

»Ein Förster.«

»Was hat der getan?«

»Hat mich aus dem Bett geholt. Ich sah mir das an und ging gleich zu Sir Guy, ihm zu berichten.«

»Ihr habt also auch *ihn* aus dem Bett geholt.«

»Äh … nein. Sir Guy schläft sehr fest. Es hatte ja auch keinen Zweck, auch noch *ihn* aufzuregen. Der Mann war doch tot.«

»Wann habt Ihr ihm dann davon erzählt?«

»Nachdem er sein Frühstück gegessen hatte.«

»Dann lag der Körper also mehrere Stunden dort, nachdem Ihr ihn das erste Mal gesehen hattet?«

»Eine ganze Weile, ja.«

»Also hätte jeder seine Taschen durchsuchen können.«

»Da war doch keiner.«

»Der Förster zum Beispiel. Was war mit dem?«

»Der ging in den Wald zurück. Ist ja ein Bediensteter des Königs! Dem konnte ich doch nicht vorschreiben zu bleiben, zu gehen oder sonst was.«

»Und als Euer Herr den Körper gesehen hatte?«

»Ließ er Vater Osric kommen.«

»Und was hat der getan?«

»Nichts. Sagte, es sei zu spät, noch irgendwas zu tun, und kotzte in die Büsche.«

Straccan seufzte. Er schien nirgends weiter zu kommen. Aber Pluvis und die Reliquie *mussten* zu Gregory führen, und Gregory hatte Gilla. Wie dünn der Faden hier auch war, er musste ihm folgen. Das war alles, was er hatte.

»Was geschah dann?«

»Sir Guy ging wieder nach Hause. Ließ Männer mit einer Tragbahre kommen. Die brachten den Körper in den Stall und legten ihn in eine leere Box. Sir Guy, Vater Osric, ich und Sir Roger …«

»Wer ist *der* denn?«

»Der Sohn meines Herrn. Er sollte mit seinem Vater zur Hochzeit reisen.«

»Welche Hochzeit?«

»Das war *seine* Hochzeit – die von Sir Roger! Sie wollten noch vor Mittag aufbrechen, um die Braut zu holen. Sie sind jetzt alle weg, um sich die Gutshäuser der Braut anzuschauen. Da war dieser böse Vorfall doppelt störend – wo sie doch so viel zu tun hatten. Sir Guy war dermaßen wütend, wie ich ihn noch nie gesehen hatte. Auch Sir Roger war nicht gerade erfreut. Sie schickten mich zum Gasthaus, um die Diener des toten Mannes zu holen. Einer schlief noch. Der andere war gerade aufgestanden und pinkelte draußen auf die Kohlköpfe. Ich fragte ihn, wo sein Herr sei, und er meinte, im oberen Stockwerk. Ich ging hinauf und schaute in das Zimmer. Da lag sein Reisesack neben seinem Kissen und sein Mantel über dem Fußende des Bettes. Das Bett war nicht benutzt, und er war auch nicht da. Konnte ja auch nicht da sein, nicht wahr? Er war ja tot.«

Sir Guy hatte die Begleiter, den Gastwirt, dessen Frau, den Küchenjungen und die schlampige Aufwartefrau befragt, doch keiner hatte etwas gesehen oder gehört. Der Mann war nach oben auf sein Zimmer gegangen, um sich schlafen zu legen, aber danach ging er irgendwie wieder hinaus – und in den Tod.

»Schließlich, um weiteres Aufsehen und Mühen zu vermeiden, hatten der Lord und Vater Osric entschieden, dass es Wölfe waren«, erzählte der Vogt weiter, »und der arme Kerl wurde da hinten beim Haselwäldchen begraben, weg vom Graben, wo wir alle anderen reinlegen, bis sie ein ordentliches Begräbnis kriegen können, sobald das Interdikt nicht mehr besteht.«

Das hätte es eigentlich gewesen sein müssen, wäre nicht zwei Tage später das Grab geöffnet und leer gefunden worden, und hätten die Überreste nicht wieder auf der Kreuzung gelegen.

»Was?«, rief Straccan bestürzt. Er zitterte leicht – es war feucht und sehr kalt in der Diele.

»Er war wieder ausgegraben worden«, erwiderte der Vogt geduldig. »Ja, sie hatten ihn wieder ausgegraben und zu dem Stein getragen, wo er gefunden worden war.«

»Wer denn?«

»Die Dorfbewohner, diese Halunken. Ich weiß nicht, wer von ihnen, aber ich weiß, dass sie es waren, und Sir Guy und Vater Osric wissen es auch – wir alle wissen es! Sie denken nämlich, dass es Dämonen waren, die den armen Kerl getötet haben, also wollen sie ihn nirgends in der Erde liegen lassen.«

»Und was habt Ihr getan?«

»Vater Osric versuchte, die Leute zur Vernunft zu bringen. Er hat ihnen draußen auf dem Friedhof gepredigt, und sie hörten wie Schafe zu. Der Totengräber holte die Überreste und begrub sie wieder. Aber schon am nächsten Morgen waren sie wieder ausgegraben worden.«

»Und lagen wieder auf der Kreuzung?«

»Ja – und sahen dadurch nicht gerade besser aus.«

»Was geschah dann?«

»Sir Guy befahl einem Trupp Männer, in den Wald zu bringen, was noch von dem Toten übrig war, und dort irgendwo zu vergraben. Vater Oscric meinte, das sei nicht richtig, aber Sir Guy antwortete ihm, dass *er* nun genug davon hätte und nichts mehr davon hören wolle – *nie mehr*.« Der Schmied war mehr als bereit, seinen wartenden Kunden in Furcht und Schrecken zu versetzen, während er sich mit dem Hufeisen des Grauen beschäftigte. Mit regelrecht boshaftem Genuss beschrieb er die Verstümmelungen des Körpers in allen Einzelheiten und spekulierte selbstgerecht über die wohl sündhaften Gründe für das schreckliche Ende des Fremden.

»Ich 'alf, ihn zum Stall zu tragen«, erzählte er, »all die Stücke. 's war grauen'aft. Ich 'ab ja schon 'ne Menge Tote gese'n, aber nie so 'ne Schweinerei.«

»Ihr habt wohl jedes Jahr Ärger mit den Wölfen, so nahe am Wald?«, fragte Bane.

»Wölfe? Na ja, 'in und wieder, wenn der Winter 'art is. Dann schickt der Lord seine Leute aus. Manchmal geht er auch selbst mit, wenn ihm danach is. Der König zahlt ja fünf Shilling für einen Wolf. Fünf alte Shilling! Aber das da waren keine Wölfe. Was *die* anrichten, weiß ich doch. Ich 'ab gesehen, was die von Schafen übrig lassen. Als ich ein Junge war, 'aben sie mal 'ne alte Frau erwischt. Aber so 'ausen die nicht. Da gibt's Dämonen im Wald!« Er sah Bane scharf an, um sich zu vergewissern, dass der überzeugt war. Bane machte ein hinreichend erschrecktes Gesicht. Er bezahlte den Schmied, ritt davon und setzte sich auf eine Bank vor dem Bierhaus, um auf Straccan zu warten.

12

Jeder von denen könnte ihn genommen haben«, sagte Straccan und versuchte, das Summen in seinen Ohren und die schleichenden Vorboten von Kopfschmerzen zu ignorieren. »Der Förster, der Vogt, Vater Osric, Sir Guy – aber nicht sein Sohn. Sir Roger sah die Leichenteile offenbar gar nicht. Der Vogt scheint auch nicht in Frage zu kommen – der ist viel zu ängstlich. Sir Guy war ja nur daran interessiert, dass sie nicht zu spät zur Hochzeit kommen. Vater Osric scheint ein zu großer Trunkenbold für *irgendein* Unternehmen zu sein. Bleibt also noch …«

»Der Förster«, sagte Bane beim Mittagsmahl mit vollem Munde.

»Tja, der Förster. Wo können wir den finden?«

Sie fanden ihn in seinem Heim, wie er behaglich da saß, die Füße hoch, und friedlich Kaninchenfelle für eine Winterweste zusammennähte. Seine saubere, feste, gut überdachte Hütte lag ziemlich entlegen auf einer Lichtung, neben einem der Haupt-Waldpfade. Die Tür stand offen, und ein paar Hühner gackerten und scharrten, wo Krumen und anderer Abfall für sie hingeworfen worden war. Der Mann schaute auf, als die anderen näher kamen, rührte sich aber nicht, als Straccan abstieg und Bane die Zügel reichte. Dabei verspürte Straccan einen Anfall von Übelkeit, und die Kopfschmerzen pochten heftiger. »Nicht jetzt, o Gott, bitte«, murmelte er und sagte dann laut: »Guten Tag« durch die offene Tür.

»Sir!« Der Mann legte seine Nadelarbeit hin und ließ eine

Hand wie zufällig auf dem Griff des Respekt einflößenden großen Messers an seinem Gürtel ruhen. Sein Gesicht war braun und zerfurcht wie Baumrinde, mit einer großen, dunklen, hässlichen Narbe auf der rechten Wange. Seine aufgerollten Ärmel ließen narbige Arme erkennen. Ein alter Soldat.

»Ich bin Sir Richard Straccan«, stellte der Ritter sich vor, worauf der Mann aufstand – er wusste ja, was sich gehört –, doch die Hand blieb am Messergriff, denn er war auch erfahren.

»Was kann ich für Euch tun, Herr?«

Straccans Kopfschmerzen wurden jetzt zu stark, als dass er sie ignorieren konnte, und auch das Sonnenlicht war zu hell für sein Wohlbefinden. »Ich brauche Auskünfte«, erwiderte er. »Ich werde dafür zahlen.«

»Ja, das macht man gewöhnlich so, Sir«, sagte der Mann ungezwungen. »Eine altbewährte Sitte. Wollt Ihr nicht reinkommen?« Er schob einen Schemel mit einem Fuß nach vorn und wartete, bis Straccan sich gesetzt hatte, bevor auch er wieder Platz nahm.

»Vor einiger Zeit wurde hier ein Mann getötet. Ihr habt seine Leiche gefunden – auf der Kreuzung.«

»Ach *das*. Ein Freund von Euch?«

»Nein. Erzählt mir, wie Ihr ihn gefunden habt.«

»Ich war dort auf meinem Streifengang. Den mache ich zu unregelmäßigen Zeiten in der Nacht, damit man nie weiß, wo ich erscheine. Als ich zu der Kreuzung kam, sah ich ihn.«

»Habt Ihr noch irgendwas anderes gehört oder gesehen? Wölfe? Menschen?«

»Nein.«

»Wie lag denn der Körper da? In einem Haufen oder verstreut?«

»In einem Haufen.«

»Habt Ihr ihn angefasst, irgendwie bewegt?«

»Ich drehte das Stück, an dem sein Kopf noch hing, mit dem Fuß herum, um zu sehen, wer es war.«

»Kanntet Ihr ihn?«

»Nein.«

»Was war mit seiner Kleidung?«

»Was soll damit gewesen sein?«

»Er hatte sicher etwas an, nicht? Er war doch nicht nackt?«

»Nein.«

»Was hatte er denn an?«

»Einen Stiefel – es war nämlich nur noch ein Fuß da, den anderen fanden wir nicht. Gamasche, Jacke, alles zerrissen. Nichts zum Aufheben.«

»Überhaupt nichts? Nicht mal ein Heiligenmedaillon um den Hals?« Straccan musste sein Hirn zum Denken zwingen, und seine Zunge zum Reden. Er fühlte sich erbärmlich. Das war zweifellos sein Erbteil vom Kreuzzug, das Wechselfieber– Saladins Rache, wie sie es nannten. Es hatte sich den heutigen Tag ausgewählt, ihn flach zu legen.

»Nein.«

»Kein Wams? Keinen Gürtel?«

»Nein.« Der Mann drehte sich halb um, wollte seinen Suppentopf vom Feuer heben und auf die Herdsteine stellen. Als er sich wieder umwandte, blickte er Straccan scharf an. »Ihr seht krank aus, Sir. Soll ich Euren Diener rufen?«

»Habt Ihr nicht *irgendetwas* an ihm gefunden, Mann? Ich bin nicht hier, um Euch anzuschwärzen. Mit dem König, seinen Richtern oder dem Gesetz habe ich nichts zu tun.«

»Aber was sucht Ihr denn, Herr?«

»Er hatte etwas von mir gestohlen. Er könnte es um den Hals getragen haben – einen kleinen Metallbehälter, ungefähr so groß.« Er zeigte eine Lücke von etwa zwei Zoll zwischen Zeigefinger und Daumen und bemerkte, wie der Förster den Blick vor Unbehagen abwandte.

»Er trug nichts um den Hals. Gott möge mich erschlagen, wenn's nicht so war«, sprach der Mann.

Straccan seufzte und hielt sich den pochenden Kopf mit beiden Händen. Ihm war nun sehr kalt, und er biss sich auf die Zähne, damit sie nicht klapperten. »Ihr findet es vielleicht noch«, sagte er. »Möglicherweise fiel es herunter und wurde im Wald nicht mehr bemerkt. Wenn Ihr es *finden* solltet, werde ich sehr großzügig sein.«

»Da bin ich sicher, Herr. Darf ich fragen, wie großzügig? Ich bin gern bereit, auf meinen Streifengängen danach zu suchen, wenn es sich für mich lohnt.«

»Ein Goldstück«, erwiderte Straccan, holte eine von Master Gregorys hässlichen kleinen Münzen aus seiner Geldbörse und knallte sie auf den Tisch. Der königliche Forstmeister starrte sie an und wurde blass unter seiner Wetterbräune. »Ihr habt so etwas schon mal gesehen, nicht wahr?«, fragte Straccan. »Ihr kennt diese sonderbaren Münzen. Er hatte sie in seinem Gürtel, *stimmt's?* Ich *weiß*, dass er sie hatte und dass Ihr sie genommen habt. – Bane!«

»Wie durch Zauberei war Bane plötzlich von seinem Pferd herunter und stand in der Türöffnung, die Schwertspitze an des Försters Kehle. »Nehmt das Messer aus Eurem Gürtel, lasst es fallen und stoßt es mit dem Fuß aus der Tür!« Der Mann zögerte, doch Bane machte eine leichte Stoßbewegung mit dem Schwert, und das Messer schlitterte über die Türschwelle, sodass die Hühner draußen auseinander stoben.

Straccan hielt sich nun mit beiden Händen an den Seiten seines Schemels fest. »Er weiß, wo es ist«, stieß er heiser hervor, »denn er hat Pluvis' Gürtel.«

Bane schritt vorwärts und der Förster zurück, immer weiter, bis er an seinem Herd stand, doch Bane rückte trotzdem weiter vor, sodass der Mann mit einem Aufschrei rückwärts fiel und einen Augenblick in seinem eigenen Feuer saß. Kreischend wälzte er sich heraus und machte eine verzweifelte

Handbewegung zum heißen Suppentopf hin, um diesen als Wurfgeschoss zu benutzen, doch Banes Fuß schleuderte ihn in die Luft, sodass die Eintopfsuppe darin in sämtliche Richtungen spritzte. Der Förster lag in der Ecke und fluchte schrecklich.

Als Bane sein Schwert hob, schrie der Mann: »Ja! Ich nahm seinen Gürtel! Es waren zwei Goldmünzen darin – solche wie die da!«

Straccan nahm seine Münze vom Tisch und schleuderte sie in die Ecke. »Jetzt habt Ihr drei und seid damit gut bezahlt. Also, was ist jetzt mit *meinem* Ding?«

»Das habe ich nie gesehen!«

»Er lügt«, sagte Bane mit einem bösen Grinsen.

»Wollen wir doch mal in seinen Därmen nachsehen. Es heißt, man kann am Gedärm die Wahrheit erkennen.«

»Nein, tut das nicht!« Der Förster kroch zur Wand und setzte sich in einer Ecke auf. »Ja, ich geb's zu – ich hatte es! Es war eine Art Reliquie, ein Knochen, ein Stück von einem Finger, und ein gewöhnlich aussehender kleiner Blechbehälter, nicht mal aus Silber. Nur eine Fälschung. Ich warf es weg.«

Straccan sagte ernst: »Ich schwöre bei Gott und seiner Gesegneten Mutter, dass wir Euch nichts Böses wollen. Ihr müsst mir nur erzählen, wo es ist …« Und er kippte vornüber von seinem Schemel in einen wirbelnden Nebel aus Schmerzen und grausamer Kälte.

13

Zuerst kam der Schüttelfrost mit blauen Lippen und blauen Finger- und Zehennägeln – ein Anfall nach dem anderen. Umwickelte heiße Steine um ihn herum gelegt oder leichte, weiche warme Decken – es machte keinen Unterschied. Die Kälte ließ nicht locker. Da war eine Frau. Sie pflegte ihn äußerst sanft. Er war sich ihrer bewusst – eine formlose Figur in grauem, hausgewebtem Kleid, ein dunkler Schatten, der sich zwischen ihm und dem Licht bewegte. Da war auch der saubere Duft von Kräutern, der scharfe Geruch von bitterem Getränk, das ihm mit Gewalt zwischen die klappernden Zähne gegossen wurde.

Dann kam die Hitzephase. Die Frau wischte sein Gesicht mit kalten, feuchten Lappen ab, die nach Rosmarin rochen. Seine Haut fühlte sich bei Berührung unangenehm heiß und trocken an, brannte regelrecht, während das Fieber stieg. Ja, er selbst brannte, konnte die Wüstensonne sehen und fühlen – die erbarmungslose Sonne Palästinas, eine große, weiß glühende Scheibe, die den ganzen Himmel einnahm und sein Blut in den Adern zum Kochen brachte. Sie hatten ihn erwischt, die ungläubigen Hunde, und an einem Pfahl in der Sonne angebunden, damit die Hitze ihm das Gehirn ausbrannte, während sie irgendwo hinter ihm, wo er sie nicht sehen konnte, zuschauten und lachten. Oder war er schon tot und schmorte in der Hölle? Seine Kleider hatten Feuer gefangen. Er konnte sehen, wie sie schrumpelten, erst braun und dann schwarz wurden, mit dünnen Rauchfahnen ... Er wand sich, um sich zu befreien, aber da waren Ketten, rot glühende Ketten, die ihn am Boden hielten. Seine Welt schrumpfte zu einer kleinen Hölle zusammen. Er rief nach Bane, nach Marion, seiner Frau, und nach seiner Tochter. Irgendetwas war Gilla geschehen; sie war verschwunden, und er musste sie finden, musste der Hölle entfliehen und sie finden …

Das Schwitzen trat plötzlich und heftig ein. Es schien unmöglich, dass so viel Wasser aus einem menschlichen Körper strömen konnte. Es floß aus ihm heraus und tränkte den Strohsack unter ihm, sauer und scharf. Er hörte Stimmen und versuchte, die Augen zu öffnen, doch die bleiernen Lider wollten sich nicht heben. Es war Banes Stimme und die eines anderen Mannes. Starke Hände hoben ihn hoch und legten ihn auf einen frischen Strohsack, während der andere weggenommen wurde. Wieder der Duft von Kräutern, aber auch appetitliche Kochgerüche. Die Teufel hatten aufgehört, seinen Schädel als Amboss zu benutzen. Kühle Hände hoben seinen Kopf hoch und hielten ihm eine Tasse an die Lippen. Ein harter kalter Druck, der gleiche bittere Geschmack.

»Marion?«, fragte er.

»Pssst.«

»Gilla! Ich muss sie finden!«

»Sprecht nicht, trinkt nur behutsam. Bald wird es Euch besser gehen.«

Er war schwach wie ein neugeborenes Lamm – nein, schwächer, denn Lämmer rappeln sich schon auf, wogegen er gerade in der Lage war, den Kopf zu heben und die Hände zu bewegen. Endlich war er wieder bei Besinnung. Er erkannte nun, dass da ein Vorhang zwischen seinem Bett und dem anderen Teil des Raumes hing, aber das Licht eines Feuers schien durch einen kleinen Spalt, und eine Frau bewegte sich immer wieder zwischen dem Licht und dem Vorhang, wobei sie ihren Schatten darauf warf.

Sie hob die Hände an den Kopf und schüttelte die Zöpfe aus, die ihr über die Schultern fielen, löste sie auf und kämmte sie mit schnellen Streichbewegungen, bevor sie die Zöpfe wieder flocht und an den Enden zuband. Sie schnallte ihren Gürtel ab und hängte ihn an die Wand. Dann, noch in ihrem Kleid, verschwand sie aus seinem Blickfeld. Er hörte das Rascheln ihres Strohsacks und das Quietschen eines Kastenbetts.

Er öffnete den Mund, um zu sprechen und zu fragen, wer sie sei, wo *er* sei und wie er hierher gekommen sei – aber noch während er darüber nachdachte, schlief er ein. Ein anderer böser Albtraum voller Gewalttätigkeiten überfiel ihn, sodass er sich nach dem Erwachen erschöpft und übel fühlte. Tagelang schwebten die hässlichen Erinnerungen in seinem Geiste, sodass er sich vor dem Schlaf zu fürchten begann.

Als er am Morgen erwachte, war der Vorhang verschwunden – zurückgezogen und an die Wand gebunden. Die Tür stand offen und ließ das Sonnenlicht herein. Es war niemand da, doch auf dem Tisch saß ein cremefarbenes Kätzchen und putzte sich. Straccan versuchte sich aufzusetzen, doch eine Woge von Schwindelgefühl ließ ihn innehalten und auf den Ellbogen ausruhen, bis sein Kopf wieder klarer war. Er hörte Banes Stimme von draußen, und einen Moment darauf kam er auch schon mit einem Ledereimer voll Wasser herein. Als er Straccan sah, lächelte er. »Sie hat ja vorausgesagt, dass es Euch heute besser geht.«

»Wer denn? Wo bin ich eigentlich?«

»Das ist Mistress Janivas Haus.«

»Janiva? Ist das die Frau, die sich um mich gekümmert hat?«

»Ja. Dieser Tostig, der Förster – erinnert Ihr Euch an ihn? Er und ich brachten Euch hierher, als Ihr die Besinnung verloren hattet. Er sagte, dass sie Euch wieder auf die Beine bringen würde. Ich erwiderte, wenn sie's nicht tun würde, schneid' ich ihm die Kehle durch und werf' seine Leber den Hühnern vor.«

»Das muss ihn ja sehr hilfreich gemacht haben.«

»Ja, sehr. Er wurde ganz annehmbar, nachdem er sich überzeugt hatte, dass wir keine Freunde von Pluvis oder Spione für die Richter sind. Dieser Pluvis war sogar noch widerlicher, als wir dachten – und es waren bestimmt keine Wölfe, die ihn töteten.«

»Dämonen aber auch nicht«, meinte Tostig, der mit einem riesigen Bündel trockener Zweige und Stöcke hereinkam, die er mit Gepolter beim Kamin fallen ließ, um dann wieder hinaus zu stapfen.

»Dämonen auch nicht«, pflichtete Bane ihm bei. »Das waren Menschen aus dem Dorf. Ein verschlagenes Volk! Man soll die einfachen Leute nie unterschätzen. Anscheinend hatte Pluvis eines ihrer Kinder geraubt, ein Mädchen von fünf oder sechs Jahren.«

Die Nägel von Straccans geballten Fäusten schnitten in seine Handflächen, als ihn kaltes Entsetzen überkam. Bane fuhr fort: »Sie hieß Cecily. Die anderen Kinder erzählten, dass er mit ihr gesprochen und ihr ein Haarband gegeben hat. Dann ging er weiter, aber bald war sie verschwunden. Also nahmen die Leute an, dass er es gewesen ist.«

Straccan merkte, wie er zitterte, und legte sich wieder zurück, um den Schwächeanfall vorübergehen zu lassen. *Cecily*, dachte er, *fünf oder sechs Jahre alt. Bitte, Gott, Herr des Erbarmens, NEIN! Nicht Gilla!*

»Sie kamen durch sein Fenster«, erzählte Bane weiter, »als er schon schlief, erwürgten ihn halb, knebelten ihn, zogen ihn nach draußen und packten ihn auf das Maultier des Priesters. Osric wusste in seinem benebelten Schlaf ja nicht, was vor sich ging. Die konnten also damit rechnen, dass er nichts hörte. Sie hatten ihre vier Ochsen in den Wald geführt. Als sie auch ihn zu dieser Stelle gebracht hatten, drohten sie, ihn zu kastrieren, wenn er nicht gestehen würde. Also sang er – wie ein Hänfling. Gestand ihnen, er hätte das Mädchen in den Fluss geworfen – und sie fanden sie auch, ein paar Tage später, acht Meilen flussabwärts bei Cubberswick. Er erzählte ihnen, dass sie ein kleines rotes Muttermal auf dem Bauch hatte – und das stimmte. Er bot ihnen Gold an. Darauf steckten sie ihre Messer weg, und er schöpfte wieder Hoffnung. Er meinte, sie würden ihn verschonen, fing an zu grinsen und sagte, dass sie nun endlich vernünftig würden. Da hatte er noch nicht erkannt, wozu sie die Ochsen geholt hatten.«

Banes Stimme erklang weiter, sanft, beinahe monoton: »Sie hatten jedes seiner Glieder, Arme und Beine, an einen Ochsen gebunden. Als er zu schreien begann, stopfte ihm einer eine Hand voll Schafwolle in die Kehle. Er wand sich, stieß und zappelte wie wahnsinnig. Sein Gesicht wurde fast schwarz, und die Geräusche, die er unter dem Knebel machte, waren entsetzlich. Sie trieben die Ochsen an. Die Tiere machten ein paar Schritte, sodass die Stricke sich spannten. Dann zögerten sie, doch ihre Treiber feuerten sie an. Es gab ein Geräusch, nicht sehr laut, als ob feuchte Zweige brachen. Die großen, friedfertigen Biester zogen weiter an, trotteten vorwärts und blieben wieder stehen.«

»Was hatte denn Tostig damit zu tun?«, wollte Straccan wissen.

»Er war auf seiner Waldstreife gewesen und stieß auf die Männer, als sie die Überreste des Burschen auf die Kreuzung warfen. Sie erzählten ihm die Geschichte, und er versprach, den Mund zu halten – für eine Belohnung.«

»Den Geldgürtel.«

»So war es. Und darin war auch die Reliquie.«

Straccan schwieg. Nur das Prasseln des Feuers war zu hören, und von draußen erklang das sanfte Rauschen eines plötzlichen Regenschauers. Er atmete tief durch und stieß mit großer Anstrengung die hässlichen Reste des Traumes von letzter Nacht von sich – das Echo von hämischem, gierigem Gelächter, das sein eigenes zu sein schien – was aber nicht sein konnte – und durch Vorstellungen von Schmerz drang.

»Sie sind auch ungestraft davongekommen«, meinte er, wobei er nach der Realität des Hier und Jetzt griff. »Keiner wird jemals darüber reden. Und keiner ist ein Mörder. *Sie* töteten ihn ja nicht – die Tiere waren's. Würde irgend jemand es herausfinden, würden alle Männer des Dorfes hängen. Das Gut würde durch Geldstrafen in den Ruin getrieben und die Ochsen, die einen Menschen getötet haben, würden abgeholt. Auch Sir Guy persönlich hätte eine schwere Zeit, wenn die Richter sich mit ihm befassen würden, denn sie würden ihm die Verantwortung anlasten, ob er nun etwas davon gewusst hat oder nicht. Also wird niemand diese Katze aus dem Sack lassen!«

Bane pflichtete ihm bei. »Der Tostig wird's schon mal nicht, weil er den Geldgürtel an sich nahm. Und der Lord möchte es noch gar nicht mal wissen. Alles was *er* wollte, war doch, die ganze Angelegenheit unter die Matte zu kehren und mit der Hochzeit weiterzumachen. Das Dorf wird so fest wie ein Fels zusammenstehen, und was das Dorfarchiv betrifft, so steht darin, dass ein Kind aus dem Ort im Fluss ertrank und ein durchreisender Fremder von Wölfen getötet wurde.«

»Aber was ist mit den Begleitern des Pluvis?«

»Sir Guy ließ sie gehen. Sie ließen sich den kürzesten Weg nach Altarwell zeigen.«

»Wo ist denn jetzt die Reliquie?«

»Tostig glaubte wirklich, dass sie eine Fälschung war. Nun, sie sieht ja auch nicht gerade nach viel aus, nicht wahr – in diesem billigen kleinen Behälter. Er gab sie Mistress Janiva, weil er dachte, dass sie Gebrauch dafür hat.«

»Wer ist diese Frau eigentlich?«

»Ich glaube, sie ist so eine Art Weise Frau«, meinte Bane, was ihn offensichtlich verwirrte, denn er sah erstaunt aus und klang auch so.

»Sie lebt allein hier?« Auch Straccan war überrascht.

»Man kümmert sich um sie«, erwiderte Bane. »Jemand aus dem Dorf kommt morgens und abends und erkundigt sich, was sie braucht. Sie halten große Stücke auf Janiva, und sie pflegt die Leute, wenn sie krank sind. Auch Tostig kommt jeden Tag und bringt ihr Wildkaninchen, Holz und noch so allerlei. Er ist sehr angetan von ihr. Nein«, fügte er hinzu, als er Straccans fragenden Blick sah, »nicht auf diese Weise. Er hat eine Frau im nächsten Dorf. Aber vor etwa einem Jahr kam er einem Wildeber in die Quere – habt Ihr das Loch in seinem Gesicht gesehen? Er sagt, dass er dem Tod nahe war, als seine Frau Mistress Janiva holte. Sie heilte ihn.«

»Gott hat geheilt, nicht ich«, warf die Frau ein, die in diesem Moment erschien. »Ich hab' ihn bloß gepflegt.«

Bane sprang auf und verbeugte sich.

Straccan sagte: »So wie Ihr *mich* gepflegt habt. Ich danke Euch, Mistress. Wie kann ich Euch das bezahlen?«

»Ich brauche keine Bezahlung, Sir. Ihr bleibt heute noch im Bett und werdet auch morgen noch schwach sein. Aber während Ihr noch hier seid, könntet Ihr mir vielleicht einen Dienst erweisen, wenn Ihr wollt.«

»Mit Freuden!«

Er starrte sie an. Er hatte erwartet, eine alte Frau zu sehen, aber sie war noch nicht einmal zwanzig. Ihr Gesicht war oval, leicht gebräunt, mit ein paar Sommersprossen. Die Haut war rein und glatt wie ein Ei. Rötlich braunes Haar war mit grünem Wollband zu zwei Zöpfen geflochten. Die Augen waren braun und besaßen Hirschkuh-Wimpern mit schmalen Brauen darüber. Die Frau war hochgewachsen, und unter dem sackartigen grauen, selbst gesponnenen Kleid schauten schlanke lange Beine hervor. Ihre gebräunten Hände, die viele kleine Kratzer aufwiesen, waren sauber und fühlten sich kühl auf seiner Stirn an. Ihre Gegenwart war irgendwie so erfrischend wie Frühlingswasser. »Kein Fieber mehr«, stellte sie fest. »Habt Ihr gut geschlafen?«

»Ach, ich wurde schlimm von bösen Träumen gequält.«

»Fieber bringt nun mal schlechte Träume«, erwiderte sie, »aber das ist ja vorbei. Seid Ihr hungrig?«

Straccan stellte fest, dass er ausgehungert war und machte kurzen Prozess mit Brot und Kaninchenragout. Als er damit fertig war, zog Janiva einen Schemel an sein Bett und setzte sich darauf. »Euer Mann hat mir von der Reliquie erzählt, die Ihr sucht«, sagte sie. »Tostig gab sie mir, aber wenn sie die Eure ist, muss ich sie Euch zurückgeben. Es kann aber jeder sagen, dass sie ihm gehört. Könnt Ihr Euren Anspruch beweisen?«

Straccan grinste. »Ja, das kann ich. In meiner Satteltaschen, werdet Ihr ein Pergament finden, einen Verkaufsbrief vom Erzbischof von Canterbury.«

Während die Frau ging, in der Satteltasche danach zu suchen, sagte Straccan zu Bane: »Es hat doch keinen Zweck, dass Ihr weiter hier bleibt. Ich bin morgen wieder auf den Beinen – und am Tag darauf auf meinem Pferd. Reitet schon nach Altarwell und schnüffelt dort ein wenig herum, bis ich auch dorthin komme. Versucht mal, ob Ihr diesen Bastard und sein schwarzes Pferd ausfindig machen oder etwas über ihn und meine Gilla hören könnt. Ich hoffe bei Gott, dass sie bei *ihm* war und nicht ...«, er schluckte den hässlichen Gedanken hinunter. »Seht mal zu, ob Ihr auch etwas über Gregory erfahren könnt. Ich werde Euch schon finden, wenn ich komme. Welchen Tag haben wir heute?«

»Dienstag.«

»Ihr werdet irgendwann am Donnerstag dort eintreffen und ich am Samstag.«

14

Janiva rührte das Wasser mit den Fingerspitzen um, schlug ein Kreuz darüber und schaute hinein. Ein aufmerksamer Beobachter hätte ihre plötzliche Blässe bemerkt, als das Bild kam.

Sie kommen immer schnell hintereinander; ein neues taucht im alten auf, zerstreut es und nimmt seinen Platz ein – klar, klein und sehr hell –, schaukelt an die Oberfläche und verschwindet. Oft sah Janiva Fremde und fremdartige Orte, aber wenn sie ein besonderes Ziel hatte, ein bestimmtes Gesicht oder einen Ort suchte, sah sie es auch immer. Sie hatte solche Bilder schon seit ihrer Kindheit gesehen. Ihre Mutter hatte sie schwören lassen, das nie jemandem zu erzählen. Sie hatte gesagt, dass auch *ihre* Mutter diese Eigenschaft besessen habe – Fluch oder Segen, wer weiß?

Der Mond hatte zugenommen, abgenommen und wieder zugenommen, seitdem sie den Reisenden, *diesen* Mann, den kranken Ritter, in ihrer Schüssel gesehen hatte. Sie hatte ihn mehrmals erblickt, sodass sie ihn sofort erkannte, als Tostig und dieser Bane ihn zu ihrer Tür brachten, obwohl die meisten Bilder ihn jünger gezeigt hatten. Sie hatte ihn auf einem großen Schlachtross reiten sehen, in zerhauenem und blutigem Kettenpanzer, eine Kriegskeule schwingend. Dann wieder kniend, gedrängt zwischen anderen knienden Männern, am Boden einer Kirche oder Krypta – niedrig, gewölbt, von tausend Kerzen und Lampen erhellt. Eine Lampe, die an langen Ketten von der Bogendecke hing, befand sich nahe dem

Reisenden, der den Kopf vom Gebet erhob und die Lampe mit Tränen in den Augen anstarrte. Sie sah ihn auch mager und abgerissen an Deck eines kleinen Schiffes. Aber alles war binnen eine Augenblicks verschwommen und verschwunden.

Jetzt war er hier, in ihrem Haus, und als Janiva Wasser vom Bach holte und in die Schüssel blickte, sah sie ihn fest schlafen, mit all den ihr vertrauten Dingen um ihn herum. Doch als sie weiter schaute, stieg ein böser Schatten auf, verdeckte ihn, sank nieder, legte sich neben, dann über ihn. Er wand sich, doch seine Augen waren geschlossen. Es war keine Kraft mehr in ihm. Der böse Schatten lag nun dick auf ihm; seine Ränder dehnten sich in ihr Zimmer hinein, und sie fühlte eine kalte, scharfe Übelkeit, als ein fauler Geruch von der Wasserschüssel aufstieg. Dieser Gestank füllte ihre Nasenlöcher, ihre Kehle und ließ sie würgen. Sie fühlte ihn auch im Hirn, wie er ihre Gedanken mit halb gesehenen Visionen verstopfte, so dass alles, was gut begonnen hatte, in Blut und Qual endete. Sie warf den Kopf von der Schüssel zurück, bekreuzigte sich und schüttete das Wasser auf die Erde. Ein übler Geschmack blieb in ihrem Mund zurück. Sie putzte sich heftig die Nase, spuckte aus, trank sauberes Wasser vom Bach und bespritzte ihr Gesicht damit. Der Schweiß an ihrem Körper ließ das Kleid an ihrer Haut kleben und wurde kalt.

Dieser würgende Schleim, dieser Pesthauch hatte einen Namen. Es war, es war …

Sie war diesem Übel nie zuvor begegnet, aber irgendetwas in ihr, das viel älter war als Janiva selbst, kannte es, erkannte es als den *Feind*, wusste, dass es besiegt und vernichtet werden musste.

Es hatte einen Namen – es war *Succubus*.

Von dieser grässlichen Episode beim Bach tauchte Janiva in die Fröhlichkeiten des Maifestes ein, mit einem gierigen Hunger nach Normalität und Vergnügen. Die Wiese neben der Kirche war voller Leute, aus Shawl selbst und von benachbarten Orten. Ein Maibaum war aufgestellt worden mit einem grünen Busch an der Spitze und umflochten von Blumen und Blättern, die in der Wärme dieses schönen Tages bereits welkten. Auf dem Rasen waren Stände, in denen Esswaren und Getränke, gebrauchte Kleider und Schuhe, Töpfe und Pfannen, Messer und Löffel, billiger Schmuck und fleckig eingefärbte, grobe Bänder verkauft wurden. Sir Guy hatte drei Schafe zum Braten geschickt, die sich schon auf den Spießen drehten und die Luft mit dem Geruch von Schaffett als Versprechen für die knurrenden Mägen erfüllten. Lord Sir Guy und Lady Alienor waren in der Kirche und sprachen mit Pater Osric, der auf ein Geldgeschenk für neue Fensterläden hoffte. Die Windstöße, die im Winter durch die Fensterlöcher fuhren, drohten ihn zum Krüppel zu machen, und die alten Bretter waren morsch und würden keinen weiteren Winter überstehen. Sir Guys kleine Gruppe von Familienangehörigen, Freunden und Bediensteten stand im Kirchhof und wartete auf ihn, schwatzend und lachend. Ein gelegentliches fröhliches Kreischen von einer der Frauen übertönte alles.

Ein Reliquienhausierer und Quacksalber hatte seinen tragbaren Laden an der Kirchhofmauer aufgestellt, neben dem Tor, und bot Salben gegen Knochenschmerzen an, Pulver, die man ins Bier von Ehemännern schütten konnte, um die Manneskraft zu erhöhen, und Heiltränke für alles andere. Er hatte auch Salz von der Säule, in die Lots Frau verwandelt worden war, Fingernagel-Schnipsel vom heiligen Petrus und etwas von dem Lehm, aus dem Gott Adam geformt hatte. Eine kleine Menge stand gaffend da, jedoch unbeeindruckt und nicht recht überzeugt. »Leg sie doch in deinen Suppentopf«, rief einer und spielte damit auf Lots Frau an. Der Hausierer starrte finster zurück, doch in diesem Moment kamen der Lord und die Lady aus der Kirche, sodass er seine Verkaufsbemühungen verdoppelte, aber die feinen Leute rauschten vorüber, lachend und schwatzend, und nahmen keine Notiz von ihm.

Die Einheimischen, die solche Dinge sehr interessierten, bemerkten, dass Sir Guy seinen alten roten Hut trug, und dazu einen neuen blauen Mantel mit Pelzbesatz. Lady Alienor trug ihr zweitbestes blaues Kleid, aber mit einem neuen Gürtel. An den Gürtelenden hingen kleine Glocken, die bei jedem Schritt klingelten. Die Leute von Shawl grinsten, stießen sich gegenseitig an und zeigten mit dem Finger darauf, damit ja niemand diese Neuheit übersah. Pogs Frau, die Bier verkaufte, goss einen Becher randvoll für Sir Guy ein, der ihn in drei heroischen Schlucken austrank, sich dann auf den Absätzen hin und her wiegte und überrascht dreinblickte, denn das Gebräu von Pogs Frau war in diesem Jahre besonders stark. Sir Guy nahm sich zusammen, strahlte nach allen Richtungen und stapfte weiter. Miller gab ihm eine Wurst, die Frau des Schmieds eine eingelegte Zwiebel. Des Gerbers kleine Tochter warf mit maulendem Frätzchen einen Strauß welkender Blumen in die Hände der Lady, und Alienor streichelte die Wange des Kindes, blickte mit Resignation auf den Strauß und gähnte. Sie sehnte sich nach Hause, damit sie endlich die Schuhe ausziehen konnte, die ihr Gatte in York für sie gekauft hatte. Sie waren zu eng, aber Lady Alienor wollte ihren Gemahl nicht enttäuschen, indem sie es ihm sagte. Ihr Gesicht erhellte sich, als sie Janiva erblickte, und sie schickte einen Diener, um sie zu holen.

»Gott schütze Euch, meine Lady«, begrüßte Janiva sie. »Ich dachte, Ihr seid noch fort und folgt dem Brautpaar.«

»Wir sind letzte Nacht zurückgekommen«, erwiderte Alienor. »Mein Lord wollte unbedingt zum Maifest zurück sein! Er denkt, nichts kann ohne ihn vonstatten gehen. Kommt, setzen wir uns ein Weilchen in den Schatten. Mein Füße bringen mich noch um!«

»Wie geht es Sir Roger?«, erkundigte sich Janiva. »Und wie findet Ihr Eure Schwiegertochter?«

»Dem Jungen geht es gut«, antwortete die Lady, »und das Mädchen wird sich schon machen, obwohl er eher *Euch* hätte nehmen sollen, wie Ihr nur zu gut wisst.«

»Ach, ich habe doch keine Mitgift«, sagte Janiva lachend. »Was für eine schlechte Partie für einen Ritter! Außerdem betrachte ich Roger wie einen Bruder. Ich weiß, dass da keine Blutsverwandtschaft besteht, aber nichts könnte mich dazu bringen, auf andere Weise an ihn zu denken. Und außerdem, wenn ich ehrlich sein darf, Lady – ich möchte gar nicht heiraten! Weder Roger noch sonst einen Mann. Ihr wisst doch alle, wie ich darüber denke.«

»Das ist doch wider die Natur«, meinte Lady Alienor und rümpfte die Nase. »Ich habe es nicht so mit der weiblichen Bildung. Sie überhitzt das Gehirn.« Sie schaute sich schnell um, ob ihr Gatte in der Nähe war, doch sein roter Hut war in sicherer Entfernung über den Köpfen der lehmfarbenen Menge zu sehen, wie eine exotische Mohnblume. Sie streifte sich die Schuhe ab und massierte vorsichtig ihre Zehen. »Schaut, da ist schon eine Blase! Und ich habe die Schuhe doch nur ganz kurz angehabt. Ihr wart immer schon ein Wesen, das sich nicht lenken lässt, Janiva, und mein Lord hat große Nachsicht mit Euch gehabt, indem er Euch das Lesen und Schreiben lernen ließ. Aber er könnte auch eine gute Partie für Euch finden, würdet Ihr ihn lassen.«

»Sir Guy ist immer wie ein Vater zu mir gewesen. Und Ihr, meine Lady, die Güte selbst. Aber ich bin eine freie Frau. Ich habe mein Stück Land, mein Haus und die Unterstützungszahlungen, die mein Lord mir urkundlich gewährte, als meine Mutter starb. Mir kann keiner etwas gebieten oder verbieten. Das können nicht viele Frauen von sich sagen.«

Alienor blickte sie scharf an und tätschelte dann ihre Hand. »Eigensinnig«, meinte sie. »Was Ihr da sagt, entbehrt zwar nicht einer gewissen Wahrheit, und Eure Mutter war keine Närrin, ich mochte sie, denn ohne ihre Milch und ihre Pflege wäre mein Sohn als Säugling gestorben. Jetzt, so Gott will, wird er eigene Söhne zeugen. Der dicken kleinen Feige, die er da geheiratet hat, sollte es nicht schwer fallen, die Kinder zu säugen – sie hat ja Brüste wie Kissen!« Sie zwängte ihre Füße Grimassen schneidend wieder in die Schuhe und hielt die Hände in die Höhe, damit der Diener sie hochziehen konnte. »Nun muss ich aber zu meinem Lord«, sagte sie, »bevor er noch mehr isst, denn sonst stöhnt und furzt er die ganze Nacht! Gott behüte Euch, Janiva.«

»Und Euch, meine Lady.«

Die sonnige Heiterkeit und der allgemeine gute Wille vertrieben den Gestank aus Janivas Geist. Sie kostete das Bier, genoss das Hammelfleisch, kaufte eine hübsche Gürtelschnalle aus Blech und schaute zu, wie eine Gruppe grellbunter, magerer Schauspieler ein kurzes, ziemlich unzüchtiges Schauspiel über den heiligen Georg und den Drachen aufführte, das in Wogen allgemeiner Lustigkeit damit endete, dass die zwei Männer, die den Drachen spielten, am Vorder- und Hinterende vor Angst zusammenbrachen beim Anblick des riesigen hölzernen Penis des Heiligen und dann ganz von der Bühne fielen, weil sie zu viel vom Bier von Pogs Frau genossen hatten.

Als sie sich wieder sauber fühlte, wieder *richtig* und sicher, dass sie der Sache gewachsen war, ging Janiva nach Hause. Dort konnte man den Lärm der fröhlichen Rufe, des Singens, der Dudelsäcke, der Pfeifen, der Erzähler und der Lachsalven noch deutlich hören, sodass Straccan versucht hatte, sich das anzuschauen. Seine Beine waren noch schrecklich wacklig, aber er zog einen Schemel an die offene Tür und setzte sich mit einer Decke um die Schultern und

Janivas Kätzchen im Schoß in die Sonne. Er sah sehr müde aus.

Sie setzte einen Topf Wasser auf das Feuer und legte Gemüse hinein: Grünzeug, Karotten, Rüben, getrocknete Erbsen. »Ich habe Hammelfleisch vom Fest mitgebracht, denn Ihr werdet hungrig sein. Aber erst müsst Ihr Eure Medizin nehmen.« Sie füllte einen Becher mit der braunen Flüssigkeit, die er in den letzten beiden Tagen gehorsam zu sich genommen hatte, und er schluckte sie mit einer Grimasse hinunter.

»Was ist denn das für ein Zeug?«

»Ich mache es aus Weidenrinde«, erklärte sie. »Es ist das Beste gegen mehrere Arten des Fiebers. Sir Richard, ich muss mit Euch reden.« Sie zog den anderen Schemel heran und setzte sich ihm gegenüber. »Was habt Ihr gemeint, als Ihr sagtet, dass Ihr schlechte Träume habt?«

Er wandte den Blick zum Rasen und bewegte sich unbehaglich auf dem Schemel. »Nun, Ihr wisst schon … Albträume.«

»Die kommen doch nicht vom Fieber. Ihr hattet sie doch schon, bevor Ihr krank wurdet.«

»Ja – aber woher wisst Ihr das? Ich hatte sie schon Wochen lang. Es kam mir vor, als ob ich sie schon immer gehabt hätte.«

»Träumt Ihr, dass Ihr fallt oder ertrinkt? Jagen Euch Ungeheuer? Fühlt Ihr Euch wie angewurzelt, wenn Euch die Gefahr an die Kehle springt?«

»So etwas Gewöhnliches nicht.« Er errötete und schaute verlegen drein. »Ich kann diese Träume nicht beschreiben. Sie handeln von Frauen, wisst Ihr – und sogar, Gott hilf mir – von Kindern. Ich bin aber nicht so! Lust und Qualen, eine Nacht nach der anderen, sodass ich schon Angst habe, die Augen zu schließen! Scheußlichkeiten!« Seine Augen, sehr blau im Freien unter dem hellen Himmel, nahmen einen verzweifelten, gequälten Ausdruck an.

»Ja«, sagte sie sanft, »Scheußlichkeiten.« Sie fühlte eine kalte Wut, dass dieser Mann, ihr ›Reisender‹, ein normaler, im Grunde anständiger Mann, von diesem *Ding* vergiftet wurde. »Sir Richard, ich glaube, Ihr seid verhext.«

Sie schüttelten seine Satteltaschen aus, seine Geldbörse, untersuchten seine Kleidungsstücke, seine Stiefel, sogar Zaumzeug und Sattel, alle Gurte, Schnallen und Ringe. »Da muss doch irgendwo ein böses Amulett oder so etwas sein«, sagte sie. »Wenn ich es sehe, erkenne ich's.« Aus seinen Kleidern und anderen persönlichen Gegenständen konnte sie nur einen Wirrwarr alltäglicher Angelegenheiten entnehmen, und Besorgnis, vermischt mit Zorn, schoss durch sie hindurch. Sie reichte ihm seine Gürteltasche. »Was ist denn darin?«, fragte sie.

»Nur die Reliquie, der Finger. Bane hat sie da hineingelegt, bevor er losritt. Den Finger habt Ihr ja gesehen.«

»Nein, nicht diesen«, erwiderte sie. »Ist sonst noch etwas in der Tasche?«

»Nein.« Er ließ den kleinen Reliquienbehälter aus Blech in seine Hand fallen, kippte die Tasche um und klopfte auf ihren Boden, um zu zeigen, dass sie nun völlig leer war. Beide starrten auf das kleine, helle Ding, das in diesem Augenblick herausfiel.

»Was ist denn *das*?« Er griff nach unten, doch sie stellte schnell ihren Fuß darauf, um zu verhindern, dass er den Gegenstand berührte. Erstaunt schaute er zu ihrem wild entschlossenen Gesicht auf. »Ist es das? Was ist es denn? Habt Ihr es gewusst?«

»Das ist wie ein Mantel um Euch. Ein Geruch – ich kann ihn im Geiste riechen. An Hexerei hängt Gestank.«

»Hexerei?«, rief er so heftig, dass sie zusammenfuhr.

»Hexerei! Die kommt wohl von Pluvis – oder kam!« Er erzählte ihr von dem Ring aus Steinen und der geköpften weißen Henne. »Das war es, nicht wahr? Er wandte eine Art schmutzigen Zauber an, dass meine Gilla zu ihm kommt!«

»Das vermute ich auch. Wer ist denn dieser Pluvis? Warum ist er Euer Feind?«

»Das ist doch der Mann, der hier in Shawl umgebracht wurde. Wenn ich bedenke, dass ich vor einer Woche noch gesagt hätte, dass ich keine Feinde habe! Ich bin doch ein ruhiger Mann! Ich lebe friedlich und gehe meinen Geschäften ehrlich nach. Ich gebe mich nicht mit übernatürlichen Dingen ab.«

»Aber Ihr handelt damit.«

»Was?«

»Mit Reliquien. Was sind die denn sonst, wenn nicht übernatürlich?«

»Sie sind keine Hexerei!«

»Sie sind Macht«, sagte sie bestimmt. »Macht kann zum Guten wie zum Bösen angewandt werden.«

»Reliquien sind etwas Gutes«, entgegnete er verärgert. »Sie heilen.«

»Sie können auch Schaden bringen. Ich habe von Reliquien gehört, die Dieben Schlaganfälle versetzten, Verbrecher lähmten, Gotteslästerer taub werden ließen, Lügner blind machten und Eidbrüchige in den Tod trieben. Macht kann in beide Richtungen wirken. Ihr handelt mit dem Unheimlichen, Sir Richard, und habt mit mächtigen Leuten zu tun. Unter denen ist mindestens einer, der Euch schaden möchte. *Denkt nach*!«

Sie holte die Herdzange und nahm das Zauberstück damit auf. Es war ein helles Gewirr, ein paar Haarsträhnen, ein Stück roter Faden, der zu einem Ring geformt und mit einem klebrigen Stoff zusammengehalten war. Alles war sorgfältig verknotet. Man konnte den Eindruck gewinnen, dass der einzige Zweck des Gegenstands darin bestand, ihm zu schaden.

Er betrachtete ihn voller Ekel und fühlte, wie Furcht in ihm aufstieg, die aber schnell von einer brennenden Wut versengt wurde.

Er folgte ihr ins Haus und wünschte, dass der Feind dort wäre, damit er ihn zerreißen und zerhacken könne. Dass er keinen Feind zum Dreinschlagen vor sich hatte, war beinahe mehr, als Richard ertragen konnte. Er beobachtete, wie Janiva den Kochtopf vom Feuer nahm und das Zauberding in die Flammen warf. In seinem Hirn lief dabei eine Spule seiner hilflosen nächtlichen Abstürze in die Verdorbenheit rötlich beleuchteter, sich windender Körper ab ... von Blut und Schmerzen und seiner eigenen, völlig unverständlichen hämischen Freude.

Das Kätzchen miaute protestierend und sprang aus einem Fenster, den Schwanz steif ausgestreckt wie ein kleiner Komet. Das *Ding* brannte heftig – eine Flamme, die zu einem Aschenring erstarb, den Janiva mit dem Feuerhaken verstreute, doch der Gestank nahm zu und wurde übermächtig – ein Übelkeit erregender Gestank nach Verdorbenheit.

»O Christus!«, keuchte Richard und schluckte schwer, als die Weidenrinden-Medizin in ihm hoch zu kommen drohte. Janivas Gesicht war blass. Er sah die krampfhaften Zuckungen ihrer Kehle, ergriff ihre Hand und rannte schwankend durch die Türöffnung ins Tageslicht, wo beide gierig die reine Luft atmeten, bis sein Geist sich gereinigt fühlte. Anstelle der krankhaften Besessenheit brannte jetzt heiße, helle Wut auf denjenigen, der ihn in einen solchen Unrat ziehen wollte.

Als sie wieder ins Haus gingen, war der würgende, scheußliche Gestank verschwunden, doch immer noch roch etwas faul. Janiva schaute sich um, schnüffelte und ging zu einem Tontopf mit Deckel, den sie von der Messe mitgebracht hatte. Sie hob den Deckel hoch, schrie auf, klappte den Deckel wieder auf den Topf und warf diesen so weit sie konnte aus dem Haus.

»Was ist denn?«

»Es war das Fleisch«, antwortete sie kläglich. »Es war frisch vom Spieß abgeschnitten. O Richard, jetzt war es voller Maden!« Sie schluchzte plötzlich und lehnte sich an den Türpfosten. Er hob ihr Gesicht mit einer Hand unter dem Kinn und küsste sie. Sie klammerte sich an ihn. Tränen schimmerten auf ihren Lippen.

15

Bane hatte eine gemütliche Nacht verbracht – warm und trocken, in einer Scheune abseits der Landstraße. Er befand sich etwa dort, wo er auf Straccan warten sollte. Hier gab es einen berühmten Schrein der heiligen Felicitas, und gestern war die Landstraße voller Pilger gewesen. Es war ein schöner, frischer Morgen. Bane aß sein Frühstück und machte sich auf den Weg zum Fluss, den er nicht weit entfernt durch die Bäume hören konnte, um sich dort zu waschen und sein Pferd zu tränken. Dann hörte er das Geräusch.

Er horchte. Ja, da war es wieder. *Schweine,* dachte er. *Aber weil es viel zu früh ist, gerade erst Morgendämmerung, als dass Hausschweine im Freien sein können, müssen das wohl Wildschweine sein. Vielleicht ist ein Frischling darunter, den ich erbeuten kann, ohne dass es jemand zu wissen bekommt …*

Er band den Grauen an einen Baum, nahm seinen kleinen Bogen und ein paar Pfeile und schlich vorsichtig durch die Bäume und das Unterholz in Richtung des Geräusches.

Und fand sich am Rand eines offenen Platzes wieder, keiner Lichtung, sondern einer uralten Kultstätte, umringt von niedrigen, grauen, unregelmäßigen Steinen – einem durchbrochenen Ring, weil mehrere Steine fehlten. In diesem Kreis, auf dem zertrampelten Gras, lag eine Gruppe zerlumptes Volk und ein nicht minder zerlumpter kleiner Mönch – alle dünn und starrend vor Dreck. Schlafend zusammengedrängt lagen sie da, schnarchend und ächzend, in verschiedenen Stellungen der Entrücktheit, als wären sie aus einem großen Sack am Himmel ausgeschüttet und so liegen gelassen worden. Verwundert bemerkte Bane, dass mehrere Schläfer Stricke um die Taille gebunden trugen, die zu Klinken an einem dicken Ledergürtel führten, der um des Mönches Hüften lag. Drei der Schläfer waren auf diese Weise angebunden. Die sechs anderen lagen ein wenig abseits, ohne Stricke. Unter dem ausgestreckten rechten Arm des Mönchs lag sein Pilger-Krummstab; daran befestigt war ein flacher, abgenutzter, offensichtlich leerer Proviantbeutel. Einige Schläfer waren Frauen, wie Bane jetzt sah – jedenfalls wiesen ihre längeren Haare darauf hin. Die formlosen, sackartigen Lumpen an ihren Körpern ließen das aber nicht erkennen. Die anderen aber waren mehr oder weniger bärtig. Demnach mussten die Weichgesichtigen Frauen sein.

Der kleine Mönch erwachte von seinem eigenen heiseren Schnarchen, setzte sich auf und starrte ringsum, wobei er nach den Stricken an seinem Gürtel tastete und sich auf seinem Hinterteil herumdrehte, um seine Begleiter zu zählen.

»... fünf, sechs, sieben, acht, neun ... Gott und seiner gesegneten Mutter sei Dank ...«, sprach er in einem hastigen Gebrabbel. Dann stemmte er sich auf die Knie, legte die Hände zusammen und verrichtete ein schnelles Gebet, bevor er vorn in seiner Kutte nach einem kleinen, umwickelten Gegenstand fischte, den er aufwickelte, sodass er als Glocke aus Messing zu erkennen war. Diese schwang er leicht. Das Klingeln weckte die anderen sofort, und eine der Frauen setzte sich auf, schaute geradewegs in die umstehenden Bäume, erblickte Bane und schrie gellend auf.

»Was ist denn? Wo?« Der Mönch sprang auf, ergriff seinen Stab und starrte wild auf die Bäume, doch in der falschen Richtung. Die anderen stimmten einen schrecklichen Lärm an, heulten und kreischten. Einer begann, sich am Haar zu reißen, sodass Strähnen in seinen Fingern blieben, während ein anderer sich zu einer Kugel aus Armen und Beinen zusammenrollte und sich auf dem Boden hin und her wiegte wie ein riesiges Kleinkind. Ein dritter bückte sich, hob seine Lumpen auf und zeigte seinen bloßen Hintern.

Bane trat aus den Bäumen hervor. »Ich wollte euch nicht erschrecken«, sagte er. »Als ich euch da liegen sah, dachte ich, ihr wärt verwundet.«

Der Mönch blickte ihn finster an und schüttelte drohend seinen Stab. »Kommt ja nicht näher! Geht Eurer Wege und verwirrt meine Verrückten nicht, so wie sie Euch auch nicht belästigen werden.« Dann bemerkte er das blanke Hinterteil. »William! Hör auf damit! Sei nicht ungezogen!« Und zu den anderen: »Ruhig jetzt! Ruhig! Der Fremde geht ja wieder. Seid still!« Darauf hörte die sonderbare Gruppe allmählich, aber eher widerwillig, mit dem Kreischen und Hüpfen auf. William grinste mit zahnlosem Mund. »Macht Euch davon«, empfahl der Mönch Bane, »ehe sie lästig werden.«

Plötzlich gab es wieder einen Ausbruch von Lärm am entfernten Ende des Ringes. Büsche schwankten, und Stimmen erhoben sich zu höhnischem Gelächter und Buh-Ru-fen. Ein Schauer von Steinen flog auf die kleine Schar, traf Köpfe und Körper, sodass ihre Besitzer wieder vor Angst kreischten und sich zu Boden warfen. Diese Steine wurden von Lümmeln geworfen! Instinktiv schoss Bane seine zwei Pfeile ab, die in die Baumstämme unmittelbar oberhalb der Köpfe der Rüpel trafen. Dann sprang er durch den Ring auf sie zu, zog dabei sein Kurzschwert und jagte sie aus ihrem Hinterhalt – drei große, ungeschlachte Jungen. Er bearbeitete ihre Köpfe und Schultern mit der flachen Klinge, sodass sie jammernd die Böschung zum Fluss hinunter rannten, wo sie auf den glitschigen Steinen ausglitten, stürzten, fluchten und weinten.

»Warum habt Ihr das getan?«, rief der Mönch.

»Ich mag Tölpel nicht, die mit Steinen werfen«, fauchte Bane und rieb sich die knotige Narbe neben seinem Auge.

Einer der angebundenen Männer gab ein wieherndes Lachen von sich, wischte seine Nase an den Fingern ab und rief begeistert: »Richtig, richtig!« Eine der Frauen hatte ihren zerlumpten Rock bis über den Kopf gezogen, sodass alles zu sehen war, außer ihrem entsetzten Gesicht. Der kleine Mönch zog den Stoff sanft aus ihrem weißknöcheligen Griff und strich den Rock herunter.

»Na, na, Alice, sie sind doch weg. Weine doch nicht! Dieser *Schentlemann* hat sie doch alle verjacht, siehste?« Er zeigte zum Fluss hinunter, wo die Steinewerfer das entfernte Ufer hinaufplatschten. »Aber«, stieß er plötzlich zu Bane gewandt hervor, »die hätten ertrinken können.«

»Wäre doch nicht schade gewesen«, meinte Bane.

»Um Seelen ist es immer schade«, entgegnete der Mönch. »Ihr habt's gut gemeint, aber sie hätten ertrinken und zur Hölle fahren können.«

»Sind sie aber nicht«, stellte Bane verärgert fest. »Wer seid *Ihr* denn eigentlich, und wer sind diese Leute?«

»Meine Verrückten? Arme Wichte, eben meine *Verrückten.* Ich kümmere mich um sie.«

Bane teilte sich den Rest seines Proviants mit ihnen – ein wenig hartes Brot, Käse, etwas kalten Speck und eine Hand voll Rosinen. Für jede Person war es nur einen Mund voll, aber sie kauten gemeinschaftlich, während Bruder Celestius erzählte.

Seine eigene Priorei, weit weg in Dorset, sei sehr alt, sehr klein, sehr arm und zu einem halben Dutzend ältlicher Mönche und einem schwächlichen, zwölf Jahre alten Novizen zusammengeschrumpft. Und es gäbe keine Reliquien mehr, nur noch einen Zeh des heiligen Hieronymus, dessen Echtheit allerdings angezweifelt werde. Keinen Heiligenschrein. Nichts, um begüterte Besucher anzuziehen, aber dennoch verpflichtet – und froh darüber – allen Besuchern Gastfreundschaft und den Kranken Zuflucht und Hilfe zu gewähren. Bruder Mark, der Krankenpfleger, selbst schon schwach, konnte gerade noch so herumwerkeln und den gewöhnlichen Kranken Heiltränke verabreichen, sich aber nicht mehr um die Geisteskranken kümmern, die von ihren Familien einfach zur Priorei gebracht wurden, wenn sie genug von ihnen hatten. Es gab keine geschlossene Abteilung für sie und auch keine Hoffnung auf Heilung. »Also steckten wir alle unsere Köpfe zusammen, und der Prior entschied, dass ich mich um die Leute kümmern soll, weil ich der Jüngste bin. Alles ganz nach den Regeln. Wir bekamen die Erlaubnis, das Kloster zu verlassen – man muss dafür eine Erlaubnis haben, versteht Ihr?«

Seit dieser Entscheidung des Priors, die fünf Jahre zuvor gefällt worden war, trampelten sie von einem Heiligenschrein zum anderen durch das Land in der Hoffnung auf Wunder. »In diesem Jahr waren wir beim heiligen Thomas, beim heiligen Winifred, beim heiligen Johannes und beim heiligen Edmund.«

»Und habt ihr Glück gehabt?«

»'s ist ja nicht das Glück! 's ist Gottes Segen, der sich durch seine Heiligen zeigt. Ansonsten … nein, wir hatten dieses Jahr kein Glück.«

Hin und wieder ging es dem einem oder anderen mal besser. In den fünf Jahren ihrer Wanderung besserte sich der Zustand von zwei Kranken. Manche starben aber auch oder wurden von anderen Krankheiten befallen. »Fieber, Husten, Schüttelfrost und so weiter, wisst Ihr?«

»Ist es sehr schwierig, mit ihnen fertig zu werden?«

»Na, was glaubt Ihr denn? Natürlich ist es schwierig! Nich immer, aber sie müssen ständig beaufsichtigt werden. Ihr habt ja gesehen, wie der William seinen Hintern gezeigt hat. Er ruft auch schlimme Worte, worauf die Leute lachen, und dann schwenkt er seinen Schwanz vor ihnen. Und dann ist da die Alice, die immer ihren Rock hochzieht. Dem Sigbert hier darf man kein Messer in die Hand geben, denn er schneidet sich immer damit, der dumme Kerl. Und der Cuthbert da bekommt Anfälle. Walter denkt, er ist Johannes der Täufer und steckt Leute unter Wasser – allerdings zu lange. So hat er seine Frau und die kleinen Kinder ertränkt. Die Maudlin da stiehlt Säuglinge, wenn man nich aufpasst. Das sind schon 'ne Menge Schwierigkeiten, aber die armen Wichte können ja nichts dafür. So schlecht sind sie auch gar nich, wenn die Leute sie nich necken, aber die Leute tun's nun mal, und wenn die Verrückten erst mal aus dem Häuschen sind, dauert's lange, bis man sie wieder beruhigen kann. Wir können ja auch nich mit Erfolg betteln, wenn einer von ihnen seinen Hintern zeigt oder mit Kacke schmeißt, oder wenn eine ihren Rock hochzieht, oder wenn sie Säuglinge kneifen oder in Waschzuber pinkeln.«

»Ihr bettelt?«

»Zwischen Heiligenschreinen, da müssen wir's, ja. An den heiligen Orten bekommen wir ja was zu essen, denn wir sind ja richtige Pilger. Ich hab' hier das Kennzeichen meines Priors, und die meisten haben jetzt schon von uns gehört. Manchmal verdienen wir uns auch was. Sie können sich nämlich ganz ordentlich betragen, wenn sie wollen. Walter da, zum Beispiel … wenn der 'ne Möglichkeit kriegt, kann er den Dudelsack spielen, so fidel wie ihn einer nur spielen kann! Und Tom kann wunderbar mit Tieren umgehen – nicht wahr, Tom? Kühe, Pferde, Schafe, Schweine, Hunde – sie alle tun, was er will. Er kann wie ein Vogel zwitschern, und dann kommen die Vögel und setzen sich auf ihn. Das macht er manchmal, um uns aufzuheitern.«

Walter hatte an seinem Gürtel ein Säckchen hängen, aus dem er irgendetwas Zusammengefaltetes holte. Er entfaltete es zu einem breitrandigen, formlosen Hut, der mit Abzeichen verziert war, die er Bane stolz erklärte: »Dat hier is der heilige Thomas von Canterbury, da war'n wä. Da hat der Bruder die Glocke gekriegt. Dat hier is dä heilige Johannes – da waren wir auch. Hier is der heilige Dunstan, wo wir letzten Sommer waren. Und hier is noch der heilige Cuthbert ...« Er schaute mit einer unglücklichen Stirnfalte auf das Abzeichen des heiligen Cuthbert. »Da war'n wir auch, aber wir konnten nich reingehen, weil se keine Frauen reinlassen, und wir konnten doch unsere Frauen nich draußen lassen. Da is Pernella gestorben. Wir haben geweint. Der Bruder hat auch geweint. Ihr habt doch geweint, nich wahr, Bruder? Das hier is' was Ausländisches. Habe ich für 'n anderes Canterbury-Abzeichen getauscht.« Er spuckte sich auf den Zeigefinger, rieb die stumpfen Abzeichen aus Blei liebevoll und summte dabei. Abrupt stopfte er den Hut dann in die Tasche und starrte die anderen misstrauisch an: »Das is *mein* Hut!«, rief er. »*Mein* Hut!«

»Nein, das ist er nicht, Walter«, tadelte ihn der Mönch. »Dieser Hut gehört uns allen, das weißte doch. Aber *du* hast ihn in Verwahrung, denn wir alle wissen ja, dass du dich gut um ihn kümmerst.«

Sie zogen zur Straße zurück. Auf dem Weg band Bane sein Pferd vom Baum los und begleitete die Gruppe langsamen Schrittes in Richtung Altarwell, wobei er eine Flasche Bier aus seiner Satteltasche herumgehen ließ.

»Die fügen Verrückten schlimme Sachen zu«, erzählte Celestius, »weil sie sagen, dass Gott sie für große Sünden straft. Aber *ich* glaube, sie sind nur krank wie andere auch – Leute, die Fieber oder Lungenfäule haben. Es is wohl so 'ne Art Gehirnfäule. Die armen Wichte. Ja, sind nur *krank*. Und kranken Leuten sollte man helfen, nich weh tun. Hier, schaut mal die Millie an.«

Millie schlurfte hinter den anderen her, beide Hände an den Wangen. Eine schmierige, fleckige Stoffkappe war weit über ihre Stirn und Ohren heruntergezogen, und ihre Augen schauten unruhig unter dem schlaff herunterhängenden Rand hervor.

»Millie«, forderte der Mönch sie auf, »zeig doch Master Bane mal deinen armen Kopf.« Sie schüttelte besagten Kopf heftig und fing an weinen.

»Er wird dir schon nich weh tun, Millie. Nich wahr, Master Bane?«

»Natürlich nicht«, erwiderte Bane sanft.

Millie löste langsam die an ihrem Nacken zusammengebundenen Kappenschnüre und zog das Ding herunter. Ihr Kopf war vor kurzem geschoren worden und stoppelig. Dazwischen sah man zackige, flache Narben und große Schorfstellen, einige noch wund, mit Klecksen von Salbe da und dort. Die Frau wischte sich die Augen an der Kappe ab, schnürte sie wieder über den Kopf und zog die Schnüre fest zusammen.

»Das soll Wahnsinn heilen«, erklärte Celestius wütend. »Man wirf die armen Menschen zu Boden, rasiert ihnen das Haar und brennt sie mit 'nem heißen Eisen. Diese Eisen möchte ich an die Köpfe von den *Peinigern* halten, Gott möge mir verzeihen! Ich möchte ihnen mit diesen Eisen ... o je, ich darf ja solche unbarmherzigen Gedanken ja nich haben. Sie glauben ja auch, sie tun das Richtige, aber es is nich leicht, das nich zu vergessen, wenn sie diese armen Wichte abladen, nachdem die Doktoren und Priester sie in ihren Händen hatten. Ja, sie laden die armen Leute beim nächsten Kloster ab – aber nur im besten Fall. Wenn sie Pech haben, landen sie irgendwo, wo's ihnen noch viel schlechter geht. Deshalb sind wir hier nun und versuchen, 'nen Heiligen zu finden, der Erbarmen mit uns hat.«

»Habt Ihr denn gar keine Angst vor diesen Leuten?«

»Gar nich! Sie tun mir nich weh – auch sich gegenseitig nich – nich mehr. Wir sind nun schon lange Zeit zusammen auf den Straßen – ich, William, Maudlin und Tom am längsten. Vier Jahre! Ein paar sterben, und dann und wann kommt 'n Neuer dazu, so wie Millie letzten Monat. Wir helfen uns gegenseitig. Ich halt sie aus allem Unheil raus, und wir bleiben in Bewegung. Da is immer Hoffnung nach dem nächsten Missgeschick.«

16

Die Tür zu Priorin Roheses Zimmer wurde von einer erröteten, zerzausten jungen Nonne aufgerissen. Noch bevor die erzürnte Priorin sie tadeln konnte, stieß die junge Schwester hervor: »Schwester Priorin! Der Herr König ist hier!«

»Hier, jetzt?«

»Er ist am Tor, Schwester Priorin.«

»Wer ist bei ihm?«

»Seine Begleitung ist noch nicht da. Er hat sie zurückgelassen und ist allein.«

»Typisch mein Bruder«, murmelte die Priorin. »Genau wie Vater.« Dann wandte sie sich an die Schwester: »Sag der Kellermeisterin, sie soll Vorbereitungen für zwanzig Personen treffen – das ist sein übliches Gefolge. Der Rest seines Hofstaats wird sich im Dorf einquartieren müssen. Lass Feuer im Refektorium anzünden und Küchenhilfen aus dem Dorf holen. Und sorg dafür, dass die silbernen Kerzenständer, die er uns letztes Jahr geschenkt hat, so stehen, dass sie ihm auffallen. Richte die Gästezimmer her, stell zwei Kohlenpfannen in sein Gemach und häng die Wandteppiche vom Reuigen Dieb dort auf. Ach ja, stell auch den Badezuber bereit und setz viel heißes Wasser auf, falls er zu baden wünscht.«

Während die Priorin diese Anweisungen erteilte, fegte sie das Durcheinander aus Pergamenten, Schriftrollen und Büchern von ihrem Pult in die Dokumententruhe, schloss diese ab und steckte den Schlüssel ein. Die aufgeregte Nonne eilte davon, um die Befehle auszuführen. Die Priorin hatte gerade noch Zeit, zwei Pokale und eine Flasche auf den Tisch zu stellen, als die Tür wieder aufgerissen wurde und der König hereinstürmte. Sein strahlendes Gesicht war beinahe so rot wie sein Haar und glänzend vor Schweiß. Er war ganz in Rot und Purpur gekleidet und brachte einen starken Geruch nach Pferd, Leder und Schweiß mit in den Raum, was nicht gerade unangenehm, aber erschreckend männlich war und wie ein Hauch einer anderen Welt erschien. Die Priorin wurde allein bei seinem Anblick atemlos und fühlte Kopfschmerz aufwallen, noch bevor er sich vor ihr auf ein Knie fallen ließ, nach ihrer Hand griff, um ihren Ring zu küssen, dann wieder aufsprang und sie heftig umarmte.

»Liebe Schwester«, sagte er, ließ von ihr ab und grinste, als sie ihren zerknitterten Schleier glättete und ihre Haube wieder zurechtrückte.

»Ich wünschte, Ihr würdet das nicht tun«, sagte sie.

»Ach, Unsinn, Ihr seid doch froh, mich zu sehen! Ein Hauch frische Luft in diesem schalen Heiligtum! Und die vielen Neuigkeiten, all die Gerüchte, ein verdammt gutes Essen – und dann habe ich auch noch ein Geschenk für Euch.«

»Ich möchte Euer Geschenk nicht«, entgegnete sie ungnädig. »Sagt lieber, was mit diesem Interdikt werden soll!«

»Ach, das … na ja, ich werde natürlich alle Möglichkeiten erwägen …«

»Das heißt, Ihr werdet gar nichts tun und warten, was geschehen wird«, fauchte sie. »Habt Ihr überhaupt eine Vorstellung, was für ein Ärgernis das ist?«

»Natürlich, natürlich, aber das ist doch nicht *meine* Schuld, Rosy. Auch Ihr müsst zugeben, dass ich mein Bestes getan habe. Übrigens bin ich hier nicht reingeschneit, um über Politik zu diskutieren.«

»Und wozu seid Ihr dann ›reingeschneit‹? – Und nennt mich nicht immer ›Rosy‹!«

»Um Euch ein bisschen aufzumuntern, ein wenig Farbe in die Eintönigkeit zu bringen und Neuigkeiten, dass all Eure Hennen etwas zu reden haben. Ich bin auf dem Weg nach Arlen, und Holystone ist nur einen Schritt von diesem Weg entfernt.« (Dieser ›Schritt‹ war ein Umweg von etwa vierzig Meilen.) »Da sind ein paar Burschen, die nach mir kommen werden, mit allerlei Dingen für die Priorei: Fisch, Mehl, Wein, Orangen, herrliches Wildbret und sogar ein paar Ballen Stoff, Rosy. Ich hatte gestern viel Jagdglück. Ich hoffe, Ihr könnt diese Sachen gebrauchen ...«

Einen Moment schaute er seltsam ängstlich drein, und die Priorin, die nie über einen Mangel an Großzügigkeit bei ihm zu klagen gehabt hatte, sagte dann auch ehrlich: »Ich danke Euch, mein Lord. Ihr seid stets ein liebender Schutzherr unseres Hauses gewesen.«

»Ich habe auch das hier für Euch mitgebracht«, sagte John, schwang sich auf den Fenstersitz und kramte in seinen Taschen und zwischen Schichten von Kleidungsstücken, bis er einen kleinen, mit Edelsteinen besetzten Gegenstand an einer schweren Goldkette herausfischte.

»Was soll *ich* denn damit anfangen?«, fragte die Priorin in verärgertem Tonfall. »Ich darf doch keinen Schmuck tragen!«

»Das ist schon in Ordnung, denn es ist kein Schmuckstück, sondern eine Reliquie. Schaut nur her.« Er hielt es in die Höhe. Es war ein quadratisches goldenes Medaillon, mit einem großen Smaragd besetzt, der das Licht des Fensters einfing und mit grüner Flamme strahlte. »Seht nur, man kann es öffnen.« Er drückte auf einen kleinen Zapfen, das Medaillon sprang auf, und irgendetwas Kleines fiel heraus und rollte über den Fußboden. »Oh, Mist«, schimpfte der König, »es hat sich wieder gelöst!« Darauf fiel er auf Hände und Knie nieder, kroch über den Fußboden und tastete die Dielen ab. »Wo ist es denn nur hingerollt? Habt Ihr es nicht gesehen? Unter den Tisch vielleicht ...?«

»Ich habe nichts gesehen. Was ist es denn?«

»Geht doch mal auf die andere Seite.« Er hatte jetzt den Kopf unter dem Tisch, und die Priorin stapfte wütend auf die andere Seite, ließ sich ebenfalls auf Hände und Knie nieder und schaute ihn unter dem Tisch an. »Ah, da ist es ja!«, rief er und zeigte darauf. »Seht Ihr? Da, unter Eurem Stuhl.« Sie erblickte einen kleinen grauen Gegenstand, der wie ein Stein aussah, und hob ihn auf. »Gebt es mal her«, sagte der König, und sie hielt es ihm zwischen den Stuhlbeinen hin. Er kroch unbeholfen rückwärts, mühte sich auf die Füße und keuchte.

»John«, sagte sie wütend, »immer wenn Ihr herkommt, ist es wie seinerzeit im Kinderzimmer! Was soll das Ding denn sein?«

»Ein Zahn von der heiligen Ursula.« Er strahlte sie an. »Ich *wusste*, dass er Euch gefällt! Er hat ein Vermögen gekostet!« Er fummelte mit dem Medaillon und dem blaugrauen, schon sehr angefaulten Zahn herum. »Seht mal, er passt in diese Einfassung. Eine der Klauen ist ein bisschen aufgebogen. Aber das machen wir schon.« Er drückte die Klaue mit dem königlichen Daumen fest auf den heiligen Zahn. »So! Der kann sich nicht wieder lockern.«

Dann nahm er ihre Hand, mit der Handfläche nach oben, und ließ Medaillon und Kette darauf fallen. Sie schaute beides an, blickte in sein gerötetes Gesicht, sah dann hinunter auf ihren staubigen, zerknitterten Rock und brach in Gelächter aus.

Nach dem Abendessen ließ der König seine Schwester kommen, damit sie ihm in seinem Zimmer Gesellschaft leiste. Er hatte gebadet. Alles war weggeräumt worden, aber das Zimmer war noch dampfig und voller Badedüfte. Der stämmige, dickliche königliche Leib war behaglich in einen eleganten

Schlafrock gehüllt. Das kurze, lockige rote Haar des Königs war noch feucht. Er saß gemütlich auf seinem Stuhl, die Füße auf einem Schemel, während seine Badefrau ihm die Zehennägel schnitt.

»Kommt herein, kommt herein, nur keine Förmlichkeiten!«, rief er munter, als die Priorin in der Türöffnung zögerte. »Setzt Euch! Macht es Euch bequem. Ihr habt mein Geschwätz beim Mahl ja gehört – jetzt seid Ihr an der Reihe. Was habt Ihr in letzter Zeit alles so getan?« Dann wandte er sich an die Dienerinnen: »Gebt der Priorin einen Pokal von dem Malvasier und ein paar Makronen. – Das Mahl war herrlich, Rosy! Junge Tauben in Honig mit Mandeln! Einfach köstlich. Ihr müsst meinem Koch das Rezept dafür geben. Hier, nehmt ein Kissen.« Er zog eines aus dem Haufen hinter ihm und warf es ihr zu. Sie fing es auf und hielt es im Schoß.

»Mein König«, sagte sie, »ich muss Euch für Eure großzügige Gabe an Proviant und Vorräten danken. Der Wagen traf ein, als wir beim Abendessen saßen. Besonders die Orangen sind ein Schmaus für unseren Kranken und Behinderten. Das war sehr aufmerksam von Euch.«

»Nun, da habt Ihr's. Ich bin ein sehr aufmerksamer Mann«, erwiderte der König. Dann wandte er sich an seine Badefrau. »Seid Ihr fertig? Gut so. Dann reicht mir meine Pantoffeln, und dann könnt Ihr gehen.« Er streifte seine mit Edelsteinen besetzten Samtpantoffeln über und betrachtete bewundernd seine kostbar ausstaffierten Füße. »Ihr müsst mir immer sagen, wenn Ihr etwas braucht, Rosy … Ihr tragt Eure Reliquie ja gar nicht.«

»Sie ist in meinem Betpult«, antwortete die Priorin. »Ich kann hier nicht mit Gold und Smaragden herumlaufen. Es ist ein zu kostbares Geschenk.« Sie beäugte ihn vorsichtig. »Woher habt Ihr sie eigentlich, mein König?«

»Der Erzbischof von York hatte sie von einem Reliquienhändler, und der wiederum hatte sie in Neapel vom Grafen von Ischi bekommen«, erwiderte John. »Ich kaufte sie vom Erzbischof und wollte sie zu meinem Devotionarium legen; dann aber dachte ich an Euch, denn ich weiß ja, dass Ihr eine Leidenschaft für Reliquien habt.«

»Leidenschaft? Kaum. Die Priorei hat natürlich eine ziemlich beachtliche Sammlung, und von Zeit zu Zeit kommt etwas Neues hinzu ...«

»Habt Ihr in letzter Zeit denn neue Reliquien bekommen?« Der König schälte eine Orange, wobei er einen Blick unschuldiger Gleichgültigkeit aufsetzte, der seine Schwester jedoch nicht im Mindesten täuschen konnte. Da war irgendwas im Busch.

»Nein. Worauf wollt Ihr hinaus?«

»Oh, ich hörte ... ganz beiläufig, wohlgemerkt, und ich kann mich gar nicht erinnern, wer es erwähnt hat ... dass Ihr einem Reliquienhändler den Auftrag erteilt habt, Euch etwas Auserlesenes zu suchen.«

«Nun, dann habt Ihr etwas Falsches gehört«, entgegnete sie, verstimmt, dass seine Spitzel auch ihr nachspioniert hatten, sich aber der Tatsache bewusst, dass alle seine Freunde, Mätressen, Verwandten und natürlich auch Feinde unter ständiger Beobachtung standen – so wie jeder, der irgendwie sein Interesse erregt hatte. »Ich habe niemanden beschäftigt. Sir Richard Straccan war so liebenswürdig, einen Botenauftrag für die Priorei zu übernehmen. Das ist alles.«

»Straccan! Das ist der Mann! Einer der besten in seinem Gewerbe, wie man mir sagte. Er wurde Händler, als er aus dem Heiligen Land zurückkam – ziemlich eigenartig für einen Ritter. *Er* war es, der nach Neapel ging, um diesen Zahn zu holen! Was für ein Zufall! Ein sehr beschäftigter Mann. Ein Mann, dessen Zeit Geld kostet. Wie freundlich von ihm, für Euch den Botenjungen machen zu wollen.« Er lächelte noch, aber seine stachelbeerfarbenen Augen waren hart.

Die Priorin ließ die Hände entspannt auf dem Kissen liegen. Sie wollte ihn gereizt fragen: *Was bekümmert Euch denn, John?* Aber sie wagte es nicht. Also sagte sie gar nichts, starrte ihn bloß an.

Er unterbrach das Schweigen nicht, doch sein Lächeln schwand, und er begann sich die Fingernägel mit einem kleinen, mit Edelsteinen besetzten spitzen Stäbchen zu säubern. Die Priorin bemerkte, dass er weitsichtig wurde, denn er hielt die Hand ein gutes Stück von sich, um sie zu betrachten. Nach einer Weile sagte er: »Wir haben allen Grund, Eurem Straccan zu misstrauen.«

Das Wort ›*wir*‹ war ein schlechtes Zeichen. Sie blickte ihn mit fragend hochgezogenen Brauen an und wartete.

»Verflixt, Schwester Priorin! Er hat Umgang mit Langton, diesem Amtsanmaßer! Leugnet es nicht!«

»Wie kann ich das leugnen, denn ich weiß ja nichts davon. Das ist ja auch gar nicht meine Angelegenheit.«

»Stimmt«, sagte der König, »aber sehr wohl die *meine.* Ich behalte Straccan im Auge, wohin er auch geht und mit wem er sich auch trifft.« Sein Ausdruck wurde weicher. »Rosy, könnt Ihr denn nicht verstehen, wie das aussieht? Der Mann besucht Stephen Langton und wird dort *privat* bewirtet. Er besucht auch Euch und die Gräfin von Arlen, die Euch dann einen Teil ihrer Einnahmen übergibt!«

Das also beschäftigt ihn, dachte sie, *Julitta! Er und seine Spitzel! Lässt auch seine Halbschwester bespitzeln und natürlich seine Mätresse. Überall Spione!* »Mein König«, sagte sie dann, »ich weiß nichts über Langton. Ich kenne Straccan, weil seine kleine Tochter bei uns untergebracht ist, seit ihre Mutter starb. Sein Botengang zu Lady Julitta war Sache der Priorei. Wir haben ihr einen Dienst erwiesen, und sie hat es uns entsprechend gedankt. Das ist keine Angelegenheit, die Besorgnis hervorrufen müsste. Ich verspreche es Euch.«

»Ihr habt Euer Versprechen immer gehalten«, murmelte er und knabberte an einem Niednagel. Dann sprang er auf und wurde wieder der joviale, strahlende Bruder. »Nun ja, wollen wir all das vergessen? Hier, nehmt eine Orange. Ich werde Euch eine schälen.«

Sie stand auf und legte die Rechte auf den seidigen Samt seines Ärmels. »Mein König,« sagte sie, »lasst mich Euch von Straccans Botengang erzählen. Es ist eine seltsame Geschichte. Ich glaube, sie wird Euch interessieren.«

17

Die heilige Quelle der heiligen Felicitas in Altarwell hatte den Mönchen, ihrer Abtei und der benachbarten Stadt zu Wohlstand verholfen. Pilger kamen in einem nie abreißenden Strom, brachten Geschenke mit und ließen Erbschaften zurück, und zweimal die Woche wurde eine Quellenkammer in der Krypta geöffnet, um den Gläubigen, Kranken und Flehenden Zugang zum gesegneten Wasser zu gewähren. Die Beweise seiner Heilkraft waren für alle eindrucksvoll zu sehen. Die Wände der Krypta hingen girlandenartig voller abgelegter Krücken, Stützgestelle, beschmutzter Binden und Verbände sowie von Wachsmodellen – einige in natürlicher Größe – von Beinen, Füßen, Händen, Armen, Herzen, Ohren und Augen, die allesamt Zeugnisse einst kranker Körperteile waren, welche die Geheilten dankbar als Abbild gestiftet hatten. Reihen um Reihen übereinander brannten Kerzen in der niedrigen Gewölbekammer, was den Wandbemalungen – die Szenen aus dem Leben der gesegneten Märtyrerin zeigten, der heiligen Felicitas – einen eigenartigen, flackernden Anschein von Wirklichkeit verliehen. Die Segenskraft dieser Heiligen hatte nach den Überlieferungen fünfhundert Jahre zuvor bewirkt, dass die Heilquelle zum ersten Mal aus den Felsen hervorgesprudelt war.

Das Haupttor stand weit offen, um die Menschenmengen einzulassen, aber es drang nicht viel Tageslicht bis zum hinteren Ende der Krypta, wo ein niedriges Steinbassin den Wasserfluss aus drei nebeneinander liegenden Bleirohren aufnahm. Dieses Bassin stand auf einem abgestuften Podium. An den ›Wassertagen‹ wechselten sich stämmige Mönche in Paaren dabei ab, den Kranken und Invaliden die Stufen hinauf zu helfen, sie auf die Brüstung zu setzen oder über den Rand zu lehnen – in anständiger und respektvoller Weise: kein Hineinspucken, Planschen oder Grimassenschneiden – und das Wasser aus hölzernen Schöpfern über sie zu gießen.

Bane wartete auf Straccan, wie es ihm aufgetragen worden war, während er nach dem unbekannten schönen Mann Ausschau hielt. Er wanderte durch die Straßen, besuchte Bierhäuser, schaute den Bärreizen und Hundekämpfen zu und starrte jeden gut aussehenden Männerkopf und jedes schwarze Pferd an, hatte aber kein Glück. Er konnte auch nichts über diesen Gregory erfahren. Heute, am Samstag, einem ›Wassertag‹, war er mit einem halben Hundert anderer Besucher zu der Quellenkammer gepilgert, um sich anzusehen, was geschah. Nun stand er am Fuß der Stufen in dem schwitzigen, übel riechenden Gedränge der Hymnen singenden Hoffnungsvollen und war ganz und gar nicht überrascht, Bruder Celestius und seine Schutzbefohlenen ein Stückchen weiter hinten in der Menge zu erblicken. Jetzt braucht er sich keine Gedanken über William oder Alice zu machten, dachte Bane bei sich, denn die Leute standen zu dicht, als dass sie etwas anderes tun konnten, als sich langsam voranzuschieben in der Erwartung, an die Reihe zu kommen.

Auf der untersten Stufe des Quellenpodiums kauerte ein zitternder Bettler in schmutzigen Lumpen – ein Mann, so abstoßend wie man nur sein konnte. Seine Haut, die zwischen Rissen in den Lumpen zu sehen war, war voller Schwären, Pusteln, nässenden Wunden, von Maden bedeckten Geschwüren und aufgebrochenen Schorfstellen. Der Gestank, der von dem Mann aufstieg, war so scheußlich, dass die Leute von ihm wegrückten, was viel hieß in dieser dichten, auch nicht gerade nach Veilchen duftenden Menge. Der Mann hockte da also ganz allein auf der Stufe wie ein stummes Bündel Elend. Bane bemerkte, dass er heimlich Münzen unter seinen Lumpen zählte, abgenützte Viertel- und Halbpenny-Stücke, und ab und zu auch einen ganzen Penny, der ihm vor Mitleid zugeworfen worden war.

Bruder Celestius und seine Schar hatten die unterste Stufe des Podiums erreicht, wo sie mit verzückten Gesichtern auf die Knie fielen, mit Ausnahme von Walter, der von weiter hinten nur auf das Bassin und das ständig aus den Rohren hineinfließende Wasser starrte.

Die Hymnen stiegen zu einem Crescendo an – ein gewaltiger Klang, der zwischen den Krümmungen der Wände und der Decke hin und her geworfen wurde. Dann folgte ein Moment der völligen Stille, bevor die Schreie und Bittrufe der flehenden Kranken zu einem ohrenbetäubenden Lärm anstiegen und die dicht gedrängt stehenden Körper vorwärts wallten. Die beiden starken jungen Helfer-Mönche krempelten ihre Ärmel hoch und brüllten lauthals: »Wartet!«, »Halt da!«, »Gebt Ruhe, nur zwei auf einmal!«, wobei sie die Pilger mit beträchtlicher Kraft zurückdrängten.

Zu zweien trampelten die Pilger dann die Stufen hinauf, setzten sich auf die Brüstung oder lehnten sich über das Becken, riefen ihre Gebete und heulten der gesegneten Heiligen die Ohren voll mit ihren Kümmernissen, Krankheiten und Qualen, während die Mönche die Schöpfkellen ins Wasser eintauchten und gossen, eintauchten und gossen. Männer und Frauen, Kinder, Säuglinge in den Armen ihrer Mütter – sie alle beugten sich zu zweit zum Wasserguss vor wie zu einer zweiten Taufe. Es gab einen kurzen Aufruhr, als festgestellt wurde, dass einer der Säuglinge bereits tot war. Seine Mutter wollte ihn nicht loslassen und wurde schreiend weggezerrt.

Es gab noch einmal plötzliche Unruhe in der Menge, als Walter sich wie ein Aal zwischen den Leuten hindurchschlängelte, an der untersten Stufe erschien, nach dem Kragen des stinkenden Bettlers griff, den Mann hochhob und seinen Kopf und den Oberkörper ins Quellbecken stieß. Das Wasser wogte auf und floss über, sodass die Beine und Füße der am nächsten Stehenden durchnässt wurden. Das unglückliche Opfer tauchte zappelnd ins Wasser, kam wieder hoch, brüllte: »Loslassen!«, wurde aber in Walters eisernem Griff wieder untergetaucht. »Ich taufe dich, ich taufe dich!«, rief Walter. »So werde denn frei von Sünden!« Beide Mönche packten Walter und versuchten, ihn zurückzuziehen, jedoch ohne Erfolg. Bane schob sich vor, ergriff den Stab von Bruder Celestius, stieß ihn Walter zwischen die Füße und zog ihn an den Knöcheln, dass er aus dem Gleichgewicht geriet und die Stufen hinunterpurzelte, wobei er die Mönche, den schon halb ertrunkenen Bettler und andere in einem platschenden, brüllenden und kreischenden Haufen mit sich riss. Während sie sich trennten und wieder aufrappelten, trat plötzlich Stille ein; dann waren ein überraschtes Keuchen und schrille Schreie zu vernehmen: »Schaut doch!«, »Gott sei gepriesen!«, »Dank der heiligen Felicitas!« und »Was ist denn?«, »Was ist denn los?« und »Du Trampel, nimm deinen dicken Schädel zur Seite, damit ich auch was sehen kann!«

Der Körper des Bettlers war frei von Schwären und Wunden! Einige Schorfstücke, ertrunkene Maden und andere widerliche Reste schwammen im Becken. Der Bettler hustete und spie Wasser aus. Dann, als ihm bewusst wurde, dass alle ihn anstarrten, schaute er auf seine Brust und die Arme und strich sich mit einer nassen Hand übers Gesicht. »Scheiße!«, rief er schließlich und rammte Walter den Kopf in den Bauch. Walter, der noch zu beiden Seiten von den Mönchen gehalten wurde, sank zusammen und fing an zu heulen.

»Der Kerl hat versucht, mich zu ertränken«, schimpfte der Bettler wütend.

»Er kann nichts dafür! Tut ihm nicht weh! Er ist ein Verrückter!«, rief Bruder Celestius.

»Ich bin auch verrückt, aber vor Wut!«, brüllte der Bettler, holte aus und zielte mit der Faust auf Walters Auge.

Bane packte die Hand, bevor der Mann zuschlagen konnte. »Ich würde sagen, er hat Euch einen großen Dienst erwiesen«, meinte er mit einem Augenzwinkern. »Ihr seid doch hergekommen, um geheilt zu werden, nicht wahr?«

»Geheilt? O ... ja, natürlich! Geheilt! Das stimmt! Es ist ein Wunder!«, rief der Bettler inbrünstig.

Das magische Wort wurde wie ein Echo hin und her geworfen, ging von Zunge zu Zunge ... *Wunder* ... Wunder ... Wunder. Der Bettler grinste die Mönche an. Diese warfen sich gegenseitig Blicke zu, und der Funke eines Gedankens sprang von einem zum anderen. Einer zog die Augenbraue hoch und spitzte fragend die Lippen. Ein anderer nickte, und sie machten das Beste aus der Situation.

»Ein Wunder!«, rief einer der Brüder mit mächtiger Bassstimme. »Gott und die heilige Felicitas seien gepriesen!« Die Menge sank auf die Knie, und die Mönche schubsten den Bettler hinter ein paar Abschirmungen und durch eine Hintertür hinaus in den Garten der Abtei, wo sie ihm einen raschen Fußtritt und ein paar Ohrfeigen verabreichten. Protestierende Rufe erschollen aus der Ferne, bis die Tür resolut von einem mönchischen Hacken zugeschlagen wurde.

In der Krypta nahmen die Gebete und das Geheul ohrenschädigende Ausmaße an – ein primitiver, tierischer Lärm breitete sich aus, und jeder versuchte, die Aufmerksamkeit der Heiligen auf sich zu ziehen. Frauen fielen in Ohnmacht, Männer weinten und zerrten sich am Haar und an der Kleidung. Auf den Knien rutschten und schwankten die Kranken, die Reuigen, die Lahmen, die Blinden und von Unrecht Betroffenen voran und tauchten Hände, Gesichter und Stofffetzen in die Wasserlachen auf dem Boden.

»Wie konnte er sich denn losreißen?«, fragte Bane, als er sah, wie Bruder Celestius den armen Walter wieder an einem nun gekürzten Strick festband.

»Durchtriebener Kerl, nicht wahr?«, seufzte der Mönch. »Er hat den Mann neben ihm gebeten, ihm sein Messer zu leihen. Schnitt damit den Strick durch und gab das Messer zurück. In all dem Durcheinander hab' ich's gar nicht gemerkt.«

Bane drängte sich zwischen den knienden, weinenden und betenden Pilgern hindurch zur Tür. Als er sie erreicht hatte, stieß er auf Straccan. Zusammen gingen sie in den Hof hinaus.

»Was ist denn da drinnen los?«, fragte Straccan.

»Zeichen und Wunder«, erwiderte Bane. »Seid Ihr jetzt wieder auf dem Posten?«

»Ja. Gibt's irgendeine Spur von dem gut aussehenden Bastard oder Nachrichten von Gregory?«

»Nein. – Was soll jetzt geschehen?«

»Ich möchte, dass Ihr noch ein wenig länger hier bleibt, falls der schöne Mann auftauchen sollte. Ich reite zur Templer-Komturei nach Durham, um etwas über den Burschen herauszufinden, den Ihr in Alnwick gesehen hattet – den Soulis.«

»Meint Ihr, der hat mit dieser Angelegenheit etwas zu tun?«

»Ich glaube, das ist der Mann, den wir als Gregory kennen. Die Kinder da sagten, der gut aussehende Mann reite mit Sarazenen, und Ihr habt Soulis ja auch bei denen gesehen. Er könnte ein Kreuzzügler gewesen sein. Falls dem so ist – oder wenn er ins Heilige Land pilgerte –, werden die Templer es wissen.«

18

Als Straccan fort war, kaufte Bane etwas Brot und Speck, lehnte sich an die Mauer der Abtei, kaute und wartete. Da wurde der auf wundersame Weise ›Geheilte‹ hinaus geworfen, voller anschwellender Beulen, staubig und fluchend. Er rappelte sich auf, drohte dem stämmigen Pförtner in ohnmächtiger Wut mit der Faust und hinkte auf der Straße davon, wobei er nicht merkte, dass Bane ihm folgte. Ein Samstagsmarkt war am Westtor in vollem Gange. Der Bettler schob sich durch die Menge, an den Ständen vorbei durch das Tor in Richtung Bordellviertel. Er schlüpfte schnell durch eine Tür mit einem Aushängeschild, welches das Etablissement als ›Die Bischofsmütze‹ auswies.

Bane trat unauffällig ein Stück entfernt in einen Torweg und wartete erneut. Ungefähr eine Stunde war vergangen, als der Mann wieder auftauchte – gewaschen, anständig gekleidet und ein Bündel in den Armen. In normalen Hosen und Kittel war er nicht sofort als der Ekel erregende Vagabund aus der Krypta zu erkennen. Bane folgte ihm zur Abtei zurück, wo Ströme von Pilgern durch das Tor und in die Quellenkammer kamen oder sie verließen. Noch immer waren aus der Kammer Schreien, Heulen und Rufe des Lobes und des Flehens zu vernehmen. Der Bettler zog sich die Kapuze über den Kopf und drängte sich ins Innere der Quellenkammer, während Bane wartete. Nach einer Weile kam der Bettler wieder zum Vorschein, schaute sich ängstlich um und starrte in die Gesichter. Offensichtlich suchte er nach jemandem. Ein paar Schritte hinter ihm folgte Bane, der sich stumm durch die Menge wand, dem Bettler zum Marktplatz zurück, wo er ihn überrumpelte, indem er sich hinter einem Stand duckte, dann vorsprang und mit dem überraschten Mann zusammenstieß – eine simple, aber wirkungsvolle Methode. Bane ließ Brot und Speck aus der Hand fallen, ergriff den Kerl, um Halt zu finden, und sprach ihn an: »Oh, *Ihr* seid das!«

»Hä?«, machte der Bettler verwirrt.

»Ja, Ihr von der Quellenkammer. Der Wundermann! Ich war dort, erinnert Ihr Euch nicht?«

»Äh ... ja.«

»Hier, nehmt diesen Laib Brot. Ich habe nur kurz hineingebissen – wo ist denn der Speck geblieben? Ach, da ...« Er hob ihn auf, bürstete den Schmutz ab und pustete darüber. »Hungrig?«, fragte er. »Es ist genug für zwei da.«

Sie setzten sich auf den Boden vor dem Westtor, mit dem Rücken an die Stadtmauer gelehnt, schauten dem Hin und Her auf dem Marktplatz zu und teilten sich das Mahl.

»Das mit den Maden war ein guter Trick«, lobte Bane, »sehr einfallsreich.«

»Ja, das dachte ich mir auch«, meinte der Bettler. »Eine wirklich gute Idee. Ich habe auch jetzt welche bei mir.« Er fischte in einer Hosentasche und holte eine kleine, runde hölzerne Schachtel hervor, zog den Deckel ab und zeigte Bane den wimmelnden Inhalt.

Der beäugte das Gekrabbel kritisch. »Was fressen die denn?«

»Ich hab' ein Stück Hammelfleisch-Pastete reingelegt.«

»Oh.« Banes Blick schweifte die Stände entlang und über die Leute, die dort kauften, verkauften, sich unterhielten, lachten und feilschten. Er sah, wie ein Taschendieb seiner weiblichen Partnerin seine Beute zuspielte, die sie in den Busenausschnitt ihres Kleides schob, wobei sie Banes Blick bemerkte, frech grinste und ihm die Zunge herausstreckte, bevor sie mit der Menge verschmolz. »Ist doch seltsam, hier so auf Euch zu stoßen«, sagte er. »Ihr seht jetzt ein ganzes Stück wohlhabender aus als heute morgen.«

»Das war doch meine Arbeitskleidung vorhin«, erklärte der Bettler und pickte sich Essensreste aus den Zähnen.

»Haben sie Euch Eure Einnahmen weggenommen?«

»Alles, diese Schufte! Jeden halben, sogar jeden Viertelpenny! Sie sagten, ich soll froh sein, dass ich nicht ausgepeitscht würde.«

»Das stimmt ja auch.«

»Ich weiß. Aber dieser Mönch da, der dicke, gab mir einen solchen Tritt in den Hintern, dass ich wohl 'ne Woche nicht mehr richtig sitzen kann.«

Eine Zeit lang hockten sie schweigend nebeneinander und kauten. Eine Gruppe gut gekleideter Pilger auf Maultieren kam klappernd und rüttelnd durch das Tor in westlicher Richtung. Zwei Ritter – der eine war Johanniter –, kamen staubig von der Reise herbeigeritten.

»Wie habt Ihr denn diesen Gestank gemacht?«, wollte Bane wissen.

»Ist eigentlich ein Berufsgeheimnis«, antwortete der Bettler, »aber da Ihr Euer Frühstück mit mir geteilt habt, will ich es Euch verraten: verfaulte Fische und tote Maulwürfe. Nichts stinkt so sehr wie ein Maulwurf. Habt Ihr das schon bemerkt?«

»Kann ich nicht behaupten. Wohin werdet Ihr jetzt gehen?«

»Weiß ich noch nicht. Vielleicht nach Newcastle – und Ihr?«

»Ich warte auf jemanden.«

»Vielleicht treffen wir uns wieder mal«, sagte der Bettler kumpelhaft.

»Da wäre ich nicht überrascht«, erwiderte Bane. »Ich habe ja gesehen, dass Ihr mir immer gefolgt seid, seitdem ich hierher kam. Wollt Ihr mir nicht den Grund dafür sagen?«

Der Bettler schaute bestürzt drein. »Ich weiß nicht, was Ihr meint!«

»Doch, das wisst Ihr.«

»Nein, ehrlich nicht!«

»Ehrlich – von wegen!«, meinte Bane. »Ihr wart doch der Leprakranke am Tor, als ich am Donnerstag hierher kam. Ich hab' Euch einen Penny zugeworfen. Jetzt habe ich nicht übel Lust, die Münze zurückzufordern! Seitdem habe ich Euch noch mehrere Male gesehen – als Pilger verkleidet, wie Ihr mich beobachtet habt.«

»Seid doch nicht albern!«, protestierte der Bettler. Da bewegte Banes Arm sich blitzschnell. Wie durch Zauberei erschien ein Dolch in seiner Hand; dann spürte der Bettler auch schon die Spitze am Hals, unmittelbar unter dem Ohr.

»Öffnet Euer Bündel!«, herrschte Bane ihn an. Als der Mann zögerte, drückte Bane ihm die Klinge in die Haut. »*Öffnet* das Bündel!«, fauchte er.

»Ja doch, ja doch!« Das ordentlich zusammengeschnürte Bündel wurde geöffnet und enthüllte unter anderem einen Aussätzigen-Mantel, eine Klapper und eine Almosenschale. Der Mantel konnte zu einem Pilgermantel umgedreht werden, und da war auch ein mit Abzeichen bestückter Hut, sehr ähnlich dem, den der arme Walter wie seinen Augapfel hütete. »Wie habt Ihr das denn gemerkt?«, fragte der Bettler verärgert.

»Ich habe so meine Erfahrungen auf dem Gebiet. Da war auch dieser Geruch – ein verdammt starker Geruch. Ich bemerkte ihn, als Ihr den Aussätzigen gespielt habt, und dann wieder in der Quellenkammer. Also sah ich mir das Gesicht, das mit dem Gestank kam und ging, einmal genauer an und erkannte, dass ich es letztens schon an etlichen anderen Stellen gesehen hatte.«

»Das ist eine kleine Stadt«, wollte der Bettler sich herausreden. »Da kann man einfach nicht anders, als immer wieder den gleichen Leuten zu begegnen.«

»Unsinn«, entgegnete Bane. »Also – warum folgt Ihr mir?«

»Man hat es mir befohlen«, sagte der Mann mürrisch.

»*Wer* hat es Euch befohlen?«

»Ich weiß nicht, wer es ist. Ich tue es doch für meinen Lebensunterhalt. Ich folge Leuten, wenn ich den Auftrag dazu bekomme.«

»Wer gab Euch den Auftrag dazu?«

Der Bettler schaute unbehaglich drein. »Ich weiß es nicht«, murmelte er. »Herrgott, ich *weiß* es doch nicht!« Die Messerspitze drang weiter in die Haut ein, sodass dem Mann ein Rinnsal hellen Blutes das Schlüsselbein hinunterrann.

»Ich bekomme Botschaften!«, rief er schrill.

»Ich kann ja das Messer jedes Mal ein bisschen tiefer hineindrücken. Ihr wärt wirklich besser beraten, mir alles zu erzählen.«

»Wie ... ich schon sagte, ich bekomme ... Botschaften. Irgendjemand gibt sie mir. Kann irgendwer sein ... ein Bettler, ein Kind, eine Hure ... jemand, der einen Penny oder zwei bekommen hat, um mir auszurichten, wem ich folgen soll.«

»Ich glaube Euch kein Wort.«

»Na hört mal«, sprach der Mann, »ich war ein Schauspieler – machte Mummenschanz und Mysterienspiele und Possen, was Leute so alles zum Lachen oder Weinen bringt. Eines Abends, es war in Bristol, hatte ich großen Ärger. Die Schauspielertruppe, zu der ich gehörte, geriet in eine Schlägerei, und ein Mann wurde getötet. Die anderen konnten sich davonmachen. Ich war der Einzige, den sie gekriegt haben. Man hat mich eingesperrt. Ich war schon darauf gefasst, gehängt zu werden, als jemand mir diese Arbeit anbot.«

»Wann war das alles?«

»Am letzten Michaelitag – nein, nicht den vergangenen, sondern den davor. Ich bekäme ständigen Lohn, sagte der Mann, und einen guten Bonus. Ich müsste nur Leuten folgen. Das hab' ich nun seitdem immer getan. In Bristol, Peterborough, Lincoln, York – überall. Ich musste berichten, wohin die Leute gingen und mit wem sie sich trafen. Mehr nicht. Ich hab' mich immer verkleidet. Bin ja gut im Verkleiden.«

»Ja, da seid Ihr sehr rührig«, bestätigte Bane.

»Na ja, diesmal bin ich wohl übers Ziel hinausgeschossen. Niemand außer Euch hat mich bis jetzt wiedererkannt.«

»Es gibt immer ein erstes Mal. Fahrt fort.«

»Damals kam mir das wirklich wie eine gute Idee vor – jedenfalls besser, als gehängt zu werden. Außerdem hatte ich gar keine Wahl. Was denkt Ihr, was geschehen wäre, wenn ich nein gesagt hätte. Meint Ihr, der Bursche hätte mir über den Kopf gestreichelt und sich entschuldigt, mich belästigt zu haben?«

»Wie sah der Mann aus, der Euch angeworben hat?«

»Oh, Jesus, ich bekam ihn nie richtig zu Gesicht. Es war dunkel. Die Kerzen standen hinter ihm, sodass er nur ein Umriss für mich war.«

»Welch ungefähren Eindruck hattet Ihr denn?«

»Dünn, ältlich, krächzende Stimme. Sprach englisch wie ein Franzose.«

Bane dachte darüber nach. »Also habt Ihr auch in meinem Fall die Botschaft erhalten, mir zu folgen?«

»Nein, nicht Euch. Eurem Herrn. Wie heißt er doch gleich … Straccan. Ihr seid aber allein gekommen, sodass ich *Euch* beobachtet habe. Dachte mir, der andere würde schon noch kommen.«

»Tja, Ihr habt ihn verpasst«, bemerkte Bane zufrieden. »Er war hier und ist wieder verschwunden, während man Euch mit Fußtritten aus der Abtei befördert hat.«

Der Bettler schoss Bane einen wütenden Blick zu und blieb stumm sitzen.

19

Straccan brauchte drei Tage, um nach Durham zu kommen. Starker Regen verwandelte die Landstraßen in eine Schlammpiste. Es goss noch immer wie aus Eimern, als Straccan endlich die Komturei der Tempelritter beim Kuhtor erreichte. Es war ein Außenposten, eine Einheit von Rittern und Sergeanten, die sich um die Verwaltung der Liegenschaften des Templerordens in dieser Gegend kümmerte und Bankgeschäftsdienste anbot. Der schwarz-weiße Wimpel, der Beauseant, hing nass von der Stange. Straccan setzte sich auf die Bank am Tor und lauschte dem ständigen Trommeln des Regens.

Dabei kam ihm der Gedanke an Gilla, an seine tote Frau Marion und an Janiva. An Letztere hatte er oft gedacht, seit er ihr Haus in Shawl verlassen hatte. Nach der Vernichtung des Fluchamuletts hatte sie ihm von ihrer Sehergabe erzählt und versucht, im Wasser zu sehen, wo Gilla sein könnte. Doch es war ihr nicht gelungen. Straccan erinnerte sich an ihren Zorn und die Enttäuschung. »Da ist eine magische Sperre«, hatte sie gesagt. »Irgendeine Hexerei, die meine seherischen Fähigkeiten behindert.«

Hexerei! Was konnte ein Mann gegen unsichtbare, unbekannte Feinde tun? Wie konnte er nicht greifbares Böses bekämpfen? Ein Mann brauchte einen handfesten Gegner, den er mit Schwert und Lanze angreifen konnte – aber alles, was sich Straccan jetzt entgegenstellte, waren Schatten, gegen die er hilflos war. Sicher konnte nur die Heilige Kirche etwas gegen die Hexerei ausrichten. Doch Janiva hatte ja das böse Zauberstück gefunden und vernichtet, und Straccan wurde auch nicht mehr durch die Albträume geschwächt.

»Was?«, rief er aufgeschreckt und schaute zu dem Ritter empor, der gekommen war, sich seiner anzunehmen.

»Verzeihung, Sir, ich wollte Euch nicht erschrecken. Ich hatte nur nach Eurem Namen und Eurem Begehren gefragt.«

»Ich bin Sir Richard Straccan aus Stirrup und möchte mit Eurem Prinzipal sprechen.«

Der Ritter führte ihn durch Gänge, Treppen hinauf, Galerien entlang und dann wieder Treppen hinunter zu einem kleinen, ungemütlichen, feucht riechenden Raum, nicht größer als eine Zelle, wo der magere und runzelige Prinzipal, Sir William Hoby, an einem Schreibpult saß und Briefe versiegelte. Der Geruch von heißem Wachs stieg auf und erfüllte die Kammer.

»William!«, rief Straccan erleichtert. »Ich hatte gehofft, dass jemand, den ich kenne, hier Prinzipal ist. Wie geht es Euch?«

»Ich bin älter geworden«, antwortete Hoby mürrisch. »Von Rheuma geplagt. Aber *Ihr* seht ziemlich gut aus. Was ist Euer Begehren?«

»Ihr braucht den Kamm nicht zu sträuben. Ich bin nicht hinter Eurem Geld her, und es tut mir leid, dass Euch die alten Knochen schmerzen, aber Ihr habt es wahrscheinlich nicht besser verdient. Ich brauche Auskünfte, William.«

»Dann setzt Euch«, sagte Hoby. »Jagt die Katze von dem Schemel da. Nehmt Euch zu trinken und esst mit uns. Bleibt über Nacht hier. – Also, was ist los?« Er wiegte sich auf den Hinterbeinen seines Stuhls.

»Ich muss etwas über einen Mann erfahren. Wahrscheinlich war er in Palästina, aber ich weiß nicht wann. Ich kenne nur seinen Namen: Lord Soulis.«

Hobys Stuhl knallte auf alle vier Beine hinunter. »Soulis? Wo seid Ihr *dem* denn begegnet?«

»Unsere Wege haben sich noch nicht gekreuzt. *Noch* nicht. Kennt Ihr den Mann?«

»Hab' ihn ein paarmal gesehen«, antwortete Hoby. »Man hat ihn mir in Acre gezeigt. Sah ihn dann einige Jahre später auf der Straße von Joppa nach Jerusalem. Ein Trupp unserer Leute lagerte am Ufer bei Lydda, als ein Haufen befriedeter Sarazenen herbeikam. Sahen aber aus, als würd's ihnen in den Fingern jucken, uns die Kehlen durchzuschneiden. Ihr wisst ja, wie Sarazenen gucken, wenn sie Christenmenschen sehen. Waren aber nicht Saladins Männer, sondern gehörten zu Soulis. Er war mitten unter ihnen, in der Panzerung, dem Umhang und all dem Kram eines Sarazenen. Er saß auf dem schönsten Pferd, das ich je gesehen habe. Wir fragten ihn, wie die Straße vor uns sei. Seine Heiden schnatterten auf ihn ein. Kein Dialekt, den ich kannte. Verstand nichts davon. Er sagte irgendwas zu unserem Prinzipal, aber ich hörte nicht, was er da von sich gab. Dann ritten er und seine Kreaturen ihres Weges. Etwas später ritten auch wir weiter – genau in einen gemeinen kleinen Hinterhalt hinein, in der Schlucht bei Khatrak. Ihr kennt sie ja. Unser Prinzipal wurde getötet. Sie durchbohrten Isumbaras von Drayton – erinnert Ihr Euch an ihn? Und auch den armen alten Martin von Andover. Ich bin mir nicht sicher, aber ich hatte immer das Gefühl, dass Soulis uns in eine Falle reiten ließ.« Hoby starrte ins Leere und sah Straccan nicht mehr – nur noch die Erinnerung an den Verrat.

»Was wurde aus Soulis?«

»Mir kam zu Ohren, dass er sehr reich wurde. Fand irgendwo in der Wüste eine verschollene Stadt, aus der er eine Menge Gold holte. Meiner Meinung nach war das auch eine sehr anrüchige Sache. Man erzählt so allerlei darüber.«

»Was denn?«

»Es heißt, Soulis habe die Schwarzen Künste studiert und diesen Schatz mit Hilfe von Dämonen gefunden. Er brachte einen seltsamen alten Burschen aus der Wüste mit, der eine Art arabischer Zauberer sein soll. Wahrscheinlich ist das alles Unsinn – aber dennoch, ich mag ihn nicht. Er kommt mir unheimlich vor.«

»Habt Ihr eine Ahnung, wo Soulis jetzt sein könnte?«

»In Schottland, nehme ich an. Wollt Ihr, dass ich es herausfinde?«

»Ja, William! So schnell Ihr könnt. Ich werde Euch sagen, warum.«

Eine sehr seltsame Geschichte, überlegte Hoby, nachdem Straccan gegangen war. Sie erfüllte ihn mit Besorgnis – so sehr, dass er nicht schlafen konnte, mitten in der Nacht aufstand, eine Kerze anzündete und eigenhändig, ohne einen Schreiber zu rufen, einen Brief aufsetzte: »An Sir Blaise d'Etranger, in der Priorei von Coldingham, Schottland. Ich grüße Euch …«

20

Im umschlossenen Hof am Fuß des Kastells von Skelrig herrschte ungewöhnliche Geschäftigkeit. Ein Gewirr alter, aus Flechtwerk gefertigter Außengebäude war abgerissen und verbrannt worden. Die Reste des riesigen Feuers prasselten noch und glühten, als warme Windstöße es wieder anfachten. Flammen stiegen auf, wenn weiteres Flechtwerk von den Arbeitern ins Feuer geworfen wurde. Die Männer kamen mit Lasten von Lumpen, Knochen und faulenden, schleimigen Binsen aus der Bogentür des Kastells. Unmittelbar hinter dem Außentor standen vier beladene Wagen, die nun ohne Pferde waren. Diese standen mit gesenktem Kopf in der von Mauern umgebenen Heuwiese, die sich bis zu einem schönen See erstreckte, wo Enten, Blässhühner und Moorhennen sich nicht um die Umtriebe kümmerten, sondern am entfernten Ende tauchten und wieder auftauchten, die Hinterteile zu den geschäftigen Menschen gerichtet. Alles sah häuslich aus – wie ein gewaltiger, längst fälliger Frühjahrsputz.

»... und mistet den dreckigen Stall aus. Ich will, dass er gefegt und geschrubbt ist, wenn die Pferde heute Abend wieder hineinkommen«, rief Lady Julitta, als sie im Torweg auftauchte und den Strom von Befehlen fortsetzte, den sie seit ihrer Ankunft an diesem Morgen von sich gegeben hatte. »Pfui, was für ein Dreck! Du da – ja, du«, rief sie einem jungen Knecht zu, der versucht hatte, ihrem Blick zu entgehen. »Sag meinem Verwalter, er soll die Betten und Wandbehänge ausladen und auf den ersten Stock bringen lassen.« Der Junge flitzte davon, um den Auftrag auszuführen. Julitta holte tief Luft, schaute auf das Feuer, den Hof, die Wiese, den See und den Weg, auf dem ihr Gefolge hergekommen war. Außer einigen Hütten in mittlerer Entfernung war die Landschaft bar jeden Anzeichens menschlicher Existenz – nur Felsen, Stechginster, von Schafen kurz gefressenes Gras, Heidekraut und Schilfrohr.

Ihr Verwalter trottete herbei. »Mylady, der Fußboden oben ist noch nass.«

»Na, dann lasst ihn trocken peitschen«, fauchte sie. »Ich möchte all den Kram haben, der drinnen ist, bevor es zu regnen anfängt.«

Der Verwalter warf einen prüfenden Blick auf den strahlend blauen Himmel – keine Wolke war in Sicht – und behielt seine Gedanken für sich. Bedienstete machten sich daran, Bündel von Bettzeug und Teile zerlegter Betten zu schultern.

»Ist die Küche auch gescheuert worden?«

»Ja, Mylady.«

»Und der Koch?«

»In den Pferdetrog getaucht und abgeschrubbt.«

»Dann soll er seine Feuer anzünden und sich an die Arbeit machen. Was ist mit meinem Bruder?«

»Kein Laut, Mylady. Die Tür ist immer noch versperrt. Lord Robert antwortet auf nichts.«

»Das wird er schon, wenn er hungrig ist.« Sie schaute zum Turm hinauf, wo zwei Wachsoldaten über der Brüstung lehnten und die Umgebung beobachteten. »Ladet auch das Bier und den Wein aus, und vergesst nicht, den beiden da oben einen Krug zu bringen.«

Sie ging wieder nach innen und stieg die unebenen Stufen der Wendeltreppe zum Schlafzimmer hinauf. Dort waren die Bettgestelle errichtet worden – einige mit Latten-, andere mit Riemenboden. Die Matratzen und Deckbetten wurden ausgeschüttelt und aufgelegt. Zwei Frauen mit langen Scheuerlappen waren dabei, den Boden trocken zu peitschen. Sonnenlicht und eine leichte Brise drangen durch die Fenster auf der Westseite herein. Auf dem Stufensitz an einem der Fenster saß ein Kind und schaute über die kahlen Hügel. Es war ein kleines Mädchen.

Julitta ging hinüber, stellte sich neben sie und legte eine Hand sanft auf die Schulter des Kindes, aber das Mädchen nahm keine Notiz von ihr. Am Horizont war eine Wolkenbank erschienen. Julitta legte zwei Finger an das Gesicht des Kindes und drehte es zu sich herum. Die dunkelblauen Augen schauten ohne Ausdruck in die ihren, und ein Schauer ließ den kleinen Körper beben.

»Ist dir kalt?«, fragte Julitta. Das Kind schüttelte den Kopf. »Hast du Hunger?« Wieder ein Kopfschütteln. »Nun, du wirst bald etwas essen und dann ins Bett gehen. Du bist doch sehr müde, nicht wahr?« Die blauen Augen schlossen und öffneten sich. Dann nickte das Mädchen. »Ja«, sagte die Lady zufrieden, »du bist wirklich sehr müde.«

Gilla gähnte.

Die Wolken waren jetzt näher herangekommen und wurden dunkler.

21

Sir Miles Hoby senkte den Kopf und murmelte »Vielen Dank!«, als ein Schwall Regenwasser aus der Abdeckplane eines Marktstandes auf ihn hinunterschwappte. Aber das machte ja kaum noch etwas aus. Er war sowieso schon nass bis auf die Haut, und die blaue Einfärbung seines billigen wattierten Wamses war zerlaufen und hatte seine Handgelenke, die Hände und sogar seine Fingernägel blassblau gefärbt.

Es war wieder mal einer von diesen Tagen gewesen – genauer gesagt, eine von diesen Wochen. Wenn Hoby es von seinem durchweichten Gesichtspunkt betrachtete, war es sogar eines von diesen verflixten *Jahren* gewesen, das seinen Höhepunkt in den letzten sieben Tagen erreicht hatte, mit einer Reihe von Unfällen und Missgeschicken. Nichts war wie geplant abgelaufen, seit er Durham verlassen hatte. Zuerst war sein Diener zu Schaden gekommen. (Der Mann war betrunken von seinem Maultier auf einen Haufen Mauersteine gefallen, hatte sich das Schlüsselbein gebrochen und musste zurückgelassen werden.) Dann wurde das Packpferd lahm, und Miles wechselte es für ein Maultier ein, weil er nichts anderes bekommen konnte, doch dieses erwies sich als ein störrisches, zänkisches, mürrisches, immer schlecht aufgelegtes, faules und hinterlistiges Biest, das zu beißen, bocken, auszuschlagen und sich aufzubäumen pflegte. Diesem Vieh hatte Miles zu verdanken, dass nun eine Hand verbunden, ein Stück Haut von seiner Schulter gerissen und seine Schienbeine und eine Hüfte blau waren, und er war nicht mehr so weit und oft gerannt, seit er ein kleiner Junge gewesen war. Immerhin, er war jung, gesund, hatte ein sonniges Gemüt und war erfreut, endlich einen Auftrag bekommen zu haben. Voller guten Willens hatte er in Nettleham gehalten, um seinem Lieblingsheiligen Dank zu sagen, und bei der Gelegenheit entdeckt, dass seine Geldbörse fehlte, als er die überfüllte Kirche verließ. Traurig baumelten die abgeschnittenen Enden der Befestigungsschnüre von seinem Gürtel hinunter. Er könnte und würde natürlich bei der nächsten Komturei oder dem nächsten Ordenshaus Kostenersatz verlangen, aber es warf einen Schatten über die ganze Angelegenheit.

Dann, erst an diesem Morgen, diesem ausnehmend schönen, warmen und sonnigen Morgen, als er durch die kleine Stadt Dale ritt, war er einem Abschwörer begegnet, so einem armen Teufel, der von Soldaten und einem Priester durch die Stadt geführt, mit Schmutz und Steinen beworfen und von jeder Männerfaust, die ihn erreichen konnte, im Gesicht und am Körper bearbeitet wurde. Die wenigen Lumpen, die ihm noch am Leib hingen, wurden abgerissen, und selbst die streunenden Hunde der Stadt bellten und schnappten nach seinen blutenden Hacken. Hinter ihm hinkte eine junge Frau. Sie war fast so zerlumpt wie er, dünn, krank aussehend, mit laufender Nase und hochschwanger. Wie der Priester Miles erklärte, war sie die Frau des Abschwörers, die nicht in ihrer Heimatstadt zurückbleiben wollte und darauf bestanden hatte, ihrem Mann ins Exil und in den fast sicheren Tod zu folgen. Man könne nichts dagegen tun.

Miles schnallte seinen Mantel hinter sich vom Sattel, beugte sich hinunter und legte ihn der Frau über die Schultern. Sie zuckte zusammen wie von einem Schlag getroffen, stand dann still, schlang den Mantel mit vor Erstaunen offenem Mund um sich und starrte den jungen Ritter an. Bevor der noch seine Hand zurückziehen konnte, hatte die Frau sie auch schon ergriffen, geküsst und dabei mit Rotz beschmiert.

So ein schöner Morgen – und was war daraus geworden! Er war mantellos, völlig durchnässt und triefend. Wenn er bis zum nächsten Morgen nicht nieste und seine Nase nicht ebenfalls lief, war das auch schon so etwas wie ein Wunder! Aber wenigstens würde er nicht die Tiere anbinden und klatschnass unter einer Hecke schlafen müssen. Denn hier, in Fenrick, gab es einen Pilgersaal, von einem hiesigen, bereits verstorbenen Adligen erbaut, einem gütigen Mann. In diesem Saal konnten Reisende sich trocknen, erhielten Nahrung und einen Schlafplatz und konnten sich an ein wenig Gesellschaft und Plauderei erfreuen. Obwohl er es bezweifelte, konnte Miles einen anderen Diener finden, vielleicht sogar einen Mann, der mit dem ›Biest‹ umgehen konnte – und das wäre dann *wirklich* ein Wunder. Miles' Hoffnungen, feucht und eingeschrumpelt, begannen wieder zu trocknen und zu wachsen.

Als er die Tür des Pilgersaals öffnete, schlug ihm zur Begrüßung ein überwältigender Geruch von nassen Menschen, gebratenen Zwiebeln und angebrannten Würsten entgegen. Miles hatte noch die meisten seiner starken, jungen Zähne, und nichts liebte er so sehr, wie besagte Zähne in eine knusprige, geschwärzte Wurst zu schlagen. Seine Lebensgeister erwachten, und er begann, eine muntere Melodie zu summen.

Es gab keinen Grund, warum ein Ritter nicht auch einen Pilgersaal benutzen sollte; aber es taten nur wenige, weil sie lieber unter sich zu blieben, abseits der Landstraße lagerten oder die Gastfreundschaft einer religiösen Einrichtung, eines Herrenhauses oder der Burg eines Verwandten, eines Freundes oder des Freundes eines Freundes zu suchen. Miles stach deshalb aus der Menge hervor wie eine Traube unter Korinthen. Seine hochgewachsene Gestalt zog alle Blicke auf sich und rief Aufmerksamkeit und Ellbogenstöße, Getuschel und bewundernde Blicke der anwesenden Weiblichkeit sowie abschätzende, neidische und ärgerliche Blicke der Männer hervor.

Miles setzte sich an das lange Brett, das auf Böcken in der Mitte des Saales stand. Viele Pilger hatten ihre eigenen Nahrungsmittel mitgebracht und teilten sie sich mit den nächsten Nachbarn, aber die Gastfreundschaft der Betreiber des Saales erstreckte sich heute auf Würste und Zwiebeln, sodass ein warziger kleiner Kerl mit einer fleckigen Schürze herbeikam und ein Stück Brot vor jeden Gast hinknallte, wobei ihm ein anderer Bruder folgte, der mit großzügiger Hand die Würste austeilte. Rauch und Kochdünste hingen in sichtbaren blauen Schleiern in der Luft, und die Atmosphäre ließ die Augen tränen, doch Miles war froh, im Warmen zu sein; sein Wams, das er auf ein Gestell beim Feuer gehängt hatte, dampfte wie ein verschwitztes Pferd in der Winterluft.

An einem Ende des Saals waren mehrere Haufen Strohsäcke aufgestapelt, bereit, für die Nacht ausgelegt zu werden. Sie sahen – na ja, sehr nach dritter oder vierter Hand aus, dachte Miles bei sich. Aber was waren schon ein paar Flöhe gegen die erbarmungslose Sintflut da draußen? Ein greller Blitz warf sein unheimliches Licht auf die nach oben gerichteten, erschreckten Gesichter am Tischbrett; dann rollte der Donner über den Himmel. Die Leute bekreuzigten sich und murmelten die Namen von Heiligen. Miles pickte sich Essensreste aus den Zähnen, lehnte sich zurück, ließ den Blick über seine Umgebung schweifen und dachte an seinen Auftrag.

»Endlich kannst du dich nützlich machen«, hatte sein Onkel William gesagt. »Und wenn du diese Sache nicht vermasselst, mein Junge – vielleicht können wir dann daran denken, dich in den Orden aufzunehmen, das heißt, wenn du noch willst.«

Natürlich wollte er! Er wollte schon ein Templer sein, seit er sieben Jahre alt war. *Nichts* wünschte er sich so sehr, besonders, da eine gewisse junge Frau – Hilda –, die Tochter von Sir Brian Jourdaine, völlig unbeeindruckt von Miles' Bemühungen blieb, ihr Interesse zu erregen. Aber wenn er erst einmal den begehrten Umhang trug, den weißen Umhang der Tempelritter mit dem karmesinroten Kreuz, würde Hilda ihn gewiss mit anderen Augen sehen. Dann aber leider zu spät! Denn Kriegermönche mussten ehelos bleiben, und somit hätte Hilda ihre Chance vertan. Aber die Phantasie war verführerisch, und Miles nickte bei diesem Gedanken im zunehmenden Mief im Saal halb ein.

Draußen änderte sich die Windrichtung; durch die Fensteröffnungen peitschte Regen ins Innere. Einige Männer holten die ledernen Fensterläden und befestigten sie. Gespräche und Gelächter wallten wieder auf und schallten durch den Raum. Jemand sang ein altmodisches Liebeslied, das sehr gut ankam, und ein kleiner, drahtiger Bursche sprang auf das Tischbrett und lief auf den Händen darauf hin und her, schlug einen gekonnten Purzelbaum und tat so, als wäre er dabei zufällig in den Schoß einer drallen, munteren Matrone gefallen, während es an Beifallsrufen und Anzüglichkeiten nicht mangelte.

Miles hörte zu, lachte, stand auf, drehte sein Wams zum Ausdampfen auf die andere Seite und nahm mit einer artigen Verbeugung einen Honigkuchen entgegen, der ihm von einer errötenden jungen Frau angeboten wurde. Miles dankte ihr und bewunderte den eingewickelten Säugling, den sie bei sich hatte – ein blässliches, scharf riechendes, larvenähnliches Bündel.

»Ein prächtiger kleiner Kerl«, bemerkte er fröhlich.

»Es ist ein Mädchen«, entgegnete die Mutter ein wenig enttäuscht.

Miles hatte seine feuchten Stiefel ausgezogen, an den Schnürbändern um den Hals gehängt und saß nun mit den Füßen in ihren inzwischen trockenen, gestopften Strümpfen am Feuer. Er würde heute Nacht trocken schlafen, wenn auch von Juckreiz geplagt. Morgen würde er früh aufbrechen, und wenn er ›das Biest‹ dazu bringen könnte, so etwas wie einen annehmbaren Schritt einzuschlagen, hoffte er, Sir Richard Straccan in zwei oder drei Tagen einzuholen.

»Ein guter Mann«, hatte sein Onkel gesagt. »Verlässlich und ehrlich. Hat nur ein ziemliches Problem. Hol ihn ein und steh ihm zur Seite. Ich hab' das Gefühl, er kann Hilfe gebrauchen.«

»Wie werde ich ihn denn erkennen?«

»Ist Mitte dreißig, ungefähr meine Größe. Reitet einen großen Kastanienbraunen mit weißem Stirnfleck. Trägt einen blauen Mantel und hat seine Halsberge zusammengerollt und hinter sich an den Sattel geschnallt. Alter Sattel, geflickt, mit abgenutzten roten Lederbesätzen. Axt am vorderen Sattelbaum und ein altmodisches Schwert auf dem Rücken. Ein Diener, den ich noch nicht gesehen habe, ist bei ihm. Reitet westlich nach Liddesdale in Richtung auf die schottische Grenze. Dort ist nämlich Soulis' Burg Crawgard. Nach den mir vorliegenden Auskünften hätte er Weihnachten dort sein müssen, aber er kann jetzt auch ganz woanders sein.«

»Wie ist denn dieser Soulis?«, hatte Miles gefragt.

»Ich habe ihn seit zwanzig Jahren nicht mehr gesehen. Er war ein schwarzhaariges, weißgesichtiges, lippenloses und stolzes Geschöpf, ungefähr dreißig Jahre alt damals – jetzt ist er also fünfzig oder älter. Miles …«

»Ja, Sir?«

»Da kann noch etwas anderes dahinter stecken. Soulis ist ein böser Mensch. Trag das hier.« Er holte ein kleines, flaches Seidenpäckchen hervor, rundherum zusammengenäht und mit einem gestickten Kreuz darauf. Es hing an einer Seidenschnur. »Das ist die Gesegnete Hostie«, erklärte Sir William. »Ich bekam sie von Vater Alphege. Sie wird dich vor allem

Übel schützen. Trag sie immer am Körper.« Miles hängte sich den Gegenstand um den Hals und steckte sich das kleine Päckchen unters Hemd. Dann nahm sein Onkel eine Kette mit einem Medaillon vom eigenen Hals und legte sie ebenfalls um den seines Neffen mit den Worten: »Trag auch das. Es ist eine Reliquie des heiligen Cuthbert. Verliere sie nicht, denn ich möchte sie zurückhaben!«

Miles kniete nieder, um den Segen seines Onkels zu empfangen, gerührt von der Besorgnis des alten Mannes und freudig erregt darüber, eine Arbeit zu haben, einen Auftrag. Wenn er seine Phantasie nur ein wenig überbeanspruchte, könnte er es sogar ›eine ritterliche Suche‹ ähnlich der nach dem Heiligen Gral nennen. Er hatte erst in York und dann in Durham vorgesprochen in der Hoffnung, in irgendeiner Funktion vom Orden aufgenommen zu werden, nachdem sein Vater letzten Sommer gestorben war und ihm keinen Penny und keinen Landbesitz, nur seine Jugend, seine Kraft und seine Geschicklichkeit beim Gebrauch von Waffen hinterlassen hatte.

Der kleine Bursche, der auf seinen Händen getanzt hatte, war ein unterhaltsames Kerlchen. Abends erzählte er eine lange, drastische Geschichte von einem Mönch, einer Hausherrin, ihrem Gatten und einem Bierfass, die alle herzlich zum Lachen brachten, außer ein paar sauertöpfischen Gesellen. Dann machte der Mann erstaunliche Schattenrisse mit den Händen: Säugetiere, Vögel, eine alte keifende Frau – was Schreie des Entzückens hervorrief. Nicht wenige Viertel- und Halbpennys wurden ihm zugeworfen. Er sah nicht wie ein Pilger aus; er hatte keinen Stab, keinen Hut und kein Abzeichen. Er wirkte eher wie ein Possenreißer, der seinen Lebensunterhalt von den milden Gaben anderer bestritt. Er war ein lustiger Kerl.

Jedenfalls dachte Miles das, bis er auf seinem Weg zurück zu Mief, Flöhen und dem Strohsack am Hofklosettt vorüberkam und plötzlich des lustigen Burschen Messer an seinem Hals fühlte.

»Ich hätte Euch nie für einen Räuber gehalten«, würgte Miles entrüstet hervor, »außerdem habt Ihr bei mir kein Glück, denn man hat mir meine Geldbörse vor zwei Tagen abgeschnitten.«

»Ich bin kein Räuber«, zischte der Spaßmacher, »aber als ihr ankamt, hörte ich Euch beim Pförtner nach einem Freund von mir fragen. Was wollt Ihr von dem?«

»Ihr meint Straccan?«

»Ja, so heißt er.«

»Komische Art, sich nach einem Freund zu erkundigen«, meinte Miles. »Warum seid Ihr nicht im Saal zu mir gekommen und habt gesagt: ›Hört mal, ich glaube, wir haben einen gemeinsamen Bekannten‹?«

»Das soll Euch nicht kümmern. Warum wollt Ihr zu ihm?«

»Also, ich habe jetzt genug davon!«, fauchte Miles und stieß den Ellbogen in die Luftröhre des Possenreißers, wobei er den Dolch beim Fallen auffing und ein Knie hob, um den zusammensackenden Körper zurück in den Abortverschlag zu stoßen. Bevor der Mann wieder zu Atem kam, hatte Miles ihn bei den Fußgelenken mit dem Kopf nach unten ins stinkende Loch in dem Brett gehalten, sodass er keuchte, kreischte und zu beten versuchte.

»Jetzt bin *ich* an der Reihe, Fragen zu stellen«, sagte Miles. »Was habt *Ihr* denn mit Sir Richard Straccan zu tun?«

»Zieht mich hoch, um Gottes willen, zieht mich hoch! Jesus …«, jammerte der über dem Kot Baumelnde, während Miles seinen Griff verlagerte und sich gemütlich an die Wand lehnte. »Oh, bitte, zieht mich hoch!«

»Sobald Ihr geplaudert habt«, entgegnete Miles. »In der Zwischenzeit wollen wir hoffen, dass niemand hier hereinkommt, dann wird der nämlich über Euch hinweg pinkeln müssen … oder was sonst er vorhat.«

Miles hielt den Arm des Spaßmachers in festem Griff, als sie wieder den Saal betraten, und dirigierte den Burschen in die Ecke, wo er seinen Strohsack vorbereitet hatte. Als sie ihn erreicht hatten, zog er dem Burschen die Füße unter dem Körper weg, sodass er auf den Strohsack fiel. Miles setzte sich neben den Kerl.

»Das ist ja eine sonderbare Geschichte«, sagte er. »Ich meine damit nicht, dass ich sie glaube, aber sie *könnte* wahr sein, nehm' ich an. Sie hört sich nicht wie eine von den Geschichten an, die ein Bursche erfindet, selbst wenn das Geschichten erfinden und Derartiges sein Geschäft wären. – Wie meldet Ihr Euch denn?«

»Was?«

»Ihr werdet doch bezahlt, dass Ihr mir folgt und mich ausspioniert. Wem berichtet Ihr und wie, wenn Ihr nicht wisst, *wer* Euch bezahlt?«

»Jemand tritt an mich heran«, antwortete der Spaßmacher mürrisch. »Es ist immer ein anderer. Es werden Kennwörter ausgemacht. Wenn jemand zu mir kommt und das Kennwort sagt, gehe ich dahin, wo man mir aufträgt. Dort wartet dann jemand auf mich, und dem erzähle ich alles.«

»Schlau«, murmelte Miles. Es war jetzt dunkel in dem Saal, denn das Feuer war niedergebrannt. Um sie herum raschelten die Strohsäcke, als die Leute sich zum Schlafen niederlegten. Es gab einiges Gemurmel, und ein- oder zweimal waren unterdrücktes Kichern und eine Hustensalve zu hören. Miles rollte seinen Gefangenen herum und band ihm die Hände mit einem Riemen auf dem Rücken zusammen. »Ihr seid wirklich nicht die Bettgesellschaft, die ich mir aussuchen würde«, meinte er, »aber wir werden heute Nacht dieses Lager hier teilen. Am Morgen werde ich dann entscheiden, was ich mit Euch tun werde. Denkt ja nicht daran, Euch davonzuschleichen! Ich habe einen leichten Schlaf!«

Das war tatsächlich so, denn der Spaßmacher versuchte

zweimal zu verschwinden, wurde aber jedesmal mit einem schmerzhaften Ruck zurückgezogen, der das zweite Mal so heftig war, dass ihm fast die Schulter ausgekugelt wurde. Danach lag er ruhig, aber kochend vor Wut da, bis zum Morgen.

»Aus meiner Sicht gibt es drei Möglichkeiten, diese Angelegenheit zu handhaben«, meinte Miles, nachdem sie ihr Almosenfrühstück aus Haferbrei, Brot und Bier zu sich genommen hatten. »Ihr könnt mir helfen, die Tiere fertig zu machen. Gebt mir mal meinen Sattel und das Zaumzeug.« Er bemerkte zufrieden, dass der Mann schnell und präzise in seinen Bewegungen war und geschickt mit den Tieren umzugehen verstand. Das Packmuli beäugte ihn misstrauisch, worauf er ihm eine Grimasse schnitt.

»Da habt Ihr ja ein ausgesprochenes Biest«, sagte er.

»Beladet es mal«, befahl Miles und beobachtete, wie sein Gefangener den Bauchgurt des ›Biests‹ anzog, einen Moment wartete, ihm dann hart in den Leib trat und den Gurt fester anzog, während das Muli keuchte. Als es mit dem Maul an seine Schulter stieß und seine großen gelben Zähne zeigte, stieß der Bursche ihm zwei Finger in die Nasenlöcher. Als das Muli darauf mit dem linken Hinterlauf austrat, versetzte der Bursche ihm mit der Handkante einen so wuchtigen Schlag auf die Nase, dass dem Tier die Tränen in die Augen traten. Miles grinste.

»Die erste Möglichkeit wäre, Euch umzubringen«, fuhr Miles dann fort. »Ich weiß eigentlich gar nicht, was ich mit Euch anfangen soll, und auf diese Weise wäre ich Euch los. Aber Ihr habt mir keinen Schaden zugefügt – abgesehen davon, dass Ihr mich auf dem Abort geärgert habt. Ich zweifle auch daran, dass Ihr im Zustand der Gnade seid, und es widerstrebt mir, eines Menschen Seele wegen einer Kleinigkeit zur Hölle zu schicken.«

»Und die zweite Möglichkeit?«, fragte der Mann hoffnungsvoll.

»Die wäre, Euch gehen zu lassen. Wir würden beide unserer Wege ziehen. Aber das würde keinem von uns nützen, denn Ihr müsstet immer noch Euren Auftrag ausführen, und ich den meinen. Wir müssen ja *beide* Straccan finden, also wäre die dritte Möglichkeit die beste für uns.«

»Und wie sähe die aus?«

»Ihr kommt mit mir. Ich brauche einen Helfer. Mein alter Gehilfe wurde verletzt, sodass ich ihn zurücklassen musste. Also könntet Ihr Euch nützlich machen. Ich zahle Euch sogar einen Lohn, der nicht zu verachten ist. Wenn Ihr mich betrügt oder auf irgendeine Weise zu behindern versucht, kann ich Euch immer noch töten. Was sagt Ihr dazu?«

Der Spaßmacher schaute die Straße hinunter und zurück auf das Pferd und das Maultier, die an der Stange bei der Tür des Pilgersaals angebunden waren. Das ›Biest‹ zeigte viel versprechend das Weiße seiner Augen. »In Ordnung«, sagte er.

»Gut«, meinte Miles. »Wie heißt Ihr eigentlich?«

»Larktwist – Starling Larktwist.«

Miles dankte im Stillen seinem Lieblingsheiligen (ohne ihm Vorwürfe wegen des Verlusts seiner Geldtasche gemacht zu haben) für die Wendung des Schicksals, die Starling Larktwist herbeigeführt hatte. Und Larktwist, der nun schon zweimal in dieser Woche gezwungen worden war, seine Geschichte unter Umständen zu erzählen, die er am liebsten vergessen würde, dankte seinem Talisman (einem schmierigen, um den Hals gehängten Leinenbeutel, der dafür sorgte– so hatte ihm jedenfalls die Hexe versichert, die ihm dem Beutel verkaufte –, dass Larktwist immer gut davonkam) für den glücklichen Zufall, der ihm Sir Miles über den Weg geführt hatte, einen Mann, der nicht nur einen Diener brauchte, sondern auch in genau der richtigen Richtung unterwegs war.

Regelrecht vom Himmel geschickt, dachte Larktwist, als sie nach Alnwick aufbrachen, wo Miles Geld und eine billige, hässliche, aber stämmige Grenzland-Mähre als neues Reittier bekam.

Wie vom Himmel geschickt, dachte auch Miles, als das ungewohnt folgsame ›Biest‹ hinter ihm her trottete. »Ihr habt den Dreh mit ihm raus«, rief Miles seinem neuen Begleiter ermutigend zu.

»Bis zu einem gewissen Punkt. Aber das Biest lauert auf eine Gelegenheit, sich zu rächen. Dann wird's allerdings sehen, was ihm blüht – hü!« Da sprang das ›Biest‹ auch schon vorwärts und versuchte, mit dem Kopf an Miles' Knie zu stoßen. Larktwist nahm daraufhin seinen Schal ab und band ihm dem Tier über die Augen. Es bäumte sich auf und kreischte; dann aber trottete es auf eine schüchterne, gehorsame Art dahin. »Es wird schon noch begreifen«, meinte Larktwist.

22

Julitta stellte eine Schale Wasser auf den Tisch, eine flache, schwarze Tonschale mit glänzender Glasur, in der das Wasser wie ein Spiegel aussah. Einen Moment betrachtete sie ihr schönes Gesicht darin, ließ dann ein paar frische Rosenblätter auf die Oberfläche fallen und rührte das Wasser mit dem Finger um, sodass die Blätter kreisten.

»Sieh mal, Liebling«, sagte sie mit kehliger Stimme. »Schau doch nur, wie die Rosenblätter auf dem Wasser im Kreis herumschwimmen.«

»Nein.« Gilla warf den Kopf nach hinten, so weit sie konnte, und starrte die Decke, die Balken und den abbröckelnden, aufgemalten Putz an.

»Ach, nun schau doch mal, meine Kleine«, wiederholte die Stimme sanft und in dem Bemühen, überzeugend zu klingen.

Gilla drehte den Kopf auf dem schlanken Hals. Sie starrte das Fenster, die Wände, die Wandbehänge und alles andere an – nur nicht das Wasser und die Frau, die ihren Willen brechen wollte.

»Schau das Wasser an, Gilla!«

Das Kind sträubte sich noch eine Zeitlang hartnäckig; dann aber glitt Gillas Blick doch an Julitta vorbei zu der Wasserschale. Die Rosenblätter kreisten langsamer und blieben dann still auf der Wasseroberfläche liegen.

»Was siehst du?«

»Nichts.«

»Guck noch mal. Du musst meinen Bruder sehen. Wo ist er?«

Die Lippen des Kindes bewegten sich steif. »Schläft. Über uns. Die Kerzen sind fast niedergebrannt.«

»Gut! Das ist sehr gut, Liebling. Schau noch mal hin. Suche nach unserem Herrn. Wo ist der?«

»Ich sehe nichts, nur …«

»Na, sag schon!«

»Himmel, Wolken, Baumwipfel, Hügel.«

»Guck noch mal. Du musst ihn finden!«

Gillas Gesicht verzog sich, und Tränen liefen ihr über die Wangen. »Ich will nicht!«

»Schau!«

»Bitte …« Doch der Wille der Frau war zu stark, und bald beugte das Kind sich über die Schale und starrte hinein. »Er kommt«, flüsterte sie. »Er ist schon auf der Straße.«

»Wann wird er hier sein?«

Gilla schluchzte. »Bald.«

»Wer reitet mit ihm?«

Das Kind biss sich so fest auf die Unterlippe, dass es blutete. »Zwei Männer – sie tragen weiße Umhänge«, flüsterte sie. »Bogenschützen. Ich sehe ihre Bögen.«

»Na, siehst du«, lobte Julitta. »Das hast du gut gemacht, Kleine. Mit der Zeit wird es leichter. Du wirst dich daran gewöhnen. Was siehst du sonst noch?«

Gilla beugte sich wieder über die Schale, dass ihr Atem die Wasseroberfläche kräuselte. Tränen fielen ins Wasser. Das Bild, das sie sah, dieses unnatürlich helle, kleine, bewegte Bild verblasste, und ein anderes nahm seinen Platz ein: Da war ein weißes Kätzchen auf einem Schemel, das sich possierlich putzte. Bei Gillas plötzlichem Lächeln runzelte Julitta die Stirn. Im Wasser nahm eine Frauenhand das Kätzchen hoch, bis ihr Gesicht zu sehen war – oval, glatt, gebräunt, mit vollen Lippen und Zöpfen, die mit grünen Wollfäden abgebunden waren. Das Haar war rötlich und glänzte golden im Sonnenlicht auf ihrem Rücken. Die braunen Augen schauten geradewegs in die ihren.

»Gilla? Gilla!« Die Worte waren in ihrem Kopf – alles was sie sehen konnte, waren die Augen der Frau. »Gilla, tu das nicht! O Herr, schütze sie! Bekreuzige dich, Gilla! Beweg deine Hand, ich helfe dir.« Als ob jemand anders von ihr Besitz ergriffen hätte, zuckte Gillas Hand aus ihrem Schoß, bewegte sich nach unten, nach oben, nach links und nach rechts übers Wasser.

Und jetzt war es nur noch eine schwarze Schale mit stumpfem, schaumig aussehendem Wasser, auf dem braune, verwelkte Rosenblätter schwammen.

»Was hast du gesehen?« Wütend ergriff Julitta die kleine widerspenstige Hand und verdrehte sie brutal. »Warum hast du das getan?«

»Sie hat es mir doch gesagt, die Frau«, antwortete Gilla mit deutlicher, verärgerter Stimme. »Ihr tut mir weh! Lasst mich los! Ich hasse Euch!«

Julitta lehnte sich zurück und starrte sie an. »Was hast du gesagt? *Wer* hat dir gesagt, dass du das tun sollst?«

»Ich weiß es nicht! Nein, ich *weiß* es nicht! Lasst mich doch in Ruhe! Ich will zu meinem Vater!«

»Oh, *der*«, sagte Julitta mit einem dünnen Lächeln. »Der ist jetzt wahrscheinlich schon tot.«

Als das leise schluchzende Kind dann zu seiner kleinen, kahlen Kammer gebracht und die Tür von außen verriegelt worden war, trat Julitta ans Fenster ihres Zimmers und biss sich auf die Lippen. Sie konnte nicht verstehen, was geschehen war. Das Kind war doch erst fügsam gewesen! Schon wegen der Drogen in der Nahrung und den Getränken war es nicht anders zu erwarten gewesen, und die Ergebnisse schienen sehr viel versprechend zu sein.

Als Pluvis, diese ekelhafte Kreatur, und sein überraschend

schöner, aber gleichfalls unangenehmer Begleiter Hugh de Brasy mit dem kleinen Mädchen auf der Burg Arlen aufgetaucht waren, hatte Julitta sie eine von vielen Bediensteten-Gören gehalten, die nur dafür zu sorgen hatte, Pluvis ruhig zu halten. Pluvis hatte eben eine Vorliebe für kleine Kinder – am besten, man stellte sich gar nicht erst vor, was er mit ihnen in seinem heißen kleinen Oberstübchen im Turm anstellte. Einmal, als Julitta an der Tür vorbeigekommen war, hatte sie ein Kind singen gehört, bevor seine Stimme zerbrach und das Kind weinte und flehte, übertönt von Pluvis' Gelächter. Den Bediensteten war befohlen worden, vom Turm weg zu bleiben. Pluvis' eigener Mann brachte ihm Essen, leerte die Abfalleimer aus, hielt das Feuer in Gang und räumte die Asche weg.

Als das Kind die Turmtreppe hinaufgetragen wurde, in einen Mantel gehüllt, schien es zu schlafen – wie fast alle Kinder, die diesen Weg getragen wurden –, aber plötzlich fiel ein Schoß des Mantels hinunter, und das helle, weiche Haar floß lose über Pluvis' Arm. Julitta sah es, bevor er es zudecken konnte. Sauberes Haar.

»Was habt Ihr denn da?«, wollte sie wissen.

Er starrte sie an – ein beleidigender Blick, der ›Kümmert Euch um Eure eigenen Angelegenheiten‹ ausdrückte und Julitta erzürnte. Er war schon immer eine unverschämte Kreatur gewesen, und seine Abscheu vor Frauen zeigte sich in der verächtlichen Art, wie er sie anschaute. Julitta wusste, was er war und was er mit Kindern tat, aber er war der Vertraute des Meisters, und sie hatte sich in dieser Beziehung nie eingemischt. Er tat ja doch, was er wollte, und schließlich waren die Kinder nur Bettlergören gewesen.

Aber nicht dieses Mädchen. Es war sauber.

Pluvis war wütend, als Julitta ihn aufforderte, ihr das kleine Mädchen zu übergeben, doch sie stand da drohend vor ihm, die Lady von Arlen, in ihrer eigenen Burg mit ihren eigenen Soldaten in Rufweite. Er wagte es nicht, sich ihr zu widersetzen.

»Nicht diese!«, herrschte sie ihn an. »Sucht Euch eine andere.«

Sie legte das Kind, das stark unter Drogen stand, in ihr eigenes Bett, bis es aufwachte. Die Droge machte das Opfer auch nach dem Aufwachen noch gehorsam – traumäugig, mit langsamen Bewegungen, aber vor allem gefügig. Wenn die Droge nicht erneuert wurde, schwand ihre Wirkung in ein paar Tagen. Julitta befragte das Mädchen und erfuhr, wer sie war. Ausgerechnet Straccans Tochter! Dieser dumme, mit Reliquien schachernde Kerl, der ihr die Ikone gebracht, wie ein Trampel vor ihr gesessen und sie mit idiotischer Bewunderung angestarrt hatte. Es hatte Julitta erheitert, ihn zu verhexen. Sie hatte ihn von Anfang an nicht gemocht; außerdem war es gut, jemanden loszuwerden, der von ihrem Bruder und der Ikone wusste. Der Zauber wirkte langsam, aber sicher. Er würde ihn beizeiten vernichten.

Julitta spürte irgendetwas in dem Kind. Die besondere Gabe in ihr fühlte sie auch in den gleichermaßen Begabten. Sie reichte Gilla ein Quarzkristall, rauchig gelb an einem Ende, ansonsten aber klar. »Schau mal da hinein, Liebling«, forderte sie das Mädchen auf. »Schau in den Stein.«

»Warum denn?«

»Das ist ein Spiel. Es gibt Leute, die können Bilder darin sehen. Kannst du das auch?«

Gilla konnte es.

Julitta schickte De Brasy nach Schottland, um dem Meister von ihrem kostbaren Fund zu berichten.

Am Tor des Klosters von Shipwood bat Straccan um das Reisenden-Almosen für sich und Bane. In jeder Stadt, jedem Dorf, jeder Abtei und Priorei, jedem Hospiz und jeder Gaststätte stellte er die gleiche Frage.

»Habt Ihr einen Mann gesehen, hellhaarig und mit sehr weißer Haut, der auf einem schönen schwarzen Pferd reitet? Ist ein solcher Mann hier abgestiegen? Er könnte ein kleines Mädchen bei sich haben.«

»Nein, mein Sohn, einen solchen Mann hab' ich nicht gesehen«, antwortete der Torhüter und reichte ihnen Brot, Käse und Bier durch das Weidengitter. »Aber wenn Ihr warten wollt, kann ich mich ja beim Gästemeister erkundigen, ob so ein Mann hier gewesen ist. Wie ist denn sein Name?«

»Ich wünsche bei Gott, ich wüsste ihn«, erwiderte Straccan.

23

Sein Name war Hugh de Brasy, und eine seiner Frauen sagte einst von ihm, dass er schön wie ein Engel Gottes sei. Das hatte ihn damals belustigt, und auch jetzt – einige Jahre und viele Frauen später – musste er noch lächeln, wenn er daran dachte. Wenn er so recht überlegte, war das wirklich ein ausgezeichneter Witz, wenn von de Brasy auch gesagt werden muss, dass er Satan mit nicht mehr Hingabe oder Begeisterung diente, als viele Christus dienten.

Schön war er wirklich, mit Gesichtszügen wie der Erzengel Michael auf einem Kirchenfenster: gerade Nase, volle Lippen, festes Kinn, große blaue Augen und silberblondes Haar. Seine Hände waren sehr gepflegt, sauber und manikürt. Er badete oft und roch nach Duftwassern. Er konnte sowohl auf der Laute als auch auf dem Hackbrett spielen und in einem wundervollen Tenor singen. Mit Schwert und Dolch war er geschickter als die meisten.

Er ritt einen herrlichen blauschwarzen Andalusierhengst. Sattel und Zaumzeug waren mit Silber beschlagen; jeder konnte de Brasy für einen Prinzen halten oder wenigstens für einen Großen von adligem Geschlecht.

Dabei war er der Sohn einer nicht genannten Schlampe und eines unbekannten Erzeugers, im Graben geboren und dort auch ausgesetzt, dem Tod nahe von einem mitleidigen Müller auf dem Weg zum Markt gefunden und bei der Abtei abgegeben, an der dieser Müller vorbeikam, damit er von den Mönchen gerettet oder dort sterben würde. Sie retteten ihn.

Er wuchs in ständigem Hass auf sie auf; er hasste sie wegen ihrer Disziplin, den gnadenlosen Regeln, der kargen Nahrung und der vielen Schläge, besonders auch wegen der Vergewaltigung durch den Küchenmönch, die er über sich ergehen lassen musste, als er acht Jahre alt war. Danach ›teilte‹ der Küchenmönch sich den Jungen mit seinen Kumpanen. So entstand in dem Jungen ein wilder Hass gegen alle Mönche und Priester, gegen den Gott, zu dem sie beteten, und gegen die Kirche, der sie dienten.

Als er zwölf war, stach er dem Küchenmönch durchs Herz – mit dem Messer, das zum Abkratzen der Kerzenständer benutzt wurde. Dann flüchtete er. Er hatte das unwahrscheinliche Glück, als Diener von einer Kavalkade von Kreuzrittern, die nach Palästina zogen, aufgenommen zu werden. Dort verbrachte er die Jahre bis zu seinem achtzehnten Geburtstag, obwohl er selbst den Tag nicht kannte – nur dass der Schmied ihn damals, kurz nach seiner Geburt, Anfang Mai im Graben gefunden hatte.

In diesen sechs erfahrungsreichen Jahren lernte er, den Rittern zu gefallen und ihnen zu dienen. Er lernte auch mehrere Sprachen des Ostens, denn er besaß eine schnelle Auffassungsgabe und war begabt. Auch lernte er, unbemerkt zu stehlen, geräuschlos zu töten, und erfuhr vieles über Gifte. Durch seine Erfahrungen bar jeder Hoffnung, in der christlichen Religion oder dem Glauben an Gott Trost zu finden, war er willens, sich auf die Seite Satans zu schlagen – nur dass er den König der Hölle gleichermaßen unansprechbar fand. Als er achtzehn wurde, glaubte er nur noch an sich selbst und sein Glück.

Sein Glück hielt an, sodass er von Rainard, Lord Soulis, bemerkt wurde.

Dieser Soulis war ein Mann, der Treue mit großzügiger Hand belohnte und in dessen Diensten ein Mann sehr hoch steigen konnte, ungeachtet seiner Herkunft, wenn er nur gehorsam und nicht zart besaitet war und sich alle Mühe gab, seinem Herrn zu gefallen.

So hatte er Soulis nun schon fünfzehn Jahre lang gedient, seit der Zeit, als der Meister mit Säcken voller Goldmünzen und dem verrückten Al-Hazred aus der Wüste gekommen war. Die ganze Zeit war er Soulis' Mann in Leib und Seele gewesen, doch in letzter Zeit hatte Hugh de Brasy andere Pläne geschmiedet.

Mit dreiunddreißig ist ein Mann nämlich dem Ende seines Lebens bedeutend näher als mit achtzehn. Wenn man auf dem Höhepunkt seiner jugendlichen Kraft steht, sind Alter und Tod, Himmel und Hölle zu weit entfernt, als dass sie eine Rolle spielen; aber wenn man erst die dreißig überschritten hat, rücken solche Unvermeidlichkeiten näher.

An diesem schönen Tag war es gut, von Crawgard weg zu sein, von diesem Turm, in dem der Araber inmitten seiner Zaubermixturen und stinkenden Drogen hauste. Es war gut, unter dem blauen Himmel zwischen grünen Hügeln auf einem schönen Pferd zu reiten und dem klaren Gesang einer Drossel hoch über sich zu lauschen, sehr gut sogar, auch wenn man einen Mord vorhatte.

Ein Mord hatte de Brasy nämlich noch nie Gewissensbisse bereitet.

Auch kümmerte ihn seines Herrn Hingabe zur Zauberei nicht, denn er glaubte nicht daran. Er hielt den Araber für einen geschickten Quacksalber, einen Parasiten, der von der Leichtgläubigkeit seines Herrn lebte. Wie das wilde Tier, das in ihm schlummerte, hatte er einen ausgeprägten Sinn für Gefahr. Auf die eine oder andere Weise war er sicher, dass Lord Rainard auf sein Unglück zusteuerte, und wenn er fiel, würde er wie ein großer Baum kleinere Bäume – sein Gefolge – mit sich reißen.

Es war keine leichte Entscheidung für ihn gewesen. Sie hatte ihn monatelang beschäftigt. Einen Plan nach dem anderen hatte er entworfen und wieder verworfen. Als Reaktion auf den Rippenstoß des Schicksals wusste er, dass die Zeit für einen Laufbahnwechsel gekommen war. Er hatte Geld in einem Versteck – nicht genug, um ihn zufrieden zu stellen, aber er wusste, wo es jede Menge Goldmünzen gab, so viele, dass ein paar Hand voll weniger nicht vermisst würden –; und bis man ihn selbst vermisste, würde er schon weit weg sein.

Oben in den Zweigen ließ die Drossel immer noch ihrem Strom der Freude freien Lauf. Von de Brasys Gürtel hing eine kleine Knochenpfeife. Er hielt sie an seine Lippen und blies – einen hohen, schrillen, durchdringenden Pfiff, der die Drossel in empörtes Schweigen verfallen ließ. Er horchte, aber da war nichts. Dann stieg er ab, schlang die Zügel über den Stamm eines abgestorbenen Baums und setzte sich mit dem Rücken an eine große Esche, um eine Weile abzuwarten. Schließlich blies er die Pfeife noch einmal, gerade als die Drossel ihren Gesang wieder aufnehmen wollte. Diesmal erklang ein gleicher Laut von den Bäumen zu seiner Linken, und bald tauchte eine Gestalt zwischen den Brombeersträuchern auf, still wie ein Schatten.

Sie schritt aufrecht auf zwei Beinen und hatte eine Pfeife wie die von de Brasy um den Hals hängen. Aber das war auch schon alles, was an einen Menschen erinnerte. Die Gestalt war in Wolfsfelle gekleidet, und die Gesichtszüge wurden von einem schmutzigen Bart und einem Wust verfilztem, zottigem Haar verdeckt. Diese Gestalt stand also da und starrte de Brasy finster an. Der Windhauch, der von diesem Wesen zum sitzenden Mann wehte, trug den Geruch von altem Blut und Fäulnis mit sich.

»Nun, Sawney? Ich sehe, du bist immer noch auf dieser Seite der Hölle«, sagte de Brasy. »Aber ich frage mich, wie lange noch.«

Die Kreatur knurrte wie ein Hund, tief im Brustkasten.

»Macht dir die Hölle niemals Angst? Die ewige Qual? Nein, ich glaube nicht.« De Brasy stand auf und lehnte sich anmutig an den Baum. »Ich habe da wieder einen Auftrag für dich. Oder möchtet du, dass ich ihn lieber einem anderen gebe?«

Die Kreatur grinste, zeigte große braune Zähne, wobei der Mund wie ein Spalt in der haarigen Masse von Schädel und Gesicht erschien, watschelte vorwärts und schüttelte den Kopf. »Nei, nei, Herr.« Es war bestürzend, diese als menschlich erkennbaren Laute von der Gestalt zu hören; es war, als hätte ein Bär oder ein Hund die menschliche Sprache benutzt. »Sawney wird's tun, der gute alte Sawney. Was werdet Ihr *uns* denn geben?«

»Fleisch«, erwiderte de Brasy. »Wildbret und Hammelfleisch, Mann. Ich weiß doch, was du magst.«

Das tierische Wesen gluckste. »Uiii«, stieß es mit gieriger Freude hervor. »Fleisch! Mann! Was ist zu tun, Herr?«

»Das Gleiche wie immer. Es kommen Reisende, Sawney. Zwei Männer. Einer auf einem großen kastanienbraunen Pferd, der andere auf einem grauen. Töte und friss sie, wenn du willst – die Pferde und alles.« Er schlang die Zügel wieder über den Kopf seines Reittiers und schwang sich in den Sattel. »Das wird genügen, um deinen abscheulichen Stamm eine Woche lang zu ernähren. Außerdem bekommst du hinterher noch zwei Schafe und eine fette Hirschkuh. Aber ich will die Köpfe der Männer! Verstehst du? Erkennbar! Nicht abgenagt! Ich will sehen, dass es die Richtigen sind. Alles, was sie bei sich tragen – außer Geld und bestimmten Sachen –, kannst du behalten. Das andere – Schmuckstücke, Amulette, Briefe, Schwerter, Messer – will *ich* haben. Leg die Köpfe und alles, was ich bekomme, in einen Sack und hänge ihn an diesen Baum da. Ich werde kommen und ihn mir holen.«

»Wann die kommen, Herr?«

»So in einer Woche – vielleicht eher. Warte und halte Ausschau, Sawney. Mach dir einen Spaß daraus.«

Die Kreatur lachte und verschwand wieder in den Büschen. »Spaß«, hörte man sie noch glucksen, »den wern wa ham, Herr, verlasst Euch druff.«

De Brasy schaute zur Sonne hinauf und dann hinunter zu seinem Schatten. Er hatte noch Zeit genug, in die Stadt zu kommen und selbst ein bisschen Spaß zu haben.

24

Die Zisterziensermönche von Sankt Maria der Jungfrau in Altraham, die bestürzend arm geworden waren, nachdem Fluten ihre Schafherde ertränkt und ein Sturm ihre Scheunen niedergerissen hatte, entschieden sich, das Gewissen der Laienschaft aufzurütteln, indem sie die Reliquien ihres Klosters auf einen Handkarren aus Weidengeflecht packten und durch die Lande rollten, um Mitleid zu erregen und den Leuten Geld aus den Taschen zu locken. Ein Blick auf den heiligen Joseph für einen Penny – auch für einen halben oder einen viertel Penny, wenn es nicht anders ging. Später, als sie hungriger wurden, sogar für ein paar Eier.

Es begab sich nun, dass die Mönche bei der Brücke von Hexford auf eine ähnliche Abordnung stießen – Augustiner-Kanoniker vom Orden des Heiliges Peter und Paul in Fimberly, eine kleine verarmte Priorei in gleicher Not und gesegnet mit dem gleichen genialen Einfall. Sie hatten die Reste ihres heiligen Osric, der sich natürlich nicht mit dem heiligen Joseph vergleichen ließ, obwohl die Mönche von Fimberly alles von ihrem Heiligen hatten – oder fast alles –, wogegen die von Altraham nur den Schädel und eine Hand von dem ihren sowie ein zweifelhaftes, ledriges, haariges Fragment vorweisen konnten, das sie erbittert als die Kopfhaut des heiligen Joseph verteidigten.

Die beiden Gruppen näherten sich nun aus entgegengesetzten Richtungen der Brücke. Jeder Führer schwenkte sein großes Kreuz und rief, man solle die Straße frei geben.

Doch keiner von ihnen wollte zurückweichen und Platz machen. Es sei doch ganz offensichtlich, meinten die Zisterzienser, dass der heilige Joseph den Vorrang hätte – ein großer Heiliger, den alle Welt verehrte. Ein bloßer sächsischer Heiligenverschnitt, ein kleiner örtlicher Einsiedler, von dem niemand je etwas gehört hatte, müsste da zurücktreten.

Das wäre nicht von der Hand zu weisen, erwiderten die Augustiner scharf, wenn es sich um den *echten* Joseph handeln würde, aber alle Welt wisse doch, dass Altrahams Heiliger (den ihnen ein als Wüstling bekannter kleiner Lord auf dem Totenbett in der Hoffnung vermacht hatte, dadurch ein Bein ins Paradies zu kriegen) eine Fälschung sei – nur Schädel und die Pfote eines alten Affen sowie ein Stück Schweinehaut. Es wurden auch Bemerkungen laut, dass die Zisterzienser nacktarschig gingen, denn alle Welt wisse doch, höhnten die Kanoniker, dass sie keine Unterhosen unter ihren Kutten trugen.

Die Dinge schritten *a verbis ad verbera* (von Worten zu Tätlichkeiten) fort, und während des entstehenden Handgemenges machte sich ein Zuschauer mit dem heiligen Joseph davon, jedenfalls mit dem, was von ihm noch vorhanden war, sodass das arme Altraham seinen einzigen Schatz verlor und nun in Schmach den Heimweg antreten musste.

Sie saßen am Straßenrand, zerschunden, zerrissen, schmutzig, mürrisch und schauten nicht einmal auf, als sich zwei Reiter näherten.

»Brüder«, rief Straccan, »habt Ihr einen hellhaarigen Mann auf einem schwarzen Pferd hier vorbeikommen sehen? Vielleicht mit einem kleinen Mädchen?«

Hatten sie nicht, und sie hätten es auch nicht bemerkt, so niedergeschlagen waren sie. Doch Bruder Udemar hatte noch die Arme um seine Sammelbüchse geschlungen, und ohne wirkliche Hoffnung, nur aus Gewohnheit, ließ er sie unter der Nase von Straccans Hengst Zingiber klappern. Dieser scheute heftig und warf beinahe seinen Reiter ab.

»Wie kann man nur so was Dummes tun!«, fauchte Straccan. »Ich habe nicht übel Lust, Euch die Sammelbüchse in den Arsch zu rammen!«

Bruder Udemar schoss ihm einen kämpferischen Blick zu, überlegte es sich dann aber doch eines Besseren, dem eine noch gröbere Antwort folgen zu lassen. Zingiber tänzelte nervös, ließ sich dann aber besänftigen, obwohl er den Mönchen das Weiße seiner Augen zeigte.

Straccan musterte die Reihe der abgerissenen, blutigen, nicht gerade Vertrauen erweckend aussehenden Kirchenmänner. »Was ist Euch denn eigentlich geschehen?«

Sie erzählten es ihm. »Nun«, meinte Straccan, »Ich habt ja immerhin noch den Karren.«

Wozu sei der denn jetzt noch nütze, wenn sie keine Knochen mehr zum Zeigen hatten?

»Knochen sind Knochen«, bemerkte Straccan dazu. Er schaute vielsagend auf die nicht weit von der Brücke stehende Kirche mit Kirchhof. »Ich bezweifle, dass jemand einen alten Schädel von einem anderen unterscheiden kann«, meinte er.

Sie folgten seinem Blick; dann schauten sie einander verstohlen an. Bruder Stephen, der Jüngste und gerade dem Noviziat entwachsen, starrte stumpf mit einem Auge. Das andere, geschlossene, lief zusehends blau an. Dann fiel auch bei ihm der Groschen und rief Empörung hervor. Er rief: »Ihr meint, wir sollten jemanden ausgraben?« Seine Brüder zischten ihm sofort zu, den Mund zu halten. Einer legte sogar seine Hand über denselben.

»Gibt es einen anständigen Platz an dieser Straße, um die Nacht zu verbringen?«, fragte Bane. Da sei eine Templer-Herberge, erzählten sie ihm eifrig, in zwölf Meilen Entfernung, die leicht bis zum Einbruch der Dunkelheit zurückgelegt werden könnten.

»Wir müssen uns wieder auf den Weg machen«, erklärte Straccan. »Hier ...«, er beugte sich hinunter und ließ einen Penny in Bruder Udemars Sammelbüchse fallen. »Gott sei mit Euch, Brüder. Ich hoffe, Ihr werdet Eure verlorenen Knochen wiederfinden.«

Außerhalb der Sicht dieser zerfledderten Truppe begann er zu lachen.

Sir Miles und Larktwist erreichten die Brücke von Hexford in der Abenddämmerung und beschlossen, die Nacht im Kirchenvorbau zu verbringen. Es gab keine andere Möglichkeit, denn Hexford bestand nur aus einem Haufen von Lehmhütten, einer Kirche und dem Priesterhaus, das eine etwas größere Hütte war als die anderen. Am Himmel trieb ein Halbmond zwischen vorüberziehenden Wolken und häufigen peitschenden Schauern.

Ihr Klopfen an des Priesters Tür ließ dessen erschreckte Hausgefährtin aus dem Bett hüpfen und in eine Decke gewickelt die Tür öffnen. »Vater Leonard ist weg«, sagte sie. »Ihr werdet mich doch nicht wieder einsperren?

»Was?«

»Der Pater hat doch das Lösegeld bezahlt – jedenfalls alles bis auf einen Rest, und den wird er auch noch zahlen, ehrlich!«

»Was für ein Lösegeld?«, fragte Miles verdutzt.

»Na, das Geld, das Vater Len zahlen musste, um mich zurückzukriegen, als des Königs Männer mich wegführten.«

»Oh«, sagte Miles, »das also!« Er verbarg sein Lächeln. Wegen eines Aufwallens von Widerstand unter dem Klerus, dessen Angehörige allesamt durch das Interdikt belästigt und in vielen Fällen sogar arm gemacht worden waren, hatte König John ihre Scheunen und Speicherhäuser verschließen lassen und die Zahlung bestimmter Summen gefordert, bevor er sie wieder öffnen lassen würde. Ferner, was noch viel schlimmer war, hatte er befohlen, alle ihre Mätressen und Liebchen und Hausgefährtinnen und dergleichen ebenfalls einzusperren, bis ihre Partner sie auslösten. Landesweit floss ein großer Strom Silber in die bodenlosen, unersättlichen königlichen Truhen aus den Händen der von Panik ergriffenen Gemeindepriester, die sich nun selbst um ihre Säuglinge kümmern, ihre Unterhosen waschen und ihre eigenen Kochtöpfe handhaben mussten, sowie aus denen von arroganten Bischöfen, die sich ihres nächtlichen Trostes beraubt sahen. Nach einer kurzen Trennung von ihren Partnern wurden die Damen wieder unversehrt zu Hause abgeliefert. Viele von ihnen hatten diese erzwungenen Ferien von ihren Pflichten am Tisch und im Bett regelrecht genossen. Das ganze Land kicherte noch immer.

»Nein«, versicherte Miles, »das hat nichts damit zu tun. Wir möchten nur die Nacht im Kirchenvorbau verbringen.«

»Na, *das* geht in Ordnung. Ihr könnt Eure Pferde in den Kuhstall stellen, wenn Ihr möchtet. Der ist hinter dem Haus.«

Sie führten die Pferde und das ›Biest‹ in des Priesters Stall, um dort einer mageren Kuh Gesellschaft zu leisten, und machten es sich mit ihrem Gepäck im Kirchenvorbau so gemütlich wie möglich. Es war kalt, aber doch windgeschützt, obwohl die Steinplatten feucht und schleimig von dünnem Moos waren. Larktwist murmelte ein paar nicht ganz freundliche Bemerkungen, als sie in ihrem Gepäck nach Essbarem suchten.

»Schätzt Euch doch glücklich, Spitzel«, forderte Miles ihn auf. »Ihr sitzt doch hier als freier Mann, vor dem Regen geschützt und mit der Aussicht auf eine Mahlzeit, anstatt in Fenrick als Toter mit dem Kopf in der Sch... zu hängen. Hier, nehmt ein Stück Pastete.« Er schnitt eine Scheibe ab und reichte sie ihm.

»So, so – glücklich, hm?«, brummt Larktwist, kaute und

spuckte. »Na ja, wenigstens bin ich nicht tot. Aber es ist nun auch wieder nicht so 'n großes Glück, hier zu sitzen und Fledermausschiet-Pastete zu fressen!«

»Was?« Miles biss hinein, schimpfte: »Pfui!«, und spuckte den Bissen wie zuvor Larktwist wieder aus. »Die betrügerische alte Schlampe! Da ist ja alles grün drin vor Fäulnis!«

»Nicht die einzige Sache, die grün ist«, murmelte Larktwist und schleuderte den Rest seiner Portion zwischen die Gräber. »Da habe ich doch irgendwo auch noch was.« Er wühlte in seinen Kleiderschichten und holte einen flachen, in Rübenblätter eingewickelten Gegenstand hervor, brach ihn in zwei Hälften und reichte Miles die eine. »*Das* ist heute Morgen gebacken worden. Ich hab's heiß vom Ofen gekauft. Erinnert Ihr Euch – ich hab' Euch doch empfohlen, das Gleiche zu tun, aber Ihr wolltet ja nicht hören. Es ist ja nicht genug für zwei, aber besser als gar nichts.«

Nachdem sie ihr dürftiges Abendbrot gegessen hatten, legten sie sich zum Schlaf der Gerechten nieder.

Miles wurde von einem wuchtigen Rippenstoß und Larktwists Hand auf seinem Mund geweckt, die ihn am Schreien hindern sollte. Er schob die Hand nicht gerade sanft zur Seite. »Was ist denn los?«

»Da geht was Seltsames vor sich. Schaut doch mal – da!«

Im Kirchhof, zwischen den Grabhügeln und wucherndem Unkraut, knietief im Nebel, bewegten sich Gestalten, beugten sich nieder, standen wieder auf und machten seltsame Gesten. Gelegentlich hörte man einen dumpfen Ton, wie beim Aufprall eines weichen Gegenstands, aber sonst war Stille. Eulen schrien. Miles fühlte, wie die kurzen Haare in seinem Nacken prickelten und sich sträubten.

»Was ist denn das?«, flüsterte er.

»Weiß nicht – vielleicht Geister?«

Miles bekreuzigte sich. »O Herr, schütze uns!« Sie drückten sich in die tiefe Dunkelheit ihres Obdachs zurück und beobachteten. Es waren fünf Gestalten, sonderbare Formen im vom Mondschein beleuchteten Nebel, und ihr unheimliches Schweigen war zermürbend. »Das kann Hexerei sein«, zischte Miles. »Irgendwelche bösen Riten. Da muss man doch eingreifen! Der Priester …«

»Der Priester ist weg«, erinnerte ihn Larktwist.

»Aber irgendetwas *müssen* wir doch tun!«

»Uns ducken und in Deckung bleiben?«, schlug Larktwist hoffnungsvoll vor.

Miles schluckte. Bei einem Feind, während einer Belagerung, einer Schlacht, einem Scharmützel, wusste er sich zu helfen, aber die Mächte des Bösen lagen außerhalb seiner Erfahrungen. Dann hatte er eine Idee. Sehr langsam und leise – wobei er betete, dass sie nicht knarren würde – öffnete er die Kirchentür und schlich hindurch. Er fand das Weihwasserbecken und schöpfte etwas von dessen Inhalt in seine Lederkappe. Als er sich umdrehte, fiel er beinahe über Larktwist, der hinter ihm hergeschlichen war.

»Aus dem Weg, verflixt noch mal!«, herrschte er ihn an.

»Ich habe doch nur aufgepasst, dass Euch nichts geschieht. Außerdem ist es sicherer hier drinnen. Sie werden es nicht wagen, in die Kirche zu kommen. Wohin wollt Ihr denn? Wir müssen hier doch nicht etwa Mut beweisen? O Jesus, ich hasse Helden«, murmelte Larktwist, als Miles sich verstohlen zurück in den Vorbau bewegte, wo er ihre Handlampe anzündete und deren Seiten abdeckte, sodass die Flamme nicht zu sehen war. Dann begann er, durch die Grabhügel zu der unheimlichen Gruppe zu kriechen.

Plötzlich gab es einen lauten Knacks, und eine der kapuzenbewehrten, geisterhaften Gestalten fauchte: »Scheiße!«

»Was ist denn?«

»Der verflixte Schaufelstiel ist abgebrochen!«

»Na, dann gebraucht Eure Hände.«

»Kommt Ihr doch her und gebraucht die *Euren*!«, zischte

das erste Phantom wütend zurück. »Warum soll *ich* denn all die ekelhafte Arbeit machen?«

Verärgert, weil seine Beine immer noch zitterten, stand Miles auf und verschüttete dabei den Inhalt seiner Lederkappe. »Oiii«, rief er aus, »was tut Ihr hier eigentlich?«

Der erste Geist schrie auf und fiel lang ausgestreckt zu Miles' Füßen. Die anderen umarmten sich gegenseitig, standen zitternd da und stotterten: »W-was ist d-d-das d-denn? Ein E-Engel? Ge-gesegnter, heiliger Joseph, s-seid *Ihr* d-das?«

»Aber nein!«, schnaubte Miles. »Was geht denn hier vor sich?« Er trat einen Schritt vor, und in dem Augenblick fiel das Mondlicht schräg in das flache Loch, das zu füllen die Männer im Begriff gewesen waren, und auf einen Sack mit einigen Vorsprüngen zwischen ihren Füßen. »Lasst Euch mal anschauen!« Worauf er die Abdeckung der Laterne wegnahm und in die Höhe hielt.

Es waren Mönche! Weiße Mönche wahrscheinlich, obwohl ihre Kutten, die sie hochgezogen und in ihre Gürtel gesteckt hatten, als ob sie bei der Erntearbeit wären, so beschmutzt waren, dass man nicht sicher sein konnte. Sie hatten in letzter Zeit offensichtlich einiges durchmachen müssen, denn nie hatte Miles eine Gruppe von Mönchen gesehen, die so schmutzig, abgerissen, zerschunden und blutbefleckt waren – gar nicht zu reden von ihren unsteten Blicken. Sie hätten ein Banner mit der knalligen Aufschrift »Wir führen nichts Gutes im Schilde!« bei sich haben können. Aber es war nicht seine Sache, sich einzumischen in das, was sie da taten, so sonderbar es auch erscheinen mochte. War wohl irgend so eine Kirchensache. Immerhin, die Neugier plagte ihn.

»Was ist denn in dem Sack da?«

»Welcher Sack?« Bruder Paul blickte sich verzweifelt um und rang um eine Ausrede.

»Na da, an Eurem Fuß!«

»Oh ... *dieser* Sack. Das sind ... die Knochen ... die Knochen des heiligen Joseph«, stammelte der Mönch in heller Verzweiflung. Ein leises Stöhnen kam von den anderen, die sich aus ihrer gegenseitigen Umarmung gelöst hatten und nun so aussahen, als würden sie jederzeit davonlaufen. »Sie wurden uns gestohlen«, fuhr Bruder Paul fort, »und wir haben sie jetzt wieder an uns gebracht.«

»Klingt aber sehr glaubhaft!«

»Ich schwöre Euch, Sir, dass wir gestern auf dieser Brücke Leuten begegnet sind, die uns beleidigt haben. Sie schimpften uns einen Haufen von nacktarschigen Schafscherern, die in der Hölle schmoren sollten! Dann wurden wir geschlagen und beraubt.«

»Wer waren denn die Räuber?«

Sie antworteten alle zusammen: »Irregeleitete Schwarze Kanoniker! Augustiner mit den Bärten!« Das hatte nun wenigstens den Klang entrüsteter Wahrheit.

»Was?«, mischte Larktwist sich nun ein, der still an Miles' Seite aufgetaucht war. »Ihr wurdet von *anderen Mönchen* beraubt?«

»Ist das nicht seltsam?«, entgegnete Bruder Paul verärgert. »Gott und der heilige Joseph werden diese Sünder bestrafen!«

»Ist es denn wahr?«, fragte Miles. »Schwört Ihr das vor Gott?«

Wieder war allgemeines Stöhnen zu vernehmen, doch Bruder Paul (der seine Tage hochverehrt als Abt Paul beenden würde) war der Situation nun gewachsen. »Das ist vollkommen wahr. Sie schlugen uns, und wir wurden beraubt. Ich schwöre es vor Gott!«

»Also wenn das Eure Geschichte ist und Ihr darauf beharrt«, meinte Miles resigniert, »dann wäre es doch besser für Euch, dass Ihr Euch schnell auf den Weg macht, bevor jemand anders das Gleiche versucht.«

»Ja, Sir. Danke, Sir«, sagte Bruder Paul und dachte im Stillen: *Rutsch mir doch den Buckel runter*! Er nahm den Sack auf und schwang ihn sich über die Schulter. Es klapperte darin. Einer von ihnen nahm eine Sammelbüchse auf. Ein anderer stieß verstohlen eine Schaufel mit abgebrochenem Stiel unter einen Busch.

»Hier«, sagte Miles und warf einen halben Penny in die Sammelbüchse, nachdem er in der Hosentasche danach gewühlt hatte. »Aber mal etwas anderes, Brüder. Habt Ihr einen Mann und seinen Diener auf dieser Landstraße gesehen? Er reitet ein großes kastanienbraunes Pferd, und sein Diener einen Grauen.«

»Ja, gestern. Sie kamen hier vorbei – gleich nach unserem Kampf«, erwiderte Bruder Udemar beflissen.

»*Der* hat uns einen *Penny* gegeben«, konnte Bruder Paul sich nicht verkneifen.

»Von *mir* bekommt Ihr eben nicht mehr als einen Halbpenny, und damit könnt Ihr Euch noch glücklich schätzen. Sind die beiden nach Norden geritten?«

»Er fragte, ob wir eine Unterkunft für die Nacht wüssten. Wir sagten ihm, dass in zwölf Meilen Entfernung eine Herberge der Templer ist, eine Pilgerstation.«

«Ich danke Euch, Brüder.« Und zu Larktwist: »Holt die Pferde!« Sie preschten über die Brücke und waren bald außer Sicht.

»Lasst uns hier verschwinden – schnell!«, sagte Bruder Paul.

Es war früher Nachmittag, als sie die beiden Reiter vor ihnen auf der Landstraße zu Gesicht bekamen – ein kastanienbraunes und ein graues Pferd. Miles stieß einen munteren Ruf aus, worauf die Reiter anhielten und sich umdrehten, während er auf sie zugaloppierte.

»Sir Richard Straccan?«

»Ja – und wer seid Ihr?«

»Ich bin Miles Hoby. Mein Onkel hieß mich, Euch zu folgen und aufzusuchen. Er sagte, Ihr könntet mich brauchen.«

Straccan strahlte. »So, hat er das gesagt? Der gute alte William! Dank sei Euch und willkommen, Sir Miles.«

Larktwist grinste Bane verlegen an. »Hallo.«

»Was macht *Ihr* denn hier?«, rief Bane und wandte sich dann an Straccan. »Dieser Kerl ist eine Art Spitzel. Ich bin ihm in Altarwell begegnet. Jemand hat ihn bezahlt, uns zu folgen. Was tut er denn jetzt bei Euch, Sir?«

»Das geht schon in Ordnung«, erwiderte Miles. »Ich kann es erklären, aber das würde einige Zeit in Anspruch nehmen. Habt Ihr schon zu Mittag gegessen? Ich komme nämlich von einem langen Weg auf leeren Magen, und wenn Ihr wollt, können wir ein wenig anhalten und etwas zu uns nehmen. Dabei werde ich Euch alles über unseren Freund hier erzählen.«

25

Ein kleiner Junge saß auf Janivas Tisch – schmutzig, tränenüberströmt und voller Angst. Seine Mutter, eine vom Wetter gegerbte, erdfarbene Frau in einem formlosen Kleid aus Wadmal –grobem, ungeschorenem Wollstoff –, stand daneben, presste einen Korb mit Eiern an sich und schaute teilnahmslos zu. Janiva beruhigte den Jungen mit sanften Worten. Als ihre kühlen Finger seine Braue berührten, flatterten die Lider seiner blauen Augen und schlossen sich.

»Jetzt, Peter«, sagte Janiva, »mach sie weit auf!«

Er riss sie gehorsam auf.

»Strecke die Zunge heraus, so weit du kannst.«

Die rosafarbene Zunge, überraschend sauber, wie sie da so aus dem schmutzigen kleinen Gesicht hervorstieß, bewegte sich ein wenig, aber nicht viel.

»Streck sie mal für mich hoch, Peter – so hoch du kannst.«

Der Junge konnte nicht sprechen, und jetzt konnte sie auch sehen, warum. Ein straffes Häutchen hielt die Zunge gefangen. Sie zog eine Schere aus der Kette an ihrem Gürtel und schnappte schnell zu. Es spritzte etwas Blut, aber es hörte gleich wieder auf. Der Junge blinzelte und grinste.

»So, das wäre erledigt, Peter.«

Janiva hob ihn vom Tisch und gab ihm einen Becher voll Wasser. »Geh nach draußen, spül dir den Mund und spuck's aus.«

»Ach«, sagte die Mutter des Jungen, »wenn ich gewusst hätte, dass dat alles is, hätt' ich's auch machen können.«

»Natürlich hättest du das auch gekonnt, Madge. Es kam nur darauf an zu wissen, was man tun muss.«

»Ach ja, danke, vielen Dank, Mistress. Die annern kleinen Gören haben ihn immer geneckt. Hier ...« Sie stellte den Korb mit den Eiern abrupt auf den Tisch.

»Danke schön!«, sagte Janiva.

Nachdem die beiden wieder gegangen waren, wischte sie die Schmutzspuren ihres kleinen Patienten vom Tisch und streichelte ihre kleine weiße Katze, die mit ihren winzigen, rosa gepolsterten Pfoten nach ihren Zopfenden tapste. Dann setzte sie das Kätzchen auf die Herdsteine, wo es spielerisch nach den sich bewegenden Schatten von Blättern vor dem Fenster schlug, bevor es sich eingehend ans Putzen machte, wobei es plötzlich einschlief. Sie wischte den Herd ab und legte Holz aufs Feuer, bevor sie sich einer Reihe von kleinen Töpfen auf dem Tisch zuwandte, deren Inhalt jetzt weit genug abgekühlt war, dass sie Pfropfen aus zusammengerolltem Leder hineinstecken und eine dünne Hautscheibe darüber binden konnte. Danach stellte sie die Gefäße in einen Schrank und rührte die Suppe um, die in einem Kessel über dem Feuer kochte. Nach einem prüfenden Schnüffeln fügte sie getrocknete Kräuter hinzu und zog den Kessel höher. Dann holte sie mit einem Schöpfer Wasser aus dem Fass hinter der Tür und schüttete es in ihre Seherschale. Sie schloss die Tür und legte die Riegelstange vor, bevor sie sich mit der Schale in den Händen an den Tisch setzte.

Seit sie Gilla in der Seherschale erblickt hatte, war die Sperre durchbrochen. Jetzt konnte sie das Bild des Kindes jeden Tag in der Schale herbeirufen, für seine Sicherheit beten und Jesus und dessen Gesegneter Mutter danken, dass Gilla noch am Leben war.

Aber sie hatte keine Ahnung, *wo* das Mädchen sich befand. Sie hatte nun schon genug von dem frei stehenden Kastell und seiner Umgebung aus nackten, felsigen Hügeln gesehen, aber das konnte überall in England, der Normandie und der Bretagne sein.

Und Janiva kannte jetzt auch die Frau, die Hexe. Hatte sie als diejenige erkannt, die Straccan bezaubert hatte – von dem Augenblick an, als ihr Abbild zum ersten Mal in der Schüssel erschienen war.

Janiva schloss die Augen, atmete ein paar Mal tief und gleichmäßig ein und aus, bis ihre Gedanken sich zu dem stillen Platz senkten, wo sie zur Seite rücken und die Bilder erscheinen lassen konnten.

Sie sah das schmucklose kleine Kastell nur ein paar Sekunden lang; darüber waren Wolken und darunter der kleine See – und dann, schnell, schnell, stiegen die Bilder an die Oberfläche. Eines verdrängte das andere. Da war Gilla schlafend auf einem Rollbett in einem leeren kleinen Zimmer, dessen krumme Steinwände rötlich in dem Licht leuchteten, das durch ein hohes längliches Fensterloch fiel. Dann war da eine Gruppe von zerlumpten, verdreckten Kindern, die sich vor einem geschlossenen Eisentor ängstlich zusammendrängten. Ein hagerer junger Mann in verschmutzter, zerknitterter Kleidung kniete in einem Kreidekreis. Seine Lippen bewegten sich im Gebet. Sonnenheller blauer Himmel und da – ein Falke, der auf seine Beute herabstieß. Ein Wirbel von Federn und Spritzer von dunklem Blut der Lerche auf der ausgestreckten Hand der Reiterin darunter, der sehr schönen Frau, von der Janiva wusste, dass sie Gilla gefangen hielt.

»Du bist es also wieder«, sagte sie mit Verachtung, »Mutter der Maden!«

Eines nach dem anderen schaukelten die Bilder zur Oberfläche empor und brachen sich dort. Einen Moment lang sah Janiva Straccan, wie er auf einem schmalen, steinigen Pfad an einem Fluss entlangritt. Dann wieder die Frau, diesmal innen, wie sie sich mit einer Kerze über das schlafende Kind beugte. Gilla drehte sich auf dem kleinen Bett um, in unruhigem Schlaf. Jetzt stand die Frau vor einer geschlossenen Tür an der Wendeltreppe des Turms, die weißen Hände an die Türbretter gepresst, das Gesicht voller Triumph und die Augen voller Hass. Janiva versuchte, das Bild zurückzuhalten, doch es war schon wieder verschwunden. Sie sah nur noch die unbewegte, seidige Oberfläche des Wassers.

Eine Lerche sang, während sie fröhlich über dem Kastell von Skelrig aufstieg. Der reine Klang ihrer Stimme stach die aller anderen Vögel aus. Da waren noch etliche andere Geräusche. Das niedrige, ausgedehnte Dickicht war voller kleiner Vögel, die lauthals ihre Lieder schmetterten; Lämmer blökten in der Ferne; auf dem See stritten sich Enten und Wasserhühner, und im Hühnerhof gackerten Hennen, scharrten und kündigten manchmal das Legen von Eiern an, worauf der umherstolzierende Hahn ein *Kikeriki* ausstieß.

Am Abhang eines Hügels ließ eine Frau ihren Jagdfalken fliegen, worauf der Lerchengesang abrupt verstummte. Bald ritt sie mit blutbeflecktem Falknerhandschuh zum Kastell zurück. Von den Neuankömmlingen angezogen, waren ein paar Kinder aus dem eine halbe Meile entfernten rauchenden Grüppchen strohgedeckter Hütten herbeigeeilt, um zu schauen und zu betteln.

»Soll ich sie davonjagen?«, fragte sie ihr Lehnsmann.

»Nein. Gebt ihnen Brot und schickt sie dann erst fort. Sie können morgen wiederkommen, wenn sie wollen.«

Wenn der Meister kam, könnte er eine oder zwei Gören gebrauchen. Ihre Mütter waren immer froh, wenn sie in Dienst genommen wurden. Für sie bedeutete es ein Ende von nackten Hintern und leeren Mägen, und wenn man ein Kind nie wieder zu Gesicht bekam – nun, das war ja zu erwarten, wenn es unter den feinen Leuten lebte, mit ihnen auf lange Reisen ging und die bittere Armut seines ›Zuhauses‹ vergaß.

Später am Morgen stieg sie zur obersten Etage empor, zur Tür ihres Bruders.

»Er konnte sie nicht aufhalten – er hat's auch gar nicht erst versucht.«

»Sei still!«, erwiderte sie – mehr nicht –, worauf er wie eingefroren dastand und sie hilflos anschaute, während sie seine Verteidigung niederriss.

»Juli«, rief er, »er wird uns alle vernichten!«

»Du bist verrückt«, entgegnete sie – und tatsächlich, der Wahnsinn sprang ihn irgendwo in seinem Geiste mit einem Koboldgrinsen an.

»Hier kommen sie, der Meister und der Araber«, sagte sie. »Sie werden sich mit dir befassen!« Und das Entsetzen ließ ihn erzittern.

»Was ist denn das?« Sie legte ihre Rechte auf die Truhe voller Münzen.

»Geld«, antwortete er, »Julitta ...«

»Sei still!« Und obwohl sein Mund verzweifelt arbeitete, kam kein Laut daraus hervor.

»Du Narr!«, fauchte sie. »Du selbstsüchtiger, habgieriger Wurm! In meiner Not hast du nichts für mich übrig gehabt, nur für dich selbst! Um deine erbärmliche Seele zu retten, würdest du Skelrig der Kirche geben!« Sie lachte, und er fragte sich, wie es sein konnte, dass sie dabei noch so schön aussah. »Die Kirche wird es nicht bekommen, Bruder. Unser Meister will es – wegen des Neun-Steine-Rings.«

Das war ein uralter Steinkreis, oben auf einem niedrigen Hügel, etwa eine Meile nördlich vom Turm. Ein Feenring, um den die Einwohner der Gegend aus Angst vor dem Koboldvolk einen großen Bogen machten. Es war wirklich ein unheimlicher Ort. Innerhalb des Kreises schien es stets kälter zu sein als außerhalb. Die Leute behaupteten, dass sie zu gewissen Zeiten des Jahres sehen konnten, wie sich seltsame Lichter innerhalb des Ringes bewegten. Selbst wilde Tiere mieden seine Nähe.

»Das ist ein ganz besonderer Ort.« Ihre Stimme klang hämisch. »Geheiligt und uralt, Bruder. Viel Blut wurde dort in alten Zeiten vergossen, um Götter zu befriedigen, die längst vergessen sind. Der Araber sagt, dass an solchen Stellen Macht vorhanden ist – Macht, die der Meister gut gebrauchen kann, um noch stärker zu werden.« Ihre Worte gingen in Gelächter über, und er erschauderte. »Denke ja nicht, dass dein pockennarbiger kleiner Priester dir jetzt helfen kann, denn ich habe ihn weggeschickt.«

An der Tür drehte sie sich noch einmal um. »Der Meister hat die Ikone. Ich hab' sie ihm geschickt. Er weiß, dass du versucht hast, ihn zu verraten.«

Die Tür schlug hinter ihr zu. Seine Starre löste sich, und so abrupt, als wäre er gestoßen worden, fiel er auf beide Knie. Ein verzweifeltes Heulen löste sich aus seiner Kehle. Auf dem Boden kniend, betrachtete er den Schaden, den sie angerichtet hatte.

Der Kreidekreis, sorgfältig und genau gezogen, war durchbrochen, von ihrem Fuß verwischt. Zwei Schalen lagen auf dem Boden, die eine umgekehrt, die andere rollte noch hin und her, und das Weihwasser, das darin gewesen war, sickerte in die breiten, trockenen Dielen ein. Schutzamulette und kostbare Reliquien, die ihn umgeben hatten, waren zusammengerafft und in die Kohlenpfanne geschleudert worden, wo sie aufflammten, stanken und rauchten. Gekräuselte Asche lag auf den Holzkohlen.

Sie hatte ihn verraten. Es würde keine Hilfe mehr für ihn geben. All die Wochen, die er betend gewartet, in diesem erbarmungswürdigen Kreis gewacht und geschlafen hatte, überzeugt, dass Hilfe kam … Nun aber gab es keine Hoffnung mehr.

26

Robert hatte das Interesse seines Herrn und Gönners an den Schwarzen Künsten geteilt, solange sie nur die Opferung von Tieren erforderten. Aber Kinder, getaufte Seelen, waren ganz etwas anderes, sodass ihn Grauen überfiel. Er war in Panik geraten und in die abgeschiedene Sicherheit von Skelrig geflohen. Von dort schrieb er seiner Schwester und gebot ihr, alle Verbindungen zu de Soulis, dem Mörder, abzubrechen. Er, Robert, sei gewiss verdammt wegen seiner Teilnahme an solchem Übel, schrieb er, falls Gott nicht umgestimmt werden könne, ihm zu vergeben.

Priester konnten Gott umstimmen, und Priester wiederum konnten durch Geld überzeugt werden. Er musste beichten und die Vergebung seiner Sünden erlangen, aber bevor er auch nur zu beichten wagte, müsse er sicher sein, dass ihm vergeben würde. Dafür war er natürlich zu zahlen bereit. Gott hatte seinen Preis wie jeder andere auch. Robert würde sein Gut Hoplaw der Abtei von Mailros zum Geschenk machen. Das sollte eigentlich den Weg ebnen. Dann – falls sie einwilligten, ihn als Novizen aufzunehmen – würde er ihnen auch Skelrig schenken. Schließlich hätte er ohnehin keinen Gebrauch mehr dafür, wenn er erst einmal sicher im Kloster wäre.

Dann erinnerte er sich an Martin – Martin Brus.

Sie waren Knaben gewesen, Pagen, verängstigt und krank vor Heimweh. Als Jugendfreunde hatten sie sich gestritten und wieder versöhnt, hatten gerauft und waren bestraft worden; hatten zusammen Jahre brutaler Ausbildung erlitten, hatten Schnittwunden, Beulen, gebrochene Glieder davongetragen und tiefe körperliche Erschöpfung erlebt. Sie hatten Kinderkrankheiten geteilt, kindliche Missetaten und die Sehnsüchte idealistischer Jugend. Neun Jahre lang waren sie eng wie Brüder gewesen, zuerst Pagen, dann Knappen, bis zum Höhepunkt all jener Jahre der Disziplin, Gewalt und Leiden – die Ritterschaft.

Robert war begeistert und entzückt gewesen. Sie würden perfekte Ritter sein, ohne Fehl oder Tadel, großmütig, tapfer, unbesiegt. Fahrende Sänger würden Lieder über sie schreiben. Damen würden bitten, ihnen ihre Gunst schenken zu dürfen. Prinzessinnen würden sich nach ihnen verzehren, und Ungläubige und Ketzer würden wie Schilfrohre unter ihren Schwertern fallen.

Und nur ein paar Tage nach dem Ritterschlag packte Martin seine wenigen Habseligkeiten in seine Satteltaschen und ritt davon.

»Ich muss fort«, erklärte er. »Da ist etwas, das ich tun muss«, und weiter: »Es ist wichtiger als alles andere.«

»Und was? In Gottes Namen, was gibt es Wichtigeres als ein Ritter zu sein?«, rief Robert verwundert.

Martin ballte die Fäuste, und Tränen liefen ihm die Wangen hinunter, doch er wiederholte nur, dass er fortreiten und etwas tun müsse – immer wieder.

»Du wirfst alles hin, wofür du gearbeitet hast. Dein Onkel wird es dir nie vergeben!« Martin war nämlich seines Onkels Mündel, da seine Eltern tot waren.

»Das geht schon in Ordnung. Onkel Blaise weiß alles darüber.«

Robert hatte eine Idee. »Es ist doch nicht etwa die Kirche? Um Gottes willen, Martin, du hast doch nicht etwa beschlossen, so ein mieser Mönch zu werden?«

Zu seiner Verwunderung brach Martin in Gelächter aus. »Nein, nein! Da irrst du dich, Rob. Das ist es wirklich nicht.«

»Was dann? Bist du krank? Ist es das? Irgendetwas ist doch nicht in Ordnung mit dir!«

Martin seufzte. »Ich kann es nicht erklären. Vergib mir, aber ich habe mein Wort gegeben. Glaub mir, Rob, es gibt da eine andere Aufgabe für mich. Ich werde meinem Onkel dienen, und er wird mich lehren.«

»Dich *was* lehren?«

»Das kann ich dir nicht sagen. Aber es ist sehr wichtig – wichtiger als Mönch oder Priester zu sein, und *viel* wichtiger, als sich der Truppe irgendeines Lords anzuschließen, so mächtig er auch sein mag.«

»Wenn du es sagst«, erwiderte Robert mit verkniffener Miene. »Ich kann dich nicht aufhalten. Ach, Martin, ich dachte, wir würden zusammenbleiben, zusammen den Ritterdienst aufnehmen und Freunde sein für immer!«

»Ich hoffe, du wirst immer mein Freund sein, Rob. *Ich* jedenfalls werde dein Freund bleiben. Aber diese Sache *muss* ich einfach tun.«

Er ritt kurz nach dem Morgengrauen allein davon. Nur Robert war da, um ihn zu verabschieden. Er würde, wie er sagte, nach Sauchiehill reiten, zum Gut seines Onkels.

Kurz nachdem Robert in den Dienst von Lord de Soulis eingetreten war, bat er um Urlaub, um zu Hause nach seinen Angelegenheiten zu sehen. Er beschloss, über Sauchiehill zu reiten. Martin könnte inzwischen vielleicht seine Meinung geändert haben. Außerdem wollte er vor Martin mit der feinen Ausrüstung und Kleidung prahlen, die sein Gebieter ihm gestellt hatte.

Er fand seinen Freund auf dem Turnierplatz beim Üben mit seinem Onkel, ein großer alter Mann, aber noch sehr stark und schnell. Beide kämpften ohne Hemd. Der alte Mann schwang eine Kampfstange und Martin eine Axt. Robert setzte sich unbemerkt auf eine Bank und schaute zu. Der von Schwitzen, Keuchen und Brummen begleitete Kampf endete abrupt damit, dass Martins Axt durch die Luft flog und Sir Blaise seinem Neffen die Stange zwischen die Fußknöchel warf, um ihn zu Fall zu bringen. Robert klatschte begeistert.

Als die beiden Gegner schwer atmend und lachend ihre Hemden anzogen, wobei sie sich im Spaß beschimpften, bemerkte Robert, dass Sir Blaise ein eigenartiges Amulett um den Hals trug – einen grünlich-grauen, stumpfen Stein. Er war ziemlich groß und erinnerte an einen Stern. Robert sah ihn nur einen Augenblick, weil er gleich wieder unter dem Hemd verschwand, und vergaß es schließlich völlig.

Sie hießen ihn herzlich willkommen. Sein Freund war hocherfreut, ihn wieder zu sehen, doch es gab keine Hoffnung, dass Martin seine Meinung änderte. Was immer er auch ›zu tun‹ hatte, er hatte sich dem völlig verschrieben.

Als Martin ihn am nächsten Morgen verabschiedete, sagte Robert: »Ich werde wieder kommen, wenn ich kann.«

»Das geht aber eine ganze Weile nicht«, erwiderte Martin, »denn wir reiten nächste Woche nach England.«

»England? Werdet ihr lange fort sein?«

»Eine ganze Weile, glaube ich. Ein alter Freund meines Onkels starb in Salisbury und vermachte ihm einigen Besitz, sodass wir dorthin müssen. Aber ich sende dir eine Nachricht, wann wir zurück sind. Es war nett von dir, mich zu besuchen, Rob.«

»Gott sei mit dir, Martin.«

»Und mit dir. Und Rob …« Sein schlichtes, gutmütiges Gesicht bekam plötzlich Sorgenfalten.

»Was?«

»Wenn du jemals in Schwierigkeiten kommst und jemanden brauchst, der dir hilft – du weißt, du musst es mich nur wissen lassen.«

»Warum sollte ich in Schwierigkeiten geraten?« Er lachte. Ruhm und Reichtum winkten ihm, und die Welt war sein!

»Ach, nur so«, antwortete sein Freund. »Aber denk daran, falls du Hilfe brauchst. Wenn dieser Tag kommt, bin ich dein Mann.«

Er hatte Julitta wieder geschrieben und ihr mitgeteilt, dass er ihr durch einen zuverlässigen Boten die alte Ikone schicke, die ihrem Großvater gehört hatte. Julitta solle sich nach Sir Martin Brus erkundigen, dem Begleiter und Neffen von Sir Blaise d'Etranger, der vielleicht jetzt in Salisbury war. Wenn die Ikone ankäme, müsse Julitta sie diesem Martin geben und ihm sagen ›Der Tag ist gekommen‹ – mehr nicht. Nicht die Ikone sei das Wichtigste, sondern der Behälter. Nur den leeren Zylinder zu schicken wäre äußerst seltsam, aber eine Ikone zu schicken – dafür könne es etliche Gründe geben.

Er wusste, dass Martin kommen würde. Er würde das Sternensymbol auf dem Behälter sehen, den Robert aus dem stinkenden Zimmer des Arabers gestohlen hatte. Es war der gleiche Stern, den Sir Blaise als Talisman um den Hals trug. Robert wusste jetzt, was Martin ›zu tun‹ hatte und was sein Onkel war – einer der wenigen, der es mit Al-Hazred und seinem Herrn aufnehmen konnte und wollte.

Er würde Julitta trauen können – natürlich konnte er das. Sie war schließlich seine Schwester und würde tun, was er sagte.

Als der Abt Renwal von Mailros verweigerte, ihn als Novizen aufzunehmen, konnte Robert es zuerst nicht glauben. Dann – als er erkannte, dass der alte Mann es wirklich so meinte – wurde er schier verrückt vor Angst. Wo außerhalb der heiligen Abtei konnte er auf Schutz hoffen? Noch schlimmer – als der Abt seine Beichte hörte, versagte er ihm die Absolution und wies ihn an, nach Jerusalem zu pilgern!

»Habt Ihr denn geglaubt, das Schlachten von Gottes Unschuldigen und das Herumspielen mit Teufelsanbetung könne mit zehn Vaterunser und einem Ave Maria getilgt werden? Betet, fastet und tragt ein härenes Hemd Tag und Nacht, bis Ihr zurück seid«, sagte er, nahm aber dennoch Hoplaw ohne auch nur ein ›Dankeschön‹ entgegen. »Wenn Ihr zurück kommt, werdet Ihr von Skelrig barfüßig, nur mit einem Hemd bekleidet und mit einem Strick um den Hals hierher gehen, um Reue zu zeigen. *Dann* werden wir sehen, ob es eine Möglichkeit für Absolution gibt. Und merkt wohl, dass dies kein Versprechen ist! Und jetzt fort mit Euch! Ihr besudelt diesen heiligen Boden.«

Natürlich brauchte er nicht selbst nach Jerusalem zu pilgern. Wohlhabende, adlige Büßer verschwendeten selten Monate oder sogar Jahre und setzten sich den Gefahren von Krankheiten und Gefangenschaft auf einer solchen Reise aus; stattdessen schickten sie jemand, der dies für sie übernahm. Also fragte er nach einem verlässlichen Ersatzmann und bezahlte ihn reichlich, die Pilgerreise zu unternehmen. Außerdem versprach er, sich während der Abwesenheit des Mannes großzügig um dessen Familie zu kümmern. Er sandte Crimmon nach Süden, zu Julitta, mit der Ikone in dem vielsagenden Behälter.

Dann wartete Robert, bis dieser Bane auftauchte und er erfuhr, dass um ein Haar alles verloren gegangen wäre. Aber Gott war barmherzig; er würde alles schon noch in Ordnung bringen. Dank Hawkan Banes Herrn, Straccan – Robert pries ihn inbrünstig – würde Julitta die Ikone bekommen, Martin finden und sie ihm geben.

Er musste nur noch warten, beten, fasten, sich dem unerträglichen Juckreiz im härenen Hemd aussetzen, nur Wasser trinken und gerade genug essen, um am Leben zu bleiben. Vor allem musste er die Nerven bewahren. In dem Kreis konnten ihm die Zauber des Arabers nichts anhaben. Der stumme Knabe Hob war ein guter Bursche und kümmerte sich hinreichend um ihn. Martin würde ja bald kommen.

Doch vor Ablauf des Monats Mai kam Julitta.

Sie war vier Jahre älter als er, das erstgeborene Kind. Er erinnerte sich, wie er als kleiner Bub hinter ihr herzockelte und sich an ihrem Kleid festhielt, wenn sie vorsichtig die Treppen hinunter stiegen; wie er ihre Hand hielt, wenn sie über den Hof gingen, um sich die Falken oder Pferde anzuschauen; wie er ihr zurief, als ihr Vater ihn auf sein erstes Pony setzte: »Schau doch, Schuli, schau! Schuli, sieh mich an!«

Als er im Alter von sieben Jahren fortgeschickt wurde – als Rohmaterial, um erst zum Pagen, dann zum Knappen und schließlich zum Ritter gemacht zu werden –, lief sie den Pferden winkend nach, aber er wusste, dass er nicht zurück schauen oder winken durfte, denn er war doch ein Mann und sie bloß ein Mädchen. So saß er steif im Sattel und starrte nach vorn. Erst zehn Jahre später sah er sie wieder. Er erkannte die schöne Frau gar nicht mehr, starrte sie nur an, verlegen und nicht in der Lage, ein Wort hervorzubringen – wie die meisten Männer, wenn sie Julitta zum ersten Mal sahen.

Ihr Vater war krank. Graugesichtig und hager, verströmte er einen Geruch nach Krankengemächern, Salben und Arzneitränken und schlurfte verdrießlich in seinem Anwesen umher. Seine finsteren Augen starrten unter wuchernden Brauen hervor. Er war sicher, dass niemand sein Eigentum so verwalten konnte, wie er es getan hatte, und dass alles verschwendet und ruiniert würde, wenn er tot war.

»Es ist gerade genug für die Ausstattung eines Edelmannes da«, knurrte der alte Mann ohne Vorrede, als er Robert in den Remisen antraf. »Auf dem Land liegen Hypotheken. Ich schulde den Juden vierzig Markmünzen! Wenn du standesgemäß ausgestattet werden sollst, ist nichts für die Mitgift deiner Schwester da – also erwarte nicht, dass du mit Geld nur so um dich werfen kannst, wenn ich nicht mehr da bin! Da ist ein Mann am Hof, der sagte, dass er dich nehmen wird. Er muss vier Ritter für den Dienst des Königs stellen, und einer von denen starb zur Julzeit. Er wird meine Schulden zahlen, und du wirst dein Auskommen haben. Darüber hinaus wird alles dir gehören, was du auf Turnieren gewinnst.«

»Wer ist dieser Mann?«

»Rainard de Soulis.«

»Von dem habe ich schon gehört.« Und so war es auch. Man sagte, dass er reich sei, ein Günstling des Königs von Schottland und alter Kreuzfahrer.

»Sieh zu, dass du ihm gefällst, und dir wird's gut ergehen. Rainard ist großzügig zu denen, die ihm wacker dienen.«

In der Kapelle kam Julitta auf ihn zu. »Robbie«, sprach sie ihn an und kam dann geradewegs zur Sache wie ihr Vater. »Er wird mir keine Mitgift geben. Wirst *du* es tun?«

»*Ich*? Ich habe doch kein Geld«, antwortete er verlegen, denn er konnte nicht umhin, das Wogen ihrer Brüste und ihren Duft, so nahe bei ihm, zu bemerken.

»Das weiß ich. Aber wenn er stirbt, Robbie?«

»Er hat mir erzählt, dass da nur Schulden sind.«

»Ist das wahr?«

»Warum sollte er lügen? Er kann doch nichts mitnehmen.«

»Robbie, wirst du mir helfen?«

»Wenn er tot ist«, erwiderte er, »werden wir sehen, was da noch da ist.«

Und da war nichts, so wie der alte Lord es gesagt hatte.

Robert trat in die Dienste von Lord Rainard de Soulis. Ein großer Mann. In der Gunst des Königs von Schottland und selbst von königlichem Blut aus der alten keltischen Linie. Stolz, abweisend, reserviert, prächtig gekleidet. Wenn man ihn zusammen mit dem alternden, unordentlichen und oft sogar schäbig wirkenden König sah, konnte man *ihn* für den

Monarchen halten und den Monarchen für einen Diener. Obwohl König William in seiner Jugend ein tapferer Kämpfer gewesen war, verbrachte er jetzt – in Krankheit und Alter, von Schulden geplagt, in Trauer um seine verlorenen Gebiete und in der Gewalt des Königs von England – seine Tage damit, an seine Siege in der Vergangenheit zu denken und davon zu träumen und zu planen, die Ländereien südlich des Tweed, die einst schottisch gewesen waren, sich nun aber fest im Griff der Engländer befanden, wieder zu gewinnen.

Soulis war stets beim König. Er lehnte sich an seinen Sessel, reichte ihm den Becher, flüsterte ihm ins Ohr, reichte ihm den Arm, um dem schwächlichen alten Mann beim Aufstehen und Gehen zu helfen und verbrachte Stunden um Stunden allein mit ihm in einem Raum. Er schien kein Interesse an Belohnungen zu haben, und er war ja bei Gott auch reich genug, wenn sich Gerüchte und Auftreten mit der Wahrheit deckten.

Sein Haushalt und seine Ritter sonderten sich ab. Die Ritter waren berühmt für ihre ungewöhnlichen Erfolge bei Turnieren, und immer wenn ernsthaftes Kämpfen gefordert wurde, waren sie ein Begriff für Wildheit. Robert fand sie höflich, aber so abweisend wie ihren Herrn. In den ersten Monaten seines Dienstes wurde er mehr als einmal von ihrer Boshaftigkeit bei den Kämpfen überrascht – eine Bösartigkeit, die ganz anders war als die normale, zufällige Brutalität im Kampfgeschehen, an die er gewöhnt war.

Doch nach einer Weile, ganz allmählich, akzeptierten sie ihn. Ein freundlicher Schlag auf den Rücken, ein kameradschaftliches Grinsen; dann kamen die ersten Einladungen, langsam, Tropfen für Tropfen: »Kommt doch mit zum Jagen … zum Falknern … zum Trinken … zum Schürzenjagen.«

Es war wie der drogenverseuchte Rauch der Kerze in seiner kleinen Kammer, der seltsame Träume brachte, die oft wundervoll, manchmal aber schrecklich waren. Ständig wurden seine lockere, auf eigene Bestrebungen zurecht geschnittene Moral und seine ziemlich wackligen Grundsätze ausgehöhlt … Woche für Woche, Tropfen für Tropfen.

Sie waren auf Lord Rainards Domäne Soulistoun, als er eines Morgens, er kam soeben von den Remisen zurück, eine Frau auf den Stufen vor ihm sah. Die frühe Morgensonne blendete ihn, als er aufsah, um sie zu grüßen.

»Ich wünsche Euch einen guten Tag, meine Dame.«

Sie drehte sich um und schaute auf ihn hinunter. Zu seinem großen Erstaunen erkannte er, dass es sich um seine Schwester handelte.

»Juli! Was tust *du* denn hier?«

»Das Gleiche wie du, Bruder – mein Glück machen.«

Er nahm sie bei der Hand, führte sie die Treppe hinunter, über den Hof und durch das kleine Tor, das zum Lustgarten führte. Doch die Bänke waren nass von Tau, sodass sie gehen mussten.

»Ich wusste ja nicht, dass du meinen Lord de Soulis kennst«, sagte er.

»So? Er war ein guter Herr für uns beide, Robbie, seit unser Vater starb. Er nahm dich in seinen Dienst, und wie ich höre, hast du Glück in den Turnieren.«

Zu Ostern hatte er zwei Ritter vom Pferd geworfen. Einem bitteren Verlierer hatte er seinen Hengst, seine Panzerung und die Waffen für einen Helm voll Silbergeld zurückverkauft. Der andere, ein armer Ritter, konnte sein Pferd und seine Ausrüstung nicht auslösen oder sie ersetzen, sodass er vor Verzweiflung anbot, dafür sein Land bei Stirling, Hoplaw, das aus einem kleinen befestigten Haus, einem Bauernhof und einem Waldstück bestand, gegen den Auslösepreis zu wetten. Das war wider die Moral und gegen die Regeln, die besagten, dass der Verlierer sich ohne Bitterkeit von seiner gesamten Ausrüstung trennen oder das Lösegeld dafür zahlen und dabei noch freundlich aussehen müsse. Nach einem Moment der Überraschung willigte Robert ein – und siegte.

»Robbie«, sagte seine Schwester – und er wusste natürlich, was kommen würde, »du hast Glück gehabt. Du hast jetzt zwei Domänen, Skelrig und dieses Hoplaw. Das ist nur ein kleiner Edelsitz, wie man mir erzählt hat. Kannst du mir den nicht überlassen? *Du* bist doch auf dem Weg, dein Glück zu machen. Wenn ich Hoplaw hätte, könnte ich heiraten.«

Aber er hatte schon Pläne für Hoplaw. Er hatte nämlich Gefallen am Verwalten von Grundbesitz und ein Auge für Möglichkeiten entdeckt, die sich dabei eröffneten. Es war nur ein kleiner Edelsitz, wie sie ja gesagt hatte, und noch dazu heruntergekommen, mit vernachlässigtem Waldland und einem schlecht bewirtschafteten Bauernhof. Der Verwalter war alt, halb blind und wurde von den Landleuten betrogen. Der Besitz war aber wertvoller, als es den Anschein hatte, und konnte sehr verbessert werden. Er hatte jetzt ja auch einiges Geld und würde gewiss noch mehr bekommen, sodass er es sich leisten könnte, den Landsitz in Ordnung zu bringen. Er hatte wohl die Absicht, etwas für Julitta zu tun, natürlich, später mal, aber das war doch gegenwärtig nicht so wichtig. Dafür war doch noch genug Zeit. Sie war jung und schön. Es würde doch reichen, über ihre Mitgift nachzudenken, wenn er eine Heirat arrangieren könnte, die *ihm* einige Vorteile bringen würde.

»Ich werde mich nicht von Hoplaw trennen«, sprach er. »Ich muss es erst in Ordnung bringen. Es ist eine Menge Arbeit hineinzustecken.«

»Dann leih dir doch Geld darauf, Rob!«

»Ich werde mich doch nicht in Schulden stürzen für ...«

»Mich?«

»Für irgendetwas auf der Welt, wollte ich sagen. Das wäre

dumm und ruinös. So etwas ziehe ich gar nicht erst in Betracht. Hab Geduld, Julitta! Aber sag mal, warum bist du denn eigentlich hierher gekommen?«

»Um mich von dir zu verabschieden, Rob. Ich gehe nach England. Lord Rainard hat mit Leuten, die er dort kennt, von mir gesprochen, und jemand fand für mich eine Anstellung im Dienst von Königin Isabelle.«

Es war die Stelle einer besseren Kammerfrau und Dienerin, aber immerhin eine Stelle von gewissem Ansehen, um die andere adlige Damen sich eifrig bewarben. »Obwohl man sich fragen muss«, fügte sie unzufrieden hinzu, »warum eine edle Dame sich nach dem Vorrecht drängt, den königlichen Nachttopf zu leeren, Läuse aus dem königlichen Haar zu kämmen oder sich niederzuknien, um die königlichen Schuhe zu schnüren.«

»Warum tust du das dann?«, fragte er. »Du kannst doch immer zu Hause wohnen.«

In Skelrig? Im Hinterhof von Nirgendwo? Sie hatte genug davon. Welche Aussichten hatte sie denn dort, einen Ehemann zu finden? Da war sie dann doch viel besser am englischen Königshof dran, auch wenn sie keine Mitgift hatte. Sie lächelte ihren Bruder an – mit einem falschen Lächeln, so falsch wie der billige Perlenbesatz ihres Mantels. Von diesem Moment an hasste er sie aus vollem Herzen.

Sie hängte sich bei ihm ein und sagte munter: »Ach, das macht doch nichts, Bruder. Mach dir keine Sorgen wegen mir. Eines Tages werde ich dich schon noch überraschen.«

Und sie überraschte ihn tatsächlich – und nicht nur ihn, sondern eine ganze Reihe anderer Leute –, als einige Monate später der Earl of Arlen, einer aus dem kleinen, engen Kreis von Lords, in die König John volles Vertrauen setzte, um ihre Hand anhielt.

»Ihr müsst wissen, dass sie keine Mitgift hat«, sagte Robert, als Arlen seinen förmlichen Antrag machte.

»Oh, *das*«, erwiderte der Graf. »Das weiß ich doch. Es spielt keine Rolle für mich.«

Er konnte ihre zwei großen Bullenbeißer hören, wie sie draußen im Burghof heulten, als spürten sie die Annäherung von etwas Abscheulichem.

Der Vogelgesang wurde leiser, erstarb, und die Vögel flogen plötzlich mit geräuschvollem, erschrecktem Flattern auf. Enten und Wasserhühner furchten das Wasser in wilder Flucht oder kamen aus dem Schilf hervor und erhoben sich in die Lüfte. Eine Füchsin und ihre Jungen flitzten dahin, ohne sich um Deckung zu kümmern. Die Hunde jaulten noch ein paar Minuten und verstummten dann.

Der Meister war gekommen.

27

Er hatte die Tür von innen verriegelt, und Julitta hatte um Hilfe gerufen, nach zwei von ihren eigenen Männern und Roberts schmutzigem, stummem Dienerknaben. Doch als sie die Tür eingeschlagen hatten, war es längst zu spät gewesen. Er hatte seinen Gürtel über den Fensterladen geschlungen und den Schemel unter sich weggestoßen. Sein Körper hing an der Wand. Die nackten blauen Füße pendelten dicht über dem Fußboden.

Julitta betrat den übel riechenden Raum, wobei sie ihre Röcke hochhielt, um nicht die verfilzten, am Boden ausgelegten Binsen zu berühren. »Holt ihn herunter.«

Sie legten ihn auf seinen schmutzigen Strohsack in dem unterbrochenen Kreis.

»Tragt die Truhe auf meine Zimmer«, befahl sie, wobei sie auf den Geldkasten zeigte. Einer der Männer hob ihn auf und stapfte mit ihm die Treppe hinunter. »Nehmt diese Sachen da von ihm«, sagte sie weiter und deutete auf die Ansammlung von Kreuzen und Reliquien, die er an einer Schnur um den Hals trug. Der andere Mann schaute unbehaglich drein und rutschte mit den Füßen hin und her, bewegte sich aber sonst nicht, und der Junge, Hob, begann zu weinen.

»Oh!«, rief sie ungeduldig. »Also dann, raus mit euch!« Sie beugte sich über die Leiche und zog selbst an der Schnur. Diese riss, und die Amulette fielen klappernd zu Boden. Sie hörte ein schweres Einatmen, hob den Blick und sah, wie der stumme Junge sich bekreuzigte, den entsetzten Blick starr auf das blau angelaufene Gesicht des Toten gerichtet.

Blut rieselte von Nase und Mund der Leiche. Blut, das nach Gerechtigkeit schrie, denn es war das untrügliche Anzeichen von Mord.

Das Mädchen erwies sich als schwierig. In ihr Essen waren Drogen gemischt, aber jetzt weigerte sie sich, Nahrung zu sich zu nehmen, zu sprechen und in irgendeiner Weise zu gehorchen. Als sie da so vor dem kleinen störrischen, aufsässigen Kind stand, loderte Julittas Ärger empor.

»Du mürrisches Gör«, zischte sie und versetzte dem kleinen Gesicht einen schmerzhaften Backenstreich. Der stumme Junge, der soeben Torf hereinbrachte, fuhr bei dem Geräusch zusammen und ließ seine Last fallen. »Nimm das auf«, fauchte die Lady, »und geh damit raus! Das Kind braucht kein Feuer.«

Gillas Hände und die bloßen Füße waren kalt. Sie hatte nur ihr Hemd und eine alte Decke. Die Lady hatte ihr Schuhe und Kleider weggenommen, bevor sie Gilla in diese kalte, kahle kleine Kammer einschloss.

»Nun sei endlich folgsam! Du wirst es schon noch lernen«, sagte Julitta. »Entweder du tust, was man von dir verlangt, oder ich werde dich Rotkappe übergeben! Aber du weißt wohl nicht, wer Rotkappe ist«, fügte sie mit einem Kopfschütteln hinzu. »Der wohnt unter dem Turm, in den Felsengängen, und kommt nur in der Nacht herauf, denn er kann Tageslicht nicht vertragen. Er ist alt – sehr alt! Eine schmutzige Kreatur mit Zähnen wie ein Wildeber und langen, gebogenen Klauen an Händen und Füßen. Diese Klauen sind schon durch seine Schuhe gewachsen! Er trägt Lumpen, die er von den Toten in ihren Gräbern gestohlen hat. Du wirst tun, was ich dir sage, oder ich lasse ihn heute Nacht zu dir herein!«

Der Abdruck ihrer Finger war rot auf Gillas blasser Wange zu sehen. Der stumme Junge hatte die zerbröselten Torfbrocken aufgeklaubt und hastete zitternd aus dem Zimmer, wobei er nicht wagte, sich nach dem kleinen Mädchen umzudrehen.

Als das letzte Abendlicht durch das Schlitzfenster der Garderobenkammer schien, beobachtete Gilla den Schatten, den ein eiserner Knauf in der Mitte der Fenstergitter-Stangen warf. Sie hatte ihn schon lange Zeit angeschaut, und allmählich sah er für sie wie ein Tunnel aus. Nach einer Weile stieg sie aus ihrem Körper heraus und in diesen Tunnel hinein. Das fühlte sich warm und vertraut an, als hätte sie es schon viele Male vorher getan.

In dem Tunnel war es dunkel, aber Wände und Fußboden glänzten schwach, sodass sie recht gut sehen konnte. Sie schritt zielstrebig den Tunnel hinunter, denn sie wusste, dass er zum Tageslicht führte.

Er öffnete sich auf einen kleinen Garten, grün und duftend, mit Mehlkraut und Rosen. Vögel sangen dort, und auf einer kleinen Anhöhe zwischen Kräuterbeeten stand eine Bank mit geschnitzten Armlehnen. Eine stellte einen Drachen und die andere ein Einhorn da. Auf der Bank saß eine Dame. Sie breitete die Arme aus, und Gilla stürzte sich in sie hinein. Die Dame roch nach Blumen.

»Psst … psst, Liebling«, sagte sie. »Es ist alles gut. Das hier ist ein sicherer Platz.« Sie setzte das Kind auf ihren Schoß. Gillas Hand ruhte an der Brust der Dame. »Schlaf, meine Kleine«, sagte die Frau.

Am Morgen stand Lord Rainard auf dem Dach des Turms, neben dem eisernen Leuchtfeuerkorb, der immer voller Brennmaterial zum sofortigen Anzünden gehalten wurde. Er blickte nach Norden, Süden, Osten und Westen. So weit er sehen konnte, lag da keine menschliche Behausung. Allerdings hing Rauch von dem eine halbe Meile entfernten Dorf über dem Hügel. Unten, am Tor, wartete ein halbes Dutzend zerlumpter, barfüßiger Kinder auf Brot. Lord Rainard schnüffelte an seiner goldenen Duftkugel. Sein blasses, dünnes, lippenloses Gesicht war ernst und asketisch und hätte unter einer Mönchskapuze oder einer Bischofsmütze nicht ungewöhnlich ausgesehen. Die Kleidung, die er trug, war zwar aus den kostbarsten Stoffen, aber dunkel und schlicht.

Der Ausguckwächter hielt sich so weit von ihnen zurück, wie er nur konnte. Er fühlte sich nie wohl in der Nähe von hochgestellten Leuten, aber bei diesem Haufen war ihm mehr als unbehaglich. Der Selbstmord des armen Lord Robert hatte jede Menge hässlicher Gerüchte aufkommen lassen, und der Ausguckwächter, der sich des verächtlichen Starrens der beiden heidnischen Bogenschützen bewusst war, spielte ernsthaft mit dem Gedanken, sich davonzumachen, sobald sich ihm eine Möglichkeit bot.

Lady Julitta berichtete über das Kind.

»Sie muss eine Art Schutz haben«, sagte sie, wobei eine Zornesfalte auf ihrer makellosen Stirn erschien. »Irgendwas geschah, als sie ins Wasser schaute. Danach konnte ich nichts mehr mit ihr anfangen. Ich halte sie mit Baldrian ruhig, aber um Nutzen für uns zu bringen, muss ihr Geist frei sein. Auch in von Drogen betäubtem Zustand leistet sie mir Widerstand. Das muss man sich mal vorstellen: Sie *leistet mir Widerstand*! *Mir* – ein *Kind!* Schlagen hat keinen Zweck, auch Hunger nicht. Woher bezieht sie nur eine solche Kraft?«

»Holt sie mal her«, sagte Soulis.

Er hob sie hoch und setzte sie auf die hüfthohe Mauer, den drohenden Abgrund darunter. Sie saß da mit den Händen im Schoß. Ihr Gesichtsausdruck war ruhig und träumerisch.

»Was ist das denn?«, wollte Julitta wissen. »Sie scheint mich gar nicht zu sehen oder zu hören.« Sie schwenkte eine Hand dicht vor den Augen des Kindes, doch Gilla zuckte mit keiner Wimper.

Lord Rainard hielt einen Finger unter das kleine Kinn, hob ihr Gesicht und drehte es so, dass sie genau in die Morgensonne blicken musste. Die Pupillen wurden nicht kleiner, und der entrückte Blick veränderte sich keinen Augenblick. Sie sah ihn einfach nicht.

»Das habe ich vorher schon erlebt«, bemerkte er dazu. »Ihr habt sie erschreckt, Julitta, so sehr, dass sie auf irgendeine Weise einen Platz gefunden hat, an dem sie sich versteckt. Das ist sehr bemerkenswert! Ich könnte sie da herausholen, aber wir haben keine Zeit dafür, denn wir müssen noch viel tun. Es ist wirklich schade. Sie hat eine seltene Begabung. Aber wenn wir sie nicht auf die eine Art benutzen können, dann eben auf eine andere.«

Er starrte in das kleine verzückte Gesicht. Dann beugte er sich nahe hinunter und flüsterte: »Wenn du mich wirklich hören kannst, kleine Maid, dann hör gut zu und überleg es dir: Ob du nun willst oder nicht, du wirst mir auf jeden Fall dienen! Ich werde meinen Zauber auf deinen Körper schreiben – mit scharfen Federn und blutiger Tinte. Es wäre besser für dich, mir zu gehorchen – und am Leben zu bleiben.« Und an Julitta gewandt: »Schließt sie wieder ein. Vor uns liegt Arbeit.«

28

Jetzt waren sie eine Gesellschaft von vieren und konnten mit jeweils drei anderen reden, scherzen, sich die Reisemühen teilen, sprechen und lachen. So kam ihnen die Reise nicht so lang vor. Aber für Straccan konnten sie nicht schnell genug reiten. Mit ängstlicher Ungeduld hastete er von einer Meile der Straße zur anderen. Diese wurden immer rauer und felsiger, mit morastigen Löchern, die einen Esel verschlingen konnten, bis die Straße schließlich nicht mehr als eine Fährte war, der sie von Anzeichen zu Anzeichen folgten – hier ein verschobener Stein, da der tiefe Eindruck eines Wagenrads, die geschwärzten Reste eines Kochfeuers – alles was erkennen ließ, dass andere Reisende von Zeit zu Zeit dort entlanggekommen waren.

Sie ritten durch Wäldchen von Birken, Erlen, Haselnussbäumen und längere Strecken von Eichen und Eschen. Sie überquerten tiefe, rauschende Bäche in finsteren Schluchten. Ihr Weg führte sie höher, Tag für Tag, in die Hügel, wo Stürme und Nebel sie umfingen und sie frösteln ließen, um dann nach Süden und Osten zu eilen und sich von der heißen Sonne leider nur zu kurz trocknen und wärmen zu lassen. Sie lagerten an kleinen Flüssen voller Forellen und schliefen unruhig, nie weit weg vom Donnern von Wasserfällen.

Gewaltige Bollwerke von Bergen stiegen vor ihnen auf. Der Weg wurde steil und schroff, und sie führten ihre Tiere am Rand Schwindel erregender Abgründe entlang und durch schmale Täler mit reißenden Bächen und Teichen mit schäumendem Wasser. Sie gewöhnten sich an die kreischenden Adler, die über ihnen kreisten, und an lange Zeiten des Schweigens, weil Gespräche beim Lärm der Wildwasser beinahe unmöglich waren.

Als sie endlich aus den Bergen heraus waren, stießen sie auf die Reste einer alten Steinstraße, die vom Westen zur Küste im Nordosten verlief. Obwohl die Straße stellenweise Unterbrechungen aufwies, war sie wie ein Wunder der Annehmlichkeit nach der Strecke, die sie schon bewältigt hatten. So konnten sie etliche Meilen zurücklegen, bevor sie nach Norden in Wälder abbiegen mussten.

Sie kamen an den Ruinen verlassener Bauernhöfe und Dörfer vorbei, die wieder vom Wald geschluckt wurden – zusammenfallende Mauern und dachlose, von Efeu überwachsene Kapellen. Dies war Northumberland, das über die Jahrhunderte von Plünderern und Krieg gequält, mit dem Blut von Märtyrern und gemetzelten Unschuldigen zusammengehalten, auf Befehl des Eroberers William verwüstet und von ruhelosen Geistern heimgesucht worden war.

Sie begegneten niemandem außer einem Kesselflicker, der mit seinem Esel pfeifend auf dem Weg nach Süden war. Sie holten auch niemanden ein, und niemand sie. Einen Tag lang war der Waldweg breit und trocken, dann wurde er steiler, rauher und steinig auf eine Meile oder zwei, bis er in Morast überging. Sie durchquerten wieder reißende Bäche, ritten um große Windbrüche herum und führten ihre Pferde an Sumpflöchern vorbei. Einmal hörten sie aus weiter Entfernung ein Jagdhorn, aber es kam nicht näher, und bald war es nicht mehr zu vernehmen. In dieser Nacht regnete es, und obwohl sie sich einen Schutz aus Zweigen bauten, schliefen sie wenig und lagen frierend da. Am nächsten Tag begann der Wald sich auszudünnen. Plötzlich stieg ihnen Holzrauch in die Nase, und ihr rauer Pfad kreuzte einen anderen, der weiter und übersichtlicher war, worauf sie die erste Menschenseele seit dem Kesselflicker trafen – eine Familie von Holzkohlenbrennern mit ihren niedrigen, behaglichen Hütten und einem Wagen.

Straccan erkundigte sich bei ihnen nach der Straße vor ihm, aber sie starrten ihn offenen Mundes an. Die Frauen kicherten und flüsterten untereinander. Auch die Männer konnten ihn nicht verstehen, und er sie nicht. Bane ging es nicht besser. Ihr Dialekt war ihnen so unbekannt wie Griechisch.

Also ritten sie weiter auf matschigem und schlüpfrigem Boden nach dem Regen der Nacht. Über lange Strecken führten sie die von Stechfliegen und angriffslustigen kleinen Mücken geplagten Reittiere am Zügel.

Es stiegen wieder Berge vor ihnen ab, nach Osten und Westen. Von Zeit zu Zeit schauten sie von Aussichtspunkten über das Land, das verlassen dalag, mit mächtigen Felsspitzen, die aus der Erde grünem Mantel ragten, und steinigen Schluchten und Abgründen, in denen rostfarbene Wildbäche schäumten. Einmal sahen sie von einer Anhöhe fern im Osten das Meer, blau wie der Himmel, und darauf ein Schiff, das mit geblähten, gestreiften Segeln nach Süden glitt.

Dann endlich ein Dorf – ärmlich zwar, aber dort konnten sie wenigstens schwarzes Brot und Schafmilch kaufen und für ein Nachtquartier bezahlen, auf ziemlich sauberem Stroh im Brauhaus eines Bauern, das nach altem Ale roch, aber trocken war. Bald nach dem Morgengrauen waren sie wieder unterwegs, nachdem ihr Gastgeber ihnen Auskunft über die vor ihnen liegende Strecke gegeben hatte: »Zwei Dörfer von Lords, Muchanger und Haccledun, und dann ein rauer Weg durch den Wald, ungefähr zehn Meilen. Danach aber wird die Straße wieder eben und stößt auf andere Straßen. Bald nachdem Ihr durch Crantoun gekommen seid, werdet Ihr ins Schottenland gelangen.«

Sie kamen gut voran und hielten mittags in Crantoun, wo

sie in einer Hütte, die sich Gasthaus nannte, Bier und Suppe zu sich nahmen. Die Suppe war so erbärmlich wie das Haus, aber das Bier war stark. Ja, sie seien auf der Straße nach Crawgaed, bestätigte der Gastwirt ihnen mürrisch. Sie sollten noch eine Meile reiten, dann nach Westen abbiegen und der Straße am Fluss folgen.

Sie konnten den Mann fluchen hören, noch lange bevor der Weg sie zu ihm brachte, wo dann der Grund seiner verbalen Ausbrüche verständlich wurde. Ein beladener Wagen war umgekippt und hatte Säcke voller Hafermehl, Erbsen und Salz, Speckseiten und andere Waren in die Binsen geschleudert. Eine der Achsen war gebrochen, und ein x-beiniges Pferd, das von seiner Zuglast befreit war, stand im kühlen Fluss und saugte zufrieden das Wasser auf. Des Fahrers Flüche erstarben ihm auf den Lippen, als die Reiter in Sicht kamen, und er schaute nach Straccans freundlichem Gruß kein bisschen beruhigt drein.

»Wer seid Ihr?«, fragte er.

»Reisende«, antwortete Straccan. »Ist das die Straße nach Crawgard?«

»Crawgard? Jo.«

Straccan ließ sich von seinem Pferd gleiten. Der Fuhrmann hob ein Stück der gebrochenen Achse auf und hielt es mit entschlossenem Gesichtsausdruck wie eine Waffe. »Bleibt ja weg!«, knurrte er.

»Wir wollen Euch nichts Böses«, versuchte Straccan ihn zu beruhigen. »Wirklich, wir sind nur Reisende. Habt Ihr eine Axt?«

»Eine Axt? Nein. Warum?«

»Um eine andere Achse zu machen.« Darauf schnallte er seine eigene Axt vom Sattelknauf ab. »Also, wollt Ihr nun Hilfe oder nicht?«

Die neue Achse wurde zurechtgehauen, eingesetzt, der

Wagen aufgerichtet, wieder beladen und das melancholische Pferd angeschirrt. Der Fuhrmann war jetzt freundlich und voller Dank. »Crawgard ist nur zwei Meilen von hier«, erklärte er. »Ich fahre auch dorthin. Der Kram hier ist für sie. Das ist ein rauer Weg, und man muss dreimal durchs Wasser, bevor man dort ankommt.« Er holte eine Lederflasche unter dem Sitz hervor und ließ sie herumgehen.

Miles trank und hustete. »Bei allen Heiligen«, keuchte er, »was ist denn *das*?« Vorsichtig reichte er die Flasche an Straccan weiter. »Gebt acht! Ich glaube, es ist Gift.«

»Whisky ist's«, rief der Fuhrmann entrüstet, »und an Euch Südlinge verschwendet! Gebt ihn mir doch zurück, wenn Ihr ihn nicht wollt.«

Die Flasche ging von Straccan, der sich die Augen wischte, zu Bane, dessen überraschte Miene Larktwist nicht im Mindesten beeindruckte. Er setzte die Flasche an und nahm drei große Schlucke, bevor der Fuhrmann sie ihm aus der Hand wand, den Stöpsel darauf steckte und sie wieder unter den Sitz schob. »Mein Bruder macht den«, sagte er zur Erklärung. »Ist doch mild wie Milch. Kinder werden damit aufgezogen.«

»Gott hilf uns allen, wenn wir auf diese Kinder stoßen!«, krächzte Straccan. »Ich fürchte aber, wir haben das Meiste aus Eurer Flasche getrunken.«

»Das geht schon in Ordnung. Ich hab' ja noch eine.«

»Wie ist Euer Name?«

»Magnus.«

»Magnus, möchtet Ihr ein wenig Geld verdienen?«

»Wie viel denn?«

»Seltsam«, meinte Bane. «Ich hätte gedacht, Ihr würdet zuerst fragen ›Womit denn?‹«

»Sechs Penny«, antwortete Straccan und hielt ihm die dünnen Silbermünzen auf der Handfläche hin. »Und sechs Penny mehr, wenn die Aufgabe erledigt ist.«

»Was muss ich dafür tun?«

»Mein Freund hier«, sagte Straccan und klopfte Bane auf die Schulter, »würde gern auf Eurem Wagen mitfahren.«

»Wirklich?«, meinte Bane erstaunt. »Ach ja, stimmt, wollte ich ja schon lange.«

Als sie aus von Blattwerk überschattetem Wasser ins Sonnenlicht kamen, sahen sie den Turm von Crawgard, der einsamsten Burg der Grenze, der sich markant gegen den Himmel abzeichnete. Sie war auf einem niedrigen Hügel gelegen, alt und klein für englische Verhältnisse. Das Erdgeschoss war aus Stein gebaut, die beiden Obergeschosse aus Holz, mit dickem Putz darüber. Das Sonnenlicht wurde vom Helm und der Pieke des Ausgucks auf dem Turm reflektiert. Ein paar kleine, strohgedeckte Gebäude lehnten sich an die Außenmauern. Das große Tor stand halb offen, und zwei unrasierte, schlampig aussehende Landsknechte beobachteten, wie der Wagen die Straße heraufkroch. Auf der nahen Wiese grasten zwei Kühe mit Fesseln an den Vorderbeinen und ein paar frisch geschorene, verkümmerte Schafe. Ein starker Geruch nach Schafen und ein ständiges Blöken empfing sie, als sie sich dem Tor näherten.

Im Hof waren zottige Schafe eng in Pferche gedrängt. Zwei abgerissene Gestalten waren dabei, die Tiere zu scheren. Von Zeit zu Zeit liefen geschorene Schafe durchs Tor, um sich zu den anderen auf den grasbewachsenen Abhängen zu gesellen. Man hörte das Blöken von Lämmern und die Antworten ihrer Mütter sowie das ständige Schreien von Brachvögeln über das Rauschen des Flusses hinweg.

Die Wachen am Tor stießen es weiter auf, um den bekannten Wagen hindurchzulassen. Innerhalb des groben Kreises der Außenmauer ragte der Burgturm hoch und düster empor. Eine Außentreppe aus Stein führte zur ersten Etage, dem großen Saal, wo die Tür bei der obersten Stufe offen stand. Ein dünner Rauchschleier schwebte heraus. Der Speicherraum im Erdgeschoss, die Basis des Turms, war durch einen breiten Torweg am Fuße der Treppe zugänglich. Eine Gruppe von kleineren Gebäuden, welche den Hütten draußen ähnelten – aus Holz, mit Ginster gedeckt, Brauerei, Waschhaus, Taubenschlag, Pferde- und Kuhstall. Nur die Küche war aus Steinen. Der Wagen hielt an der Küchentür, die immer offen stand.

Bane folgte Magnus nach innen. In der undurchdringlichen Dunkelheit der entfernten Ecken quiekten Ratten und trappelten über Haufen von stinkendem Küchenabfall. Ein Feuer knisterte vor sich hin und strahlte einen gelblich fahlen Glanz aus. Der Koch, ein fetter, schmutziger Mann mit einer von Pusteln bedeckten Nase lag auf einem Haufen stinkender Rohwolle hinter der Tür, stieß ständige Schluckauf-Laute aus und hielt eine Lederflasche sehr ähnlich der des Fuhrmanns an seine Brust gepresst. Ein Küchenjunge mit einem blauen Auge und aufgeplatzter Lippe drehte traurig zwei Bratspieße. An einem rauchte Hammelfleisch, und am anderen wurde eine Reihe fetter kleiner Enten mit Brandblasen überzogen. Unter dem großen Tisch tauchte ein kleiner Junge mit rußgestreiftem und rotznäsigem Gesicht Holzteller in einen Eimer mit abstoßendem Wasser.

»Ihr kommt spät«, rief der Koch und schwenkte seine Flasche in Richtung von Magnus.

»Hatte einen Unfall. Achse gebrochen. Dieser Mann hier half mir.«

»Na, dann bring mal alles herein«, sagte der Koch. »Ich würde dir ja helfen, aber du weißt, wie ich's im Rücken habe.«

Magnus stieß Bane an und zwinkerte.

Es dauerte etwa eine Stunde, den Wagen abzuladen und die Säcke und Fässer in den dunklen Vorratsraum zu tragen, der nach Käse und Zwiebeln roch und auch seine Einwohnerschaft von Ratten aufweisen konnte. Als sie damit fertig waren, bot der Koch ihnen seine Lederflasche an. Bane lehnte mit einem Schauder ab, doch Magnus nahm mehrere Schlucke, bevor er die Flasche zurückreichte. »Wo ist denn Margret?«, wollte er wissen.

»Im Waschhaus«, antwortete der Koch. »Da ist gebratene Ente zum Abendessen, wenn ihr nicht zu müde seid.«

Magnus schwenkte verächtlich die Hand. »Sehe Euch dann später«, sagte er zu Bane. »Ich fahre beim ersten Morgenlicht wieder ab. Ihr könnt eine Matratze im Saal haben und dort auch zu Abend essen.« Er überquerte den Hof in Richtung zu einem der Gebäude, die sich an die Mauer schmiegten.

»Wer ist denn Margret?«, fragte Bane den Küchenjungen.

»Seine Liebste«, erwiderte der Junge, »und *seine* Schwester«, wobei er mit dem Kopf auf den Koch wies.

»Wann gibt's denn Abendessen?«

»Bei Sonnenuntergang. Könnt Ihr mir helfen, es rauf zu tragen?«

»Ich glaub' schon. Wie viele sind denn beim Essen?«

»Zwanzig.«

»Das ist doch nicht die ganze Garnison, oder?«

»O nein. Der Lord ist weg – schon seit der Julzeit nicht mehr hier gewesen. Der junge Lord ist auch weggegangen und hat zwanzig Mann mitgenommen. Also sind nur noch wir hier«, er wies auf die Küche, »außer Margret, dem Freund vom jungen Lord im Torhaus, natürlich auch der Lady, denen da oben und dem Ungläubigen.« Er spuckte aus und bekreuzigte sich.

»Keine Kinder?«

»Nein.«

»Bist du sicher?«

»Ich sagte doch, dass ich ihnen immer zu essen bringe. Zwanzig Münder.«

»Wer ist denn die Lady?«

»Die Frau vom alten Lord. Armes Ding. Ist nicht mehr ganz richtig im Kopf.« Dabei machte er die allgemein verständliche Geste des Fingerdrehens neben dem Ohr.

»Wer ist denn dieser Ungläubige?«

Der Küchenjunge schaute unbehaglich drein. »Ach, der ist ein alter Kerl. Gehört zum Lord. Ich habe ihn nie gesehen, denn der bleibt in seinem Zimmer.«

Bane fand eine Tonne mit verschrumpelten, aber noch süßen Äpfeln, steckte sich ein halbes Dutzend in die Hosentaschen und ließ auch ein großes Stück Käse mitgehen. So beladen überquerte er den Burghof und stieg die Außentreppe zur Saaltür hinauf. An der Türöffnung schaute er in den höhlenähnlichen, rauchigen Raum. Reihen von Strohsäcken lagen an den Wänden. Mehrere waren von Schläfern belegt. Ein Feuer brannte an einem Ende des Saals, daneben lagen zwei große Saurüden, einer schlafend, während der andere sich mit gedankenloser Beharrlichkeit kratzte. Die Luft war dick von Rauchschichten, und die am Boden ausgelegten Binsen starrten vor schmierigem Schmutz und Hundekot. Ein paar Schemel und eine Bank standen in angenehmer Entfernung vom Feuer um ein aufgebocktes Brett herum. Darum herum saß ein halbes Dutzend unrasierter Männer mit aufgeknöpfter Kleidung und gelangweilten Mienen. Sie waren ohne Begeisterung mit einem Spiel beschäftigt, bei dem Würfel und kleine Steine benutzt wurden.

Die Treppe setzte sich innen spiralförmig fort. Die unebenen Stufen verliefen bis außer Sicht nach oben.

Bane schritt zum Tisch hinüber und wurde dabei von einem halben Dutzend unfreundlicher Augen beobachtet.

Als Straccan – ein Fremder und deshalb gefährlich – sich auf seinem Pferd vom Fluss her näherte, zielte der Ausguck auf dem Turm mit einem Armbrustbolzen auf ihn, und die beiden Wachmänner am Tor hielten ihre Piken bereit, um ihm damit das Gedärm herauszureißen, falls erforderlich. Er zog in angemessener Entfernung die Zügel an.

»Sir Richard Straccan möchte mit Lord de Soulis sprechen.«

Die Wachposten starrten ihn an, warfen sich einen gegenseitigen Blick zu; dann schüttelte einer den Kopf. »Der Lord ist weg«, sagte er.

»Wo denn?«

Bevor der Mann antworten konnte, ertönte eine schleppende Stimme von oben: »Gibt's denn so was? Da hat doch wirklich jemand aus der Zivilisation bis zu diesem gottverlassenen Ort gefunden!«

Straccan schaute zu dem kleinen Fenster oberhalb des Tores hinauf. Ein dünnes, blasses, aber munteres Gesicht lugte auf ihn herunter. »Ein Ritter seid Ihr? Und wollt zu Lord Rainard?«

»Ich muss ihm etwas überbringen«, erwiderte Straccan. »Wer seid *Ihr* denn?«

»Turlo FitzCarne von Dun Carne. Oh, lasst ihn ein, lasst ihn heraufkommen«, rief er den Wachen zu, die noch in Verteidigungsstellung dastanden und nun unsicher dreinschauten. »Er ist doch allein. Habt ihr denn vor einem einzelnen Mann Angst? Wahrscheinlich ja, müsst Ihr wissen«, fügte er zu Straccan gewandt hinzu. »Die könnten sich doch nicht mal aus einem Heustapel frei kämpfen!«

Widerwillig ließen die Pikenmänner ihn passieren. Innen schaute er sich um und nahm die an den Turm geschmiegten Gebäude, die Außentreppe, den Taubenschlag, die Pferdeställe und den Kuhstall, die Schafpferche, die Bündel Scherwolle und die Lage der Türen von Backhaus, Brauhaus, Waschhaus und Küche in sich auf. Sein Herz hämmerte stark und schnell hinter den Rippen. Irgendwo an diesem Ort könnte er vielleicht Gilla finden. Wenn sie hier war, würde er sie finden, und Gott helfe dem, der ihn daran hindern wolle!

»Hier herauf!«, ertönte wieder die Stimme von oben. Eine Holztreppe führte zu der Tür des Zimmers über dem Tor, und in der Türöffnung lehnte auf groben Krücken Sir Turlo FitzCarne.

»FitzCarne?«, rief Straccan aus, als er die Stufen emporschritt. »Mir ist, als hätte ich schon von Euch gehört.«

»Lord, das will ich wohl hoffen!«, sagte Sir Turlo und bewegte sich erstaunlich schnell auf seinen Krücken zu einem mit Rohwolle gepolsterten Stuhl am Fenster.

»Turniere«, sprach Straccan, »ja, das ist es, was Euch bekannt gemacht hat. Der Kreis! Ihr wart Turniermeister von Chester und Windsor. Was um alles auf der Welt macht Ihr denn *hier*?«

»Ja, das kann man sich wohl fragen«, erwiderte der Turniermeister finster und schenkte Wein in zwei Hornbecher. »Setzt Euch nieder und nehmt einen Trunk mit mir. Ich bin wegen dieses verflixten gebrochenen Beins hier. Aber was bringt *Euch* denn an diesen Hintern der Welt?«

Doch er wartete eigentlich gar nicht auf eine Antwort, denn er war ein Süchtiger, dem seine Droge fehlte, nämlich Reden, sodass nichts seinen Redefluss mehr aufhalten konnte, wenn er erst einmal damit angefangen hatte. Er hatte sich bei einem Sturz vor drei Monaten in einem unwichtigen kleinen Turnier in Carlisle ein Bein gebrochen. Es war ja eigentlich gar nicht seine Gewohnheit, an einer solchen provinziellen Veranstaltung teilzunehmen, die dazu noch nicht einmal offiziell genehmigt war, aber da er sich zufällig an diesem Ort befunden hatte, nahm er daran teil – nur um in Übung zu bleiben. Sein Gurt riss, gerade nachdem er Bertran de Soulis, den Sohn von Lord Rainard, vom Pferd geworfen und besiegt hatte, und er stürzte. Sir Bertran hatte ritterlich darauf bestanden, Sir Turlo als seinen Gast aufzunehmen, bis er wieder gesund genug sein würde, sein Auslösegeld einzustreichen und sich nach Belieben wieder dem Turnierkreis anzuschließen.

»Das dauert nun viel länger, als ich angenommen hatte«, erklärte der Turniermeister. »Aber ich denke, das Bein ist auf dem Weg der Besserung. Noch zwei oder drei Wochen, und mit Gottes Segen bin ich endlich wieder unterwegs.« Er würde sich dem Turnierkreis wieder anschließen, obwohl er das große Turnier in Edinburgh, das erst vor ein paar Tagen stattgefunden hatte, bereits versäumt hatte. Dorthin sei Sir Bertran geritten und habe ihn gelangweilt und vor Ungeduld mit den Füßen stampfend zurückgelassen. »Na ja, nicht gerade stampfend, wie Ihr ja seht. Ich kann noch kein Pferd richtig an die Kandare nehmen. Hier aber ist rein gar nichts zu tun, und es gibt keinen, mit dem ich mich unterhalten kann.«

In einer Ecke starrte Sir Bertrans Falke, den er seinem Gast geliehen hatte, finster von seiner Stange und ließ Kot auf den Boden platschen. »Ich humple da so ein bisschen herum und lasse ihn Enten und Tauben jagen, aber das ist 'ne unbeholfene Sache auf diese Art, und es mag mich deshalb nicht, das Vieh!« Als sein Freund fortritt, war er in die Torkammer gezogen. »Es ist ruhiger hier«, erklärte er. »Die Männer im Haupthaus machen Tag und Nacht mehr Lärm als Schweine am Trog. Und dann ist ja da oben auch noch dieser unheimliche kleine Kerl. Von dem möchte ich so weit wie möglich weg sein.«

»Wer ist denn das?«

»Ein alter Verrückter, um den sich Lord Rainard kümmert. Auch noch ein Araber! Ein Gelehrter, wie man mir gesagt hat. Selbst Bertran möchte nicht in seine Nähe kommen – hat ihn sogar noch nicht mal gesehen! Er wohnt in der obersten Kammer des Turms. Ich kann die vielen Stufen da ja nicht hinauf, selbst wenn ich's wollte, was nicht der Fall ist. Das ist ja dazu noch ein Ungläubiger!«

»Die Wächter unten sagten mir, dass Soulis nicht hier sei.«

»Das stimmt. Das ist hier eigentlich der Landsitz vom jungen Bertran. Er kommt nicht gut mit seinem Vater aus, so dass der sich hier kaum jemals blicken lässt. Das würden aber doch auch andere nicht, wenn sie nicht unbedingt müssen, nicht wahr? Lord Rainard ist ja meistens beim König.«

»In Edinburgh?«

»Wo immer der König ist – Edinburgh, Dunfermline, Roxburgh, Stirling. Dann hat er natürlich auch seine eigene Domäne Soulistoun, aber wo er sich zur Zeit aufhält, weiß ich nicht.«

»Dann muss ich weiter reiten«, meinte Straccan und setzte den Becher nieder. »Es sei denn, Ihr könnt mich für die Nacht aufnehmen.«

»Aber gewiss. Ihr werdet doch jetzt beim Anbruch der Nacht, wo die Kobolde und bösen Feen unterwegs sind, nicht weiter reiten! Die Nacht über bleibt Ihr hier!«, rief der gastfreundliche Invalide. »Seit Bertran weg ist, habe ich keinen mehr, mit dem ich reden kann.« Er stapfte auf den Krücken zur Tür, wo ein eisernes Dreieck hing, an das er mit einer kurzen Eisenstange schlug. Das Geklirr schallte zum Hauptsaal mit der Aussentreppe, der dem Torhaus unmittelbar gegenüber lag, und auf der gleichen Ebene auch zum Garnisonshauptmann, einem stämmigen, schlampig wirkenden Kerl, der mit einer Fackel herbeikam.

»Was wollt Ihr?«, brüllte er.

»Sir Richard wird diese Nacht hier bleiben«, brüllte FitzCarne über den Hof zurück. »Bringt noch eine Matratze, Decken und Abendessen für zwei herüber.«

»Ich danke Euch«, sprach Straccan. Jetzt würde er Zeit haben, Untersuchungen anzustellen. »Ist hier niemand außer Euch, der Garnison und dem alten Heiden?«

»Nun, da ist noch die Lady. Die verlässt aber auch nie ihr Zimmer. Eine fette Schlampe bringt ihr alles. Sie bedient auch die Garnison und alle Ankömmlinge. Aber alle hier haben mächtig Angst vor dem alten Mann! Ich glaube, der ist ein Zauberer. Ich bekreuzige mich immer, wenn ich an ihn denke«, wobei er zur Veranschaulichung das Kreuzzeichen machte und inbrünstig das Kruzifix küsste, das er an einer silbernen Kette um den Hals trug. »Gott, Maria und der heilige Patrick mögen uns vor allem Übel schützen!«, fügte er hinzu.

»Amen«, stimmte Straccan ein. Es war jetzt schon fast dunkel, und er fragte sich, wo wohl Miles und Larktwist warteten. Wenigstens war Bane schon hier und würde ihm Hilfe leisten, falls er sie brauchte.

Bane hatte es sich im Saal gemütlich gemacht und beteiligte sich am Würfelspiel. Er hatte seine eigenen Würfel mitgebracht – genau gesagt, sich ein Paar von Larktwist geborgt, von denen er wusste, dass sie ihm einen Vorteil brachten. Bis jetzt hatte er so viel verloren, dass er sich bei seinen neuen Partnern lieb Kind machen konnte, und war jetzt dabei, ihnen ›das neueste Spiel aus Frankreich‹ beizubringen, bei dem er vorhatte, noch mehr zu verlieren, bis er schließlich eine beachtliche Summe gewinnen würde – aber nicht so viel, dass Wut und übermäßiger Verdacht aufkäme; eben so viel, um einen Profit zu machen. Die anderen scharten sich um die flache Steinplatte, auf der Bane mit Kreide ein Spielmuster aufgezeichnet hatte: ein Quadrat, das in kleinere Quadrate aufgeteilt war, die mit Schlangen, Drachen und Belagerungsleitern markiert wurden. Ein kleiner Haufen abgegriffener Halb- und Viertelpennys wurde auf den Quadraten hin und her geschoben.

Der Fuhrmann war mit seiner Geliebten im Stall. Bane hatte sich zum Abendessen mit angebranntem Hammelfleisch begnügen müssen und sich gefragt, wer wohl die Enten bekam. Wahrscheinlich der Koch, seine Schwester und Magnus.

»Was dieses Spiel noch braucht«, bemerkte Bane beiläufig mit einem Gähnen, »ist ein Trunk, um den Staub von meinem Glück hinunter zu waschen.«

»Von meinem auch. Will, lauf doch mal runter und sag Sandy, dass wir noch einen Krug Bier brauchen.«

»Bier?«, wiederholte Bane , wobei er die Mundwinkel verächtlich zusammenzog. »Ich hatte an *sowas* hier gedacht.« Und er holte des Fuhrmanns Reserveflasche hervor, die er gestohlen und in seiner sehr aufnahmefähigen Wamstasche versteckt hatte. »An Whisky nämlich.«

Die Kumpanei, die nun bei kräftigen Schlucken aus Banes Flasche entstand, veranlasste den Hauptmann, eine ähnliche Flasche aus seinem Besitz zu holen, und das Spiel wurde fortgesetzt, lärmend genug, dass Straccan es im Torhaus hörte, wo FitzCarne – endlich – auf seinem Strohsack schnarchte. Frösche quakten im Schilf am Fluss, und die Nacht war voller Eulenrufe und dem geräuschlosen Huschen von Fledermäusen in der Luft. Vom Fenster der Torkammer aus, von dem man das Tal meilenweit überblicken konnte, war kein Licht zu sehen. Crawgard schien die einzige menschliche Behausung zu sein, die auf der Welt noch übrig war.

Da draußen, wie sein nun schlafender Gastgeber erzählt hatte, würden jetzt die böse Feenkönigin und ihr Hofstaat von Christenaugen ungesehen wie ein von unheimlicher Musik begleiteter Sternennebel dahinziehen. Koboldschützen würden die Bauernhunde, die vor ihrem Kommen warnten, mit ihren Zauberpfeilen erschießen. Behende Feenmaiden würden schlafende, noch nicht getaufte Säuglinge stehlen und an ihrer Stelle Bündel aus Lumpen, Wurzeln und Blättern in die Wiegen legen. Diese Bündel seien aber mit einem Zauber belegt, dass die beraubten Mütter sie tagelang streichelten und herzten und ihnen Wiegenlieder vorsangen, während die Ehemänner, Familien und Nachbarn um den Verstand der Frauen fürchteten.

Solche bösen Feen würden auch die Irrlichter anzünden, die Reisende nachts in den Sümpfen in den Tod führten, die Gerste an den Halmen verderben ließen und Äxte so verhexten, dass Holzfäller sich damit verletzten. Sie würden dafür sorgen, dass die Milch der Kühe im Stall sauer und klumpig wurde, und Stolperfallen auf Straßen und Wegen auslegen. Ihr Hass auf die Menschheit sei sehr groß, und nur das Kreuz Christi könne ihre Tricks vereiteln. FitzCarne, der eine schier unerschöpfliche Quelle unheimlicher Legenden und ein unermüdlicher Geschichtenerzähler war, hatte unaufhörlich geredet, bis Straccan in Verzweiflung Schlaf vorgetäuscht hatte aus Furcht, er hätte sonst die ganze Nacht so weitergemacht.

Ganz vorsichtig und so leise wie möglich, schlich er nun auf Zehenspitzen, seine Stiefel in der Hand, zur Tür und dann die Stufen hinunter, wobei er betete, sie mögen nicht knarren. Am Fuß der Treppe setzte er sich hin und zog sich die Stiefel an. Leise überquerte er den Burghof und hielt beim Pferdestall, als er eine Frau drinnen lachen hörte. Eine Männerstimme murmelte etwas zur Erwiderung, und Straccan konnte Heu rascheln hören. Ein Strahl des durch die Tür fallenden Mondlichts versilberte Körper, die sich in leidenschaftlicher Umarmung wanden. Er schlich vorbei und stieg die Außentreppe am Turm empor.

Kurz bevor er die Haupttür erreichte, erklang ein Geräusch von oben, der Schrei einer tiefen Stimme. Er konnte die Worte nicht verstehen, doch nach dem Schrei trat eine Pause ein; dann folgte ein seltsamer, summender Gesang, begleitet von Pfeifen. Es war ein sehr beunruhigendes Geräusch, das ihn innehalten ließ und das von einem schmalen Fenster der obersten Etage kam.

Er konnte dort aber nichts erkennen. Nichts bewegte sich

in der vom Mond beschienenen Nacht. Es gab eigentlich keinen Grund, dass die Haare in seinem Nacken prickelten, sich aufrichteten und ihm plötzlich kalter Schweiß über den Rücken lief. Einen Moment glaubte er – was ja nicht sein konnte –, Schnee zu riechen, und fühlte eine Bewegung der Luft, nicht hinter oder vor sich, sondern über ihm. Es wurde immer kälter, sodass der Atem in seinen Nasenlöchern knisterte wie im tiefsten Winter.

So schnell dieses Phänomen gekommen war, verschwand es auch wieder. Das Singen und Pfeifen war verstummt. Die Juninacht war warm, doch Straccan fröstelte. Er bekreuzigte sich. *Dieser schwatzhafte Idiot FitzCarne mit seinen Spukgeschichten*, dachte er verärgert. Was, in der Hölle Namen, war gerade geschehen? Sein Herz schlug laut, und es dauerte einige Minuten, bevor er die Treppe weiter hinaufsteigen und durch die halb offene Tür des Saales spähen konnte.

Eine kleine Gruppe von Männern, unter ihnen Bane, hatte sich bei irgendeinem Spiel um den Tisch geschart. Sie lachten und fluchten, als jeder Mann der Reihe nach Würfel warf. Die Treppe verlief jetzt in Spiralenform innerhalb der Mauer weiter zu den oben liegenden Zimmern. Wenn Gilla dort war, würde er sie finden. Geistergleich schlich er durch die Tür zu der inneren Treppe, stieg diese schnell hinauf und huschte um eine Kurve, sodass er außer Sichtweite vom Saal war.

An der ersten Tür, die er erreichte, hielt er und horchte. Da war kein Geräusch. Ganz behutsam öffnete er die Tür. Ihm schlug der Geruch von schalem Schweiß, Urin und Krankheit entgegen. Er befand sich in einem großen Schlafzimmer, in dem kein Feuer brannte. Es war eiskalt im Inneren. Die Fenster waren durch Läden versperrt, aber es drang genug Mondlicht durch die Ritzen, dass er ein mit Vorhängen versehenes großes Bett erkennen konnte.

Eine Frauenstimme fragte vom Bett her: »Margret?«

Er antwortete: »Nein, Madame.«

Die Stimme, die jetzt vor Angst schrill wurde, plapperte Gebete in einer Mischung von schlechtem Latein und normannischem Französisch. Straccan schloss die Tür und ging auf das Bett zu, wobei seine Augen in der Dunkelheit nach der Gestalt hinter den Vorhängen suchten.

»Madame, ich will Euch doch kein Leid zufügen!«

Das Plappern hörte mit einem tiefen Atemzug auf, und eine dünne, aber starke Hand ergriff seinen Arm, sodass er zusammenzuckte.

»Ihr seid aus Fleisch und Blut«, sagte sie. »Ich kann Euch berühren, also seid Ihr ein Mensch!«

»Natürlich bin ich ein Mensch!«, entgegnete er bestürzt. »Dachtet Ihr, ich sei ein Geist?«

»Nein. Ich kenne alle Geister hier«, erwiderte sie. »Sie sind harmlos. Arme verlorene Dinger. Meint Ihr, dass ich mich zu ihnen geselle, wenn ich sterbe?«

»Ich weiß es nicht«, antwortete er verwirrt. »Seid Ihr Lady de Soulis, die Ehefrau von Lord Rainard?«

»O still«, zischte sie scharf. »Sprecht diesen Namen nicht aus! Er wird uns finden, wenn Ihr seinen Namen nennt. Einen Namen zu nennen bedeutet, diese Person zu rufen. Hat Euch das noch niemand gesagt?«

»Nein, Lady. Ich weiß nicht, was Ihr meint.«

»Deshalb liege ich ja im Dunkeln. Ich könnte natürlich Lichter haben, Hunderte von Kerzen, wenn ich wollte. Er ist ja reich genug. Aber sogar *er* kann in der Dunkelheit nicht sehen. Er kann mich hier nicht erkennen.«

FitzCarne hatte recht, dachte er sich, *die alte Frau ist völlig verrückt.* Er gab der Hand, die sein Handgelenk schmerzhaft umfasst hielt, ein paar beruhigende Klapse. »Madame, ich suche nach meiner Tochter Gilla. Ist hier ein Kind in Crawgard?«

»Eure Tochter? Nein, hier ist kein Kind. Warum sollte sie denn hier sein?«

»Ich glaube, Lord Rai…, ich meine, Euer Gatte, ja, ich glaube, er hat sie in seiner Gewalt.«

»Aber nicht hier. Vielleicht in Soulistoun. Diese Kreatur da von ihm, der Pluvis, *der* ist es, der Kinder stiehlt – wie schrecklich! Er hat sie oft hierher gebracht, aber ich habe es ihm verboten. Das ist aber nun schon lange her. Haben wir eigentlich Frühling?«

»Es ist Juni, Madame.«

»Also schon Sommer? Ich habe jetzt seit sieben Jahren keinen Sommertag mehr gesehen.«

»Seid Ihr zu krank, um dieses Zimmer zu verlassen?«

»Ich habe Angst – Angst, da draußen unter dem Himmel zu sein. Der ist nämlich gar nicht himmlisch, müsst Ihr wissen.«

»Wer?«

»Der Himmel! Das ist die Hölle. Die heilige Kirche lehrt, dass der Teufel und sein Reich unter der Erde sind, aber das stimmt nicht. Die Hölle ist im Himmel zwischen den Sternen.« Ihre freie Hand begann, auf der ziemlich übel riechenden Bettdecke umherzutasten.

»Wo ist es denn? Habt Ihr mein Amulett genommen?« Sie begann, mit einem dünnen, schwachen Schluchzen zu weinen.

»Was für ein Amulett, Madame? Lasst mich Licht machen, dann könnt Ihr es finden.«

»Nein! Kein Licht! Ich habe Euch doch gesagt, warum! Aber hier, hier ist es!« Sie ergriff gierig irgendetwas und berührte damit seine Hand. Es fühlte sich wie ein warmer Stein an. »Ja, Ihr seid nur ein Mensch. Ich dachte es mir schon, aber ich muss sicher sein.«

»Madame, wisst Ihr genau, dass hier kein Kind ist?«

»Kein Kind – nein. Mein Sohn war vor einiger Zeit hier, aber der ist kein Kind mehr und ja auch schon wieder weg. Er kam, um sich von mir zu verabschieden. Er bat mich, doch

Kerzen anzuzünden. Aber er hat noch nie die Teufel gesehen. *Ich,* ich habe sie gesehen! Sie kommen aus der Hölle, wenn der heidnische Zauberer sie beschwört. Ich hörte ihn erst vor kurzer Zeit. Ich fühle ihren bitteren Atem.«

»Madame, ich muss Euch jetzt verlassen«, sagte Straccan und versuchte sanft, sich aus ihrem Griff zu lösen. Sie leistete Widerstand.

»Ich kann Euch mein Amulett nicht überlassen«, sagte sie verwirrt. »Es ist das einzige, das ich habe.«

»Ich will es ja gar nicht, Madame.«

»So, Ihr wollt es nicht? Seid Ihr dann etwa wieder eine von seinen Kreaturen?« Sie zog ihre Hand abrupt zurück. »Fleisch und Blut, kein Dämon, aber Ihr seid einer von *seinen* Leuten! Ich hätte es wissen müssen! *Er* hat Euch hierher geschickt!«

Straccan stand auf und trat rückwärts vom Bett weg. »Nein, Madame, ich gehöre nicht zu seinen Leuten. Es tut mir leid, Euch gestört zu haben. Gott sei mit Euch.« Er schloss die Tür hinter sich, froh, der schlechten Luft zu entkommen, denn auch wenn die wahnsinnige Frau aufschrie, würde es bei dem Lärm unten keiner hören. Das war also Soulis' Ehefrau – die Ärmste. Und sie war sicher, dass Gilla nicht hier war. Aber sie wusste vielleicht nicht genau Bescheid; wie konnte sie denn, wenn sie sich immer in diesem Zimmer in der Dunkelheit aufhielt? Hundert Kinder könnten doch hierher gebracht und abgeschlachtet werden, ohne dass sie davon erfahren würde.

Er stieg die Treppe weiter hinauf. Da war eine andere Tür zu einem anderen Schlafzimmer. Niemand darin. Zwei große Nischen in den dicken Mauern, voller Truhen und Kästen – einige verschnürt, andere offen mit Büchern und Kleidern darin. Da war ein trockener Geruch von Flohkraut und Lavendel.

Er erreichte das oberste Geschoss. Die Tür ließ sich geräuschlos in eine dichte Finsternis hinein öffnen, die Geräusche verschluckte. Straccan zog einen schweren Vorhang zur Seite. Der Geruch von Gewürzen übertönte den von Fäulnis. Das Zimmer war hoch und schmal, und zwei glühende Kohlenpfannen sorgten für Hitze. An einem Ende stand ein niedriges Bett mit einem Durcheinander von schmutzigen Kissen und schmierigen Decken darauf. Am anderen Ende befand sich ein Tisch voller Pergamente und Bücher. Davor saß ein kleiner, verschrumpelter Mann auf einem großen, angestrichenen Stuhl. In einer Hand hielt er eine Schreibfeder, die andere ruhte auf den offenen Seiten eines dicken Buches. Er trug den Umhang und die mit der Kranzkordel versehene Kopfbedeckung eines Wüstenarabers. Mit plötzlicher Abscheu sah Straccan, dass die Augäpfel des Mannes verdreht waren, obwohl die Hand beständig schrieb, sodass man nur das stumpfe Weiße sah.

Niemand sonst war in diesem übel riechenden Raum, also auch gewiss nicht Gilla.

Straccans Stiefel machten kein Geräusch auf den Teppichen, und der alte Mann hob auch nicht den Kopf, um zu sehen, wer da eingetreten war, sondern schrieb weiter. Sogar als Straccan seinen Dolch zog und die Spitze an den mageren Nacken des Schreibenden hielt, verstummte das Kratzen der Feder nicht, und die blinden Augen blinzelten nicht.

»Wer seid Ihr?«, fragte Straccan in der Sprache der Wüstenaraber. Die verschrumpelte kleine Mumie schrieb einfach weiter. Straccan schaute auf die Seiten, erkannte die Schrift aber nicht. Es war nicht das Arabisch, mit dem er zu tun gehabt hatte – ähnlich zwar, aber nicht das gleiche. Er ergriff das Handgelenk des Schreibers und hob es hoch. Das Fleisch war kalt und trocken, und er fühlte eine Übelkeit erregende Abscheu vor der Haut, die er da berührte – dunkelgelb, runzlig und Papier ähnlich, wie eine abgestreifte Schlangenhaut. Die Finger bewegten sich weiter, und die Feder schrieb unsichtbare Zeichen in die Luft. Straccan ließ das Handgelenk fallen. Der Mann musste unter dem Einfluss von Drogen stehen. Ein leerer Becher lag umgekippt neben den Pergamenten. Er roch daran. Es war ein penetranter, rauchiger Geruch, aber von keiner Droge, die er kannte.

Er ging um den Tisch herum und sah sich die verstreuten Pergamente an. Viele von ihnen waren sehr alt. Da waren auch Bündel von diesem seltsamen ägyptischen Zeug, Papyrus, und Wachstafeln sowie einige sehr altertümlich aussehende Tonplatten mit Eindrücken wie Vogelspuren. In diesem Durcheinander entdeckte er einen ihm bekannten Bronzezylinder, grün vor Alter, auf dem eigenartige Symbole spiralartig eingraviert waren. Er griff danach und befühlte den Seestern auf dem Deckel. Wie, in Gottes Namen, kam der denn hierher? Es musste der gleiche sein – gewiss gab es nicht zwei davon! Er zog den Deckel ab – ja, da war die Ikone.

Eine gelbe Hand schoss hervor und ergriff den Zylinder. Straccan fuhr zusammen und sah, wie sich das Weiße der Augen bewegte und schwarz wie Haifischhaut wurde, glanzlos. Der alte Mann schnatterte etwas, das Straccan nicht verstand, und rappelte sich auf. Er bewegte sich nicht zur Tür, sondern zur nächsten Kohlenpfanne, auf die er eine Hand voll schwarzes, glitzerndes Pulver warf. Dicker Rauch stieg auf. Straccan fühlte, wie sein Verstand zu wanken begann, als Formen aus Albträumen und Regionen jenseits davon sich in dem Rauch bildeten. Die Kammer, die noch vor ein paar Augenblicken heiß gewesen war, wurde plötzlich bitter kalt. Das alte Scheusal kicherte, und Speichel rann sein Kinn hinunter. Straccan war bis auf die Knochen durchgefroren. Er riss den Zylinder aus der schwachen Hand, zog den Türvorhang an einer Seite zurück, sah einen Schlüssel neben der Tür hängen, ergriff diesen und stürmte aus dem Raum – schneller als er je im Leben ein Zimmer verlassen hatte. Er sperrte die Tür hinter sich ab und lehnte sich an die Schießscharte in der Treppenwand, wo er die reine Außenluft atmete. Er hatte noch nicht viel von dem Mittel eingeatmet, das Halluzinationen hervorrief, sodass sein Kopf schnell wieder klar wurde.

Dann schlich er die Treppe hinunter und durch die offene Tür in den Saal, wo das Spiel die Streitphase erreicht hatte und in Tätlichkeiten auszuarten drohte. Glücklicherweise wurde dadurch die Aufmerksamkeit aller abgelenkt, sodass er schweigend und geduckt durch die offene Außentür außer Sicht schlüpfen konnte. Als er den Hof überquerte, hörte er vom Turmdach her das scharfe Kratzen einer Hellebarde an Stein. Der Wachmann dort begann zu husten, was er mit einem Fluch beendete. Ein paar Minuten später war Straccan wieder auf seiner Matratze und lauschte dem friedlichen Schnarchen des Turniermeisters.

29

Straccan ritt im Morgengrauen davon. Nur der gähnende Turniermeister kam zum Abschied. Sie hatten nicht gemerkt, dass der Araber schon eine Stunde zuvor in Begleitung zweier Bogenschützen Crawgards, die lieber gehäutet und gepökelt worden wären, als mit Lord Rainards Lieblingshexer reiten zu müssen, wie der Wirbelwind abgereist war.

Die Bogenschützen waren noch unglücklicher, als sie erkannten, wohin die Straße führte, die er da einschlug.

Er hatte kein Wort gesprochen, und niemand hätte ihn verstehen können, wenn er es getan hätte. Als der Küchenjunge, der ihm das Frühstück brachte, die Tür des alten Mannes aufschloss, schob der sich an ihm vorbei und watschelte die Treppe hinunter geradewegs zum Pferdestall, wo ein erschreckter Stallknecht ihn dabei fand, wie er Sir Bertrans wertvolle Araberstute sattelte.

Als er wütend durchs Tor preschte, griffen zwei Soldaten der Garnison, die weniger Glück hatten als die anderen, weil sie zugegen waren, ihre Bögen und Helme und folgten ihm fluchend. Kam der Zauberer nämlich zu Schaden, würde Lord Rainard sie töten lassen.

Straccan folgte dem Weg am Fluss entlang zu der Stelle, wo Miles und Larktwist über Nacht gelagert hatten. Alles war friedlich. Miles rasierte sich, während Larktwist angelte. Es lagen schon vier starr glotzende Forellen auf einem mit großen Blättern bedeckten Rindenstück, und als Straccan herbeikam, zog Larktwist gerade eine fünfte heraus.

»Was gibt's Neues?«, rief Miles und winkte mit seinem Rasiermesser.

»Gilla ist nicht dort.«

»Ach, das tut mir aber leid!«, erwiderte Miles. »Gibt's gar keinen Zweifel?«

»Nein.« Er erzählte alles, was in Crawgard geschehen war, erwähnte aber nicht das seltsame Ereignis in der Nacht zuvor, als der Sommerabend sich ein paar flüchtige Augenblicke lang in den tiefsten Winter verwandelt hatte. Er war schon fast sicher, dass er sich das nur eingebildet hatte, obwohl hin und wieder, wie am Rande dieser beunruhigenden Vorstellung, in seinem Geiste die Albtraum-Formen lauerten, die er in der Behausung des alten Mannes gesehen zu haben glaubte, aber nicht gesehen haben konnte – nein, unmöglich gesehen haben konnte. Jedesmal wenn er versuchte, sie richtig anzuschauen, waren sie wie schwache Sterne verschwunden.

Es dauerte nicht lange, und sie hörten das Rumpeln von Magnus' Rädern. Dann tauchte der Wagen auch schon auf.

»Hattet ihr schon Frühstück?«, fragte Straccan, als Magnus, nachdem er seine zweite Sechspenny-Münze eingesteckt hatte, mit einem gelegentlichen schweineähnlichen Quieken ungeschmierter Achsen davonratterte.

»Wenn man das so nennen will«, antwortete Bane schlecht gelaunt. »Dieser Haferschleim macht einen doch nur noch hungriger.«

»Wie wär's denn mit ein paar schönen frischen Fischen?«, schlug Larktwist vor und trug das Borkenstück, auf dem nun acht Forellen lagen, zum Lagerfeuer.

»Jesus!«, rief Bane bewundernd. »Das nenne ich einen Fang!«

»Der Fluss ist voll davon«, meinte Larktwist. »Man kann sie den ganzen Tag einfach so rausziehen. Wollt Ihr mir helfen, sie auszunehmen?«

»Nicht besonders gern«, antwortete Bane ehrlich, »aber wenn das bedeutet, dass sie schneller gebraten sein werden ...« Er und Larktwist steckten die Köpfe zusammen, als Bane ihm die geborgten Würfel zurückgab und ihm einen Anteil vom Gewinn reichte.

»Also, was werden wir jetzt tun?«, fragte Miles, als sie nach dem Frühstück ihre Sachen zusammenpackten.

»Wir reiten nach Soulistoun«, sagte Straccan. »Ich habe mich bei FitzCarne darüber erkundigt. Das ist Soulis' Hauptdomäne, östlich von hier, in Richtung Edinburgh. Ich weiß ja nicht, was ich sonst tun soll. Gilla könnte dort sein, wenn es Gott gefällt.«

Sie ritten nach Osten, und am späten Nachmittag verlor Miles' Pferd zu Straccans beträchtlichem Ärger ein Hufeisen, sodass sie nur noch langsam vorankamen. Glücklicherweise war der Boden weich, und nach ein paar Meilen sahen sie Rauch über den Bäumen aufsteigen – vielleicht ein Bauernhof oder ein Dorf. Es war ein Dorf, und es hatte auch einen Schmied, der sich über das unerwartete Geschäft freute.

»Bane und ich werden schon mal voraus reiten«, sprach Straccan. »Wir werden auf der Straße bleiben und eine Stelle zum Lagern für die Nacht suchen. Folgt uns, wenn Ihr hier fertig seid.«

Der Schmied schaute sie beunruhigt an. »Das ist aber eine schlimme Straße, edle Herren«, sagte er.

»Wird rau, ja?«

»Rau auch, aber das meinte ich nicht. Das ist eine sehr schlechte Straße für Reisende. Ihr Herren solltet zurück nach Crawgard und dann nördlich davon bis Hawick reiten, und dort nach Osten abbiegen.«

»Aber hier ist es doch viel kürzer«, meinte Miles.

»Es ist gefährlich, meine Herren«, erwiderte der Schmied.

»Banditen?«

»Manche sagen das, aber niemals ist ein Bandit gefangen

worden. Leute verschwinden einfach. Natürlich können es auch Wölfe sein, aber …«, und er bekreuzigte sich und küsste das kleine Bronze-Kruzifix, das an einer geflochtenen Schnur an seinem Hals hing. »Wir nennen sie die Teufelsstraße«, erklärte er.

»Meint Ihr, dass der Teufel Reisende fängt?«, fragte Straccan.

Der Mann senkte die Stimme. »Es ist gibt dort einen Menschenfresser«, sagte er.

Eine gedankenvolle Stille trat ein. Dann fragte Bane: »Ihr habt ihn wohl schon gesehen, diesen Menschenfresser?«

»Nein, Sir, und möge Gott es richten, dass ich ihn niemals zu sehen bekomme. Aber er ist da und frisst Leute. Nun, ich habe jetzt gesagt, was ich weiß. Tut was Ihr wollt, aber sagt nicht, ich hätte Euch nicht gewarnt!«

Die Familie zählte dreißig Kreaturen, acht männliche und zwölf weibliche. Zehn waren Kinder, vom Säuglingsalter bis zu etwa zehn Jahren. Mit fünfzig war Sawney ein alter Mann, aber im Gegensatz zu anderen Leuten hatte er noch nie gehungert. Es war immer irgendwelches Fleisch da, um seinen Magen zu füllen. Statt halb verhungert und schwach wie die meisten Gesetzlosen, war er ein kräftiges, gefährliches Untier – schwergewichtig und erstaunlich schnell. Er besaß die blinde Wildheit des Ebers, der mit grunzender und unwiderstehlicher Wucht sein Opfer angriff. Diese Familie von Ungeheuern gierte nach allem Fleisch und Blut, doch ihre begehrteste Beute war Menschenfleisch.

Seit Jahren schon lauerten sie nun auf Reisende, erschlugen und verschlangen sie. Sie griffen einzelne Wanderer an, aber auch zwei, wenn nicht zu erwarten war, dass sie sich heftig wehrten, und sie attackierten mit der Raserei eines Wolfsrudels. Sie überfielen selbst Reiter und rissen sie von ihren Pferden. Obwohl in jenen Zeiten alle Leute irgendeine Waffe bei sich trugen – Dolch, Schwert, Axt oder Keule – war kein Angehöriger der Familie je ernsthaft verwundet worden. So schnell und überraschend waren ihre Angriffe, dass die Opfer oft ungläubig da standen, zu erstaunt, um wenigstens zu versuchen, wegzulaufen, bis es zu spät war. Doch wenn sie davonliefen (und *wie* sie liefen!), war es wundervoll, sie zu jagen. Dem stinkenden, brüllenden Rudel entging keiner, weil es in vertrautem Gelände angriff – den steilen, rauen Pfaden und verlassenen morastigen Stellen, welche sie so gut kannten.

Sie warfen Steine und Stolperstöcke, um ihre Beute zu Fall zu bringen, schlugen dann deren Schädel mit Felsbrocken ein, schleiften die Körper ein Stück weiter in die dichten Farn- und Stechginsterbüsche und rissen oft schon dort das warme, zuckende Fleisch von den Knochen.

Ihr Lager war noch nie gefunden worden. Die wenigen Tapferen, die danach gesucht hatten, sah man nie wieder. In diesem wilden, menschenleeren Land war die schreckliche Familie nun schon zwanzig Jahre gediehen, seit Sawney und sein Weib Kate vor dem Gesetz aus Carlisle fliehen mussten, eine Meute Verfolger hinter ihnen. Damals waren sie durch Zufall auf diese Zuflucht gestoßen; seitdem hausten sie dort. Kate brachte jedes Jahr ein Kind zur Welt, von denen einige am Leben bleiben. Brüder und Schwestern paarten sich dann in Inzucht, sodass sie sich tüchtig vermehrten.

De Brasy war ein paar Jahre zuvor auf ein weibliches Mitglied dieser Familie in einer Wildschweinfalle gestoßen und hatte sie der Belustigung wegen am Leben gelassen, gefüttert und zu einer Art groteskem Haustier gemacht, indem er sie soweit gezähmt hatte, dass sie mit Maulkorb und Halsband aus Furcht vor der Peitsche gehorsam mit ihm kroch.

Schließlich wurde sie zutraulich wie ein Hund, bis er ihr

fast vertrauen konnte – aber nie gänzlich – und sie ihm in stockenden, kaum verständlichen Worten von sich und der Familie erzählte. Sie führte ihn dann zu ihrem Lager, wo er das Rudel mit Lebensmittelgeschenken gefügig machte – besonders Zucker, auf den sie ganz versessen waren –, sodass sie zu seinen Werkzeugen wurden. Er fand sie nämlich nützlich für seine Zwecke. Mehr als einer seiner Feinde – und davon hatte er viele – endete so in der Speisekammer der Familie. Auch etliche seiner Gläubiger, von denen er noch mehr als eigentliche Feinde hatte, gingen diesen Weg.

Sie stanken nach altem Blut, Fett und Aas, liefen schweigend, bellten und heulten aber wie die Bestien, die sie waren, wenn sie ihre Beute angriffen. Sie schlugen sie mit Steinen und Keulen, zerfetzten und hackten, schleckten Blut wie Hunde, rissen Fleischstücke aus Körpern und brachen Knochen, um das Mark auszusaugen. Sie verachteten auch Wildbret nicht als nützlichen Behelf, doch Menschen waren ihre leichteste Beute.

Sie hatten, wie es ihnen befohlen war, mehrere Tage mit Raubtiergeduld gewartet, und hier kamen nun die Männer, hier waren die Pferde, nach denen sie Ausschau halten sollten – der weißfüßige Kastanienbraune und der Graue.

Der Weg verlief ein paar Meilen am Fluss entlang und stieg jetzt über eine felsige Schlucht an, die sich in einer Kurve verengte, mit einem bedrohlichen Abhang an der rechten und einer Felsenwand an der linken Seite. Drei der männlichen Mitglieder des Rudels sprangen aus einer Felsspalte auf die Reiter hinunter, hängten sich an Zingibers Hals und stachen und hackten, um den Hengst zu Fall zu bringen. Straccan riss die Axt von seinem Sattelknauf und schlug damit auf die schmutzigen Hände, die ihn griffen. Eine abgeschlagene Hand fiel wie eine ekelhafte große Spinne zu Boden, und ihr ehemaliger Besitzer schrie und schwenkte den Arm, aus dem das Blut hervorschoss, als er über die Wegkante fiel. Die anderen beiden wichen zurück, als Zingiber blutend auf die Knie fiel. Straccan sprang von ihm herunter, als das Pferd sich im Todeskampf wälzte. Mit dem Schwert in der rechten Hand und der Axt in der linken warf er sich auf die zwei zurückweichenden männlichen Kreaturen.

Hinter ihm auf dem Weg hatte Bane alles gesehen und Zeit gehabt, sein Schwert zu ziehen und vorzupreschen. Sein Pferd sprang über Zingibers Körper und zuckende Glieder hinweg. Er holte Straccan an der Stelle ein, wo der Weg sich verbreiterte und von der Schlucht abbog zwischen Dickichten von Ebereschen, Stechginster und Farnkraut, unterbrochen von Felsbrocken. Aus dieser Deckung rückten mehr als ein Dutzend Leute aus Sawneys Stamm von beiden Seiten in einer Zangenbewegung heran und warfen Steine mit tödlicher Zielsicherheit.

Straccan wurde gegen einen Felsen gedrängt. Ein halbes Dutzend Kreaturen versuchte, ihn in die Klauen zu bekommen, doch er konnte sie mit Axt und Schwert abwehren. Er wurde jedoch von mehreren Steinen getroffen. Einer riss eine klaffende Wunde über seinem linken Auge, sodass ihn das hinunterfließende Blut blendete. Ein Schlag über ein Ohr machte ihn schwindlig. Ihm wurde übel.

Bane riss sein Pferd immer wieder herum, wobei die Hufe des Tieres gegen die Angreifer ausschlugen, während Bane mit seinem Schwert nach rechts und links hieb. Doch ein neuerlicher Steinschauer schlug ihn aus dem Sattel, und mit Triumphgeheul stürzten sich die Ungeheuer auf ihn. Der Graue wieherte und galoppierte den Weg zurück, den sie gekommen waren, und sprang über Zingibers nun leblosen Körper. Die Hufe klapperten auf dem steinigen Weg, um dic Kurve herum und außer Sicht.

Drei von Straccans Angreifern schlossen sich jetzt dem Haufen an, der sich auf Bane gestürzt hatte. Die drei anderen zögerten und schauten zu ihren Angehörigen. Straccan ließ die Axt fallen, riss das Signalhorn aus seinem Gürtel und blies lange und kräftig hinein.

Beinahe augenblicklich ertönte wieder der Klang von Hufen auf Steinen, und Sir Miles erschien, wie er in vollem Galopp auf den Haufen der Angreifer lospreschte, der sich an Bane zu schaffen machte. Mit wirbelnder Kriegskeule zerstreute er sie. Larktwist, der dahinter kam und das Maultier und Banes geflüchtetes Pferd führte, sprang herunter und zog Bane vom Weg und auf das Gras an der Seite.

Straccan schlug zwei Gegner mit seinem Schwert nieder. Als er erkannte, dass die eine Kreatur weiblich war, wurde ihm wieder schlecht. Ein weiteres Wesen fiel unter Miles' Keulenschlägen. Die anderen rannten mit Schreien der Wut und des Schmerzes in die Deckung des Ebereschen-Dickichts und der hohen Farnkräuter und waren sogleich verschwunden, als wären sie nie dagewesen. Sie ließen nur ihren Gestank und ihre Toten zurück.

»Das Ungeheuer da ist noch lebendig«, sagte Larktwist und drehte einen Körper mit dem Fuß um. Miles stieg ab, holte Schnüre aus einer Satteltasche und band damit die Hände und Füße der Kreatur zusammen.

Aus einiger Entfernung von vorn und noch außer Sicht, kam der Ton eines anderen Signalhorns – *täteretä*! –, und bald darauf tauchte auch ein Reiter auf einem großen, staubigen schwarzen Wallach auf. Er trug eine altmodische Eisenblech-Halsberge und eine Stahlhaube.

»Wer ist *das* denn?«, keuchte Straccan, beugte sich hinunter, um seine Streitaxt aufzuheben und fiel dabei fast hin, als der Schwindel und die Übelkeit ihn wieder überfielen.

»Hab' nicht die geringste Idee«, stieß Miles hervor.

Larktwist suchte in seinem Gepäck nach einem Erste-Hilfe-Kasten und verband Straccans Kopf notdürftig. Bane war jedoch besinnungslos und stieß ein Röcheln aus, das beinahe schon wie ein Schnarchen klang.

»Das gefällt mir gar nicht«, sagte Larktwist. »Er ist sehr schlecht dran.«

Während der Fremde – ein alter Mann, nach seiner Haltung und Ausrüstung ein Ritter – näher kam, kniete Straccan bei Bane, dessen Augen geschlossen waren und dessen wachskerzen-farbenes Gesicht verschrumpelt und zusammengefallen aussah. »Hawkan«, redete er auf ihn ein, »Hawkan, könnt Ihr mich hören?«

»Er kann es nicht«, sagte Larktwist.

Der fremde Reiter verlangsamte die Gangart zu einem Trott, dann zum Schritt und hielt schließlich vor ihnen.

»Ist er schwer verwundet?«, fragte der alte Mann.

»Ja«, erwiderte Straccan. »Wir wurden angegriffen von – ich weiß gar nicht, was die waren! Wilde! Es waren auch Frauen dabei – ich habe eine getötet.« Gegen das Schwindelgefühl ankämpfend, beugte er sich über Bane und berührte sanft dessen Gesicht. »Hawkan, sie sind weg.«

Der alte Mann stieg vom Pferd. »Ich bin Blaise d'Etranger«, stellte er sich vor. »Sie werden jetzt nicht mehr zurückkommen, weil wir zu viele und außerdem bewaffnet sind. Lasst uns Euren Gefährten wegtragen. In einiger Entfernung da vorn ist ein Platz, wo wir ihn pflegen können und Ihr ausruhen könnt.«

Sir Miles schlug zwei Ebereschenschößlinge ab, nahm eine Decke und machte daraus eine Schleppbahre. Sie wickelten Bane wie einen Säugling hinein und befestigten die Bahre an seinem Pferd, das jetzt Straccan reiten musste. Den Gefangenen zogen sie aufrecht, knebelten ihn und lösten seine Fußfesseln, damit er gehen konnte, banden seine gefesselten Hände aber an Miles' Sattel, sodass er neben dessen Pferd einhertrotten musste.

Als sie langsam weiter ritten, von dem Fremden geführt, setzte Straccan sein Reittier neben den alten Mann. Er war groß und sehr dünn mit grimmigen, habichtähnlichen Zügen, aus denen alte Leiden sprachen, denn sein Gesicht schien wie mit Meißelschlägen des Schmerzes behauen zu sein. Unter seiner Stahlhaube hervor fielen lange weiße Haare auf seine Schultern. Sein weißer Bart war sorgsam geflochten, und ein großer Schnurrbart verdeckte den Mund. Ein schweres Zweihandschwert hing unter seinem Umhang, und an seinen Sattel war ein eigentümlicher Stab gebunden – mit einer eisernen Gabel an dem einen und einer Eisenspitze am anderen Ende. Eine schreckliche Waffe, der schottische *Gaveloc*, den Straccan noch nie gesehen hatte.

»Ihr seid doch Sir Richard Straccan?«, fragte der alte Mann.

»Ihr kennt mich, Sir? Ich aber kann mich nicht an Euch erinnern. Oder hab' ich Euch schon mal gesehen?«

»Sir William Hoby hat mir einen Brief geschickt, in dem er mir mitteilte, dass Ihr Rainard de Soulis sucht, den Lord von Crawgard.«

»Er hat meine Tochter gestohlen«, sagte Straccan. »Ich bin in Crawgard gewesen, doch ich fand bloß einen invaliden Turniermeister, eine verrückte Frau und einen widerlichen alten Araber. Soulis ist nicht dort. Wir sind – waren – auf dem Weg zu seiner Domäne Soulistoun, um ihn da zu finden.«

»Er ist in Dunfermline beim König«, meinte Sir Blaise, »jedenfalls war er dort, als ich Coldinghame verließ. Aber er wird bald wieder von dort abreisen – nach Skelrig.«

»Nach Skelrig?«

»Ja, denn dort ist ein Mann, ein Ritter in seinem Dienst, der krank ist, wie ich gehört habe.«

»Robert de Beauris?«

»Ja. Ihr kennt ihn?«

»Ich hatte mal etwas mit ihm zu tun. Aber bis jetzt habe ich nicht gewusst, dass er Soulis' Mann ist. Sir Blaise, es war sehr gut von meinem Freund William, Euch zu schreiben, und sehr freundlich von Euch, nach mir zu suchen – aber warum?«

»William ist auch ein alter Freund von *mir*. Er erzählte mir von Eurer Geschichte und meinte, ich könne Euch helfen.«

Sie waren nun etwa eine Meile von der Stelle des Hinterhalts entfernt. Die Straße verlief wieder bergab, wurde dann eben, traf auf den Fluss und verlief an dessen Ufer weiter. Eine alte Steinhütte in Bienenkorbform stand auf einem hohen Felsenausläufer im Fluss – eine verlassene Einsiedler-Behausung. Ein Reiher, der von ihrem Kommen überrascht wurde, machte sich flügelschlagend davon und ließ dabei den Fisch fallen, den er gefangen hatte, worauf ein Otter sich platschend ins Wasser stürzte und in einem Wirbel silberner Blasen verschwand, um am gegenüberliegenden Ufer mit dem Fisch wieder aufzutauchen und ins Schilf zu flüchten.

Sie trugen Bane in die Hütte, die kalt, aber glücklicherweise trocken war, und während Miles Farnkraut abschnitt, um eine Lagerstatt für ihn zu bereiten, zündete Larktwist ein Feuer an und wärmte Wasser, um das Blut von Bane und Straccan abzuwischen. Blaise holte wortlos Nadel und Sehne hervor und nähte geschickt den Lappen aus Haut und Fleisch, der lose über Straccans Auge hing und die Braue spaltete. Die Stelle war fast taub, sodass Straccan nichts fühlte. »Ich danke Euch«, sagte er. Dann hob er Banes schlaffe, kalte Hand.

»Wird er sterben?«

»Das liegt in Gottes Hand«, meinte Blaise.

»Können wir denn nichts für ihn tun?«

»Nur beten und ihn warm halten.«

Später, als sie um das Feuer saßen und ihr Abendbrot aßen, holte der alte Ritter Sir William Hobys Brief hervor und zeigte ihn Straccan.

»Warum ist er so besorgt?«, wollte Straccan wissen. »Er hat mir schon seinen Neffen Miles geschickt – Gott segne ihn –, und jetzt auch noch Euch.«

»Als Soulis' Name auftauchte, wurde er besorgt – und ich auch.«

»Ihr kennt ihn?«

»Ich traf ihn in Palästina. Er lebte dort einige Jahre, erst als Kreuzritter und dann als Pilger. Sagt mir, Sir Richard, habt Ihr schon etwas von einer Schwarzen Pilgerfahrt gehört?«

»Nein. Was soll das sein?«

»Sie dient einem üblen Zweck. Soulis unternahm diese Pilgerfahrt tief in die südliche Wüste hinein. Er blieb zwei Jahre verschwunden und wurde schon für tot gehalten. Aber nein, er tauchte wieder auf – mit einem großen Schatz. Es wurde geflüstert, er hätte die verlorene Stadt der Säulen gefunden.«

Miles fragte: »Was ist die Stadt der Säulen, Sir?«

Der alte Ritter sagte so lange nichts, dass Miles schon dachte, er hätte seine Frage nicht gehört. Noch einmal fragen wollte er jedoch nicht. Dann aber sagte Sir Blaise: »Die Stadt der Säulen, das legendäre Irem, war tausend Jahre in der Wüste verschollen. Soulis aber hat sich auf die Suche danach gemacht – und hat sie gefunden. Daher kommt Euer alter Araber.«

»Also kennt Ihr ihn?«, fragte Straccan erstaunt.

»Ich habe von ihm gehört.« Der Mann sprach leise, als würde er zu sich selbst reden. »Abdul Al-Hazred vom Stamm der Ad. Aber all diese alten Stämme von Wüstenbewohnern sind doch schon lange tot – wie die Römer, die einst in diese Gegenden gekommen waren. Irem wurde verlassen und blieb tausend Jahre lang vom Wüstensand begraben. Aber Soulis scheint die Stadt dennoch gefunden zu haben. Er kam nicht nur mit viel Gold zurück, sondern brachte auch Al-Hazred von dort mit.«

Miles blickte verwirrt drein. »Wie konnte der alte Mann denn an einem solchen Ort leben?«

»Gott weiß wie! Es gibt dort weder Fleisch noch irgendetwas sonst, bis auf vergessene Quellen vielleicht, aber mit Wasser allein kann ein Mensch ja nicht lange leben. Vielleicht haben ihn die Nomaden versorgt, die durch die Wüste wanderten, obwohl die meisten von ihnen diesem Ort ausweichen. Sie sagen, er sei verhext, und nur Dämonen lebten jetzt dort.«

Der Rhythmus von Banes Atem veränderte sich. Er wurde unregelmäßiger, stockte, und war dann kaum noch zu vernehmen. Straccan wischte das graue Gesicht liebevoll ab. Sir Blaise, der zuschaute, sagte: »Wenn wir ihn nach Jedburgh bringen könnten ...«

»Gibt's dort einen Wundarzt?«

»Einen Mönchsarzt, in der Abtei. Aber es ist ein weiter Weg, Euren Diener dorthin zu tragen.«

»Er ist nicht mein Diener, sondern mein Freund«, klärte Straccan ihn auf. Trotz des Feuers und des warmen Abends fröstelte er. Er war sehr besorgt um Bane, der gewiss im Sterben lag. Schuldbewusst unterdrückte Straccan die wilde Angst, Bane könnte tagelang sterbend daliegen und Gott allein wüsste, was in dieser Zeit mit Gilla geschähe. Einmal, nach einer Belagerung, hatte er gesehen, wie sich ein Mann vom vergewaltigten Körper seiner Frau erhob und seinen Kopf an die Wand schlug, bis er blutend und besinnungslos umfiel. Jetzt, in seiner Angst um Gilla und seiner Verzweiflung für Bane, verstand er. Und wenngleich es bei seiner Sorge um menschliche Wesen unpassend schien, trauerte er auch um Zingiber, der nur ein Tier und seelenlos gewesen war, aber elf Jahre lang sein treuer Gefährte. Straccan saß da und starrte ins Feuer. Als er von den Flammen geblendet wurde, blickte er in die aufziehende Nacht draußen vor der Hütte, wo die Pferde und das Maultier angebunden waren. Jetzt, wo die Taubheit abgeklungen war, fühlte die entzündete Wunde über seinem Auge sich an, als wäre sie mit glühendem Draht genäht worden. Doch trotz seiner Ängste, seiner Übelkeit und des heftigen Schmerzes schlief er schließlich ein.

Miles hielt Wache bis etwa eine Stunde vor der Morgendämmerung. Dann schüttelte er Larktwist, damit dieser ihn ablöste.

»Wie geht es Bane?«

»Er atmet noch.«

»Möge Gott ihn retten.«

»Amen.«

Straccan wachte kurz nach Anbruch der Morgendämmerung auf und fand Sir Blaise noch wach neben Bane sitzend vor. Banes Gesicht war wie ein Totenschädel, feucht und grau. Die eingesunkenen Augen waren von geschwollenen Ringen umgeben. »Er friert«, bemerkte der alte Ritter und rieb ihm die Hände, die sich wie tot anfühlten, um sie zu wärmen. »Ich habe noch eine Decke über ihn gebettet und Holz auf dem Feuer nachgelegt.«

»Wer seid Ihr eigentlich?«, fragte Straccan. »Und wie könnt Ihr mir helfen?«

»Ja«, stimmte Miles ein, der aufgewacht war, als das Feuer angeschürt wurde. »Und woher wisst Ihr von dem Araber – wie ist noch sein Name? – der verlorenen Stadt und all dem?«

Sir Blaise seufzte. »Ich bin der Lord von Sauchiehill. Meine Domäne liegt nördlich von hier. Wie Ihr seht, bin ich ein alter Mann, und so habe ich meinen Besitz in gute Hände gelegt und lebe im Ruhestand bei der Priorei von Coldinghame. Prior Aernald und ich waren vor vielen Jahren gemeinsam Knappen. Er lässt mich aus Freundschaft in einem der Priorei-Häuser wohnen. Einmal, auch schon vor langer Zeit, war ich ein Ritter des Ordens der Templer von Salomon in Jerusalem.«

»Ein Tempelritter!«, stieß Miles ehrfurchtsvoll hervor.

»In Palästina«, fuhr Blaise fort, »lernte ich die Legenden der Wüste kennen. Ich sprach mit den weisen Männern von Arabien und erfuhr von ihren Sagen. Ich lernte ein wenig von ihren alten Sprachen, die man nur noch in alten Büchern findet. Kurz gesagt, ich trieb Studien der sarazenischen Magie. Dies war von der Kirche verboten, sodass ich bestraft wurde. Ich ›verlor den Orden‹, wie es genannt wird. Wisst Ihr, was das bedeutet? Ich wurde ausgestoßen und war kein Tempelritter mehr. Sechs Jahre verbrachte ich in einem Kirchengefängnis, bis sie mich als reumütig und ihrem Willen unterworfen betrachteten.«

Bestürzte Stille trat ein. Nach einer Weile wagte Miles, zögernd zu fragen: »War das nicht Ketzerei?«

»Sie haben es so genannt«, erwiderte Sir Blaise. »*Ich* aber nenne es Wissen. Jedenfalls habe ich Euch die Wahrheit erzählt, und Ihr könnt jetzt entscheiden. Wenn Ihr es vorziehen solltet, ohne meine Hilfe auszukommen, werde ich das verstehen. Ketzerei ist ein Furcht erregendes Wort. Ich habe Euch das erzählen müssen, denn es wurde mir vom Prior Aernald als Pflicht auferlegt: Ich darf meine Hilfe anbieten, muss aber meine Geschichte erzählen.«

Straccan hatte den Bronzezylinder aus seiner Wamstasche genommen und drehte ihn in den Händen. Es war wirklich das Ding, das er der Gräfin von Arlen gegeben hatte und das sie dem König überreichen lassen würde, wie sie sagte. Es bestand also kein Grund, warum es in Crawgard gewesen war, aber sie war ja die Schwester des Lords von Skelrig, wohin Soulis kommen wollte ... Sie standen alle miteinander in Verbindung.

»Kann ich das mal sehen?«, bat der alte Mann. Er nahm den Zylinder und schaute ihn sich eingehend an. »Gott möge uns beschützen!«, stieß er dann hervor. »Woher habt Ihr das?«

Straccan erzählte es ihm. Das schien jetzt alles sehr lange her zu sein – der ermordete Bote, Banes Reise nach Norden, sein eigener Besuch bei Lady Julitta. »Das Bild da drinnen nennt man eine Ikone«, erklärte er.

Der alte Mann zog die Deckelkappe vom Zylinder, ließ das zusammengerollte Porträt auf seine Handfläche gleiten, entrollte es und betrachtete das sorgenvolle Gesicht. »Eine ägyptische Arbeit«, bemerkte er dazu. »Aber die Ikone hat nichts mit dieser Angelegenheit hier zu tun. *Dies hier*«, und er klopfte dabei auf den Zylinder, »darauf kommt es an. Der Behälter.«

»Nun hört mal«, warf Straccan ein. »Könnten wir bitte mal erfahren, was das alles auf sich hat? Was meint Ihr damit, dass der Behälter das Wichtigste ist?«

»Ich glaube, der kam aus Irem«, erwiderte Blaise. »Obwohl«, und dabei lächelte er schwach, »die Gelehrten von Arabien Euch erzählen würden, dass er überhaupt nicht von dieser Welt ist, sondern von einem Stern.«

»Das ist Unsinn«, meinte Miles. »Die Sterne sind doch Löcher im Boden des Himmels, von Gottes Finger gemacht, damit das Licht durchscheinen kann, sodass wir wissen, wo der Himmel ist!«

Blaise steckte die Ikone wieder in ihr Futteral und reichte es Straccan zurück. »Ich habe auch gehört, dass dieses Gewimmel von Sternen am Nachthimmel Milch von der Brust der Heiligen Jungfrau sei. Eine andere Meinung geht dahin, dass die Sterne die Seelen von Rechtschaffenen sind, die starben, bevor Christus geboren wurde, um die Menschheit zu retten. Dadurch sollen ihnen die Qualen der Hölle erspart bleiben, aber sie dürfen auch nicht ins Paradies eintreten, wo nur wirkliche christliche Seelen aufgenommen werden. Sie wurden also an den Himmel geheftet, und ich kann nur hoffen, dass es ein Trost für sie ist! Ein Priester in Canterbury erzählte mir wiederum, die Sterne seien Tränen von Engeln, die über den Wahn und die Verderbtheit der Menschen weinen – obwohl man mir auch erzählt hat, dass Engel ständig im Zustand der Verzückung sind, und dann würden sie ja schwerlich weinen. Es gibt viele Geschichten über die Sterne, junger Herr – warum sollen die Sarazenen nicht auch die ihren haben?«

Miles schaute unglücklich drein und antwortete nicht.

Blaise fuhr fort: »Sie glauben, dass Dämonen zwischen den Sternen hausen und dass ein Zauberer, der ihre Namen kennt, sie herunterrufen und seinen Willen ausführen lassen kann. Dazu muss er aber sehr mächtig sein, denn sie versuchen stets, sich zu befreien und sich gegen die ganze Menschheit zu richten.« Dann fügte er hinzu: »Soulis muss diese Angelegenheiten eingehend studiert haben, sonst hätte er die Stadt der Säulen nie gefunden.«

»Was kann ein Mensch so sehr wünschen«, wunderte sich Straccan, »dass ihn nicht mal die Feuer der Hölle schrecken?«

Blaise zuckte mit den Achseln. »Bei Soulis können wir die Liebe schon mal streichen. Er braucht keine Frauen. Obwohl er schon viel Gold hat, kann es sein, dass er nach immer mehr giert, weil Reichtümer ihm Lust verschaffen. Außerdem ist er alt. Wenn er glaubt, er könnte sich ewiges Leben ergattern, könnte er jedes Risiko in Kauf nehmen. Außerdem ist er stolz. Er könnte den Wunsch haben, Menschen zu seinen Marionetten zu machen, sie zu steuern, Könige zu krönen oder zu stürzen und Königreiche zu vernichten. In den alten Legendenbüchern Arabiens heißt es, dass Al-Hazred die Sprache der Dämonen versteht und ihre Namen kennt. Ohne seinen Namen kann kein Mensch einen Dämonen beschwören und ihm seinen Willen aufzwingen. Wenn Soulis den alten Verrückten schätzt, dann wohl deshalb, weil er glaubt, der Schlüssel zu einer Macht jenseits der Träume der meisten Menschen zu sein.«

»Können Teufel ihm das denn verschaffen?«, fragte Miles.

»Selbst die Kirche leugnet die Macht Satans nicht. Der sagte doch auch zu unserem Herrn Jesus: ›Ich werde dir alle Reiche der Erde geben, wenn du auf die Knie fällst und mich anbetest.‹ Die Sommersonnenwende findet bald statt. Das ist eine Zeit, da die alte Magie dieser Welt stark ist. In heidnischen Zeiten war die Sonnenwende ein großes Fest. Was immer Soulis vorhat – es wird zu dieser Zeit stattfinden.«

Straccan und Miles bekreuzigten sich. Sie hatten keine Zweifel. Die Wahrheit ihrer Zeit enthielt Gott und Satan, Heilige und Dämonen, Wunder und Magie, Engel und Geister, Priester und Zauberer, Nonnen und Hexen, Burgen und Geisterschlösser, Himmel und Erde, Pferde und Rinder zusammen mit Einhörnern und Drachen, Flugechsen und gewöhnliches Federvieh – alles so wirklich und ein Teil ihrer selbst wie ihre eigene Existenz.

»Ich bin Robert de Beauris einmal begegnet«, sagte Blaise. »Er war ein Freund des Sohnes meiner Schwester, Martin, der mein Schüler war. Er starb letztes Jahr – Gott möge seiner Seele den ewigen Frieden schenken.« Er seufzte. »Ich bin alt, jenseits der Tage meiner Kraft, und habe keinen jungen Nachfolger, der von mir lernt.«

»Was lernt?«, wollte Miles wissen.

»So viel Weisheit, wie ich in ihn hineinpressen kann. Ich bin kein Tempelritter mehr, aber ich halte immer noch den Schwur, den ich einmal leistete: über Pilger bei ihrer Suche nach Christus zu wachen und sie zu beschützen. Die Menschen streben danach, ihn hier ebenso zu finden wie in Palästina – aber sie sind auch hier vom Übel bedroht. Es gibt andere wie mich in der Christenheit. Solange wir am Leben sind, wachen und schützen wir, damit das Übel nicht die Oberhand bekommt.«

In diesem Augenblick holte Bane ein paar Mal zitternd Luft und schien dann einige Augenblicke ganz zu atmen aufzuhören, bevor er dann doch weiter atmete, aber noch schwächer als zuvor.

»Er muss die Sterbesakramente empfangen«, sagte Miles eindringlich und schaute Blaise an. »Im Notfall kann das doch irgendwer tun.«

30

Draußen war der Morgen angebrochen. Eine Hirschkuh und ihr Kalb tranken am gegenüberliegenden Ufer und verschwanden wieder in die scheckigen Schatten unter den Bäumen. Vögel sangen. Die Sonne schien. Es sah nach einem schönen Tag aus.

Von weit her bewegte eine kleine Staubwolke sich über die Straße auf sie zu. Reisende kamen, Pilger, denn als sie näher heran waren, konnte man hören, dass sie eine Hymne sangen. Sie näherten sich langsam, alle zu Fuß, und allmählich lösten sich die Staubwolke und das Durcheinander von Figuren in eine Gruppe zerlumpter, eigenartig aussehender Leute auf – Männer und Frauen, geführt von einem kleinen, dünnen Mönch. Mehrere der dahin stolpernden Sänger waren mit Stricken an den Gürtel des Mönchs gebunden, wie Kleinkinder an ihre Mutter.

»Bruder Celestius!«, sagte Straccan in überraschtem Tonfall zu sich selbst, trat auf die Gruppe zu und rief den Namen mit lauter Stimme, worauf die staubige Schar anhielt und ihn unsicher anstarrte. Der Mönch stellte sich vor die anderen hin und breitete die Arme aus, als wollte er sie zurückhalten.

»Lasst uns in Frieden weitergehen!«, rief er. »Wir sind Pilger!«

»Bruder Celestius!«, sagte Straccan wieder. Wer sonst konnte das sein?

»Wir kennen Euch nicht«, sagte der Mönch. »Wir haben Euch nie zuvor gesehen.«

»Ihr kennt aber Hawkan Bane«, sagte Straccan. »Er traf Euch in Altarwell und erzählte mir von Euch.«

Celestius' sorgenvolle Miene änderte sich in einen Ausdruck der Freude. »O ja! Wir erinnern uns an Master Bane – lass das sein, William! *Du* erinnerst dich doch noch an Master Bane, nicht wahr, Alice? Walter? William? Natürlich – er war doch so freundlich zu uns.«

»Rosinen«, sagte William hoffnungsvoll. »Er gab uns Rosinen!«

»Ja das stimmt«, sagte der Mönch. »Ihr müsst sein Herr sein. Er erzählte uns von Euch. Was macht Ihr denn hier?«

»Wir wurden von Gesetzlosen, Wilden, in einem Hinterhalt überfallen«, klärte Straccan ihn auf. »Geht nicht auf dieser Straße weiter, Bruder. Sie ist äußerst gefährlich. Bane – sie haben Bane getötet.«

Celestius starrte ihn an. Eine der in Lumpen gekleideten Frauen begann zu weinen, und binnen weniger Augenblicke brach die ganze zerlumpte Gesellschaft in Tränen aus.

»Master Bane ist tot?«

»Er liegt im Sterben – da drin.« Straccan wies mit dem Kopf auf die Steinhütte. »Bruder, Gott wird Euch gewiss belohnen, wenn Ihr ihm die Sterbesakramente erteilt.«

Celestius löste die Stricke von seiner Hüfte, raffte sie zusammen und legte sie in Straccans Hände. Dann duckte er sich unter den niedrigen Türsturz und betrat die Bienenkorbhütte. Sie konnten hören, wie er murmelte und dann ein Gebet in einem Singsang sprach. Darauf trat Stille ein. Dann hörten sie einen eigenartigen Laut, eine Art Schluckauf oder ein schwaches Husten. Bane! Ein paar Augenblicke später kroch der kleine schäbige Mönch auf Händen und Knien heraus und richtete sich mühsam auf.

»Bringt ihm mal was zu trinken«, sagte er. »Er stirbt nich. Im Gegenteil, fühlt sich schon viel besser. Aber er is sehr durstig.«

»Er lag *wirklich* im Sterben«, betonte Straccan hartnäckig, nachdem der Mönch und seine Leute sich wieder auf den Weg gemacht hatten, gestärkt mit etwas Whisky. Celestius hatte die Geldstücke zurückgewiesen, die sie ihm aufdrängen wollten, hatte aber etwas von Banes privatem Rosinenvorrat angenommen. Ihr hoffnungsvoller Gesang verklang in der Ferne. »Ich habe genug Menschen sterben sehen, um das zu wissen!«

»Ja, so war es auch«, bestätigte Sir Blaise. »Und wenn es so war, hatten wir das Glück, Zeugen eines Wunders zu sein.«

»Dieser kleine Kerl ...« Miles bekreuzigte sich. Er war blass und zitterte.

»Ja«, sagte Blaise nachdenklich, »dieser kleine Kerl!«

31

Sie blieben zwei Tage dort, während derer Bane seine Kraft zurückgewann und Straccan seine brennende Ungeduld zügeln musste, sich wieder auf den Weg zu machen. Das Wunder von Banes Heilung gab ihm aber auch Hoffnung. Gott war gut. Gewiss würde Er dann auch Gilla schützen. Ein verzweifeltes Gebet zog durch seinen Geist, wurde ständig wiederholt, Tag und Nacht: *»O Herr, schütze sie, bring sie mir zurück, rette sie!«*

Den gefangenen Wilden hielten sie auf karger Ration. Zweimal am Tag bekam er Wasser und nur am Abend getrocknetes Fleisch – wie ein Hund. Und wie ein Hund aß er auch – machte sich mit schwarzen und schon lockeren Zähnen über das Fleisch her. Aber meistens verschlang er es in einem Stück. Er winselte auch viel, wie ein Hund, wenn er nicht geknebelt war, und zitterte nachts, wenn er an einem Baum in einiger Entfernung vom Feuer angebunden war, sodass sie seinen Gestank nicht direkt unter ihren Nasen hatten. Er war ein armseliges, schuppiges Exemplar. Sein einziges Kleidungsstück bestand aus einem zerrissenen, dreckigen alten Hemd, an dessen Innenseite faulende Kaninchenfelle primitiv angenäht waren, sodass die Haare der Wärme wegen auf der Haut ruhten. Es war schwer von Fett und altem Blut und trug in hohem Maße zum Gestank der Kreatur bei.

Er gab keine menschlichen Laute von sich, nur ein tierisches Grunzen, wenn er gefüttert wurde, und ein Kreischen, wenn er Angst hatte. Alle ihre Bemühungen, ihn zum Sprechen zu bringen, waren nutzlos.

»Ob er wohl gar nicht sprechen *kann*?«, fragte sich Miles. »Er ist ja mehr Tier als Mensch.«

»Sie waren aber Menschen, bevor sie Tiere wurden«, meinte Blaise. »Ich bin sicher, dass er sprechen kann, obwohl wir es wohl nicht verstehen könnten.«

»Woher wollt Ihr das wissen?«, entgegnete Miles unwirsch. »Habt Ihr denn auch von *solchen* Dingen schon gehört?«

»Gerüchte«, erwiderte Blaise. »Aber ich kann mir vorstellen, wie es geschah. Einst waren sie Menschen, aber die Zeiten waren hart. Sie waren hungrig und fanden eine einfache Lösung für dieses Problem. Sie brauchten Fleisch, aber das war überall um sie herum – auf zwei Beinen. Vielleicht überfielen sie zu Anfang, vor vielen Jahren, nachts hier und da einen Bauernhof oder ein Dorf und stahlen Kinder und Schafe. Sie lauerten Reisenden auf und wurden fett. Sie zeugten und gebaren Kinder und gediehen. Ab und zu sandte ein örtlicher Lord einen Trupp aus, um Gesetzesbrecher oder Wölfe zu jagen. Sie fanden wohl einen Gesetzesbrecher oder zwei, einen Wolf oder zwei – aber diese Kreaturen nicht. Sie finden sie nicht, weil sie zu schlau sind. Sie hausen nämlich an einer verborgenen Stelle, wohin Menschen nur zu Fuß können – keine Reiter. In den Dörfern bilden sie den Stoff für Schauergeschichten, um Kinder zu erschrecken – und so ist es Jahr um Jahr weiter gegangen, weil niemand es tatsächlich glaubte.«

»Wenn Ihr wirklich wollt, dass er spricht«, warf Larktwist schüchtern ein, »könnte ich mir vorstellen, wie.«

An diesem Morgen hatte er zwei Hasen in seinen Fallen gefangen – eine willkommene Abwechslung von Fisch und Trockenfleisch. Als er sie ausbluten ließ, bemerkte er, wie die Augen des Gefangenen wie gebannt darauf gerichtet waren. Vor Blutgier lief ihm der Speichel aus dem Mund. Larktwist hielt ihm die Schüssel mit Blut unter die Nase, worauf er sich wand, krümmte und bettelnd jaulte.

»Schlau!«, sagte Blaise bewundernd. »Die Blutlust! Daran habe ich noch nicht gedacht.«

Bane war wieder auf den Füßen und konnte reiten, als der Wilde sie zum Versteck seines Stammes in rauem Gelände führte, über öde Hügel und durch tiefe Schluchten, wo das Sonnenlicht nie bis zum Boden durchdrang und Bäche in der Düsternis gurgelten.

»Hütet Euch vor der bösen Feenkönigin«, sagte Blaise neckend zu Miles.

»Was meint Ihr damit, Sir?«

»Das ist hier Feen- und Koboldland, Junge. Habt Ihr das nicht gewusst?«

Miles bekreuzigte sich. »Nein!«

»Hier in diesen Hügeln hausen die Feen und Kobolde, sagt man.« Blaise lächelte. »Auf diesen Wegen hier reitet jenes Volk bei Nacht, schimmernd und tödlich, um sich mit ihresgleichen zu treffen, Kriege zu führen, christliche Männer und Frauen aus ihren Häusern zu locken und ihre eigenen seelenlosen Geburten mit menschlichen Säuglingen zu vertauschen, wann und wo immer sie können. In alten Zeiten war es hier das Herz ihres Reiches. Diese Hügel da sollen voll von ihrem Gold sein.«

»Warum wollen sie denn Menschenkinder?«

»Weil *die* sich im Tageslicht unter christlichem Volk bewegen, ihnen aufgetragenes Böses anrichten und Eisen anfassen können. Feen und Kobolde können Eisen nicht ausstehen.«

Nun befanden sie sich in einem düsteren, dicht mit Büschen bewachsenen felsigen Tal. Sie waren einige Zeit einem tief ins Gestein geschnittenen Bach durch Stechginster und Weißdorn gefolgt, und als Blaise, der das Rascheln eines kleinen Tieres hörte, mit seinem Gaveloc in den Büschen stocherte, brüllte der Gefangene und sprang auf und ab, wobei er die Hände schwenkte, schnatterte und eigenartige summende Laute von sich gab.

Sie wussten warum, als eine Wolke von Wespen aufstieg und zornig um sie herum summte. Bevor sie entweichen konnten, war Straccan auch schon zweimal an der Hand und Larktwist am Hals gestochen worden. Jetzt, da es zu spät war, sahen sie die großen, ovalen weißlichen Nester in den Dornen, die wie große, runzlige Eier aussahen.

»Verdammte Nester!«, rief Larktwist. »Schnell weg von hier! Mein Hals tut mir schon ganz schön weh!«

Ihr Führer führte sie schließlich in schwieriger Klettertour einen Abhang des Tales hinauf. Kein Wunder, dass das Lager nie gefunden worden war. Es war nicht mehr als ein düsteres Loch, eine schwarze Öffnung im Boden hinter und zwischen Felsen, die es von jedem abschirmten, der vorbeikam. Auch wenn sie von selbst dort hinauf geklettert wären, hätten sie es nicht bemerkt, denn es lag unter einem überhängenden Felsen in ständigem Schatten.

Da sie es nun gesehen hatten, stiegen sie so geräuschlos sie konnten zurück zu der Stelle, wo sie ihre Pferde angebunden stehen gelassen hatten. Es war jetzt später Abend, und sie aßen ein kaltes Mahl, das aus Brot und Käse bestand, während sie berieten, was als Nächstes zu tun sei.

»Es kann nur jeweils einer da hinuntersteigen. Das wäre aber nicht ratsam – und wir können sie auch nicht ausräuchern«, meinte Straccan und sehnte sich ungeduldig danach, sich auf den Weg nach Skelrig zu machen, um Soulis gegenüber zu treten, aber das hier war wenigstens Aktivität, nach der sein Körper schrie. »Wenn wir Feuer dort hinunter werfen, könnten sie es leicht löschen.« Abwesend saugte er an seiner Hand, wo die rot angeschwollenen Wespenstiche plötzlich zu pochen anfingen. Dann schaute er sich die Hand an – und lachte.

»Was gibt es denn?«, wollte Miles wissen. »Habt Ihr eine Idee?«

»Ja! Ich weiß, was wir tun können!«

»Was?«

»Wespen!«

»Ihr schlauer Teufel«, sagte Miles grinsend. »Wie bringen wir die aber da hin?«

»Da waren doch – wie viele? – ein halbes Dutzend Nester! Also brauchen wir ebenso viele Körbe mit Deckeln. Heute Nacht werden wir die Nester vorsichtig abschneiden und in die Körbe fallen lassen ...«

»Um sie dann in das Loch zu werfen«, vervollständigte Miles den Satz. »Eine wundervolle Idee!«

»Wartet erst mal ab, ob es wirklich funktioniert«, meinte Straccan. »Wenn ja, könnt Ihr mir Lobeshymnen singen, und ich werde mich darin baden.«

»Das sieht ihm ähnlich«, flüsterte Larktwist Bane zu. »Wollen wir wetten, wer der arme Teufel sein wird, der die Nester holen muss?«

»Ich hasse es, Wasser auf Euren schlauen Einfall zu gießen«, sagte Bane zu Straccan, »aber wir haben keine Körbe.«

»Dann werden wir eben welche holen«, erwiderte Straccan. »Und zwar im nächsten Dorf, und dann wieder zurückkommen.«

Gott allein mochte wissen, was für eine Hölle es dort unten sein musste, als die wütenden Wespen aus ihren zerschmetterten Nestern hervorbrausten. Die Schreie begannen fast augenblicklich, und als die Wilden versuchten, herauszuklettern, wurden sie von Schwertklingen zurückgetrieben.

Es kam ihnen lange vor, dort zu warten, während die Morgensonne aufging und heiß auf ihre Rücken herunterbrannte, aber schließlich endete das Schreien, und als längere Zeit keine der Kreaturen zu fliehen versucht hatte, erschien es ihnen sicher, hinunterzuklettern. Was sie dann sahen, verfolgte sie für den Rest ihres Lebens.

Höhle reihte sich an Höhle, und die feuchte, stinkende Dunkelheit wurde durch ein paar Lumpendochte in Schüsseln mit übel riechendem Fett schwach beleuchtet. Fleischstücke hingen von den Decken wie die Schinken und Speckseiten im Vorratsraum einer Hausfrau, aber dies hier waren Teile von Männern und Frauen. Der ganze Höhlenkomplex war voller summender, großer, goldbauchiger blauer Fliegen, die zu Haufen an den Felswänden und auf dem faulenden Fleisch saßen und sich auf Gesichter und Hände der Eindringlinge setzten.

Ein paar Wespen summten noch wütend umher, aber die meisten hatten ihren Weg wieder nach draußen durch die verschiedenen Risse und Spalten in den Felswänden gefunden, durch die schmale Lichtstrahlen fielen. Fünf der Ungeheuer – drei davon Kinder – waren tot, in Lippen, Zungen und Augen gestochen, geschwollen, blau und erstickt. Die anderen lebten noch, aber vier waren so schlimm verletzt, dass sie nicht mehr gehen konnten. Straccan und seine Leute führten die durch Stiche geblendeten Lebenden gefesselt ins Freie, bevor sie auch die Toten bargen.

Die Kreaturen hatten Münzen aufbewahrt, obwohl sie ja keine Verwendung dafür hatten. Sie fanden sie überall in den Höhlen verstreut, denn ihre Gören hatten damit – wie auch mit menschlichen Knochen und Schädeln – gespielt, grausige Spielzeuge wie in einem Wolfsbau. Sie waren Wilde, wussten aber doch so viel, dass Schmuck ihnen zum Tausch dienen konnte, so dass sie diesen auch behielten. Es war billiges Zeug, denn sie waren klug genug, die besser gestellten Reisenden nicht anzugreifen, weil nach denen Suchen durchgeführt worden wären. Dieser Talmischmuck lag hier und dort in jämmerlichen Haufen – ein wenig Silber, aber meistens Bronze oder Messingblech mit Glassteinen, Schnallen, Broschen, Ringe und Anhänger, Amulette und Pilger-Abzeichen.

»Also, das wäre dann wohl das Feengold«, meinte Miles bitter, wobei er einen der Haufen mit der Schwertspitze ausbreitete.

»Hm? Oh, ja«, sagte Blaise. »Das Volk unter dem Hügel, das Geistervolk!«

Sie nahmen es alles auf, um es nach Jedburgh zu bringen, wo vielleicht jemand die eine Schnalle oder den anderen Ring wiedererkennen und erfahren würde, was aus seinen vermissten Angehörigen geworden war.

Ihr gefangener Führer führte sie winselnd und sich duckend zum anderen Ende eines niedrigen schmutzigen Tunnels, wo sie von einem noch fürchterlicheren Gestank eines natürlichen Verlieses empfangen wurden. Mit Gesten und Schnattern – was immer ihre Sprache war, klang wie ein Hustenanfall – gab er ihnen zu verstehen, dass die nicht verwertbaren Reste der Opfer sowie ihre Kleider und anderer Besitz dort hineingeworfen worden waren. Miles ließ einen Stein nach unten fallen, um die Tiefe auszuloten, und sie mussten lange horchen, bis sie den Stein aufschlagen hörten.

Es kam ihnen vor, als könnten sie sich nie mehr von diesem Gestank befreien. Ihre Haare, ihre Gesichter und selbst ihr Fleisch waren durchtränkt davon, ihre Lungen damit angefüllt. Später verbrannten sie ihre Kleider, setzten sich in den Bach und schrubbten sich Haut und Haar. Doch selbst da schien ihnen der Gestank weiter anzuhaften, und es dauerte ein paar Tage, bis sie ihn nicht mehr in der Nase hatten.

»Wir werden sie zur Abtei in Holywood bringen«, sagte Blaise. »Sie liegt weniger als drei Meilen von hier. Der Abt ist mein Vetter.«

»Und was dann?«, fragte Straccan. »Ich muss doch nach

Skelrig. Gott weiß, was dort geschieht. Diese Ungeheuer haben uns schon Zeit genug gekostet.«

»Ihr und Bane müsst weiter reiten. Es ist nicht nötig, dass Ihr Euch noch mehr um das hier kümmert. Der junge Ritter hier und sein Diener können mir helfen, die Wilden nach Holywood zu bringen. Mein Cousin hat die Autorität der Hohen und Niederen Gerichtsbarkeit«, erklärte Blaise mit grimmiger Befriedigung. »Also kann er über Kerker und Galgen, Leben und Tod auf dieser Domäne bestimmen. Wir werden es in seinen Händen lassen, um nach dem Gesetz zu handeln, und uns morgen wieder zu Euch gesellen.«

Die Kreaturen wurden eine Woche später hingerichtet, nach furchtbaren Tagen der Folter und Geständnisse, die auch die hartgesottensten Diener des Rechts an den Rand der Erschöpfung brachten, so unempfindlich gegen Qualen und Verderbtheit sie auch geworden waren. Unter Foltern erzählten mehrere der Verurteilten von dem hellhaarigen Mann auf einem schwarzen Pferd, der sie mit Fleisch und Zucker dafür bezahlte, bestimmte Reisende zu töten, die er ihnen beschrieb.

Der Art ihrer Verbrechen wegen wurden sie als Tiere und nicht menschliche Wesen mit unsterblichen Seelen betrachtet. Kein Priester kümmerte sich um sie, keine Gebete wurden für sie gesprochen, und der Tag ihrer Hinrichtung wurde zu einem örtlichen Feiertag, zu einem Schauspiel wie in einem römischen Zirkus, als Belustigung und Unterhaltung – eine riesige öffentliche Kundgebung des Hasses und der Wut. Wären sie nicht bewacht worden, als sie zur Hinrichtungsstätte geschleift wurden, hätte die heulende, weinende Menge sie mit bloßen Händen zerrissen. Doch Männer mit Hellebarden hielt sie zurück, und auf dem Schafott, das ungewöhnlich hoch gebaut worden war, damit alle es sehen konnten, wurden die Überlebenden von Sawneys Familie abgeschlachtet und ausgeweidet – so wie sie ihre Opfer behandelt hatten.

Sawney wurde bis zuletzt aufgehoben und wie ein Bär gereizt, bevor der Henker sich ihm zuwandte. Riesig, haarig, glänzend von Blut von Kopf bis Fuß, schrie die monströse Kreatur um Gnade, als ihre Glieder angebunden wurden und des Gesetzes Schlächter sich über sie beugte, erst mit einem Messer und dann mit einer Axt. Als Sawneys Eingeweiden in einem Haufen zu seinen Füßen lagen, wurden ihm erst ein Arm, dann der andere und darauf beide Beine abgeschlagen. Der wuchtige, starke Rumpf zuckte und klammerte sich länger an das Leben als irgendeiner der anderen. Während seine Gedärme vor seinen Augen verbrannt wurden, heulte er noch und stieß Flüche aus, bis der Todeskampf seine Zunge zum Schweigen brachte.

Die Reste wurden mit einer Mistgabel in ein hoch aufflammendes Feuer geschleudert, die Asche und verkohlten Knochenstücke zu Pulver zerstampft und in den Fluss geworfen, wo Kinder mit Steinen nach den fettigen Klumpen zielten, bis alle weggeschwemmt waren.

32

Der stumme Junge Hob saß auf einer Pfeiltruhe im Fensteralkoven, tief in der dicken Turmwand außerhalb des Garderobenzimmers, in dem Gilla gefangen gehalten wurde. Als Hob Schritte hörte, die näher kamen, duckte er sich hinter die Truhe und machte sich so klein er konnte, wobei er den Atem anhielt. Er war sich jedoch sicher, dass das laute, schnelle Pochen seines Herzens, das seinen Körper schüttelte, gehört werden musste. So rechnete er damit, gesehen und hervorgezogen zu werden. Doch nichts dergleichen geschah. Der Lord und Lady Julitta stiegen bis zum Dachzimmer hinauf und redeten dabei leise miteinander.

Dort im Dachzimmer ging etwas vor sich. Sie hatten diesen furchtbaren alten Mann dort oben einquartiert, als der und seine wildäugigen, von Angst besessenen Begleiter gestern hier ankamen. Ein Blick auf den Araber hatte Hob halb zu Tode erschreckt. So etwas Altes und Vertrocknetes sollte nicht mehr lebendig herumlaufen.

Was ging da vor? De Brasy war an diesem Morgen davongeritten. Er führte zusätzlich ein mit Kohlenpfanne, Holzkohle und Fackeln beladenes Gepäckpferd am Zügel. Dann war er ohne diese Last wieder zurückgekehrt. Die Küche befand sich in einem chaotischen Zustand, denn es war ein Festschmaus für die Leute des Kastells, Lord Roberts Männer und die Bediensteten, die mit Lady Julitta und dem Furcht erregenden neuen Lord gekommen waren, angeordnet worden.

Oben schloss sich die Tür hinter ihnen, und Hob konnte

endlich den Atem ausstoßen. Er fühlte schweißnasses Frösteln auf der Haut. Tränen rannen ihm aus den Augen. Er wischte sie und seine Nase mit schmutziger Hand ab. Lord Robert war tot. Hob hatte seinen armen Körper und das Blut gesehen, stumme Zeugen von Mord.

Hob, von Geburt weder taub noch dumm, aber stumm, war an die gleichgültige Unfreundlichkeit und absichtliche Grausamkeit gewohnt, mit denen man stumme Wesen behandelte, ob Tiere oder Menschen. Er hatte seinen Herrn, Lord Robert, geliebt, denn der war immer freundlich zu ihm gewesen und hatte vor allem mit ihm *gesprochen*, worauf Hob sehr stolz gewesen war. Er hatte nicht erkannt, dass der von Furcht gequälte Mann nur beim Lernen mit *sich selbst* gesprochen und nie auch nur geträumt hatte, dass der Junge zuhörte. Lord Robert hatte viel gelernt. Er konnte das alltägliche Schottisch verstehen, das im Dorf und von den Bediensteten des Kastells gesprochen wurde, und auch einiges vom normannischen Französisch, das die hohen Leute manchmal sprachen.

Er wusste, dass die Lady böse war. Sie hatte Hob verboten, sich um Lord Robert zu kümmern und war an seinem Tod schuld. Gewiss, er hatte sich erhängt, Gott möge ihm verzeihen, aber das war *ihr* Werk gewesen. Das Blut des toten Mannes war ein Beweis dafür. Sie und der neue Lord wollten den Teufel hierher bringen. Hob wusste alles über den Teufel, den Lord Robert so fürchtete, sodass er sich in seinen magischen Kreis zurückzog. Er wusste auch alles über den grünen Metallbehälter mit einem Bild darin, den Crimmon nach England – was immer das war – mitgenommen hatte. Lord Robert hatte ihn zu der Lady geschickt, seiner Schwester, um es einem großen Magier zu geben, der kommen und den Teufel vernichten würde, sodass Lord Robert seinen magischen Kreis verlassen, wieder auf seine Pferde steigen, seine Falken fliegen lassen und lachen und singen könnte, wie er es getan hatte, bevor er den Teufel gegen sich aufgebracht hatte. Aber die Lady hatte ihren Bruder verraten, und sein Blut schrie sie nun klagend an.

Dann war da auch das kleine Mädchen. Hob hatte gesehen, wie sie geohrfeigt und geschüttelt wurde, hörte sie weinen, eingeschlossen in diesem kleinen kalten Zimmer. Die Lady hatte ihr sogar das Kleid und die Schuhe weggenommen und ihr nur das Hemd und eine Decke gelassen. Hob hatte ihr Essen gebracht und wusste, dass sie es nicht zu sich nehmen würde. Was würde wohl mit ihr geschehen? Sie war so hübsch und so klein.

Sich selbst mit den Armen umschlingend in einem Versuch, das stumme Elend von Verlust und Angst zu lindern, kauerte Hob in dem Alkoven und fragte sich, was er tun solle. Er wollte nach Hause gehen. Sein Großvater würde froh sein, ihn wieder zu sehen, und er wäre dort sicher – hungrig, kalt, aber sicher. Der Teufel hatte es nicht auf *ihn* abgesehen. Aber was sollte mit dem Mädchen geschehen? Ob er sie wohl aus ihrem Gefängnis befreien sollte? Was könnte sie dann tun? Wo könnte sie sich verstecken? Sollte … ja, sollte er sie mit sich nehmen?

Auf Befehl der Lady war ein neuer, glänzender Riegel an der Garderobentür angebracht worden, doch Hob konnte ihn mit der Hand erreichen. Er berührte die Hand des Kindes. Sie schlief, das arme, so kalte, winzige Ding, und rührte sich nicht. Er drückte die kleine Hand und berührte sie sanft an der Wange. Immer noch keine Reaktion. Er sah die blauen Flecke auf ihren dünnen Armen und an ihrem weichen Hals und stieß einen leisen bestürzten Laut des Mitleids aus. Er beobachtete, wie sie ein und aus atmete und fragte sich, wie er sie wecken sollte.

»Wach auf«, rief er im Geiste verzweifelt. »Wach auf! Wach auf!«

Gilla öffnete die Augen vor Hobs besorgtem, schmutzigem, von Tränen verschmiertem Gesicht. Ein Junge. Der Junge, der ihr Essen und Torf für das Feuer gebracht hatte. Sie wusste seinen Namen nicht.

»Wer bist du?«

Er berührte seine Lippen, schüttelte den Kopf und stieß einen Laut aus, ein leises Grunzen.

»Bist du stumm?«

Er nickte heftig und lächelte.

»Bist du gekommen, um mich nach Hause zu bringen?«

Er nickte wieder und dachte dabei, dass er über dieses ›nach Hause‹ später nachdenken würde. Sie hier herauszubringen würde fürs Erste mehr als genug sein.

»Raus mit euch – verschwindet!« Der geplagte Koch, wütend über diese Invasion seines dampfenden Reiches, schlug mit einer schweren Kelle ohne Rücksicht auf Schultern und Ellbogen. Diese verdammten Bettelgören sollten doch am Tor warten, was sie gewöhnlich auch taten, bis der Koch einen Küchenjungen mit den Resten von den Schneidebrettern des gestrigen Tages schickte. Aus irgendeinem Grunde hatten sie es sich heute in die dummen Köpfe gesetzt, durchs Tor und über den Hof bis zur Küchentür zu rennen und dort schweigend wie Hunde zu grinsen, halb erwartungsvoll, halb erschreckt über ihre eigene Kühnheit.

»Ihr kleines Ungeziiiefer, ich werd' euch helfen! Werd' die Huuunde auf euch hetzen! Rrraus! Rrraus! *Rrraus*!«

Kreischend liefen sie zurück zum Tor, wie ein Rudel grauer und brauner Ratten, in ihren schmutzigen Sackkapuzen und zerfetzten Hemden, wobei sie den lachenden Wachen auswichen, die so taten, als wollten sie sie jagen und ergreifen. Aber ein Mann, der schärfere Augen und eine bessere Beobachtungsgabe hatte als die anderen, bemerkte, dass acht hineingerannt waren, aber zehn jetzt herauskamen.

»Schließt das verflixte Tor!«, rief er.

Hobs Versteck, sein geheimer Zufluchtsort von den Ängsten und Qualen seiner stillen Kindheit, lag etwa drei Meilen von Skelrig entfernt, inmitten der mit Gestrüpp dicht bewachsenen Abhänge, wo felsige Schluchten und tiefe, schmale Bäche sich in die kahlen Hügel furchten. Sicher genug, schätzte er, denn er hatte hier schon viel Zeit in seinem kurzen Leben verbracht. Hob war sieben Jahre alt gewesen, als sein Vater starb und sein Onkel, ein Schankwirt in Dalkeith, ihn für sich als unbezahlten Sklaven beanspruchte. Hobs Großvater, der Vater seiner Mutter, widersetzte sich dem heftig, aber Onkel Willie gewann gegen ihn die Oberhand und höhlte seinen Widerstand durch Drohungen aus, sodass der alte Mann Angst vor dem großen, fetten, rotgesichtigen, brüllenden Giganten bekam und der leise weinende Hob hinter seinen Onkel auf ein großes knochiges Pferd gesetzt wurde.

Sein Onkel war ein grober Tyrann, der sich schon bis zum Mittag den Hass des Jungen zuzog. Er ohrfeigte ihn, bis sein Kopf dröhnte, und schrie ihn so laut an, als wäre ein Stummer zugleich taub. Gegen Mitte des Morgens stieg der fette Mann ab, pinkelte geräuschvoll an einen Felsen und aß ein ausgezeichnetes eingepacktes Mahl, von dem er dem Kind nichts abgab. Zur Mitte des Nachmittags, als er wieder angehalten und hinter einem Baum verschwunden war, machte Hob sich davon.

Sein Versteck, das nur er kannte, war eine kleine Höhle in der Felswand über einem tief eingeschnittenen Bach. Sie konnte nur durch sehr waghalsiges Klettern erreicht werden, nachdem man dem Bach einige Zeit gefolgt war. Die Höhle konnte von oben überhaupt nicht gesehen werden und lag weit abseits von jedem Pfad. Er blieb dort eine ganze Woche, während sein Onkel rasend vor Wut suchte und suchte, aber schließlich aufgab und allein zu seiner Schenke zurückritt.

Er wollte Gilla dorthin bringen. Sie wären dort sicher gewesen – wenigstens für einige Zeit.

Hob glaubte an das Koboldvolk, aber auch fest an die Macht von Eisen, das sie fürchteten. In den letzten Tagen hatte er so viel Eisenabfälle von der Schmiede gestohlen, wie er tragen konnte. Seine größte Beute, auf die er stolz war, bestand aus einer rostigen Kette, die er wie Lord Robert als Schutzkreis auslegte. Mehrere Hufeisen und kleine Haufen von Nägeln verstärkten diese Verteidigungsstellung, in die er einen kleinen Steinherd gebaut hatte, auf dem jetzt ein alter Eisentopf stand, dessen Henkel abgebrochen war und den er gleichfalls aus Skelrig hatte mitgehen lassen. Für ein bisschen Wärme und Gemütlichkeit hatte er auch reichlich Farnkraut und Gras in die Höhle gebracht.

Jetzt kroch er allein dort hinein wie ein kleines Tier und weinte still, während er sich sein Nest machte. Er hatte ihr nicht helfen können. Er hatte sein Bestes getan, aber er hatte versagt. Die Torflügel waren zugeschlagen, bevor sie hindurchlaufen konnten, und der Torwächter, der so laut brüllte, hatte Gilla bei den Haaren hochgerissen und das schreiende Mädchen zurück zum Turm gebracht. Hob und die anderen waren herumgejagt und geprügelt worden, aber nach Meinung der Wächter waren sie alle ja nur Dorfgören, und es gab keine Anweisungen, diese einzusperren.

Die Höhle war sicherer als die Hütte seines Großvaters im Dorf. Wenn die bösen Leute erkennen würden, was er getan hatte, würden sie da nach ihm suchen. Nahrung war jetzt am wichtigsten, doch Hob hatte in den Bächen und Teichen Fische von Hand gefangen, seit er drei Jahre alt war; außerdem konnte er gut mit einer Schleuder und Steinen umgehen, sodass er in der Lage war, ein Eichhörnchen aus einem Baum zu schießen und sogar einen Vogel im Flug zu treffen. Feuerstein und Stahl hatte er außerdem. So würde er nicht verhungern.

Hob schlief für kurze Zeit, wälzte sich dabei hin und her und wimmerte wie ein kleiner Hund, doch als er erwachte, wusste er, was er tun musste. Sein Magen drehte sich ihm schier um vor Furcht, als er daran dachte, wieder zur Burg zurückzukehren, aber die bösen Leute führten etwas im Schilde, und was immer das war, es würde bald geschehen – niemand würde eine Kohlenpfanne und Holzkohle lange Zeit draußen liegen lassen. Es würde *sehr* bald geschehen – vielleicht sogar schon heute Nacht.

Der Bursche war klein, aber tapfer. Man konnte gar nicht tapferer sein. Er *musste* einfach zurückgehen. Wenn sich eine Möglichkeit bot, würde er sich hineinschleichen. Wenn nicht, würde er eben so lange warten und beobachten, bis die Gelegenheit gekommen war.

»Wie weit ist es noch nach Skelrig?«, fragte Straccan.

»Etwa vierundzwanzig Meilen«, meinte Blaise.

»Und was dann?«, wollte Miles wissen. »Wir fünf können die Burg doch weder belagern noch erstürmen.«

»Ich hoffe, das wird eine einfache Sache des Austauschs sein«, erwiderte Straccan. »Ich habe seine Reliquie, sie gehört doch *ihm*, denn er hat sie gekauft und dafür bezahlt. Aber er hat meine Tochter. Das eine für das andere.«

Die Miene des alten Ritters war finster. »Wenn Ihr sie habt, was wird dann?«

»Ich werde ihn töten!«

33

Anders als Lord Robert, dessen schlafendes Gewissen durch Mord wachgerüttelt worden war und ihn nun peinigte, kümmerte de Brasy sich nicht darum, wer litt, solange nicht er selbst es war. Während er noch im Dienst von Soulis stand, musste er gehorchen, und wenn das noch mehr Töten bedeutete – wenn schon! Es kam sowieso schon nicht mehr darauf an. Er erwartete nicht, dass Al-Hazreds ekelhaftes Ritual jetzt mehr Wirkung hatte als zuvor, wenn der alte Teufel auch schwor, die Macht in dem Neun-Steine-Ring so beschwören zu können, dass sich diesmal der Erfolg einstellte.

So war es immer gewesen. Er hatte Erfolg für *dieses Mal* versprochen, aber vorher auch schon, und jedes Mal hatte er eine Erklärung für den Misserfolg gehabt, der dann eintrat: die Sterne waren gegen sie, andere Einflüsse widersetzten sich ihnen, die Stelle war falsch, die Zeit war nicht die richtige – und sogar der verdammte *Wind* hatte sich gedreht!

Wie der Meister noch an den alten Betrüger glauben konnte, entzog sich de Brasys Verständnis. Sie hatten sein Großes Ritual bei Soulistoun versucht (wo die Sterne gegen sie waren) und bei Crawgard (was der falsche Ort war), aber das sollte sie nicht entmutigen; sie würden es wieder versuchen, und dieses Mal im Neun-Steine-Ring.

Soulis hatte in irgendeinem alten Buch gelesen, dass Macht oft in alten Steinkreisen konzentriert sei. Er kaufte alte Bücher, Manuskripte, Briefe und Dokumente aus aller Welt. Spitzel in Bristol, Paris, Marseille, Rom, Nürnberg, Valencia, Athen, Ägypten und Jerusalem sandten ihm antike Pergamente, Papyri, Tontafeln und Leinenrollen. Er und der Araber brüteten über diesen Schriften. Die meisten wurden als Unsinn beiseite gelegt, aber hin und wieder entdeckten sie ein Bruchstück alter Legenden, das nützlich zu sein versprach.

Al-Hazred fand das Beschwörungsritual in einer Kiste zerfallender Tontafeln aus Palästina, und in Soulistoun hatten sie versucht – natürlich erfolglos –, einen Dämonen mit frisch vergossenem Blut zu beschwören, das Blut von Hühnern und Lämmern, denn das Ritual erforderte ›Blut‹, ohne zu besagen, *was* für Blut. Aber das Blut von Vögeln und Säugetieren lockte keinen Dämonen in den für ihn vorbereiteten Käfig aus Blei und Silber. Dort aber hatte der Meister zum ersten Mal in der Wut seiner Enttäuschung Al-Hazred geschlagen. De Brasy schaute in das Gesicht des Arabers, schlaff vor Erstaunen und plötzlicher Furcht, und sah das rasch unterdrückte Aufglimmen von Hass in seinen stumpfen schwarzen Augen.

Wenn Blicke töten könnten ... De Brasy hätte nie etwas getrunken, das ihm von jemand angeboten worden wäre, der *ihn* so angeschaut hätte, aber der Meister ließ sich besänftigen und schluckte beruhigt den vom Araber bereiteten Trank, ›um den Lebensgeistern meines Lords wieder Kraft zu verleihen und meinen Lord in seiner Enttäuschung zu trösten‹.

Eher wohl, um meinen Lord ins Gras beißen zu lassen, dachte sich de Brasy und wartete die weitere Entwicklung mit Interesse ab. Aber diesmal irrte er sich. Wieder besänftigt und getröstet, hörte Soulis zu und nickte träumerisch, als Al-Hazred das beruhigende Öl seiner plausiblen Erklärungen fließen ließ. Was sie da als Opfer angeboten hatten, sagte er, sei nicht kostbar genug. Der Dämon verachte das Blut seelenloser Kreaturen.

Also opferten sie das nächste Mal, bei der Winter-Sonnenwende in Crawgard, Blut und *Seelen.*

Da gab es ein paar unheimliche Augenblicke, als de Brasy wirklich dachte, da sei irgendetwas in den betäubenden Weihrauchdämpfen und anderem Rauch aus den Pulvern und Kräutern, die der Araber da verbrannte, schattige Andeutungen einer furchtbaren, sich immer wieder verändernden Gestalt, die sich zu formen versuchte. Von Al-Hazred angefeuert, versuchten sie, diese mit einer Orgie des Blutvergießens zurückzuhalten, doch ohne Erfolg. Sie schwand dahin, und es blieb nichts zurück als der Gestank und die Reste, die von den Körpern übrig geblieben waren und weggeräumt werden mussten.

Aber dieser Neun-Steine-Ring war eine Stelle der Macht, eine alte Opferstelle, wo den alten dunklen Göttern Blut dargebracht worden war, sodass der Meister um so entschlossener war, in dieser Nacht weiter zu machen, da das besondere weibliche Kind, das ihr Opfer sein sollte, fast entflohen war.

»Solche Reinheit, eine unschuldige Seele, eine werdende Seherin, das perfekte Opfer«, schwärmte Soulis in furchtbarer Freude.

»Trotzdem wäre es gut, mehr als nur ein Kinderopfer zu haben«, meinte Julitta. »Es gibt doch genug Bauernbälger im Dorf. Nehmt eins davon.«

»Zu gewöhnlich.«

»Ihre Seelen sind wahrscheinlich genau so unschuldig wie die des Mädchens«, entgegnete Julitta beleidigt. »Lasst doch de Brasy kommen.«

De Brasy, der zuhörte, fröstelte. Heute Nacht würden sie es im Neun-Steine-Ring wieder versuchen, und er hatte die schlimme Ahnung, dass trotz all seiner sorgfältigen Planung, seines gestohlenen Goldes und des in Leith wartenden Schiffes irgendetwas schief gehen würde. In seinem blutigen, ereignisreichen Leben hatte er gelernt, dem unbehaglichen Gefühl der Kalten Füße zu trauen.

»Uns fehlt noch eine Reliquie«, sagte Julitta.

Lord Rainard biss sich auf die Lippe und berührte die Halskette, die er trug – eine schwere Silberkette, an der eine Anzahl kleiner Reliquienkästchen hing. »Das ist wahr. Aber ich habe all die anderen außer den Finger von Thomas. Ich denke nicht, ich *glaube* nicht, dass nur *eine* fehlende Reliquie am Ende etwas ausmachen wird. Wenn der Araber den Dämon nicht beherrschen kann, dann haben wir immer noch den Schutz von zehn großen Heiligen. Sogar den von Petrus«, höhnte er, »gegen den die Tore der Hölle nichts ausrichten können!«

Er ließ die Finger über die kleinen Reliquienbehälter gleiten, als wären sie Rosenkranzperlen und hielt bei dem Behälter inne, der einen Fingerknöchel des heiligen Petrus enthielt. Dieser und die Reliquien der anderen Jünger Christi waren über mehrere Jahre mit großem Kostenaufwand gesammelt worden. Nächst einer Reliquie von Christus selbst waren die seiner Jünger die stärksten – sicherer Schutz vor dem Wesen aus der Dunkelheit, das der Araber herbeiholen zu können schwor.

Es sollten zwar elf Reliquien sein – eine von jedem wahren Jünger –, aber auch so würden zehn große Heilige sicherlich genügen, ihn zu schützen und den Dämon zum Gehorsam zu zwingen – vorausgesetzt, er wurde erst gefüttert und gesättigt.

»Es mag etwas Wahres daran sein, was Ihr da sagt, Mylady«, erwiderte er und wandte sich dann de Brasy zu. »Holt ein Kind aus dem Dorf, aber lasst Euch nicht sehen! Nach heute Nacht«, fügte er dann triumphierend hinzu, »wird mir nichts mehr widerstehen können!«

Nicht zum ersten Mal fragte sich de Brasy, was denn so wünschenswert war, dass Lord Rainard sich dafür mit der

Hölle einlassen wollte. Es hatte wohl etwas mit den Briefen zu tun, die er nach Frankreich und England schrieb und von dort empfing. Der Ehemann dieser Ziege Julitta, der Graf von Arlen, steckte mit darin, wie auch andere von König Johns Lords, darunter de Cressi, de Vesci, FitzWalter und Mowbray. Sogar der König von Frankreich, Philipp Augustus, dessen Siegel de Brasy auf einem der Briefe gesehen hatte. Wenn er lesen könnte, hätte er alles gewusst.

Über Nacht hatte sich ein kalter, grauer Nordsee-Nebel ins Inland weit nach Westen bis Selkirk gewälzt, wo er sich über den Eildon-Hügeln als dichte, düstere Masse niederließ, um dort zu bleiben.

Etwa zehn Meilen vor Skelrig sahen ihn Straccan und seine Begleiter und stießen einen gemeinsamen Seufzer aus.

»Das hat uns gerade noch gefehlt«, bemerkte Bane dazu.

In Skelrig konnte der schläfrige Wachmann auf dem Turm den Boden gar nicht mehr sehen. Nebel hing auch an den Eisenplatten seiner Halsberge, sammelte sich an seinem Helm und tropfte ihm in den Nacken. Die unheimliche Stille, die seit der Ankunft des neuen Lords und seiner finsteren Leibwächter eingetreten war, dauerte an. Der Platz war jetzt aber nicht nur taub und stumm, sondern auch blind.

Nebel behinderte Hob nicht, denn er kannte jeden Zoll des Geländes mehrere Meilen um Skelrig herum. Er kauerte hinter einem niedrigen Mauerausläufer neben dem Hoftor der Burg. Keiner war hinein- oder hinausgegangen, seitdem er dort lauerte. Auch die Kobolde und Feen, überlegte Hob, waren gewiss vernünftig genug, in einer solchen Nacht zu Hause zu bleiben. Er hatte sich aber die zerrissene Kette mit Amuletten umgehängt, welche die Lady vom Hals des toten

Lord Robert gerissen und mit einem Stück Schnur geflickt hatte. Die Kette und ein Stück rostige Eisenstange, die er in seinen Gürtel gesteckt hatte, würden dafür sorgen, dass jeder Kobold es sich zweimal überlegte, ob er Ärger machen sollte.

Plötzlich schallten Rufe durchs Tor. Pferde, Stimmen von Leuten und das Geräusch – ja, endlich – das Geräusch, als die großen Sperrstangen gehoben wurden. Die Torflügel quietschten und öffneten sich. Hob sah den rauchigen Glanz von Fackeln. Jetzt!

Aber als er sich zum Sprung bereitmachte, sah er bereits den ersten Reiter durchs Tor kommen. Es was Soulis, und der kleine, schlaffe Körper, den er vor sich auf dem Sattel hielt, war Gilla. Ihr blondes Haar hing lose herunter. Tot, dachte Hob voller Schmerz, doch als er so auf den Körper starrte, ballte sich eine kleine Hand zur Faust und öffnete sich wieder. Die grausame Dame folgte, dann der böse Araber und schließlich dieser de Brasy, der ein anderes Kind trug. Hob stieß ein leises Grunzen des Entsetzens aus. Als letzte kamen die Sarazenen-Bogenschützen des schlimmen Lords, und die Torflügel schlossen sich quietschend und rumpelnd.

De Brasy hatte gedacht, er würde jetzt schon in sicherer Entfernung sein. Er hatte die Burg vor den anderen verlassen wollen, angeblich, um die Kohlenpfanne und die Fackeln anzuzünden und den Kreis vorzubereiten; in Wirklichkeit aber wollte er im gestreckten Galopp nach Leith reiten und dort die Flut und das nach Zypern auslaufende Schiff erreichen – ein wohlhabender Mann konnte dort gut leben. Das Gold, das er aus Soulis' Geldfass gestohlen hatte, würde es ihm ermöglichen, angenehm zu leben, sogar mit gewissem Stil.

Aber bevor er sich davonmachen konnte, hatte Soulis ihm befohlen, mit ihnen zu reiten, um das zweite Opfer zu tragen, den betäubten und wimmernden Jungen, den er sich im Dorf gegriffen hatte. Soulis selbst trug Straccans Göre, und hinter des Meisters Schulter sah er des Arabers Raubtierzähne, die zu einem höhnischen Grinsen verzogen waren, sodass er sicher war, der alte Teufel könne seine Gedanken lesen. Vorher hatte er gesehen, wie Al-Hazred mit den Sarazenen-Schützen getuschelt hatte. Sie hatten sich verbeugt und ihm die Hände geküsst. Als sie merkten, dass de Brasy sie anschaute, verzogen sie drohend die Mienen, und einer legte die Hand an den Griff seines Krummschwerts, doch der alte Zauberer packte sein Handgelenk und schüttelte den Kopf, wobei die tot aussehenden Augen de Brasy anstarrten.

Es blieb ihm nichts anderes übrig, als zu gehorchen, und so ritt er also mit dem Meister, dem Araber und Julitta, gefolgt von den Sarazenen. Der Nebel war so dicht, dass sie nur langsam reiten konnten, denn die Pferde mussten ihren Weg regelrecht erfühlen – nach de Brasys Meinung ein Segen. Auf diese Weise würde er eine Gelegenheit zur Flucht bekommen.

Hob konnte ihnen leicht folgen.

Er beobachtete, wie die bösen Leute ihre Pferde anbanden und den Bogenschützen befahlen, dort auf sie zu waren. Sie stiegen den Erdhügel hinauf, wobei sie die Kinder trugen, und traten aus seiner Sicht heraus und in den Steinring hinein. Schaudernd kroch Hob zur entgegengesetzten Seite des Erdhügels und dann vorsichtig nach oben.

Es war kurz vor Mitternacht. In Skelrig schliefen die Soldaten der Garnison und die Bediensteten, nachdem sie ihr mit Betäubungsmitteln vermischtes Mahl verzehrt hatten. Einige lagen mit dem Oberkörper auf dem Tisch, andere waren auf die am Boden liegenden Binsen geglitten. Um sicher zu gehen, dass keiner vorzeitig aufwachte, hatte der Araber auch die Kerzen entsprechend behandelt, sodass ein einschläfernder Rauch im Saal hing, schwer und widerlich riechend.

Im Neun-Steine-Ring begann das Ritual.

Einige Meilen weiter im Südwesten, wo Sir Blaise am nächtlichen Feuer Wache hielt, hob dieser den Kopf und starrte in die neblige Dunkelheit. Die Härchen an seinen Armen und im Nacken prickelten, aber er hörte und sah nichts. Dennoch stand er auf und zog sein Schwert.

Der in seinen Mantel gehüllte Straccan setzte sich auf. »Was gibt es denn?«

»Da geht irgendetwas vor sich!«, sagte der alte Mann. »Könnt Ihr es nicht spüren?«

Straccan schlug seinen Mantel zur Seite und stand auf. »Ich weiß nicht«, sagte er nach ein paar Augenblicken. »Es ist so, als ob man auf Wache steht und weiß, dass der Feind dort irgendwo ist, aber man kann ihn nicht sehen oder hören. Er ist aber da und kann einem jederzeit an die Kehle springen.«

»Weckt die anderen«, sagte Blaise. »Wir müssen weiter.«

»Wir werden die Richtung verlieren«, meinte Straccan, stieß die anderen aber der Reihe nach mit dem großen Zeh an.

»Ich glaube nicht«, murmelte Blaise. »Ich fühle, wie es mich zieht – wie ein Magnet.«

Sie ritten langsam, denn sie konnten nicht mehr als ein paar Fuß vor sich sehen. Der Nebel war jetzt noch dichter, und kalte Tropfen hingen ihnen an Haar und Kleidern und an den Flanken der Pferde, die dadurch glatt und glänzend wurden.

Während er den Erdhügel hinaufkroch, was ihm sehr lang vorkam, hörte Hob ein dünnes, schrilles Pfeifen aus der Ferne. Es schien aus der Dunkelheit über ihm zu kommen, aber das war unmöglich. Dann erklang ein summendes, unheimliches Heulen; der grässliche Laut ließ Hobs Zähne klappern und schien seinen Schädel zu durchdringen. Den Kopf energisch schüttelnd, kroch er zur mannshohen Basis des umgefallenen Königssteins und spähte um die Ecke herum. Er konnte Gesang hören, dessen Worte er nicht verstand. Sein dünner Körper wurde im Rhythmus des harten Hämmerns seines Herzens geschüttelt.

Im Neun-Steine-Ring war kein Nebel.

Vom rötlichen Licht einer Kohlenpfanne und von Kerzen und in den Boden gesteckten Fackeln beleuchtet stand der Araber mit dem Rücken zu dem unvermuteten Beobachter, die mageren Arme zum Nachthimmel erhoben. Es war seine Singsang-Stimme, die Hob gehört hatte. Zu seinen Füßen lag ein Haufen kleiner Körper – geköpfte Tauben, Lämmer mit aufgeschlitzten Kehlen –, und vor ihm stand ein dampfender Steintrog. Der kupfrig süße Geruch von Blut lag in der Luft. Der böse Lord und die grausame Lady beugten sich über etwas am Boden, das sich wand und wie ein verletztes Tier jammerte.

Hob konnte weder Gilla noch de Brasy sehen. Wo waren sie?

Der böse Lord hob das Ding vom Boden auf und reichte es dem Araber. Hob biss sich beinahe die Zunge durch, als er die schlaffen Beine und den hängenden Kopf eines kleinen nackten Körpers sah, der von dunklem Blut aus Schnitten von den Brauen bis zu den Zehen glänzte. Es war aber nicht Gilla, sondern ein Junge.

Der Araber legte den Körper in den Trog. Hob hörte ein gedämpftes Wimmern und begann zu weinen, wobei er sich die Tränen mit beiden Fäusten abwischte. Alles in ihm schrie nach Flucht – schrie danach, loszurennen und nie wieder stehen zu bleiben, aber das kleine Mädchen musste auch dort sein, und er konnte sie ja nicht verlassen.

Die Kohlenpfanne glühte beständig. Die Fackeln und Kerzen waren halb heruntergebrannt, und die Luft innerhalb des Steinkreises war voll von süßlichem Rauch und schwer von Blutgeruch.

Der Araber hob wieder die Arme, und die Lady und der böse Lord taten das Gleiche. Innerhalb des Kreises glitzerte Frost auf Gras und Steinen. Von irgendwo her kam schwacher kalter Wind auf, der das Haar der Lady hob, wie sie schwankend da stand. Hob roch Eis.

Außerhalb des Kreises waberte und quirlte der Nebel. Innen schien die Luft zu zittern, und ein schwarzes Loch öffnete sich im Himmel über ihnen.

Die sich innerhalb des Kreises befanden, spürten einen starken, nach unten gerichteten Druck, der in ihren Ohren schmerzte. Leichter Schneefall setzte ein; die Flocken wurde von den Fackeln rötlich beleuchtet.

Irgendetwas war da.

Es veränderte ständig seine Form. Zuerst war es unglaublich riesig, so groß wie eine Wolke; dann zog es sich zusammen, etwa zur Größe einer Kuh, dann auf die Größe eines Menschen – ein schwarzer Schatten in der Dunkelheit, dessen Form nur vage durch die Sterne zu erkennen war, die dieser Schatten verdeckte. Ab und zu war da ein schwaches Glänzen wie eine Stahlkante und ein trockenes Rascheln wie von Schlangen.

Die Glut in der Kohlenpfanne verringerte sich, die Fackeln wurden zu kleinen roten Augen, die Kerzenflammen nahmen eine blaue Farbe an, schrumpften zusammen und erloschen, und ein kaltes Leuchten pulsierte von den Steinen.

Das klagende Jammern des Arabers stieg zu einem Heulen an. Seine Hände beschrieben Formen in der Luft. Und da war auch de Brasy. Er bewegte sich von der anderen Seite des großen Steins in Hobs Sichtfeld und nahm das kleine

Mädchen in die Arme. Der böse Lord packte die Halskette, die er trug, wandte sich um und schaute, wie es Hob erschien, geradewegs zu ihm hinüber.

»Pssst«, zischte Straccan. »Horcht!«

Sie hielten an und horchten. Nichts. Dann – ja, in der Ferne war das Klicken eines beschlagenen Hufes auf Stein zu vernehmen. Vorsichtig zogen sie ihre Schwerter aus den Scheiden, ohne einen Laut. Da! Ein Rasseln von Kieselsteinen und – jetzt ganz deutlich – das Schnauben eines schnell gerittenen Pferdes. Nun konnten sie auch das regelmäßige Aufschlagen von Hufen auf Gras und das Klirren eines Harnischs an Metallteilen hören.

Der Reiter war in einiger Entfernung über ihnen und kam den Hügel herunter. Straccan und Miles stiegen ein Stück den Abhang hinauf und warteten. Der Nebel dämpfte erst die Laute und verstärkte sie dann, sodass sie nicht ausmachen konnten, wie nahe der Reiter schon war, bis er plötzlich vor ihnen erschien. Das Pferd bäumte sich auf, als Miles ihm in die Zügel griff. Straccan packte ein Bein des Reiters und zerrte ihn zu Boden, sodass er schwer aufschlug.

Das Pferd war ein wunderschöner schwarzer Hengst.

Der Reiter hatte sehr helles Haar.

Miles war sofort über ihm, drehte ihn herum und drückte ihn nieder. Der hellblonde Mann zog Miles' Dolch aus der Scheide und hieb damit so heftig nach ihm, dass er ihm die Gedärme zerschnitten hätte, wenn Straccan den Dolch nicht mit einem raschen Fußtritt in den Nebel befördert hätte. Der Reiter kämpfte wie ein rasender Vielfraß mit Fäusten, Füßen und Zähnen, bis Straccan ihm einen so wuchtigen Stoß mit der Fußspitze ans Knie versetzte, dass alle den Knochen krachen hörten und der Mann sich wand und aufschrie. Dann stieß er ein lautes Stöhnen aus, als Straccan sich mit beiden

Knien auf den nun ungeschützten Leib fallen ließ, so dass de Brasy keine Luft mehr bekam. Straccan setzte dem Mann seinen Dolch an die Kehle.

»Wo ist meine Tochter?«, fauchte er.

»Wer … seid ihr?«, keuchte de Brasy und versuchte, sich von der Klingenspitze wegzuwinden.

»Du kennst mich, du Höllenbrut – ich bin Straccan.« Mit einem leichten Stoß der Dolchspitze ließ er Blut über de Brasys Halsberge rinnen. »Ist sie in Skelrig?«

»Nein!«

»Lügner!« Straccan nahm den Dolch in die rechte Hand und stach ihn durch de Brasys linken Vorderarm, so dass dieser an den Boden geheftet wurde. Der Mann heulte auf wie ein Hund. »Mörder«, fauchte Straccan. »Wo ist sie?«

»Tot!«

Straccan stieß einen lauten Seufzer des Kummers und der Verzweiflung aus.

De Brasy hatte in seinem Leben anderen schon viel Schmerz bereitet, war selbst aber jahrelang davon verschont geblieben. Nun aber zitterte er vor Schock. Blaise beugte sich über ihn und sah, dass de Brasys Pupillen in den starrenden Augen nur noch kleine Punkte waren. Er packte das Kinn des Mannes und drehte den Kopf zu sich, sodass der leere Blick auf ihn gerichtet war.

»Wer ist im Kastell von Skelrig?«

»Nur das Dienstpersonal und die Soldaten«, erwiderte de Brasy mit einem Schluckauf. »Die anderen sind bei den Steinen.«

»Welche Steine?«

»Der Kreis, der Neun-Steine-Kreis. Lasst mich aus! ich werde zahlen, ich habe doch Gold – *auuu*!«

Straccan zog seinen Dolch aus de Brasys Arm. »Steh auf!«

De Brasy versuchte sich zu erheben, konnte sein verletztes Bein aber nicht belasten. Er stöhnte und fiel um.

»Lasst *mich* ihn doch mal ein wenig mit dem Dolch kitzeln«, schlug Bane vor, zog seine Waffe aus der Scheide und befingerte sie hoffnungsvoll, während de Brasy stöhnte und sein Knie umklammerte.

»Tut weh, ja? Gut so«, sagte Straccan. »Wir werden dich an dein Pferd binden, und dann wirst du uns zu diesem Steinkreis führen.«

»Nein! Ich flehe Euch an! Lasst mich gehen!«

»Wenn du uns hilfst – vielleicht«, erwiderte Blaise.

De Brasy rief schrill vor Angst: »Es ist nicht *meine* Schuld! Er war dann doch gekommen ... so schrecklich! Ich wollte ja gar nicht dort sein! Ich hatte das Geld genommen und wollte fliehen!«

»Wer war ›dann doch gekommen‹?«, wollte Blaise wissen.

»Der Teufel des Arabers! Ich hatte es nie geglaubt – aber da war etwas. Ich konnte es nicht richtig sehen und wollte es auch gar nicht ... aber *irgendetwas*, o Christus, nur für einen Augenblick ...«

»Erzähl weiter!«

»Ich musste das Mädchen halten, bis sie an der Reihe war.« Straccan bäumte sich auf, als de Brasy fortfuhr: »Der Meister rief dann, ich solle sie ihm bringen. Ich versuchte es, aber – o Gott – ich konnte nicht, mit dem Ding da hinter ihm. Ich ließ das Mädchen fallen und warf mein Messer auf den Araber. Traf ihn auch, denn er kreischte und fiel. Die Bogenschützen rannten herbei.« Seine Stimme ging in ein Schluchzen über. »Der Meister stürzte auf mich zu. *Er* war ja nicht gefährdet – Gott verfluche ihn! *Er* hatte ja all die Reliquien zum Schutz. Ich versuchte, ihm die Kette mit diesen Reliquien vom Hals zu reißen, aber sie zerriss, und ich rannte davon. Julitta fing an zu schreien. Vielleicht hatte der Dämon sie gepackt – ich hoffe es! Lasst mich gehen! Ihr habt es versprochen!«

»Ich habe nichts versprochen.« Blaise packte de Brasy an

seinem blutigen Kragen und hob ihn hoch. Die Beine knickten unter ihm ein, sodass er für einen Moment wie etwas Totes im Griff des großen alten Ritters hing. Dann, schneller als es möglich schien, zog er Blaises Dolch, so wie er es mit Miles gemacht hatte, und stieß damit nach ihm. Blaise fuhr zurück, während die Klinge seinen Mantel zerschlitzte. Als de Brasy dann zu seinem Pferd taumelte, ragte ein Messergriff aus seinem Rücken zwischen den Schulterblättern hervor, und Blut bildete sich rings darum wie Blütenblätter einer großen Blume. Er fiel unter die Hufe des sich aufbäumenden Pferdes. Straccan beugte sich über ihn, zog seinen Dolch aus dem Rücken des nun toten de Brasy, wischte ihn an dessen Wams ab und steckte ihn wieder in die Scheide an seinem eigenen Gürtel.

Bane und Larktwist beugten sich nieder, um die Leiche aufzuheben. »Trennt ihm die Kniegelenke durch«, sagte Blaise grimmig, »und schlagt ihm den Kopf ab!«

Miles öffnete den Mund, um zu protestieren, aber Blaise kam ihm zuvor und sagte: »Rainard de Soulis ist so in Zauberei geübt, dass er sich auch noch einen Leichnam zunutze machen könnte.«

»O Gott!«, rief Miles, grün im Gesicht.

Sie legten den Körper über den Sattel des schwarzen Hengstes. Bane durchsuchte zielstrebig die Satteltaschen und fand zwei kleine, schwere Leinensäcke, in denen es viel versprechend klimperte, als er sie Straccan zuwarf.

34

Am Fuße des Hügels stiegen sie ab und ließen Larktwist dort, um die Pferde zu halten. Zwei andere Tiere waren noch dort angebunden. Der Boden war zertrampelt. Die Steine ragten hoch und blass aus dem Nebel hervor, als sie den Abhang erklommen. Es waren Fackeln an Spieken in den Boden gesteckt worden, aber nur eine davon brannte noch. Straccan zog sie heraus und hielt sie hoch. Von einer umgestürzten Kohlenpfanne waren Holzkohlen auf den Rasen gefallen und schickten noch Rauchkringel aus, die in Schichten über dem Kreis hingen. Genau in der Mitte des Kreises stand ein Steintrog, der halb mit gerinnendem Blut gefüllt war.

Straccan drehte sich mit der hoch gehaltenen Fackel nach allen Seiten um. An einem der großen Steine kauerte Lord Rainard mit einem Pfeil in der Schulter. Die Frau lag neben dem umgefallenen Königsstein. Sie sah wie tot aus. Es gab kein Anzeichen vom Araber und den sarazenischen Bogenschützen. Es roch stark nach Blut und einem betäubenden, eklig süßen Stoff, den Blaise als Haschisch erkannte.

»Großer Gott! Gilla!« Mit einem Entsetzensschrei kniete Straccan neben dem gebrochenen Körper eines Kindes nieder, der wie Abfall auf einen Haufen blutiger Federn und Tierkörper geworfen worden war. Mit zitternden Händen drehte er den kleinen Körper um. Es war ein Junge von fünf oder sechs Jahren.

»Sie ist nicht hier«, sagte Blaise.

Straccan betete auf den Knien: »Herr Jesus, nimm diese Seele in deine Obhut ...« Seine Stimme brach.

Die Frau stöhnte und bewegte sich ein wenig. Blaise beugte sich über sie und strich das lange, blutige Haar zur Seite, das ihr Gesicht bedeckte.

Straccan kam ebenfalls herbei, um einen Blick auf die Frau zu werfen. Dabei stolperte er über irgendetwas im Gras. Es sah wie ein Käfig aus – zertrampelt, eingedrückt, silbergrau. Er starrte der Frau ins Gesicht. »Julitta!«, rief er aus, und sein Gesicht verzog sich vor Abscheu.

Blaises Finger hatten eine große Beule über Julittas Ohr gefunden. »Sie wird am Leben bleiben«, sagte er. »Es sieht so aus, als hätte jemand sie niedergeschlagen.« Er hielt eine Eisenstange hoch. «Damit!«

»De Brasy?«, fragte Miles.

»Ich glaube nicht. Er sagte doch, dass sie schrie, als er floh.«

Der alles durchdringende Geruch erinnerte Straccan an das Zimmer des Arabers in Crawgard; als er ihn einatmete, schien der spiralförmig aufsteigende Rauch Gestalt anzunehmen, so wie damals, wobei er immer wieder die Form änderte ... Kalter Schweiß lief ihm den Rücken hinunter, und als er sprach, fühlte seine Zunge sich dick wie ein Kloß an. Er zeigte auf irgendetwas. »Da! Seht!«

»Da ist doch nichts«, entgegnete Bane und starrte auf die Stelle.

»Ich dachte, ich hätte etwas gesehen, aber jetzt ist es fort.«

Miles bekreuzigte sich. »O Gott, beschütze uns!«

»Die Luft hier ist tödlich«, stellte Blaise fest. »Wir müssen hier raus, oder wir alle werden Schreckensbilder sehen und den Verstand verlieren!«

Sie zogen sie aus dem Ring – der Körper der Frau war schlaff und widerstandslos, während Soulis schwache Abwehrbewegungen vollführte und in einer fremden Sprache jammerte, als sie ihn fesselten. Was immer es auch für eine

Sprache war, Blaise erkannte sie. Er riss ein Stück von Soulis' Mantel ab und knebelte ihn damit.

»Was redet er denn da?«, keuchte Bane, als sie Soulis über Larktwists Sattel legten.

Blaise zuckte mit den Achseln. »Die Namen von Dämonen, die er zu Hilfe gerufen hat.« Seine Zähne glänzten in einem raschen Lächeln, als Bane sich bekreuzigte. »Macht Euch keine Sorgen, mein Freund. Wie Ihr seht, sind sie nicht gekommen. Dennoch, man sollte kein Risiko eingehen.« Er drückte den Knebel tiefer in Soulis' Mundhöhle und wickelte sich Larktwists Zügel um das Handgelenk.

Als sie in einiger Entfernung von den Steinen waren, wurden ihre Köpfe wieder klar. Ein feuchter Wind kam auf und zerriss den Nebel, sodass ein bleichgesichtiger Mond zwischen zurückweichenden Wolken auftauchen konnte. In seinem Licht konnten sie in der Ferne nun die Spitze des Turmes von Skelrig sehen, der sich schroff gegen einen nicht so dunklen Himmel abzeichnete. Im Saal des Kastells fanden sie die Schläfer, versetzten ihnen Ohrfeigen, rüttelten sie und übergossen sie mit Wasser, bis sie zu stöhnen begannen und widerwillig aufwachten. Als die Benommenheit von ihnen abfiel, wurden sie wütend, als ihnen Sir Blaise erzählte, was sie im Neun-Steine-Ring gefunden hatten.

»Lord Rainard ist mein Gefangener, und Lord Roberts Schwester hat hier nichts zu sagen«, beendete der alte Mann seine Ansprache. »Bis König William entscheidet, was mit Skelrig geschehen soll, müsst Ihr uns gehorchen.«

»Lasst uns die Hexe verbrennen!«, rief der Hauptmann der Burgwache, der Lord Robert gedient hatte. Die anderen nickten zustimmend.

»Brennen wird sie bestimmt«, entgegnete Blaise, »aber erst nach einer Gerichtsverhandlung, und zwar in Edinburgh, damit alle davon erfahren. Ihr werdet sie nicht anrühren, habt Ihr gehört?«

Sie scharrten mit den Füßen und schauten verärgert drein, nickten jedoch, und einige antworteten mit: »Joo.«

Julitta wurde in dem kleinen Zimmer auf einen Strohsack gelegt, wo – obwohl Straccan es nicht wusste – seine Tochter gefangen gehalten worden war. Das Schnappen des neuen Riegels, der sie einschloss, drang in Julittas umnebeltes Bewusstsein. Ihre Lider zuckten, und sie schaute sich mit starrem Blick in dem kleinen Zimmer um. Als sie versuchte, sich aufzusetzen, fühlte sie einen heftigen Stich im Kopf. Als sie sich vorsichtig durchs Haar tastete, spürte sie die Schwellung und verzog das Gesicht. Vorsichtig legte sie sich wieder hin und schloss die Augen. Die Erinnerung kam in unzusammenhängenden Bildern …

Schnee … kalter Wind scharf in ihrem Gesicht, ließ ihr Haar flattern … Die sich immer wieder verändernde Gestalt, die aus dem schwarzen Loch vom Himmel herunterkommt … De Brasy lässt das Mädchen fallen … Der Araber schreit auf … Pfeile fliegen … Soulis stürzt und schreit: »Jetzt! Tötet sie jetzt!«

Zwei Schritte bis zu dem gefallenen Kind. Sie hebt das Messer und hört Soulis rufen: »Gebt Acht!«

Und dann nichts mehr – bis jetzt.

Wer immer sie hierher gebracht hatte, würde bald zurückkommen. Sie musste eine Möglichkeit zur Flucht finden.

Den geschundenen Körper des kleinen Jungen trugen sie zur Kapelle, wo Bane und Larktwist ihn auf eine Bank vor den abgeräumten Altar legten. Sie suchten in dem verlassenen Zimmer des Priesters, bis sie ein Leinentuch fanden, um ihn damit zu bedecken.

Lord Rainard, der immer noch versuchte, durch seinen Knebel hindurch zu murmeln und der an ihnen vorbei ins Nichts starrte – mit Augen wie de Brasys, deren Pupillen bis auf Stecknadelkopfgröße geschrumpft waren –, ketteten sie im Kellergewölbe an. Der Pfeil hatte Muskelfleisch durchstoßen, aber nicht Lebenswichtiges verletzt. Es war nur sehr wenig Blut geflossen. Blaise brach den Pfeilschaft ab und ließ die Spitze in der Wunde stecken. Sie durchsuchten ihn und leerten seinen am Gürtel befestigten Geldbeutel. Er enthielt nur ein paar Münzen, ein Nagelschneidemesser und einen kleinen Schlüssel.

Sie durchsuchten auch das Kastell. In Soulis' abgestelltem Gepäck fanden sie ein Fass voller Gold- und Silbermünzen, die fest in Leinensäcken abgepackt waren. Der Deckel stand schräg, und die Leinensäcke füllten das Fass nicht bis obenhin, was ein Anzeichen dafür war, dass de Brasy sich seinen Schatz für die Flucht daraus genommen hatte. Die Silbermünzen waren aus aller Herren Länder, die Goldmünzen aber waren von der Art, wie die Gefährten sie zuvor schon gesehen hatten – klein, dick, fettig, mit einer Art Kraken darauf geprägt. Sir Blaise nahm eine der Münzen auf. »Irem«, stellte er fest, warf sie wieder in den Leinensack und wischte sich voller Ekel die Finger ab.

»Wie kann man denn *das* hier öffnen?«, rief Miles, der einen Haufen Kleidungsstücke beiseite geworfen und darunter einen eisernen Kasten gefunden hatte. Es war ein Wunderwerk der Schlosserkunst mit nicht weniger als sieben komplizierten Schlössern, von denen jedes so aussah, als würde es einen besonderen Schlüssel erfordern.

»Lasst mich mal sehen.« Larktwist nahm den Kasten, drehte ihn in den Händen herum und schaute sich die Schlösser genau an. Sie waren voller Staub. »Attrappen«, stellte er fest. »Deutsche Arbeit. Die halten das wohl für schlau. Als ob man von irgendjemand erwarten könnte, sieben verdammte Schlüssel zu benutzen!« Er drehte den Kasten wieder um und untersuchte die kunstvollen schmiedeeisernen Verzierungen auf der Unterseite. »Hier haben wir's, schaut!« Da war ein kleines Schlüsselloch in Blattarabesken versteckt. Soulis' kleiner Schlüssel passte hinein.

Im Kasten lagen Briefe. Sie breiteten sie auf dem Bett aus. Blaise erkannte das Siegel des Königs von Frankreich. Da waren aber auch das Siegel des Lords von Alnwick, Eustace de Vesci, und der Wolfskopf von Arlen. Während Straccan und Bane weiter herumstöberten, begann Blaise zu lesen.

»Sieh mal einer an – der wollte König von Schottland werden!«, sagte er erstaunt. »Das ist ja Hochverrat! Macht mal weiter. Ich lese währenddessen das hier.«

Er setzte sich auf Soulis' ungemachtes Bett und überflog sämtliche Briefe, während die anderen ihre Suche fortsetzten, bis Straccan in einem Raum, der offenbar das Schlafzimmer der Lady war, schließlich ein kleines graues Kleid und ein Paar kleiner abgetretener Schuhe fand.

Er drückte den Stoff des Kleides an seine Lippen, wobei seine Tränen ungehindert darauf tropften. Wie er da so stand mit Gillas zusammengedrücktem Kleid, die kleinen Stoffschuhe an sich gepresst, starb seine letzte Hoffnung.

35

De Brasys Leiche war mit unfeierlicher Hast vergraben worden. Keiner hatte sich die Mühe gemacht, ein Gebet zu verschwenden, denn es war sicher, dass seine Qualen jetzt die Teufel amüsierten, wie er es verdient hatte. Auch war gut, dass jemand der Leiche noch vor dem Eingraben die Kniesehnen durchgeschnitten hatte, damit sie nicht womöglich wieder aufstehen konnte. Lieber sicher gehen, als sich später Vorwürfe machen zu müssen. In Skelrigs kalter, feuchter Kapelle mit Lehmboden, die da wie an eine Seite des Kastells angeklebt stand und ein undichtes altes Dach aus Stechginster trug, waren aber viele Kerzen angezündet, der Fußboden gefegt und der Staub dort weggewischt worden, wo das hingemetzelte Kind lag.

Sir Blaise kniete nieder und betete, bevor er das Leinentuch zurückschlug.

Als er die Wunden und das zerschnittene Fleisch untersuchte, in das auch Inschriften eingeritzt worden waren, fiel ein Schatten auf den Körper. Blaise schaute sich um und sah Miles hinter sich stehen.

»Wer hat *das* getan? Soulis?« Des jungen Mannes Augen waren voller Entsetzen und Mitleid.

»Er oder der Araber«, erwiderte Blaise grimmig.

»Was meint Ihr, wo *der* sein könnte? Am Steinkreis war kein Anzeichen von ihm, obwohl de Brasy doch dachte, er hätte ihn getötet.«

»*Der* wird nicht so leicht umzubringen sein. Er floh, und

seine Landsleute mit ihm, um ihm zu dienen. Ist die Frau schon zu sich gekommen?«

»Ja.« Miles deckte den Körper des Jungen sanft wieder zu. »Ich habe ihr Essen und Wasser hineinbringen lassen.«

»Es ist an der Zeit, dass wir mit ihr reden.«

Julitta leugnete alles ab. Sie sei nur nach Skelrig gekommen, um nach ihrem armen kranken Bruder zu sehen, und als dieser dann auf so schockierende Weise gestorben war, sei sein schrecklicher Oberherr erschienen und habe sie mit Drohungen gezwungen, sich an seiner Hexerei zu beteiligen.

»Gott sei Dank, meine guten Herren, dass Ihr noch rechtzeitig gekommen seid«, sagte sie zu Sir Blaise, richtete ihren giftigen Blick aber auf Miles, der errötete. Sie schien Straccan, der im Schatten bei der Tür stand, nicht gesehen zu haben. »Wollt Ihr nicht meine Handfesseln lösen? Wie Ihr seht, konnte ich mit gebundenen Händen nicht viel essen und habe den Becher verschüttet. Es ist doch gegen alle Höflichkeit, mich so gefesselt zu lassen – und es tut doch auch weh«, fügte sie mit kleiner, schmerzerfüllter Stimme hinzu.

Miles machte einen Schritt auf sie zu, doch Blaise stellte sich ihm in den Weg. »Lasst sie!«, sagte er – und dann, zu Julitta gewandt: »Wir wissen sehr wohl, Lady, dass Ihr eine Komplizin und Kreatur des Barons de Soulis seid.«

»Das ist nicht wahr!«, rief Julitta. »Wie kann ich Euch nur davon überzeugen?«

»Wir haben seine Briefe«, erklärte Blaise. »Darunter sind auch Briefe von Eurem Ehemann. Ihr solltet nun die Wahrheit sagen, bevor Ihr den Tod einer Verräterin sterbt. Ich glaube nicht, dass König John Euren liebreizenden Körper zärtlicher als den eines anderen Verräters behandeln wird. Ihr wisst doch besser als ich, wie viel Gnade ihr von ihm erhoffen könnt.«

Sie senkte den Blick, doch erst, nachdem die anderen das feindselige Funkeln in ihren Augen gesehen hatten.

»Was Euren Bruder betrifft, so möge Gott Mitleid mit seiner Seele haben. Er hatte Euch um Hilfe gebeten«, fuhr Blaise fort. Dabei nahm er die Ikone in ihrem Behälter aus seinem Gürtelbeutel. Die Gefährten hörten, wie Julitta erstaunt den Atem einzog. »Er bat Euch, seinen Freund Martin Brus aufzusuchen, von dem er wusste, dass der verstehen würde, was das war und woher es kam. Aber Ihr habt Euren Bruder verraten, Lady. Ihr habt dieses Ding zurück an Euren Meister geschickt. Euer Begleitbrief dazu ist in diesem Kasten, zusammen mit dem Rest.«

Aus ihrem Blick sprühte ihm Hass entgegen.

»Martin war mein Neffe«, sagte Blaise. »Er hätte dieses gefährliche Ding erkannt und es mir gebracht, und *ich* hätte Eurem Bruder meine Hilfe nicht versagt. Sein Tod ist Eure Schuld, Lady, so sicher, als hättet Ihr ihn mit Euren eigenen Händen verursacht. Das gilt auch für den Tod dieses armen Kindes, das in dem Steinring hingeschlachtet wurde. Wer war er denn?«

»Ich weiß es nicht. De Brasy brachte ihn.«

»Was ist mit Sir Richard Straccans Tochter geschehen?«

Straccan ballte die Hände zu Fäusten und trat einen Schritt vor.

Julitta spuckte ihn an. »Ihr verdammter Reliquien-Hausierer! Ich wusste doch, dass Ihr Ärger bringt! Wie konntet Ihr wichtigtuerischer Narr es wagen, Euren Diener zu meinem Bruder zu schicken und Euch in meine Angelegenheiten einzumischen? Aber Ihr wolltet *mich* in Euren Armen, in Eurem Bett, Haut an Haut, nicht wahr? Ihr habt Euch nach mir verzehrt …«

Straccan senkte den Kopf. Scham und Abscheu wallten in ihm auf.

»Wenn Ihr sein Interesse für Euch vermeiden wolltet, hättet Ihr nicht seine Tochter stehlen dürfen«, sagte Blaise.

»Das habe ich ja gar nicht getan! Das war Pluvis, dieser verfluchte, verderbte Tor! Er und de Brasy entführten sie von dem Kloster und brachten sie zur Burg Arlen. Ich nahm sie dann von ihnen und brachte sie hierher. Was konnte ich sonst tun? Sie an ihren Vater zurückgeben und hoffen, dass er mir dann bloß danken würde?«

»Wo ist ihr Körper?«, fragte Straccan.

Julitta schaute ihn an und erkannte den Hauch einer Chance. »Ich kann Euch die Stelle zeigen«, sagte sie langsam. »Sonst findet Ihr sie nicht.«

Sie hatten ihr gesatteltes Damen-Reitpferd zum Aufsteigeblock gebracht und führten sie über den Hof des Kastells. Ein wütendes Murmeln und ein paar Rufe – »Hexe!« – kamen von den zuschauenden Soldaten und Bediensteten. Sie schien es nicht zu hören.

»Das Pferd ist lahm«, beschwerte sie sich.

Bane ließ es nach vorn, in der Runde und zurück zum Aufsteigeblock trotten. Es hinkte auf dem rechten Vorderbein.

»Das hat es vorher nicht getan, Sir, ich schwöre es!«, beteuerte der überraschte Stallknecht. »Das muss eine Verstauchung sein.«

Straccan wurde ungeduldig. »Hol ein anderes Pferd.«

»Da ist nur noch dieser schwarze Hengst«, erwiderte der Stallknecht, »oder eines der Ponys.«

»Ich kann den Schwarzen reiten«, sagte Julitta.

Sie ritten nach Osten – Julitta zwischen Straccan und Miles. Der schwarze Hengst war mit einem Strick an Straccans Sattelknauf gebunden. Es war ein trüber, kalter Morgen mit einem durchdringenden Nordostwind, und die Massen dunkler Wolken, die sich im Norden türmten, kündeten in nicht allzu langer Zeit Regen an.

Julitta ritt zügig und handhabte den Hengst ohne Mühe, den Kopf gebeugt, das helle, blutverschmierte Haar unter einer alten Jagdkappe versteckt, die Hände sicher an den Zügeln. Ihr Hirn arbeitete fieberhaft. Miles, der sie von der Seite beobachtete, sah, wie ihre Lippen sich ständig wie im Gebet bewegten.

Auf halber Strecke einen mit Felsbrocken übersäten Abhang hinunter verengte sich der Weg, sodass sie hintereinander reiten mussten – Straccan an der Spitze und Julitta in der Mitte. Plötzlich hob sie den Kopf und schrie irgendetwas. Straccan verstand nur das Wort »Wildeber!« Er folgte ihrem Blick und sah, wie sich an der Hügelflanke über ihnen etwas regte.

Ein mächtiger Wildeber mit gewaltigen Stoßzähnen preschte auf sie zu, unaufhaltbar wie eine Lawine. Wie, in Gottes Namen, kam ein solches Biest hierher, so weit entfernt von seinem natürlichen Revier, dem Wald? Steine polterten um die Gefährten herum und wirbelten rötlichen Staub auf. Die Hufe von Miles' Pferd wurden ihm unter dem Leib weggerissen, sodass das Tier ausglitt und mit seinem Reiter den Abhang hinunterstürzte.

Julitta beugte sich tief über den Nacken des schwarzen Hengstes und rammte ihre Hacken in seine Flanken. Das große Tier machte einen Satz nach vorn, sodass Straccans Pferd durch den gewaltigen Ruck am Seil auf dem geneigten, schlüpfrigen Boden ebenfalls den festen Stand verlor, stürzte und seitwärts rollte. Die Spannung auf dem Seil wurde dadurch so stark, dass es riss und Julitta davonrasen konnte.

Straccan wälzte sich zwischen den Steinen zur Seite, um nicht von seinem Pferd erdrückt zu werden. Der Sattelgurt riss ebenfalls, sodass der Sattel den Abhang hinunter trudelte. Das Tier versuchte, schüttelnd und schnaubend wieder auf die Füße zu kommen, fiel aber zurück. Ein Vorderbein war gebrochen. Mit Bitterkeit im Herzen zog Straccan sein Messer und gab dem Ross den Gnadenstoß.

Durch die Staubwolke sah er die Lady, wie sie auf dem

großen Pferd so schnell und glatt dahinritt, dass sie über den Boden zu schweben schien und binnen weniger Augenblicke zwischen den kleinen Hügeln verschwunden war.

Es war gar kein Wildeber da gewesen – nur ein großer Stein, der sich durch den vor kurzem gefallenen Regen gelockert und beim Hinunterrollen eine Steinlawine ausgelöst hatte. Zerschlagen, blutend und wütend schimpfend lief Miles zu Straccan, der im Blut seines Pferdes kniete.

»Seid Ihr verletzt?«

»Helft mir auf!« Er hielt eine Hand hoch und wurde auf die Füße gezogen. »Sie ist davongekommen«, bemerkte er. »Was für ein Gott! Kein Erbarmen.«

»Es tut mir so leid«, klagte Miles, wie er es jetzt schon so oft getan hatte. Sir Blaise saß in Lord Roberts großem Sessel im Saal, und Straccan humpelte zerschlagen und zerschunden am Fenster hin und her. Sie hatten den Ablauf der Ereignisse immer wieder diskutiert. Miles hatte nun genug davon und war es leid, sich immer wieder zu entschuldigen. »Sie hatte einen zu großen Vorsprung. Außerdem konnte ich ihr ja gar nicht folgen, weil ich Sir Richard da nicht so allein lassen konnte«, sagte er hilflos.

»Das hättet Ihr aber tun *sollen*, Knabe!«

»Es tut mir ja so leid!«

»Ach, lasst ihn doch in Ruhe«, warf Straccan ein. »Es war doch schließlich nicht *seine* Schuld.«

Der alte Mann starrte ihn finster an und bedeckte dann seine Augen mit der Hand. Nach einem Moment schaute er Miles wieder an und sagte: »Vergebt mir. Ihr habt getan, was richtig zu sein schien. Aber diese Frau ist so tödlich wie eine Giftschlange in einem Handschuh! Sie kennt uns und hat allen Grund, uns zu hassen. Wir werden noch bereuen, dass sie entkommen ist.«

»Es tut mir doch …«, begann Miles erneut.

Blaise unterbrach ihn. »Nein. *Mir* tut es leid, Knabe, Euch einen Vorwurf gemacht zu haben. Es ist nicht Eure Schuld.«

»Jetzt werden wir nie mehr erfahren, was mit dem kleinen Mädchen geschehen ist!«, stieß Miles unglücklich hervor. Schweiß strömte über sein vom Staub gerötetes Gesicht, und erst jetzt schien er sich bewusst zu werden, dass sein Körper eine einzige große Prellung zu sein schien.

»Jetzt kümmert Euch erst einmal um Euch selbst«, beruhigte ihn Blaise. »Lasst Euch von Eurem Mann Wasser und Handtücher bringen. Irgendwo wird es hier auch Salbe geben. Wenn jemand welche finden kann, *der* bestimmt.«

Miles machte sich auf die Suche nach Larktwist, und Blaise wandte sich Straccan zu: »Ihr solltet *auch* Eure Wunden pflegen«, sagte er zu ihm.

Straccan starrte aus dem Fenster und ergriff dann die darunter angebrachte Stange. »Meint Ihr, sie weiß wirklich, wo Gilla liegt?«

»Nein, das glaube ich nicht. Sie wollte nur hinaus, um fliehen zu können.«

»Was ist nur aus ihr geworden? Wenn dieser Teufel Al-Hazred sie genommen hat, muss sie doch tot sein – wie der kleine Unschuldige in der Kapelle.« Seine Fingerknöchel wurden hell.

Blaise dachte angestrengt nach. »Der Araber zog mit seinen Landsmännern ab«, sagte er. »Ihre Pferde waren ja weg. Er hatte eigentlich keinen Grund, Gilla mitzunehmen. *Soulis* war es doch, dem sie tot nützlich war. Al-Hazred dachte nur an seine Flucht. Euer Mädchen hätte ihn bloß behindert.« Er trommelte mit den Fingern auf die Armstütze des Sessels und runzelte die Stirn. »Wir wissen doch nur, dass sie im Neun-Steine-Ring war und dass wir ihren toten Körper nicht gefunden haben – vielleicht, weil es ihren Körper da nicht zu finden gibt.«

»De Brasy sagte doch, dass sie tot sei.«

»Sie war am Leben, als er floh.«

»Julitta sagte aber das Gleiche wie de Brasy.«

Blaise starrte ihn an. »Nein, nein, das tat sie nicht. Denkt mal zurück. Sie sagte nichts davon, dass Gilla tot sei. *Ihr* habt sie doch gefragt, wo ihr Körper ist, und sie antwortete, dass sie ihn uns zeigen würde.«

»Aber ihr Kleid, ihre Schuhe ...«

»Macht Euch doch nicht den Kopf damit schwer. Richard, ich glaube nicht, dass Gott so erbarmungslos ist. Ich glaube, dass es Hoffnung gibt. Nehmt Euch Leute und sucht. Wenn sie davongekommen ist, kann sie noch nicht weit sein.«

»Schau«, sagte Gilla, »da ist meine Lady.«

Hob kauerte auf einer Felsenkante am Bach. Sein dünner Arm im Wasser streichelte die glatte Seite einer fetten Forelle. »Pssst«, sagte er im Geiste und schleuderte sie mit schnellem Schwung ins Riedgras, wo sie sich wand und mit dem Schwanz schlug. Strahlend sprang er auf, aber das Mädchen schaute ihn oder den Fisch nicht an. Ihr Blick war weiter den Strom hinunter gerichtet und ihr Lächeln wunderschön. Plötzlich fühlte die Luft sich wärmer an, als wäre die Sonne herausgekommen; aber sie war es nicht. Der Himmel war trüb und voller Wolken, und der kalte Wind schwoll über ihren Köpfen und der Schlucht zeitweise zu heulender Stärke an.

Die Lady schritt vorsichtig durchs Wasser, aber es wurde dadurch nicht aufgewühlt, und sie wurde nicht nass. Sie ging im Bachbett weiter, hielt einmal an, schaute zu den Kindern zurück und winkte lächelnd.

»Komm!«, sagte Gilla und zog an Hobs zerlumpter Tunika.

Hob konnte niemanden sehen, aber da war etwas, ein Schimmer, ein Glitzern von Helligkeit über dem Wasser, wo Gilla stand. Sie hielt die Hand hoch, als ob sie die einer anderen Person nehmen wollte, die Hob nicht sehen konnte.

Sie wendete Hob ihr strahlendes Gesicht zu. »Wir können jetzt zurück. Die Lady sagt, dass alles in Ordnung ist. Mein Vater ist gekommen.«

Nein, nein! Nicht dorthin zurück! Das konnte sie doch nicht meinen. Nicht zu diesen bösen Leuten! Der böse Lord war durch einen Pfeilschuss gefallen, aber er hatte sich doch noch bewegt und gerufen. Er lebte bestimmt noch. Und was die grausame Lady betraf, die Hexe – die könnte vielleicht tot sein. Er hatte ihr doch einen wuchtigen Schlag mit seiner Eisenstange versetzt. Er bedauerte deren Verlust sehr, denn es war eine Waffe, so gut wie jedes magische Schwert in einer Sage. Die Hexe war umgefallen wie ein Stein, aber er konnte sich nicht darauf verlassen, dass sie tot war. Erst musste er ihre Leiche sehen.

Hob schüttelt heftig den Kopf, ergriff Gillas Arm, schluchzte und weinte vor Verzweiflung.

»Es ist alles in Ordnung, bestimmt! Ich weiß es! Sie hat es mir gesagt.«

Wen meint sie? Hob packte seine Kette mit den Amuletten und betete rasch. Er hatte seine eigene Vorstellung von Gott, obwohl sie Vater Kenneth nicht wiedererkannt hätte. Skelrigs alter Priester wäre sehr besorgt gewesen, hätte er von Hobs unkonventionellen Glaubensvorstellungen gewusst. Da waren Gemälde an der Kapellenwand in Skelrig – alt, abblätternd und fleckig von Feuchtigkeit, aber noch deutlich genug, um erkennen zu können, dass Gott-und-Maria goldene Hüte trugen, die wie Teller aussahen, und auf Wolken wandelten. Die Wolken sahen weich und wollig aus, sodass Hob dachte, sie müssten für die heiligen Füße angenehm und warm sein. Gott-und-Maria: In Hobs Vorstellung waren sie ein einziges Wesen – Gott war männlich *und* weiblich, manchmal ein Säugling und manchmal ein Mann, an ein Kreuz genagelt. Letzteres hatte Hob sehr bekümmert, als er jünger war, aber er war zu dem Schluss gelangt, dass es nicht wehgetan haben konnte, weil Gottes Gesicht so ruhig war – gar nicht schmerzverzogen. Jetzt machte sich Hob keine Sorgen mehr darüber. Jetzt betete er zu Gott-und-Maria und sah sie, wie sie auf ihren kleinen wolligen Wolken standen, zwischen ihm und Gilla, und nickten und ihm zulächelten.

»Macht, dass sie bleibt«, flehte er, doch sie schüttelten die Köpfe und bewegten sich weiter den Bach hinunter, auf ihren Wolken schwebend. Nach ein paar Schritten drehten sie sich um und winkten ihm, zu folgen. Gilla rutschte und platschte zwischen den Steinen dahin. Hob stieß ein brummendes Grunzen aus, was »Warte auf mich!« bedeuten sollte, und stolperte ihr nach.

Straccan und seine Leute waren stundenlang geritten. Zuerst hatten sie im Dorf gesucht, waren dann um dieses herum ausgeschwärmt und hatten Gilla beim Namen gerufen, wobei sie in Büsche, Schilfufer, Taubenschläge, Schäferhütten und Baumgruppen spähten. Doch sie fanden nichts, was über ihren Aufenthalt Aufschluss geben konnte. Mit der Zeit merkte Straccan, wie die Hoffnung ihn allmählich verließ. Er saß gebeugt im Sattel, als könnte er wegen einer Wunde nicht anders. Elend und von geistigem Schmerz zerrissen, hielt er an einer Stelle, wo ein kleiner Wildbach von einer Felsenkante in einen tiefen braunen Teich plätscherte, um sein Pferd trinken zu lassen. Das Geräusch des kleinen Wasserfalls war klar und melodisch und klang fast wie Gelächter.

Es *war* Gelächter! Straccan schaute auf. Ein Junge blickte von den Felsen über ihm herunter – ein typischer Dorfjunge mit braungelbem Haar, mager, schmutzig, Hunger in den Augen, in Lumpen gekleidet wie Dutzende, die Straccan schon in den Grenzland-Dörfern gesehen hatte. Doch bevor er ihm zurufen konnte, hatte der Junge sich schon zurückgezogen, und ein anderes Kind nahm seinen Platz ein.

Straccan hielt den Atem an und war für einen Moment ganz still. Dann stieß er einen lauten, heiseren Ruf aus:

»Gilla!!! Meine Gilla!!!«

Der Ruf, der als Echo widerhallte, ließ die anderen herbeieilen. Straccan sprang aus dem Sattel und in den Teich hinein und versuchte verzweifelt, Halt für seine Füße auf den schleimigen Steinen hinter dem fallenden Wasser zu finden. Er zog sich hoch und rutschte zurück, ohne auf seinen pochenden Knöchel und die Steine zu achten, die ihm ins Fleisch schnitten, bis er doch noch festen Grund fand. Immer wieder rief er ihren Namen und reckte sich, um sie zu erreichen, bis sie endlich sicher in seinen Armen lag.

36

Während Gilla und Hob auf Matratzen an der Wand schliefen, wo Straccan sie sehen konnte, wann immer er die Augen hob, legte Sir Blaise die Briefe auf dem Tisch in einer bestimmten Reihenfolge aus und tippte mit dem Zeigefinger auf zwei, die König Philipps Siegel trugen.

»Das allein ist schon der Beweis, den wir für Soulis' Verrat brauchen«, sagte er. »König Philipp von Frankreich verspricht Leute, um eine Rebellion zu unterstützen, wenn König William und sein Sohn erst einmal getötet sind. William aber glaubt, dass die Franzosen *ihn* in einem Überraschungsangriff zur Rückeroberung der Gebiete südlich der Grenze, die einst zu Schottland gehörten, unterstützen werden. Doch Soulis hat einen gewissen Anspruch, von königlichem Geblüt zu sein, da er von den einstigen Königen Schottlands abstammt. Deshalb strebt er nach der schottischen Krone. Sein Plan besteht darin, den König im ersten Scharmützel umzubringen und es so aussehen zu lassen, als hätten die Engländer es getan. Inzwischen sollte de Brasy den jungen Lord Alexander mit Gift ermorden.«

»Wo *ist* denn der Prinz?«, fragte Miles. »Ist er in sicheren Händen?«

»Sicher genug in Dryburgh bei der Königin, seiner Mutter. aber wenn König William aus dem Weg wäre, plante Soulis, Lord Alexander nach der Burg Stirling zu bringen und de Brasy zu seinem Leibwächter zu ernennen. Er sollte ein langsam wirkendes Gift benutzen, mit dem es Wochen dauern würde, ihn zu töten. Die ganze Zeit würde der neue junge König von seines Vaters gutem Freund und Ratgeber Rainard de Soulis getröstet und beraten. Nach dem Tod des Knaben würde er über dessen Leiche auf den Thron steigen.«

Er nahm eine Rolle mit dem Siegel von Eustace de Vesci auf. »Hier sind auch Beweise für den Verrat am König von England. Lord von Alnwick gibt hier Namen anderer Barone an, die bestochen oder überzeugt werden können, zu Verrätern zu werden. Darunter Mowbray und de Cressi.«

»De Vesci«, erinnerte sich Straccan. »Bane sah ihn mit Soulis in Alnwick.« Er berührte einen Brief mit dem Siegel von Arlen. Das kannte er gut genug, denn er hatte einen Brief mit diesem Siegel von Julitta zur Priorin Rohese gebracht. Das schien Jahre statt nur ein paar Monate her zu sein. »Welche Rolle spielt denn Arlen bei der Sache?«

»Mord«, sprach Sir Blaise. »Wie Judas hat er seinen Herrn verkauft. Der Preis für König John ist aber höher als der für unseren Heiland – Arlen fordert dreitausend Mark in Münzen.«

»Wie wollten sie das denn machen?«

»Er liebt die Jagd über alles, Euer König. Arlen plant, ihn mit einem falschen Lockmittel, einem herrlichen Hirsch, in seine Gegend zu einer großen Jagdpartie einzuladen. Es wäre ja nicht das erste Mal, dass einer Eurer Könige in einem Wald stirbt – zufällig oder durch ein Unglück, bei dem nachgeholfen wurde.«

»Aber Arlen ist doch einer der Günstlinge des Königs und steht im königlichen Haushalt hoch im Rang.« Straccan hielt inne und dachte nach. »Julitta ist die Geliebte des Königs. Wünscht er vielleicht deshalb seinen Tod?«

»Sie stecken zusammen darin. Sie würden Soulis' Blutgeld bekommen und auch Gunst und Belohnung vom französischen König. Arlens Plan ist einfach. Auf der Jagd soll Julitta den König auf eine romantische Waldlichtung locken. Dort will Arlen ihn töten und als Grund angeben, dass er hörte, wie seine Frau um Hilfe schrie, und dachte, sie würde vergewaltigt. Er habe nicht gewusst, dass es der König sei, bis es zu spät war. Man würde ihm Glauben schenken. Wäre John tot, würde Louis, der Sohn des französischen Königs, England bekommen.«

»Niemals!« Miles schlug mit der Faust in die andere Handfläche. »Er hat doch kein Recht auf die Krone von England!«

»William der Eroberer hatte es auch nicht«, meinte Blaise. »Aber Louis hat den Papst auf seiner Seite, genau so wie dieser normannische Bastard. Die Franzosen haben den päpstlichen Segen für ihre Unternehmung gegen Euren König, weil – so steht es in diesen Briefen – er seines Bruders Sohn, Arthur von der Bretagne, ermordet und niemals gestanden und Buße getan habe. Es sei König Philipps heilige Pflicht, einen exkommunizierten Herrscher abzusetzen und das Interdikt von seinem schwer geprüften Volk zu nehmen.«

Straccan schnaubte verächtlich. »Keiner weiß, was mit Arthur geschehen ist; außerdem war er ein Verräter. Gott sei Dank, dass er bei einem bewaffnetem Aufstand erwischt wurde, als er König Johns eigene Mutter bei Mirabeau belagerte.«

»Nun, Prinz Louis ist mit Johns Nichte Blanche von Kastilien verheiratet«, sagte Blaise und tippte mit dem Zeigefinger auf einen der Briefe. »Es wird beabsichtigt, dass er England mit dem Recht seiner Ehefrau regiert.«

»Das ist ein Bastardanspruch«, entgegnete Straccan heftig. »Da ist ja auch noch der kleine Lord Henry, der Anspruch auf den Thron hat, wenn sein Vater stirbt. Was wollen sie denn mit Johns Kindern machen? Sollen die auch abgeschlachtet werden wie der junge schottische Thronerbe? König John muss davon erfahren!« Seine Augen waren geschwollen vom Weinen. Er war unrasiert und sah krank aus. In nur wenigen

Stunden schien er an Größe verloren zu haben und um zehn Jahre gealtert zu sein.

»König William muss es auch wissen«, meinte Blaise und legte die Briefe wieder in den Kasten. »Der hält Soulis nämlich immer noch für seinen Freund.«

»Wir sollten die Briefe aufteilen«, schlug Straccan vor. »Ihr nehmt diejenigen, die Euren König betreffen, und ich die, welche den meinen angehen. Das spart Zeit. Ich möchte nicht am schottischen Königshof zurückgehalten werden, denn ich will nur Gilla nach Hause bringen.«

Da kam Larktwist herein. »Der Wächter sagt, dass Soulis Euch sprechen möchte, Sir Blaise«, sagte er.

»Ist zur Vernunft gekommen, was? Nun, ich glaube, ich muss mir anhören, was er zu sagen hat.« Blaise stand steif auf und schwankte.

»Fühlt Ihr Euch nicht wohl?«, fragte Miles. »Ihr habt eine komische Farbe.«

»Ach, es geht mir gut. Bin nur etwas erschöpft. Aber wie steht es mit Euch, Knabe? Ihr seid doch bös gefallen.«

»Sind bloß Prellungen. Darf ich mit Euch kommen?«

»Neugierig, den großen Zauberer zu sehen? Na, dann kommt schon.«

Straccan gähnte herzhaft. »Ich kann kaum noch die Augen offen halten«, erklärte er.

»Legt Euch doch neben Euer kleines Mädchen«, empfahl Blaise ihm sanft. «Ihr könnt doch jetzt eine Zeit lang der Ruhe pflegen, da sie in Sicherheit ist. Der Knabe und ich werden sehen, was unser gefangener Zauberer wünscht.«

Das Kellergewölbe unter Kastell Skelrig war wie jedes andere – dunkel, feucht und übel riechend. »Bringt Licht«, befahl Blaise, worauf der Wächter zwei Öllampen brachte und sie an Haken an der Wand hängte. Die Lampen warfen fahles, flackerndes Licht auf den beschmutzten und blutbefleckten Gefangenen, der mit gekreuzten Beinen auf dem nassen Steinfußboden hockte und sie finster anstarrte.

Miles betrachtete ihn neugierig. Auf den Wangen des Unholds waren dunkle Flecke, und sein ganzes Gesicht sah seltsam verschoben aus – das eine Augenlid hatte sich gesenkt, und ein Mundwinkel war nach unten gezogen. Es war viel Grau und auch schon einiges Weiß in seinem zerzausten Haar. Er sieht ausgesprochen widerlich aus, dachte Miles bei sich, aber nicht gefährlich.

»Ihr habt kein Recht, mich hier festzuhalten«, sagte Soulis. Er sprach mit belegter Stimme und ein wenig zögernd, als hätte er Mühe, seine Zunge zu bewegen, doch seine Worte waren verständlich. »Welche Befugnisse habt Ihr denn hier? Ich habe Euch doch kein Leid zugefügt und bin nicht Euer Feind.«

»Was das betrifft«, entgegnete Blaise und blickte ihn scharf an, »so ist ein Verräter der Feind jedes treuen Bürgers, und ein Zauberer ist der Feind Gottes und der ganzen Menschheit.«

»Verräter? Zauberer? Was für ein Unsinn ist das denn? Ihr seid ja wahnsinnig! Ich bin ein Freund von König William, und – glaubt mir – Ihr werdet für diese Unverschämtheit bezahlen, wer immer Ihr auch sein mögt!«

»Ich bin Blaise d'Etranger.«

»Ha!«, fauchte Soulis mit schneidender Verachtung. »Dieser alte Ketzer! Ich dachte, Ihr wärt längst tot.«

»Noch nicht, Lord Rainard. Möchtet Ihr etwas zum Essen oder zum Trinken?«

»Nein.«

»Es ist kein Arzt hier, der sich um Euch kümmern könnte, aber ich werde die Pfeilspitze herausziehen, wenn Ihr es wollt.«

»Rührt mich ja nicht an!« Speichel rann aus dem gesenkten

Mundwinkel, doch Soulis schien es gar nicht zu merken. »Was habt Ihr denn mit mir vor?«

»Wir werden Euch zu Eurem Freund König William bringen – mit den Beweisen für Euren Verrat und Eure Hexerei.«

»Es gibt keine solche Beweise.«

»Wir haben Eure Briefe«, entgegnete Blaise ruhig. »Dazu noch die Aussagen der Lady von Arlen und Eures Anhängers de Brasy.«

»Fälschungen! Lügen! Ich gebe Euch eine letzte Chance: Lasst mich frei, oder – das schwöre ich – Ihr werdet wünschen, Ihr hättet Euch nie mit mir angelegt!«

»Wir werden nicht mehr Zeit hier unten verschwenden«, sagte Blaise zu Miles. »Es ist ziemlich kalt; das ist nicht gut für mein Rheuma. Er hat ja auch nichts zu sagen, was des Anhörens wert ist.«

Sie nahmen die Lampen von den Haken und öffneten die Kellertür.

»Wartet!«, rief de Soulis. «Ist es eigentlich Tag oder Nacht?«

»Das spielt hier unten doch überhaupt keine Rolle«, meinte Blaise. »Aber Ihr werdet die Sonne schon noch wiedersehen, Mylord, das verspreche ich Euch – vom Schafott aus.«

»Ich werde lachen, wenn *Ihr* um Gnade winselt«, rief Soulis hasserfüllt. »In der kommenden Nacht wird mein Dämon Euren Verstand vom Sockel reißen!«

»Was meinte er denn mit diesem Dämon, und was ist eigentlich mit seinem Gesicht geschehen?«, wollte Miles wissen, als sie die Kellertür wieder von außen verriegelt hatten und die Treppe hinaufstiegen.

»Ich glaube, er hat einen Schlaganfall erlitten. Der befällt nämlich nur eine Seite. Das Volk nennt es ›die Halbtot-Krankheit‹. Das hat ihn geschädigt, und er ist schwächer, als er denkt. Wenn er etwas Böses im Schilde führt oder Hoffnung auf eine Fluchtmöglichkeit hat, so ist er allein hilflos. Zum Glück für uns haben seine Bogenschützen sich gegen ihn gerichtet. Und was den Dämon betrifft, so frage ich mich …«

Mit gerunzelter Stirn lehnte Blaise sich an den steinernen Fenstersims einer Schießscharte und schaute auf die Wolken und die kahlen Hügel. »Ich meine, ich werde wieder zu den Steinen reiten und mich noch einmal umschauen.«

»Das könnt Ihr nicht!«, protestierte Miles. »Seitdem wir hier sind, seid Ihr doch noch nicht aus den Kleidern gekommen und habt nicht geruht.«

»Es ist doch nicht weit, Knabe, und ich kann noch gut genug reiten. Es wird nicht lange dauern.«

»Dann komme ich mit Euch.«

»Nein, das werdet Ihr nicht. Ihr könnt mir da nicht von Nutzen sein. Ich möchte nur noch einmal einen Blick auf die Stelle werfen, diesmal bei Tageslicht, um festzustellen, was da noch so herumliegt. Ihr würdet dabei nur stören.«

»Nein, das werde ich nicht. Ich werde da stehen bleiben, wo Ihr befehlt, während Ihr tut, was Ihr zu tun habt. Ich will Euch keinesfalls beleidigen, Sir Blaise, aber Ihr seid müde und – nun ja – nicht mehr so jung. Ich komme also mit Euch. Davon lasse ich mich nicht abhalten!«

»Verdammt sei Eure Unverschämtheit!«, grollte der dickköpfige alte Mann den dickköpfigen jungen an. Miles zuckte mit den Achseln und schaute kämpferisch drein. Nach einem Moment lachte Blaise und sagte: »Na gut – aber Ihr werdet genau das tun, was ich Euch sage. Wenn ich Schweigen befehle, werdet Ihr mucksmäuschenstill sein, und wenn ich Euch sage, stehen zu bleiben, werdet Ihr Euch nicht von der Stelle rühren. Aber wenn ich sage ›Weg!‹, dann, Knabe, versprecht mir, dass Ihr sofort davonlauft.«

»Ich verspreche es.«

»Also, wenn Ihr sowieso mitkommt, dann holt mir den größten Hammer, den Ihr hier finden könnt.«

»Hammer?«

»Ja, bringt einen mit.«

»Wo ist Sir Richard?«, fragte Miles, als Larktwist ihm in seine Stiefel half.

»Schläft wie ein Neugeborenes. Hat das kleine Mädchen im Arm, und beide sind im Traumland. Der taube Junge hat sich daneben ins Stroh gekuschelt.«

»Das ist ein guter Junge«, sagte Miles. »Gebt mir meine Lederhaube – und hier, könnt Ihr mir diese Schnalle auf den Rücken schieben? Danke.« Er stampfte mit den Füßen auf, damit sie bequem in den Stiefeln saßen, und zog seinen Schwertgürtel an.

»Wohin wollt Ihr denn?«

»Sir Blaise möchte sich noch mal die ›Steine‹ ansehen.«

»Gut, dass ich nicht dabei sein muss.«

»Nehmt den Hammer mit«, sagte Blaise.

Sie ließen die Pferde mit Vorderfußfesseln am Fuße des niedrigen Hügels und stiegen diesen zum Neun-Steine-Kreis hinauf, wobei sie nach Fliegen und anderen lästigen Insekten schlugen. Unmittelbar bevor sie den Kreis erreichten, drang ein blasser Sonnenstrahl durch eine Wolkenlücke, sodass Miles' Gemüt, das von dem furchtbaren Ort und den Erinnerungen der letzten Nacht sehr bedrückt war, sich auch ein wenig aufhellte. Im Sonnenlicht verloren die Steine ja wirklich viel von der unheimlichen Bedrohung, die sie in der Dunkelheit ausstrahlten. Sie hatten bei Nacht und im Nebel viel größer ausgesehen, erwiesen sich nun aber als graublauer Granit, durchsetzt von Quarz – völlig anders als die sonst in dieser Gegend anzutreffenden rötlichen Steine und nicht viel höher als anderthalb Menschengrößen. Acht Steine ähnelten sich in Höhe, Tiefe und Breite. Der neunte, der Königsstein, größer als die anderen und konisch, war schon vor langer Zeit in den Kreis gefallen und lag dort, wobei er in westliche Richtung wies.

Das Gras im Kreis war zertrampelt und an einer Stelle dunkel von Blut. Die Kohlenpfanne, die von den Bogenschützen bei ihrer Flucht umgeworfen worden war, lag auf der Seite, und die Holzkohlen waren über den verkohlten und zertrampelten Rasen verstreut. Dünne Reste von zerbrochenen Glasphiolen lagen in einer öligen Lache. Als Blaise sich bückte, um vorsichtig daran zu riechen, sah Blaise noch etwas anderes im Gras liegen – eine gerissene Halskette, von der mehrere kleine Reliquienbehälter baumelten, als er sie hochhob. In jeden war der Name eines Heiligen eingraviert. Blaise drehte den Verschluss eines Behälters auf und ließ ein Knochenstück in seine Handfläche fallen. War das Soulis' Schutz gegen Dämonen, welche er auch zu beschwören hoffte? Blaise steckte die Halskette mit den Anhängern in seinen Gürtelbeutel, bückte sich über den zerdrückten Käfig und ließ die Hände darüber gleiten.

Die kopflosen Tierkörper lagen in einem durchweichten, schmutzigen Haufen, wie letzte Nacht.

»Das ist eigenartig«, sagte Miles und hockte sich bei den Resten nieder.

»Was denn?«, fragte Blaise, der von Stein zu Stein schritt und an jeden eine Handfläche drückte.

»Keine Füchse. Man müsste doch annehmen, dass die von dem Haufen angezogen werden. Nicht mal Fliegen sind hier – nirgends im Ring gibt's welche, obwohl außerhalb sehr viele sind.«

»Hmmm?« Blaise hatte gar nicht zugehört. Er kauerte neben einem der Steine, eine Hand auf der glänzenden Oberfläche. Seine Miene war entrückt.

»Ich habe gesagt, dass nichts von dem Aas gefressen hat – keine Füchse oder andere Tiere.«

Blaise schaute ihn an und stand schnell auf. »Was habt Ihr gesagt?« Er ging zu dem Aashaufen und betrachtete ihn. »Nicht mal Fliegen gibt's hier.«

»Das habe ich doch gesagt!« Miles blickte den alten Mann besorgt an. »Keine Füchse, keine Fliegen – nichts. Das ist doch sehr seltsam.«

»Könnt Ihr mir mein Pferd holen?«, fragte Blaise. »Führt es sanft her und versucht mal, wie weit es mitkommen will.«

Die Pferde standen in der gewöhnlichen Wolke aus Fliegen, wedelten mit den Schwänzen und stampften mit den Hufen. Sir Blaises schwarzer Wallach, ein ältliches, würdiges Tier, ging willig den Hügel mit hinauf bis zu den Schatten, die von den Steinen geworfen wurden. Dort blieb er abrupt stehen. Miles rief ihm aufmunternd zu, doch der Wallach legte die Ohren an und zeigte das Weiß seiner Augen.

»Führt ihn mal auf die andere Seite«, sagte Blaise und blinzelte in die blasse Sonne.

Auf der Westseite lagen die Schatten innerhalb des Kreises. Das Tier ging bis auf einen Meter an die Steine heran, bevor es wieder streikte. Nun kam Blaise heraus und versuchte, den Wallach weiter vorwärts zu führen, aber der rammte die Hinterhufe in den Boden und rührte sich nicht von der Stelle. Auch nachdem man ihm die Augen verbunden hatte, widersetzte er sich. Jetzt stieg Blaise auf und gab ihm die Sporen. Die Haut des Tieres begann zu zucken, und seine Beine zitterten. Es wieherte verzweifelt, bäumte sich auf und warf beinahe seinen Reiter ab.

»Gut, gut, Saladin!«, beruhigte Blaise den Wallach und lenkte ihn von den Steinen weg. »Bevor Ihr ihn wieder hinunterführt, zertrümmert dieses Ding da, ja?« Er stieß mit dem Fuß an den Steintrog. Miles grinste, spuckte sich in die Hände und hob den Hammer.

»Was dann?«

»Führt mein Pferd hinunter und wartet dort auf mich.« Als Miles widersprechen wollte, fuhr Blaise fort: »Hier schwebt Furcht, und der Wallach riecht das Blut. Pferde sind klug genug, sich davon fernzuhalten. Geht. Ich werde nicht mehr lange bleiben.«

»Warum sind keine Aasfresser hier?«

»Der Ort ist verunreinigt. Er muss gesäubert werden. Geht jetzt mit dem Pferd zu dem anderen. Ich komme gleich.«

Miles führte Saladin hinunter zu dem anderen Pferd, das zur Begrüßung erfreut wieherte. Der große Wallach hatte sich wieder völlig beruhigt und begann an dem Gras zu rupfen, als hätte ihn niemals etwas erschreckt.

Bald kam auch der alte Mann den Hügel hinunter, und sie ritten nach Skelrig zurück.

Es war etwa zwei Stunden vor Sonnenuntergang, und der Regen, der den ganzen Tag mit dunklen Wolken gedroht hatte, setzte nun heftig ein. Miles war in diesem Jahr nasser geworden als je zuvor im Leben.

»Ich werde allein dorthin zurückkehren müssen«, sagte Blaise, als der Turm in Sicht kam.

»Wir können am nächsten Morgen wieder hingehen«, schlug Miles vor und ignorierte das letzte Wort des alten Mannes.

»Heute Nacht«, entgegnete Blaise. »Gott segne Euch, mein Junge, aber diesmal *muss* ich allein hinreiten.«

»Warum? Was habt Ihr denn dort gefunden?«

Blaise sah sehr alt und müde aus. Sein Gesicht war aschfarben und verzerrt, seine Lippen bläulich. »*Das* hat Soulis gemeint. Sie haben nicht beendet, was sie begonnen haben. Sie öffneten ein Tor – Gott hilf uns – um etwas herzuholen …«

»Was?«

»Eine Kreatur, ein Wesen. Ihr könntet es den Herrn der Hölle nennen.«

»Jesus!« Miles bekreuzigte sich hastig und küsste inbrünstig die gesegnete Hostie, die sein Onkel ihm gegeben hatte und die er um den Hals trug. »Aber es ist doch gewiss wieder zur Hölle zurückgegangen?«

»Was ist denn die Hölle?«, murmelte der alte Mann, als sie sich dem Kastell näherten. »Ein anderer Ort als dieser, eine Welt, in der Gottes Wort nicht befolgt wird, bewohnt von Wesen, die wir nicht verstehen können. Diese Welt ist der unseren manchmal gefährlich nahe, und zu solchen Zeiten …«

»Die Sonnenwende!«, warf Miles ein.

»O ja, mein Junge. Zu solchen Zeiten, wie mein alter Lehrer sagte, ist es möglich, von der einen Welt in eine andere überzugehen, durch ein Tor, wie Al-Hazred es öffnete.«

»An jenem Ort.«

»Ja. Aber es ging alles schief, und das Tor wurde nie geschlossen. Ihr Dämon ging dahin zurück, woher er gekommen war, aber das Tor ist immer noch offen. Er kann jederzeit zurückkommen.«

37

Sir Blaise saß auf dem Fenstersitz des obersten Zimmers und blätterte in einem großen Buch, das er unter magischen Schriften und Gegenständen des Arabers gefunden hatte. Es war das gleiche Buch, das Straccan in Crawgard gesehen hatte, geschrieben in einer der alten Sprachen Arabiens. Die Handschrift war so alt, dass Blaise sie nur mit Schwierigkeiten lesen konnte. Einiges verstand er gar nicht, aber er hatte genug gesehen, um zu wissen, dass dieser monströse Band sowohl ein Lehrbuch für Dämonenbeschwörung als auch eine Anleitung für die bösen Riten von Irem war. Es würde verbrannt werden müssen, aber zuerst musste er unbedingt so viel wie möglich daraus lernen.

In seinen gefährlichen, verbotenen Studien vor Jahren hatten seine Lehrer im Heiligen Land von Abdul Al-Hazred und von diesem Buch hier gesprochen. Die meisten hatten aber sowohl an der Existenz des legendären Arabers als auch seines geheimnisumwitterten Buches gezweifelt, doch ein sanfter alter Mystiker hatte sich nicht davon abbringen lassen, dass dieses Buch noch vorhanden sein könnte und dass es – wenn es jemals gefunden würde – völlig vernichtet werden müsste.

Er sollte es eigentlich nicht lesen. Er sollte es geradewegs in die Flammen werfen, doch seiner Neugier, diesem Durst nach Antworten, der ihn vor Jahren in Schwierigkeiten gebracht hatte, konnte er nicht widerstehen. Hier waren ja auch Anweisungen für die Anwendung von Farben zum magischen Schutz – etwas, von dem er noch nie gehört hatte – und dies musste sicherlich das Ritual sein, das der Zauberer im Neun-Steine-Ring angewandt oder anzuwenden versucht hatte. Hier waren die Namen all der unteren Dämonen aufgeführt – aber auch einige der größeren, der Herren der Hölle. Neben jeden Namen hatte der Araber die Formel zur Beschwörung dieses Dämons zusammen mit dem Zauber geschrieben, der ihn die Befehle des Anrufenden ausführen lassen würde, dazu aber auch – Gott sei gepriesen – die Formel, um die Kreatur wieder zu verbannen. Er las es mehrmals, verwirrt und besorgt. Das war fast das Gleiche, das er vor langer Zeit von seinen Lehrern in Ägypten und Syrien erfahren hatte, aber es gab doch gewisse Unterschiede – ein Wort hier, die Reihenfolge von Wörtern dort. Was war denn nun richtig, die Version, welche er gelernt hatte, oder dieses hier? Blaise rieb sich die schmerzenden Augen und wünschte, er wäre zwanzig Jahre jünger.

Straccan wachte bald nach Sonnenuntergang auf. Nicht dass die Sonne überhaupt zu sehen gewesen wäre. Der Regen sah vielmehr so aus, als würde er sich zu einer zweiten Sintflut entwickeln. Gilla schlief immer noch tief, und der Junge auf dem Stroh unter einer Decke bewegte sich nicht, als Straccan vorsichtig über ihn hinwegschritt. Im Saal beendeten gerade ein halbes Dutzend Männer ihre Abendmahlzeit, und Bane stopfte einen Riss in seinem Hemdärmel beim Licht des Feuers.

»Wo sind denn die anderen?«, fragte Straccan.

»Sir Blaise ritt etwa vor einer halben Stunde weg, und Sir Miles ist ihm etwas später nachgeritten. Ich glaube, dass einige dieser Kerle«, und er wies mit dem Kinn auf die Soldaten, eine mürrische Gruppe am entfernteren Ende des Saals, »etwas vorhaben.«

»Was?«, fragte Straccan. Er hatte kaltes Fleisch und Gurken auf eine Brotschnitte gehäuft und den Mund davon voll. Er schluckte. »Ist da irgendwo Milch?«

»Wozu denn?«

»Na, für Gilla, wenn sie aufwacht.«

»Oh, natürlich, Verzeihung! Nun, da sind zwei Kühe im Stall, und ein halbes Dutzend Ziegen wandern im Hof umher, also muss es irgendwo Milch geben. Ich habe aber so das Gefühl, sie ist hier nicht so sehr gefragt. Jedenfalls werde ich ihr welche besorgen.«

»Was habt Ihr denn gemeint, als Ihr sagtet, dass die da hinten etwas vorhaben?«

»Sie waren furchtbar wütend, als die Hexe davonkam«, erklärte Bane. »Deshalb meinen sie, dass dieser Soulis es auch so macht.«

»Der ist doch in Ketten. Der einzige Ort, wo der noch hingehen wird, ist zu König Williams Galgen.«

»Er mag wohl in Ketten sein, aber er ist nicht geknebelt und gibt furchtbare Dinge von sich, wie der Wächter sagt.« Als er Straccans fragend in die Höhe gezogenen Augenbrauen sah – der Mund war wieder voll –, fügte Bane hinzu: »Flüche, Drohungen. Manchmal lacht er auch, und das mögen die überhaupt nicht! Er macht sie sehr nervös.«

»Ich werde ihn mir mal ansehen. Was ist denn in dem Fass da?«

»Bier. Wollt Ihr welches?« Er hielt ihm einen Hornbecher hin.

Straccan goss den Inhalt mit drei Schlucken hinunter. »Hat Soulis was zum Essen und Trinken bekommen?«

»Woher soll ich das wissen? Wahrscheinlich nicht. Niemand ist sehr erpicht darauf, die Tür da unten aufzumachen.«

»Und wer seid *Ihr*?«, fragte der Gefangene. Straccan hielt seine Fackel hoch. Er konnte nicht feststellen, ob man Soulis etwas zum Essen oder Trinken gegeben hatte, aber irgendwann hatte eine Seele, die mitleidiger war als die anderen, ein paar Bündel Heu mit einer Mistgabel in das Kellerloch geworfen, die Soulis dann zu einer Lagerstatt zusammengescharrt hatte. Ketten waren an einem eisernen Gürtel an seiner Hüfte befestigt, und ein Fußknöchel trug auch eine Fessel, die lang genug war, dass er sich drei oder vier Schritte bewegen konnte, aber nicht mehr. Jetzt saß er auf dem Stroh, die Arme um die Knie geschlungen. In der undurchdringlichen Dunkelheit des Gewölbes jenseits des flackernden Fackellichts liefen Ratten umher und quiekten.

»Ich bin Straccan.«

»Oh, *der* also! Julitta sagte schon, dass Ihr lästig werdet. Sie dachte aber, sie hätte Euch aus dem Weg räumen können. Als Ihr dann doch wieder aufgetaucht seid, muss sie sehr bestürzt gewesen sein.«

»Warum hat sie mich mit diesem Zauber belegt? Ich hatte ihr doch noch nie ein Leid zugefügt oder ihr Schlechtes gewünscht.«

»Damit Ihr Euch nicht weiter einmischen oder jemals zwei und zwei zusammenzählen könnt. Das funktionierte aber nicht – leider! Primitive Hexereien wie diese sind bekannterweise unzuverlässig – Weiberkram! Wie habt Ihr übrigens den Zauber gebrochen?«

»Ich hatte Hilfe.«

»So? Wie interessant. Durch wen denn, wenn man fragen darf? Von jemandem mit ein wenig Kenntnis darüber, ja? Von Euren Kameraden vielleicht? Ihr wandert doch durch das Land und sammelt komische Käuze, so zum Beispiel diesen alten Ketzer d'Etranger. Wie seid Ihr eigentlich zu dem gekommen? Und dann auch noch diesen pennylosen Jüngling, der so voller vergeblicher guter Absichten steckt.«

»Hat man Euch schon etwas zum Essen gegeben?«

»Nein, aber deshalb macht Euch mal keine Sorgen, Straccan. Ich werde nichts essen, solange ich hier ein Gefangener bin.«

»Dann werdet Ihr aber sehr hungrig sein.«

»Hungrig? Mein *Dämon* ist hungrig. Ihr habt ihn weggejagt, bevor er sich völlig sättigen konnte. Aber er hat Jahrhunderte lang gehungert und wird deshalb zurückkommen.« Er lachte schrill. »Mit uns geht es jetzt zu Ende – mit jedem von uns. Nichts kann ihn jetzt noch aufhalten!« Er lachte wieder, diesmal wilder, und wiegte sich hin und her, wobei Speichel von seinen Lippen flog, während sein Kopf vor und zurück zuckte.

»Ihr seid ja wahnsinnig«, sagte Straccan fröstelnd. »Ein wahnsinniger Mörder und Verräter. Der König wird Euch zur Rechenschaft ziehen.«

»Dieser alte Narr?«, höhnte Soulis und spuckte ins Stroh. »Der *Löwe* nennen sie ihn, diesen senilen, glücklosen Toren. Ein Gespött für die ganze Christenheit. Da muss ja die Hölle einfrieren, bis der mir schaden kann! Ist es schon Nacht?«

»Es wird dunkel.«

»Es wird noch dunkler werden. Ihr habt das Tageslicht zum letzten Mal gesehen, Ihr und Eure Bande von Narren. Ihr denkt, Ihr habt Eure kostbare Tochter gerettet? Ich habe doch gesagt, dass *nichts* sie jetzt mehr retten kann!« Seine wiehernde Freude klang wie ein Kreischen in den Qualen der Hölle. Kein Wunder, dass so etwas die Wächter unruhig machte. Auch Straccans Nerven wurden dadurch äußerst strapaziert. Er kehrte dem Gefangenen den Rücken zu und schlug die Tür des Kellerverlieses so heftig zu, dass der Schlag als Echo durch die Gewölbe klang und seine Fackel ausgeblasen wurde.

»Verdammt noch mal!«, stieß er hervor und stolperte die schleimigen Stufen hinauf. Ihn fröstelte noch, und er fühlte das unwillkommene Pochen beginnender Kopfschmerzen.

»Was ist los?«, rief Bane, als er die unregelmäßigen Stufen des Turms hinunterpolterte und beinahe mit Larktwist zusammenstieß, der aus dem Saal kam. Draußen, unten im Hof, konnte man Rufe und eine Frau weinen hören.

»O Gott! Die Mutter des Kleinen ist gekommen. Sie hat die Leiche gesehen, bevor jemand so klug war, sie aufzuhalten. Sie ist wahnsinnig vor Schmerz. Ihr könnt sie ja hören. Sie hat Leute mitgebracht – Nachbarn, Freunde. Die heulen nach Blut.«

»Ich kann es ihnen nicht verdenken.«

»Ich auch nicht. Auch die Soldaten hier hätten nichts dagegen, wenn ein bisschen Blut fließt. Sie haben die Leiche des Kindes gesehen und wissen, wie Lord Robert starb. Sie fühlen sich um die Hexe betrogen, also wollen sie beim Zauberer sicher gehen.«

»Wo ist denn Sir Blaise hingegangen? Der will doch Soulis zum König bringen.«

»Sie ritten zu den *Steinen* zurück – er und der Jüngling.«

»Was, zum Teufel, wollen sie denn da machen?«

»Unvollendete Arbeit zu Ende bringen, wie der alte Mann sagte.«

»Was hat er denn damit gemeint?«

»Fragt mich nicht! Sie waren schon früher am Tag dort, und nachdem sie zurückgekommen waren, hat der alte Mann die Nase stundenlang ins Buch des Arabers gesteckt. Stattdessen hätte er sich ausruhen sollen, denn er sah wie eine aufgewärmte Leiche aus. Dann stieg er auf sein Pferd und wollte gerade wegreiten, als Sir Miles herunterkam und ihm ebenfalls sagte, er solle doch ins Bett gehen und nicht wieder in dem verfluchten Kreis herumstöbern. Sie hatten einen ausgewachsenen Streit, wie Eheleute. Der Junge wollte dann mit dem Alten reiten, aber der verweigerte es ihm. Er *befahl ihm*, hier zu bleiben. Also wartete Sir Miles, bis er außer Sicht war, sattelte dann sein Pferd und folgte ihm.«

»Es geht auf Mitternacht. Sie sollten jetzt eigentlich zurück sein.«

Die wütenden Stimmen wurden lauter und fordernder. »Sie wollen ihn in die Hände bekommen«, sagte Larktwist unbehaglich.

»Lasst sie doch«, meinte Bane. »Gut, wenn wir den los sind!«

Sie hatten die Absicht gehabt, am Morgen abzureisen – Blaise zum König von Schottland mit Soulis unter Bewachung, Miles zu seinem Templer-Onkel, Straccan und Bane mit Gilla nach Hause nach Stirrup, und Larktwist wo immer sein besonderer Auftrag ihn hinführen mochte. Doch als Straccan sich mühte, seine verschrammten Stiefel anzuziehen, waren die nur allzu bekannten Symptome unverkennbar. Schauer durchfuhren seine Brust, das Rückgrat und den Nacken. *Verflixt noch mal – nicht jetzt! Ich muss doch Gilla hier herausbringen. Was meinte er denn damit, dieser Teufel, dass nichts sie jetzt mehr retten könne? Gott, ich darf jetzt nicht krank werden! Der Mob da unten will Soulis töten, oder ich kann nicht mehr klar denken. Nicht, dass es mich einen Pfifferling scheren würde. Aber wo ist denn Blaise? Ich muss unbedingt mit ihm sprechen.*

Der wohl bekannte eiserne Reif legte sich fest um seinen Schädel, Schmerzen schossen seinen Nacken hinunter. Ihm war kalt, seine Beine fühlten sich wässerig an, und bis er Bane gefunden hatte, klapperten ihm die Zähne.

»Verflucht noch mal«, rief auch Bane, »doch nicht jetzt!«

»Ach, kümmert Euch nicht darum. Wo ist Blaise?«

»Ihr müsstet jetzt im Bett sein.«

»Noch nicht. Wo ist er?«

»Er und Sir Miles ritten zu den *Steinen* zurück.«

Da war ein Rauschen in seinen Ohren, das anschwoll, abnahm und wieder begann. Dazu kam der verwirrende Umstand, dass er alles klein, hell und entfernt sah, am Ende eines langen Tunnels.

»Gebt mir ein Pferd«, sagte er und hielt sich am Türrahmen fest, als der Boden sich hob, wieder senkte, und als die Wände auf ihn zukamen und zurückwichen.

»Ihr reitet nirgendwo hin!«, protestierte Bane.

»Doch. Sie sind in Not – ich weiß es. Irgendetwas stimmt da nicht. Ihr bleibt hier. Achtet darauf, dass Gilla nichts geschieht!« Er ergriff Banes Arme und schüttelte ihn fest. »Habt Ihr gehört? Achtet auf sie!«

Am Fuß des Hügels stieg er ab. Doch bevor er die Zügel um einen Zweig wickeln konnte, bäumte sein Pferd sich schrill wiehernd auf und ging durch. Er konnte nichts und niemand sehen, dass es erschreckt haben könnte, und starrte dem davonpreschenden Tier bestürzt nach.

Seine Kopfschmerzen waren nun stärker; ein Schwindelgefühl bewirkte, dass ihm übel wurde, und Schwäche überfiel ihn. War der Hügel gestern Nacht wirklich so steil gewesen? *Jesus, hilf mir,* betete er. *Christus, der mein kleines Mädchen geschützt hat, schütze jetzt auch mich!* Er ließ sich auf alle Viere nieder und kroch zu den Steinen. Ihm war, als würde er sich durch Wasser bewegen. Da oben war es auch dunkler, oder es hatte so lange gedauert, bis er hinaufgeklettert war, denn er hatte in dem lange anhaltenden nördlichen Zwielicht noch recht gut sehen können, als das Pferd davonlief. Es waren keine Sterne am Himmel, und in der Ferne rumorte ein Gewitter.

Die Lücken zwischen den Steinen waren Torwege, die in tiefere Dunkelheit hineinführten. Er fühlte eine unvernünftige, beschämende Angst. *O lieber Gott, hilf mir!* Plötzlich dachte er an Janiva, an ihre Stärke und ihren blitzenden Mut an dem Tag, als sie Julittas bösen Zauber entdeckte. Dann dachte er auch an die Kinder Gilla und Hob, die mit Unschuld gewappnet über jede Vernunft hinaus tapfer angesichts des Bösen gewesen waren. Aus ihrem Mut Kraft schöpfend, zwang er sich, weiter vorzurücken. Der Donner war jetzt näher.

Schweiß lief ihm von der Stirn, als er aufstand und zwischen die Steine trat. Sofort fühlte er einen schmerzhaften Druck auf den Ohren, der so stark war, dass er kaum noch atmen konnte. Es war stockdunkel, doch als ein Blitz durch den Himmel fuhr, sah er in dieser hellen Beleuchtung den gefallenen Blaise in der Mitte des Kreises und Miles bei einem der Steine kauern und verzweifelt mit seinem Dolch in den Rasen hacken.

Es dauerte eine Ewigkeit, wie in einem Albtraum, bis er den Kreis gegen den Luftwiderstand durchschritten hatte. Seine Beine waren so schwer wie Blei. Sogar seine Worte und Miles' Antwort kamen nur langsam.

»Was … ist denn … hier los?«

»Eingraben … diese … hier.« Miles hielt die aufgerissene Reliquienkette umklammert. »Jede … bei … einem … Stein.« Es waren noch zwei Reliquien übrig. »Diese … in … der … Mitte.« Nach Luft ringend, schob Miles ihm die letzte Reliquie zu. »Nehmt … sie!« Darauf fiel Miles nach vorn auf Hände und Knie, mit herunterhängendem Kopf.

Straccan packte die Reliquie mit festem Griff, beugte sich über Blaise und legte eine Hand an dessen Halsschlagader. Er fühlte einen Pulsschlag, wenn auch schwach und unregelmäßig, aber der alte Mann lebte.

»Blaise! Was ist denn geschehen?«

Blaise öffnete die Augen. »Er kommt«, flüsterte er. Straccan hielt seinen Kopf näher an Blaises Mund, um die langsamen, undeutlichen Worte besser verstehen zu können. »Ich habe Kraftkreise gezogen, um Ihn zurückzuweisen, aber sie werden nicht lange wirken. Schließt das Tor – rasch!«

Seine eiskalte Hand ergriff die Straccans. »Es müssen elf Reliquien sein. Nur zehn sind hier. Ihr habt … die letzten … Finger des … heiligen Thomas. Schnell! Keine Zeit mehr! Grabt sie ein … hier!«

Da hörte Straccan Miles aufschreien. Er drehte sich um.

Was, zum Teufel, war das? Aus dem schwarzen, sternenlosen Himmelsgewölbe über ihnen kam ein noch schwärzerer Schatten, der feucht glänzte, während er sich bewegte.

»Zu spät«, flüsterte Blaise.

Straccan zog sein Messer und stach in den Rasen. Einmal, zweimal. In jeden Schlitz steckte er eine Reliquie. Die letzte war der kleine Behälter aus Messingblech, den er so lange bei sich getragen hatte. Er schlug mit der Handfläche auf die Erde darüber, um sie zu glätten.

Das da, was immer es war, mochte das nicht. Es kreischte und wand sich, und als es versuchte, durch die von Blaise angelegten Kraftkreise zu brechen, wurden diese sichtbar – ein wunderschönes, kompliziertes Gewebe aus Silber und Licht, das wie Draht in die sich ausbauchende Scheußlichkeit darin einschnitt. Das wütende und qualvolle Kreischen hielt an, bis die drei Männer meinten, sie würden sterben.

»Gott schütze uns!«, flüsterte Blaise.

Direkt über ihnen erschOll ein Donnerschlag. *Gilla,* dachte Straccan. *Janiva.* Er kämpfte gegen die tödliche Schwäche und das mörderische Pochen in seinem Schädel an, stand auf und zog sein Schwert, wozu es auch gut sein mochte. Ein Blitz zerriss die Dunkelheit und beleuchtete die lichtlose Unmöglichkeit, die zu entfliehen versuchte. Straccans Beine gaben nach, doch als er nach vorn kippte, schleuderte er sein Schwert mitten in die Kreatur – den Dämon oder was immer es war – und glaubte, einen Blitz an Klinge und Griff entlangfahren zu sehen, als es durch die Luft flog wie ein langes, glühendes Kreuz, das sich in den Schatten fraß.

Ein abscheuliches kreischendes Geheul ertönte. Mit einem dröhnenden Schlag bäumte sich die Erde auf, als ob deren großes Herz ein einziges Mal schlug. Blitze liefen an den Seiten der Steine hinunter zischend in den Boden. Das nasse Gras dampfte, und ein metallischer Brandgeruch stieg auf.

Der Dämon war verschwunden. Die Luft im Neun-Steine-Ring roch jetzt nach nassem Gras und wildem Thymian. Ein feuchter Westwind, der sich in seinem Verlauf verstärkte, schleuderte einen kurzen Regenschauer in ihre Gesichter und schob die Wolken zur Seite, um den Mond zu befreien, der jetzt in einem Schwarm von Sternen schwamm.

Halb zogen und halb trugen Straccan und Miles den alten Mann aus dem Kreis. Im Mondlicht sah Blaise gebleicht wie ein Totenschädel aus, aber der schwache, unregelmäßige Puls war noch zu spüren.

Von unten kam ein Ruf: »Sir Miles! Seid Ihr da oben?«

»Larktwist«, rief Miles zurück. »Kommt rauf!«

Der Spion kam keuchend herauf. »Bane schickt mich. Er sagte, hier muss etwas los sein. Jesus, was ist denn geschehen? Ist der alte Mann tot?«

Tränen und Regen mischten sich in Miles' Gesicht. »Er lebt noch, aber es geht ihm nicht gut«, antwortete er. »Straccan auch nicht. Wir müssen sie zurück nach Skelrig bringen.«

In der Ferne, aus Richtung des Kastells, kam ein Heulen wie von einem Tier; ein Laut, der ständig anstieg und abfiel, dabei aber immer lauter wurde.

»Was ist denn das?«, fragte Miles.

»Wir werden Gesellschaft bekommen, wenn wir nicht schleunigst verschwinden.«

Das Geräusch wurde zu einem wütenden, andauernden Kreischen, und dann strömten auch schon Dutzende Leute mit Fackeln über den nächsten Hügel. Es waren mehr als die

Einwohner des Kastells. Die Dorfbewohner mussten sich ihnen angeschlossen haben.

»Was ist denn da los?«, fragte Miles nach Atem ringend.

»Sie haben Soulis«, erwiderte Larktwist. »Wo sind denn Eure Pferde? Meines ist weggelaufen.«

»In der Ebereschengruppe beim Bach. Da!«

Sie legten den bewusstlosen Blaise über seinen eigenen Sattel, und Miles gelang es, Straccan rittlings auf das andere Pferd zu setzen. »Führt Ihr mal das da. Ich nehme dieses hier«, sagte er. »Es ist besser, wenn die Leute uns nicht sehen. Ich glaube, sie sind ja auch vollauf beschäftigt.«

Die Nacht wurde wärmer.

Sie zogen ihn auf einem Gestell – ein seltsames steifes Bündel, das heulte und schrie, aber nicht die Arme bewegen konnte, denn sie hatten ihn in Blei gewickelt. In eine Bleiplatte, die für die neuen Zisternen bestimmt gewesen war, die man im Burghof aufgestapelt hatte. Sie hatten ihn gefesselt, darauf gelegt und die Bleiplatten wie einen Mantel um ihn gewickelt. Als sie das Blei von den Schultern bis zu den Knien auf ihn drückten, hauchten sie ihm ihren Hass in die weit aufgerissenen Augen und das purpurrote Gesicht. Sein schreiender, wackelnder Kopf schaute an einem Ende heraus, die zappelnden Füße am anderen.

Alles was sie brauchten, hatten sie von Skelrig mitgebracht. Auf einem Lastwagen waren Baumstammteile und Reisig aufgestapelt. Auf die Baumstammteile war ein großer Eisenkessel gebunden, der auf dem rauen Boden wie ein monströses, buckliges Wesen schaukelte und schlingerte. Einige Männer trugen lange Stangen und eine Kette.

Sie errichteten einen großen Scheiterhaufen in der Mitte des Neun-Steine-Rings und banden die Stangen als Dreibein darüber zusammen, um den Kessel daran zu hängen.

Alle waren jetzt still. Nur die wahnsinnigen Schreie des Gefangenen waren zu hören – Schreie, die so unaufhörlich gellten, dass man glauben mochte, er könne gar keinen Atem mehr schöpfen. Sie schlangen eine Kette um seine Fußgelenke und hängten ihn mit dem Kopf nach unten in den Kessel. Jemand warf eine Fackel auf den Brennholzstapel, und die Flammen, von Öl aus Bechern und Fett aus Schüsseln angefacht, sprangen hoch und umfingen den großbauchigen Topf und seinen schrecklichen Inhalt.

Das Schreien schien ewig zu währen, wurde dann aber von einem lang anhaltenden und markerschütternden unmenschlichen Heulen gefolgt. Er hatte sich die Zunge abgebissen, und Blut rann über sein Gesicht und quoll aus seinem Mund, während er kreischte und all seine Teufel anrief – und am Ende Gott. Das schmelzende Blei verschlang seinen Kopf und seinen zusammenschrumpfenden Leib. Dann hörte man nur noch das Prasseln des Feuers und das Heulen des Windes.

38

Diener holten eine provisorische Bahre für Blaise. Miles und Larktwist führten Straccan zwischen sich zum Kastell.

»Hoppla«, rief Bane und hielt Straccan, als der nach vorn kippte. Er hob ihn vom Pferd und setzte ihn auf eine Bank. »Jetzt geht's aber ins Bett«, sprach er tröstend auf ihn ein. Dann führte er ihn zu einem kleinen Zimmer, das vom Lärm des Saales entfernt lag. Nachdem er ihn ausgezogen und zwischen Decken gelegt hatte, suchte er nach den Kindern, die sich von der Küche angezogen gefühlt hatten.

»Sir Blaise ist sehr krank, und deinem Daddy geht es auch nicht gut«, sagte er, als er Gilla aufhob. »Kannst du uns helfen, sie zu pflegen?«

»Natürlich. Was soll ich tun?«

Bane fühlte, wie jemand an seinem Umhang zog, und sah Hob an seiner Seite.

»Hob auch«, sagte Gilla.

»Guter Junge. Der alte Mann braucht nur Ruhe, glaube ich. Mehr können wir nicht für ihn tun. Aber dein Dad braucht einen Eimer voll klarem Wasser, um ihn abzuwaschen, wenn er zu heiß wird. Kannst du ihm das holen, Hob? Er braucht auch sauberes Stroh. Das, auf dem er jetzt liegt, wird feucht.« Hob nickte und ging zur Tür. »Und Gilla … irgendwo im Gepäck deines Vaters ist ein Beutel mit Baumrindenstücken, Weidenborke. Kannst du es suchen? Wir müssen eine Medizin daraus machen und sie ihm eintrichtern.«

Das Kind eilte aus der Küche. Bane schaute aus der

Schießscharte in Richtung auf den Neun-Steine-Ring und den flackernden Schein eines Feuers. »Sollen sie mal ruhig weitermachen«, murmelte er und bekreuzigte sich. »Nur weg mit Schaden!«

Straccan konnte Schreie hören, schwach und weit entfernt. »Was ist das?«, flüsterte er, doch obwohl seine trockenen Lippen sich bewegten, kam kein Laut über sie. Gilla weichte ein weiteres Handtuch in dem Eimer voll Wasser ein und legte es auf seine brennende Stirn. Sie konnte fühlen, wie die Hitze von seiner Haut ausstrahlte, noch bevor sie sie berührte, und als das Handtuch wieder wie trocken gebacken war, weichte sie es noch einmal ein.

Hob stand auf einem Schemel an der Schießscharte und schaute zu den Hügeln. Er hatte gesehen, wie die Leute mit ihrem Gefangenen weggegangen waren und konnte nun das entfernte Rufen und Frohlocken hören.

»Was ist das denn?«, fragte Gilla und berührte seine Hand. Er schüttelte den Kopf und zuckte mit den Achseln. Sie lächelte ihn kurz an und ging zum Bett ihres kranken Vaters zurück. »Hob, das Wasser hier ist schon warm geworden.«

Sie legten die beiden Kranken in ein Zimmer zusammen, um sie besser pflegen zu können. Sie lagen da blind für ihre Umgebung; der eine sich herumwälzend und murmelnd, während das Fieber stieg und sank; der andere blass, still und leichenähnlich; hätte sein leichtes Atmen nicht die Decken bewegt, hätte man ihn für tot halten können. Jetzt konnte Hob sich mit seinen Fähigkeiten bewähren – als unbezahlbarer Schatz. Er pflegte die Kranken mit sanftem Geschick, das ihm neue Autorität verlieh. Seine von Gilla in Worte gefassten Anweisungen hinsichtlich der Heilmittel und Erleichterungen für seine Patienten wurden eifrig befolgt.

»Dieser Junge ist ein geborener Arzt«, bemerkte Miles dazu und wärmte gehorsam eine Decke am Feuer, damit Hob sie um Sir Blaise wickeln konnte, nachdem er ihn mit einem Schwamm abgerieben hatte. Die ganze Geschichte von Hobs Mut, wie er Gilla aus dem Neun-Steine-Ring gerettet hatte, war bekannt geworden, und als er mit lebhaft ausdrucksvollen Gesten beschrieb, wie er die Hexe niederschlug, hatten alle im Saal vor Begeisterung in die Hände geklatscht und mit den Füßen gestampft.

Jetzt war er der Meister des Krankenzimmers. Miles und Bane halfen ihm, die Kranken hochzuheben und umzudrehen, denn für Hob allein waren sie zu schwer. Wie Laufburschen wechselten sie sich ab, heiße Steine zu holen, die immer wieder in den Küchenöfen gewärmt und in Handtücher gewickelt Tag und Nacht um Sir Blaise herum und auch um Straccan gelegt wurden, wenn ihn ein Anfall von Schüttelfrost packte.

»Was hat denn Sir Blaise?«, wollte Gilla wissen.

Hob schlug sich auf die Herzgegend und wackelte mehrmals mit den Fingern, um anzuzeigen, dass mit dem Herzschlag etwas nicht in Ordnung sei.

»Wird er sterben?«

Hob schüttelte heftig den Kopf. Nicht, wenn er es verhindern konnte. Aber er schickte ständig eine halb drohende Salve von Gebeten an ›Gott-und-Maria‹. »Macht ihn gesund, macht beide gesund, oder ich werde nie mehr zur Kirche gehen, Euch nie mehr abstauben, Euch nie mehr Blumen bringen.« Eine seiner selbst auferlegten Pflichten bestand nämlich darin, die Kapelle sauber zu halten und die Statue, eine altertümliche, gedrungene heilige Jungfrau, die fast keine Gesichtszüge besaß und ein formloses Bündel hielt, das keine Ähnlichkeit mit einem Säugling hatte, gelegentlich abzuwaschen. »Ich weiß, dass Ihr es tun könnt«, drängte Hob still weiter. »Ihr könnt doch alles tun – also tut es! Dazu seid Ihr ja da!« Vater Kenneth wäre nicht einverstanden gewesen, aber Vater Kenneth war ja nicht da, und Hob befolgte die

Glaubensschule nach der Methode ›steter Tropfen höhlt den Stein‹.

Am dritten Morgen öffnete der alte Ritter die Augen. Hob schickte Gilla sofort zu Sir Miles, um ihn zu holen. Bis Miles am Bett stand, war Sir Blaise jedoch schon wieder eingeschlafen. Miles setzte sich geduldig ans Bett, bis der alte Mann Stunden später wieder die Augen öffnete. Sein blasser Blick richtete sich auf Miles.

»Ich sagte Euch doch ...«, murmelte er mit einer Stimme, die fast nur noch ein Flüstern war, »nicht dorthin zu gehen ... Habt mir nicht gehorcht ...«

»Vergebt mir«, erwiderte Miles zerknirscht, »aber wie konnte ich Euch allein gehen lassen?« Er beugte den Kopf, und seine Tränen fielen überraschend heiß auf die kalte, wachsbleiche Hand des alten Mannes. Sir Blaise schien wieder einzuschlafen, sodass Hob Miles zu verstehen gab, sich zu entfernen. Bane fand ihn später beim Feuer im Saal sitzen und gab ihm einen Becher Glühwein in die Hand.

»Was geschah denn da oben?«, fragte er schließlich, als er es nicht länger aushalten konnte, seine Wissbegierde wie bisher zu unterdrücken, da er nicht allzu neugierig erscheinen wollte.

Miles runzelte die Stirn. »Es ist seltsam. Ich weiß, dass ich da *irgend etwas* sah, und ich weiß – oh, Jesus – dass es schrecklich war, aber ich kann mich nicht mehr erinnern, *was* es war. Ich folgte ihm, Sir Blaise. Er wusste nicht, dass ich da war, denn ich versteckte mich außerhalb des Rings. Er hatte mir ja befohlen, nicht mitzukommen, aber ich hatte Angst um ihn. Er war ja schon ziemlich angeschlagen, aber er wollte es nicht zugeben. Dann sah es plötzlich so aus, als würde er mit den Händen etwas aus der Luft ziehen, und er sang dabei in einer fremden Sprache. Es kam mir vor, als würde er mit seinen Handbewegungen Markierungen in der Luft machen, wie Lichtlinien. Dann aber wurden sie schwächer, und bald waren sie nicht mehr zu sehen. Es strengte ihn sehr an. Dieses Sterndings, das er um den Hals trug, grub er neben dem großen umgefallenen Stein ein.

Die ganze Zeit sang er dabei und wurde immer atemloser. Schließlich seufzte er nur noch, rang nach Luft und fiel um.

Da trat ich in den Kreis, und von da ab wurde für mich alles verschwommen. Es fiel mir furchtbar schwer, bis zu ihm zu kommen, Gott weiß warum, aber man konnte sich da drin nur mit großer Anstrengung bewegen. Meine Ohren taten mir weh, und es wurde immer schwerer zu atmen. Aber ich erreichte ihn, und er gab mir die Reliquienkette und sagte mir, was ich tun sollte. Es kam mir so vor, als ob jeweils ein starker Mann an meinen Armen hing und versuchte, mich fest zu halten. Es klingt unglaublich, aber das war die schwerste Arbeit, die ich je gemacht hatte.

Ich glaubte, ich sah – genau weiß ich es nicht, denn es war ja so dunkel, und ich konnte es nicht ansehen –, wie sich da etwas in einem silbernen Netz wand. Es war irgendetwas Schreckliches.« Miles' munteres junges Gesicht verzog sich vor Entsetzen bei der Erinnerung, und seine Augen bekamen einen abwesenden, gequälten Blick. »Plötzlich war Richard da, und dann dachte ich, dass der Blitz uns alle getroffen hätte – es gab einen furchtbaren Krach, und danach war alles still.«

»Trinkt Euren Glühwein, bevor er kalt wird«, sagte Bane. »Was ist mit Soulis?«

»Was soll mit ihm sein?«

»Ob es Ärger gibt, weil sie ihn getötet haben?«

»Wer weiß? Immerhin – was er auch gewesen sein mag, es war Mord.«

Die Soldaten waren am Morgen auf ihren Posten oder in ihren Betten. Die Männer auf Wache konnten sich kaum noch auf den Beinen halten, und die im Bett erwachten nur langsam. Später ritten Bane und Larktwist noch einmal zum Neun-Steine-Ring und entdeckten, dass das aus den Stangen errichtete Dreibein umgestürzt war. Der große Topf lag auf der Seite und hatte seinen grässlichen Inhalt zu einer dünnen Lache von erstarrtem Blei verschüttet.

Was vom Zauberer übrig geblieben war, war neben de Brasy eingegraben worden. Bane stellte fest, dass die Leute der Stelle auswichen. Jeder, der vorbeikam, spuckte aus, bekreuzigte sich und machte ein Zeichen gegen den Teufel.

Es dauerte dann noch eine ganze Woche, bevor Sir Blaise reisefähig war. Bis dahin war auch Straccan schon drei Tage auf den Beinen. Blaise konnte auf ein Pferd steigen, obwohl er rasch ermüdete und seine Kraft noch nicht vollständig wieder erlangt hatte. Es war der letzte Tag des Juni.

Die Geschäftigkeit ihrer Abreise füllte den Burghof. Dem Sergeanten der Wache wurde bis zur Ankunft eines neuen Lords das Kommando über das Kastell übergeben, und Julittas Bedienstete hatten beschlossen, bis dahin zu bleiben – in der nicht unwahrscheinlichen Hoffnung, vom neuen Lord in dessen Dienste übernommen zu werden.

Abschiedsgrüße wurden gewechselt mit Versprechen, sich wieder zu treffen. Sir Blaise und Straccan hatten Soulis' Briefe unter sich aufgeteilt, und Blaise, der beabsichtigte, die Reise in kurzen Etappen zu machen, ritt mit zwei der Kastell-Soldaten als Begleitung nach Roxburgh zu König William. Sir Miles wollte nach Durham zurück. Straccan, Bane und Gilla hatten vor, auf der Großen Nordstraße nach Hause zu reiten. Wenn Gilla dann sicher untergebracht wäre, würde Straccan König John aufsuchen.

Sie hatten die Köpfe über Hob zusammengesteckt, und jetzt, als der Junge, der sich verlassen fühlte, an der Küchentür stand und das Kommen und Gehen, die Reisevorbereitungen und das Beladen von Packpony und Maultier beobachtete, rief ihn Blaise, der noch nicht aufgesessen war, zu sich herüber.

»Wir haben alle guten Grund, dir zu danken, Hob. Keiner von uns will dich zurücklassen. Was möchtest du denn tun? Hör erst mal zu und sag es mir dann. Du kannst hier bleiben und mit deinem Großvater leben, wenn du das möchtest. Ich werde dafür sorgen, dass er eine Rente bekommt, sodass er nie mehr Kälte oder Hunger leiden muss. Du kannst auch mit Sir Richard zu ihm nach Hause in England gehen, wo er dich wie seinen Sohn behandeln wird. Oder möchtest du lieber mit mir kommen? Wenn ich mit dem König geredet habe, würde ich dich zur Priorei von Coldinghame bringen, wo du die Heilkünste von Bruder Alan erlernen kannst. Er wird sich über einen jungen Helfer freuen. Das sind dort gütige Leute in der Priorei. Aber die Arbeit wird nicht leicht sein. Du wirst Jahre zum Lernen brauchen.«

Hob lachte und weinte zur gleichen Zeit. Tränen liefen ihm übers Gesicht und tropften vom Kinn herunter. Er nickte so heftig, dass er die Tränen in alle Richtungen versprühte; dann ergriff er Sir Blaises Hand und küsste sie.

»Also«, meinte Bane, »das scheint ja geregelt zu sein.«

Gilla weinte ebenfalls und umarmte Hob. »Du wirst mir fehlen«, sagte sie. »Ich werde dich nicht vergessen. Ich liebe dich, Hob.«

Straccan legte die Hände auf die Schultern des Jungen. Hob musste in dieser einen Woche gewachsen sein, denn er sah größer und breiter aus. »Ich verdanke dir das Leben meiner Tochter. Ich könnte dir nicht genug danken, und wenn ich alle meine Tage damit verbringen würde. Mein Heim ist das deine, wann immer du willst, und ich bin dein Diener, wann immer du mich brauchst.«

»Wo ist Sir Miles?«, fragte Larktwist. Er sollte doch den jungen Ritter auf dessen Reise nach Süden begleiten, bis sein Auftrag ihn in eine andere Richtung führte. In diesem Augenblick kam Miles aus dem Saal, blieb auf den letzten Stufen stehen und schaute auf sie herunter.

»Sir Blaise!«, rief er. Der alte Mann sah fragend zu ihm auf. Da lief Miles die Stufen hinunter und durch den Hof bis an den Steigbügel des im Sattel sitzenden Sir Blaise heran. »Sir«, sagte er in Eile, denn er hatte es geprobt und musste es nun von sich geben, bevor ihn der Mut verließ. »Sir, Meister, Ihr habt doch von Eurem Neffen erzählt, der verstorben ist. Er war doch Euer Schüler, und Ihr sagtet, dass Ihr nun niemanden mehr hättet, an den Ihr Euer Wissen weitergeben könnt.« Er starrte auf den Fuß im Steigbügel und wagte nicht, den Blick zu heben. »Sir«, fuhr er fort, »ich habe keine Eltern und keine Verwandten außer meinem Onkel Hoby, Euren Freund – auch keinen Grundbesitz, keine Ehefrau oder Braut. Was ich sagen will, Sir ... wenn Ihr wieder einen Auszubildenden braucht, könnte ich das nicht sein? Ich werde Euch mit ganzem Herzen dienen und lernen, ›zu beobachten und zu schützen‹, wenn Ihr es mich lehren wollt.«

Blaise beugte sich hinunter und umarmte ihn. »Ich will gar nicht fragen, ob Ihr dies auch richtig bedacht habt«, antwortete er, »denn ich sehe, dass es so ist. Ihr müsst erst zu Eurem Onkel und es ihm erzählen. Bis dahin könnt Ihr mit Sir Richard reiten. Danach, wenn Ihr bereit seid, könnt Ihr mich in Coldinghame treffen. Gott sei mit Euch, mein Junge.« Blaise und seine Eskorte, sein Gepäck und Hob, der nervös, aber stolz auf einem Skelrig-Pony saß, ritten aus dem Tor und auf die Straße nach Roxburgh.

Den anderen brachte ein Stallknecht ihre Pferde. Straccan hatte jetzt einen stämmigen, aber temperamentlosen Wallach, den Blaise ihm in Sauchiehill gegeben hatte. Jetzt lenkten sie endlich die Köpfe ihrer Pferde in Richtung Heimat.

39

Ein paar Fischerboote und zwei größere Handelsschiffe dümpelten träge vor Anker in der Ebbe. Die Besatzungen standen oder saßen an Deck und hatten wenig oder gar nichts zu tun, denn keines der Fahrzeuge konnte segeln, solange der von See kommende Wind sie dort festhielt. Möwen kreisten und kreischten am Himmel, Rauch strömte aus den Schornsteinen an Land nach Westen, und andere Möwen pickten auf dem von der Ebbe frei gegebenen Boden, auf dem Tang und tote Schellfische lagen.

Am Strand saßen ein paar elende, zerlumpte Abschwörer – Verbrecher, die zum Exil verurteilt worden waren, aber keine Passage nach Übersee und damit aus der Reichweite der Justiz hinaus finden konnten. Halb verhungert suchten sie den Strand so eifrig wie die Möwen ab und aßen auch diese, wenn sie welche fangen konnten. Von Zeit zu Zeit watete einer von ihnen ins Wasser, die dünnen Arme in einer verzweifelten Geste emporgestreckt, um die Seeleute auf den Handelsschiffen anzuflehen – aber vergebens. Diejenigen, die Geld hatten, konnten Überfahrten nach Frankreich, Flandern oder Holland kaufen, aber der pennylose Rest hatte keine Aussicht auf ein sicheres Exil. Sie mussten am Strand bleiben ›zwischen Land und See‹, bis sie verhungert waren. Die Allgemeinheit betrachtete das nicht als Verlust.

Das schäbige Schiff *Mary Maid* war alt, klein, und sah so aus wie ein Schmuggelfahrzeug – und nichts anderes war es. Seine Besatzung hatte nicht damit gerechnet, am gleichen oder am nächsten Tag in See zu stechen – nicht mit diesem unaufhörlichen Südostwind. Als die Frau an Bord kam, um für eine Überfahrt nach Frankreich zu zahlen, musterte der Kapitän sie von oben bis unten, obwohl er in dem alles verhüllenden Mantel nicht viel von ihr sehen konnte. Sie konnte jung oder alt sein, aber sie war gewiss weiblich und bedeutete deshalb Unglück. Er spuckte verächtlich über Bord und lehnte ab, bis sie ihm eine Geldbörse in die Hand legte. Er schaute hinein und änderte seine Meinung. Seine Besatzung war nicht einverstanden, aber *er* war schließlich der Kapitän.

Während sie noch diskutierten, änderte der Wind die Richtung.

Ein lautes Heulen stieg von den Abschwörern auf, als sie sahen, wie die Schiffe plötzlich Vorbereitungen zur Abfahrt trafen. Sie stürzten sich ins Wasser, kreischten und beteten. Einer ergriff sogar ein Tau, das versehentlich hängen gelassen worden war, und versuchte, sich an Bord der *Mary Maid* zu hieven. Erst nach mehreren Schlägen mit einem Bootshaken ließ er davon ab und trieb blutend und mit dem Gesicht nach unten im Wasser. Seine Gefährten im Unglück beachteten ihn nicht.Jeder kümmert sich nur um sich selbst.

Die *Mary Maid* segelte mit geschwellter Leinwand nach Süden.

An Deck war ein kleiner, einem Unterstand ähnlicher Aufbau aus Fellen, die an ein hölzernes Gerüst genagelt waren, und der Kapitän führte die Frau dort hinein, außer Sicht der Mannschaft. Seine Leute starrten neidisch auf seinen verschwindenden Rücken und grinsten einander an, aber nach ein paar Augenblicken kam er schon wieder heraus, blass und fluchend, und stürzte sich mit einem verknoteten Tauende auf sie, um sich für seine Beschämung zu rächen.

In dem Aufbau saß regungslos die Frau, doch ihre Lippen bewegten sich stumm, als würde sie beten.

Das Wasser strömte murmelnd längs der Bordwände, und

der Wind trieb die *Mary Maid* beständig dorthin, wo der Meeresarm Tweed in die See mündete. Der wogende Seegang wurde stärker.

Durch einen Spalt in den Fellen fiel Sonnenlicht in den Aufbau. Die Frau schaute auf, als würde sie erwachen. Dann nahm sie einen Stein aus ihrem Gürtelbeutel, ein flaches Stück durchsichtigen Quarz, und hielt ihn gegen das Licht. Sie schüttelte die Kapuze ihres Mantels vom Kopf und starrte intensiv in den Kristall. Sie suchte ihre Feindin.

Janiva kniete am Bach und spürte das Sonnenlicht heiß auf dem Rücken. Sie wusch ihr Hemd, drehte es im Wasser um und schlug mit einem flachen Stück Holz auf einen Fleck. Rund geschliffene, vielfarbene Kieselsteine schienen nur wenige Zoll unter der Oberfläche zu liegen, aber in dem tiefen, reinen, vom Bach geformten Uferpfuhl konnte sie die Steine gerade noch berühren, wenn sie den Arm ganz ins Wasser steckte. Sonnenlicht filterte durchs Blattwerk über ihr und spiegelte sich als Myriaden blitzender Diamanten im Wasser, während die Frau auf den Hacken kauerte und das Kleidungsstück trocken wrang.

Ihr Blick erhaschte den blauen Glanz eines Eisvogels, als dieser mit einem kleinen silbernen Fisch im orangefarbenen Schnabel vom Wasser aufflog.

Plötzlich wurde der Frau kalt. Das Licht hatte sich verändert. Sie schaute auf. Die Sonne schien noch, aber ihre Scheibe war kühl und weiß – tot wie der Vollmond. Das Wasser, das einen Moment zuvor von den reflektierten Sonnenstrahlen noch voller Leben gewesen war, sah jetzt grau, kalt und hart wie Stein aus.

Die Frau lehnte sich über den Pfuhl, neugierig, nichts Böses erwartend, und streckte eine Hand aus, um die grau glänzende Oberfläche zu berühren – und wurde gepackt.

Julitta sog scharf den Atem ein und starrte auf das Gesicht, das klein, aber deutlich im rauchigen Mittelpunkt des Kristalls erschienen war. Eine junge Frau – jung genug, solche Macht auszuüben. Da war sie endlich, die Einmischerin, dieses lästige Weib, das den Reliquien-Hausierer Straccan von Julittas Zauber befreit hatte, der ihn aus dem Weg geräumt hätte. Aber, was noch schlimmer war, sie hatte dieses Gör auf irgendeine Weise vor der Macht des Meisters geschützt und dadurch all ihre Pläne zum Scheitern gebracht. Ihretwegen waren Arlen und viele andere nun tot. Wegen ihr hatte Julitta alles verloren – alles, wonach sie gestrebt hatte – und musste nun ins Exil fliehen, um König Philipps sargkalte Gnade zu erflehen.

Im Kristall schaute Julitta in die Augen ihrer Feindin.

Im Wasser schaute Janiva zurück auf sie, in Trance.

»Mistress Janiva! Mistress!« Das hässliche, besorgte Gesicht des Försters erschien in ihrem Blickfeld. Janiva lag am Rand des Pfuhls, durchweicht und kalt wie Eis. Sie hustete, rang nach Atem und drehte sich auf die Seite, um Wasser ins Gras zu speien.

»Tostig«, stieß sie schwach hervor. »Was ist denn geschehen?«

»Ihr seid hineingefallen. Ein Glück, dass ich gerade vorbeikam! Ich zog Euch heraus. Wie fühlt Ihr Euch?«

»Ich bin hineingefallen?« Sie setzte sich auf und zitterte heftig.

Tostig legte seinen Mantel um sie. »Nun, so etwa. Ihr habt am Rand gekniet. Ich rief Euch, und es schien, als würdet Ihr Euch nach vorn beugen und geradewegs hineinfallen. Hattet Ihr das Bewusstsein verloren, Mistress?«

Sie erinnerte sich daran, dass sie in das steinkalt-graue Wasser und in die steinkalt-grünen Augen geschaut hatte, die ihren Geist und Willen lähmten. Sie hatte Widerstand leisten wollen, doch ohne Erfolg. Was war geschehen? Tostig nahm ihre Hände und zog sie hoch.

»Das Bewusstsein verloren?«, murmelte sie mit einer Stimme, die so unsicher war wie ihre Beine. »Tostig, bitte, helft mir, nach Hause zu kommen.«

Julitta schloss die Faust um den Kristall, so fest in ihrer Wut, dass seine Kante in ihr Fleisch schnitt und Blut durch ihre verkrampften Finger sickerte. Der Wind legte sich, das Segel wurde flach und hing kurze Zeit schlaff an der Rahe, während sich ihre Konzentration verlagerte. Dann füllte das Segel sich wieder und bauschte sich.

»Ich bin noch nicht fertig mit dir, du Schlampe«, sagte Julitta leise. »Beinahe hatte ich dich. Nun kenne ich dich. Ich verfluche dich drei Mal! Alles, was du bist, alles, was du hast, alles, was du liebst, sollst du verlieren!« Sie ließ ihr Blut in die hohle Fläche der anderen Hand tropfen und malte damit die Rune der Vernichtung auf den Kristall.

40

Larktwist verließ sie in Alnwick. Sie waren an der Burg vorbeigeritten, als ein Bettlerkind Larktwists Zügel ergriff und ihm etwas sagte. Die anderen verstanden es nicht, aber Larktwist nickte, gab dem Kind eine Münze und drehte sich zu seinen Begleitern um. »Ich muss Euch hier verlassen«, sagte er. »Ich kann nicht gerade sagen, dass es ein Vergnügen war, aber es war auf jeden Fall interessant. Nichts für ungut … ja, Sir Miles und Sir Richard? Meister Bane, hier sind die Würfel, die ich Euch versprochen habe.« Er reichte Bane einen kleinen Holzspankasten. »Vielleicht begegnen wir uns bald mal wieder. Gott schütze Euch alle!« Damit verschwand er in der Menge beim Burgtor, um eine Ecke herum und außer Sicht.

Miles sagte: »Ich nehme an, er wird jetzt dem, der ihn dafür bezahlt, von unseren Erlebnissen berichten.«

»Das ist nun mal sein Beruf«, meinte Bane nachsichtig. Der kleine Holzspankasten war in seiner Tasche, und er streichelte ihn liebevoll.

Sie trennten sich in Durham von Miles, wo sie zwei Nächte als Gäste von Sir William Hoby blieben, bevor sie sich wieder auf den Weg machten.

»Miles, Bruder«, sagte Straccan, »Ihr habt Euch mein Leben lang für Eure Hilfe und Gesellschaft meine Zuneigung und Dankbarkeit verdient. Ohne Euch hätten wir das alles nicht überstanden. Ihr wisst ja, wo ich wohne. Kommt, wann immer Ihr wollt. Mein Heim ist das Eure. Gottes Segen sei mit Euch.«

Der Ort Shawl lag nicht auf ihrem Heimweg, aber dorthin wandten sie sich zunächst. Straccans geschenktes Pferd hielt gerade so lange aus, bis sie das Gutshaus erreichten, bevor es lahm wurde und Straccan es hinkend in Sir Guys Stall führte, dass es dort blieb, bis es wieder gebraucht würde. Sir Guy und Lady Alienor, die ihm nie begegnet waren, begrüßten ihn freundlich und boten ihre Gastfreundschaft an. Besucher, die neue Nachrichten und Gerüchte brachten, waren ein Lebenselixier, sodass ihr Willkommen gesichert war.

»Ich danke Euch, Sir Guy … Mylady. Ihr seid sehr liebenswürdig. Wir werden heute Nacht gern unter Eurem Dach schlafen, aber zuerst muss ich jemanden aufsuchen.«

Als er mit Gilla ging, stieß Alienor ihren Mann an. »Er geht zu Janiva«, zischte sie.

»So? Woher in aller Welt willst du das wissen? Immerhin scheint er ein ziemlich netter Bursche zu sein«, meinte Sir Guy und zog sich nachdenklich am Ohrläppchen. »Der alte Duffy St. Obin war ein Freund seines Vaters.«

»Ja?« Lady Alienors Augen wurden hell vor Interesse. »Erzähl mir von ihm, von diesem Straccan.«

Sir Guy lehnte sich gemütlich im Sessel zurück. Er war stolz auf seine Kenntnisse des Stammbaums edler Geschlechter. Ritter und Barone wussten alles über die Ahnen ihrer Gleichgestellten, sowohl das Gute wie das Böse. Die meisten waren in gewissem Grad verwandt, sei es durch Heirat oder durch Blutsbande, und das Spekulieren über Verwandtschaftsgrade war ein beliebter Zeitvertreib an Winterabenden. »Lass mich mal überlegen … Sein Vater war William Straccan. Der kam beim Kreuzzug ums Leben. Hatte keinen Besitz, denn *sein* Vater Draco hatte die falsche Partei ergriffen – unterstützte König Stephen. Verlor natürlich alles, als FitzEmpress die Oberhand gewann. Dracos Nachname war FitzEstraccan. Das geht zurück auf einen Bretonen, der Estraccan de Irgendwas hieß und wegen seiner Dienste für

Rufus Ländereien erhielt. Der Vater *dieses* Straccan hatte den Zusatz Fitz wegfallen lassen und nannte sich nur noch Straccan.«

»Ja, ja«, sagte Lady Alienor ungeduldig. »Aber wer *ist* er? Hat er irgendwelchen Besitz?«

»Oh, er ist ziemlich reich. Ging auch auf Kreuzzug und kam mit Geld zurück. Kaufte Ländereien von der Abtei bei ... wo war das noch ...«, er trommelte mit den Fingern seiner Rechten auf die Armlehne des Sessels und verzog das Gesicht, als er angestrengt nachdachte. »Ach ja, Dieulacresse! So hieß es.«

»Ist er verheiratet?«

»War. Sie ist tot. Bisschen seltsamer Kauz. Treibt jetzt so eine Art Handel. Reliquien – ist doch ein komisches Geschäft.«

»Der wäre eine gute Partie für Janiva«, meinte Lady Alienor.

»Partie? Janiva? Aber Straccan ist ein Ritter!«

»Umso besser. Er ist wohlhabend, sodass er sich zum Heiraten eine auswählen kann, die er wirklich mag. Ich muss mal mit ihr sprechen.«

»Alienor«, sagte ihr Mann warnend, »misch dich da nicht ein!«

»Ich – mich einmischen? Guy! Wie kannst du so etwas sagen! Ich mische mich *nie* in die Angelegenheiten anderer Leute!«

»Nicht sehr, wollen wir mal sagen«, murmelte der Lord dem Rücken seiner Frau zu, der sich entfernte.

»Was hast du da gemurmelt?« Sie schaute über die Schulter auf ihn – das Kinn hochgereckt und rot im Gesicht.

»Nichts. Nichts, meine Liebe. Gar nichts!«

Sie war kleiner, als er sie in Erinnerung hatte – und schöner.

Zu Straccans Überraschung ging Gilla sofort zu Janiva, als er sie von ihrem Pony hob, ließ sich auf ein Knie zu ihren Füßen nieder und küsste ihre Hand, als wäre sie eine Äbtissin. Janiva legte den Arm um das Mädchen, und so lächelten sie sich an.

»Mistress Janiva«, sagte Straccan und zog die Mütze vom Kopf.

»Sir Richard – und Gilla – ich bin sehr froh, von Herzen froh, Euch wohlbehalten wieder zu sehen.«

Später, als Gilla zu gähnen begann, brachte sie Janiva ins Bett und ging dann wieder nach draußen in den warmen Sommerabend zu Straccan. Gedämpfte Vogelstimmen und der Duft von Rosen und Minze umgaben sie. Sie saßen auf einer Bank auf dem Rasen, Janiva mit ihrer Spindel, während Straccan einen Thymianzweig zerpflückte.

»Sir Richard, darf ich fragen … Wollt Ihr Gilla wieder ins Kloster bringen?«

»Das frage ich mich nun auch schon die ganze Zeit. Ich bin so oft weg, und es schien das Vernünftigste zu sein. Sie war ja auch glücklich dort, aber jetzt …«

»Da möchte ich einen Vorschlag machen«, sagte sie zögernd.

»Na, dann sagt ihn mir mal.«

»Behaltet sie immer bei Euch, wenn Ihr könnt. Lasst sie aber von Zeit zu Zeit das Kloster besuchen und einige Tage dort verbringen. Es würde sonst merkwürdig erscheinen. Wenn Ihr aber weit fortreisen müsst, für längere Zeit, dann schickt sie zu mir. Nein …« Als er etwas entgegnen wollte, fügte sie hinzu: »Wartet, lasst mich ausreden. Ihr ist sehr viel geschehen. Sie hat seltsame Dinge erlebt, sodass sie nicht mehr das Kind ist, das sie vorher war. Wenn sie möchte, kann sie mit mir darüber reden, aber wenn sie im Kloster von den Dingen erzählt, die sie gesehen und getan hat, werden die guten Schwestern nicht wissen, was sie von ihren Worten – oder von ihr – halten sollen. Sie wird dort nicht mehr hineinpassen.«

»Taugenichtse«, sagte Straccan stirnrunzelnd.

»Was?«

»Soulis sagte, ich ziehe durchs Land und sammle Taugenichtse. Ist meine Tochter jetzt auch einer? Ein Taugenichts?«

»Nicht mehr als ich! Aber das ist es ja gerade, warum ich Euch bitte, sie zu mir kommen zu lassen, wo sie reden kann … sicher ist … verstanden und geliebt wird.«

»Wenn sie eine Frau wird wie Ihr«, erwiderte Straccan, »wäre ich sehr froh.« Er nahm die Spindel, legte sie zwischen ihnen beiden auf die Bank und nahm ihre Hände in die seinen. Sie waren wohlgeformt und zierlich, aber stark – nicht die bleichen, zarten Hände einer eleganten Dame, sondern zupackende Hände, geschickt in vielen Dingen. Er küsste sie.

»Janiva …«

Da erklang der Hufschlag eines sich schnell nähernden Pferdes, und dann flog Bane auch schon über den Zaun und sprang aus dem Sattel. »Leute des Königs«, keuchte er, »am Herrenhaus. Wollen zu Euch. Kommen her.«

Und als Straccan aufsprang, dass die Spindel hinunterfiel, waren sie auch schon da – ein halbes Dutzend Bogenschützen zu Pferd in des Königs Livree, mit ihrem Hauptmann – eindrucksvoll, höflich, mit unbewegter Miene.

»Sir Richard Straccan?«

»Ja.«

»Unser Herr, der König, fordert Euch auf, zu ihm nach Nottingham zu kommen, Sir. Ich soll Euch begleiten.«

»Wozu?«

»Es steht mir nicht an, des Königs Absichten zu kennen. Ich führe nur aus, was er mir befiehlt. Und er befahl mir, Euch zu holen.«

»Janiva …«, er wandte sich zu ihr, »Gilla …«

»Das geht in Ordnung«, sagte sie rasch. »Ich werde mich um sie kümmern. Sie braucht Ruhe. Macht Euch keine Sorgen um sie. Sie ist hier sicher.«

Straccan wandte sich wieder dem Hauptmann zu. »Und was ist mit Bane?«

»Ich habe keinen Befehl, der ihn betrifft, Sir. Er kann gehen oder bleiben, wie es Euch gefällt.«

Straccan löste seinen Geldbeutel vom Gürtel. »Hawkan, bringt den Beutel zur Priorei von Sankt Markus. Sie ist in der Nähe von Christchurch. Gebt sie dem Prior persönlich. Erzählt ihm, wie wir Bruder Celestius trafen und dass dies ein Geschenk in Dankbarkeit für Euer Leben ist. Reitet *jetzt*, auf der Stelle«, *bevor noch etwas geschieht, das Euch aufhalten kann,* fügten seine Augen hinzu, ohne die Worte auszusprechen. »Wenn Ihr das getan habt«, fuhr Straccan fort, »kommt wieder hierher zurück und begleitet Mistress Janiva und meine Tochter nach Hause, nach Stirrup. Ich werde Euch dort treffen, wenn der König mich nicht mehr braucht.«

Er knöpfte sein Wams zu und fühlte dabei das Knistern der Briefe innen an seinem Hemd. Dann horchte er auf das Klappern der Hufe des Grauen, als dieser schnell entschwand, während Bane ihn vom Trott zu einem leichten Galopp antrieb. Straccans Schwert und der Harnisch hingen an der Tür. Er griff danach, zog die Hand dann aber wieder zurück. »Wollt Ihr, dass ich Euch mein Schwert aushändige?«, fragte er den Hauptmann.

»Ich habe keine Befehle, was Eure Waffen angeht, Sir«, sagte der junge Mann und schaute verwundert drein. »Ihr seid doch nicht mein Gefangener. Ich soll Euch nur sicher zum König bringen.«

»Habt Ihr ein Pferd für mich?«

»Äh … nein, Sir.«

»Nun, dann muss ich Euch leider sagen, dass ich derzeit kein Reittier habe.«

Der Hauptmann zeigte sich der Situation gewachsen. »Simon!«, rief er, worauf einer seiner Leute sein Pferd heranschreiten ließ. »Setzt Euch zu Tom auf dessen Pferd.«

»Ich bin gleich zur Abreise fertig«, sagte Straccan. Er ging ins Haus, beugte sich übers Bett, in dem seine Tochter lag, und sah, dass ihre Augen weit offen waren. »Das ist schon in Ordnung, Liebling«, sagte er rasch. »Ich muss nur diese Briefe zum König bringen. Das ist alles.«

»Kann nicht jemand anders sie bringen?«

»Nein, da sind nämlich auch noch Dinge, die ich ihm erzählen muss. Es wird nicht lange dauern. Mistress Janiva wird sich um dich kümmern, und Bane wird euch beide nach Hause bringen, wenn ich zurückkomme.« Er küsste sie und streichelte ihr Haar. Dann nahm er Janiva in die Arme, drückte sie an sich und roch das Rosmarin-Duftwasser in ihrem Haar und ihrer Kleidung. Draußen klirrten Sporen und Harnische. Er schnallte sich den Schwertgürtel um, schritt hinaus und stieg auf das Pferd, das für ihn bereitgehalten wurde.

Als sie außer Sicht waren, ging Janiva wieder in den duftenden kleinen Raum hinein. Dort sah sie, dass ihre weiße Katze unter die Bettdecke gekrochen war und an Gillas Schulter geschmiegt zufrieden schnurrte.

41

Straccan musste sich drei Tage lang die Zeit in der Burg von Nottingham vertreiben, bevor er zum König gerufen wurde. Es war eine Erleichterung für ihn, festzustellen, dass er in keiner Hinsicht ein Gefangener war. Er konnte in die Stadt gehen und zurückkommen, wie es ihm gefiel, und er sagte sich, dass er nicht überrascht sein sollte zu erfahren, dass der König auf seinem Weg zur schottischen Grenze hier in Nottingham sowie in York und Durham Halt gemacht hatte, um mehr Männer und Vorräte für seine Expedition zu sammeln. Wenn Spione ausgeschickt wurden, um politisch so unbedeutende Männer wie ihn zu beobachten, meinte Straccan, würden bestimmt auch die Großen beobachtet. König Williams Absichten auf die Nordländer würden also keine Neuigkeit für König John sein.

Am Morgen des vierten Tages ließ ihn der König endlich rufen. Sie waren sich noch nie von Angesicht zu Angesicht begegnet, obwohl er den König schon ein paar Mal aus der Ferne gesehen hatte. Jetzt erinnerte er sich an alles, was er jemals über John gehört hatte – einerseits mörderisch, pervers, betrügerisch, misstrauisch, gottlos, nachtragend – auf der anderen Seite großmütig, genial, tapfer und gefährlich klug.

»Sir Richard! Wie schön von Euch, dass Ihr gekommen seid!« Der König legte freundlich den Arm um Straccans Schultern und führte ihn durch den Burggarten. »Das ist nicht mehr so wie zu meiner Mutter Zeiten«, sagte John und wies mit dem Daumen verächtlich auf die verwelkten Rosen. »Grüne Blattläuse! Seht Ihr?« Er pickte eine von einer Knospe und zerdrückte sie. »Der Gärtner versucht alles, aber es hat keinen Zweck. Kennt Ihr Euch mit Rosen aus, Sir Richard?«

»Nein, Mylord, ich habe nicht viel mit Gärten zu tun gehabt.«

»Ich auch nicht ... Ich wusste natürlich, dass sie eine Hexe war.«

Bei dieser abrupten Änderung des Themas musste Straccan blinzeln. »Meint Ihr Lady Julitta, Mylord?«

»Ja, Julitta, wen sonst? Ihr seid doch in der letzten Zeit nicht noch auf andere Hexen gestoßen, oder? Jesus, ich hoffe nicht! Wie schade, dass sie davonkommen konnte. Nicht, dass ich Euch dafür tadeln will. Ihr habt Briefe für mich?«

»Ja, Hoheit.« Straccan reichte ihm das Päckchen, und der König blätterte es durch.

»De Vesci!«, murmelte er. »Was für eine Überraschung! Und da haben wir ja auch diesen kleinen Lumpen Mowbray – nach allem, was ich für ihn getan habe. Auch Percy – ein weiterer Undankbarer – Grellay, der mir tausend Markmünzen schuldet, und FitzWalter, und de Lacy, alle Nordengländer. Muss das Klima sein.« Er reichte die Briefe einem Schreiber, der ihm mit seiner um den Hals gehängten Schreibunterlage und der stets bereiten Schreibfeder mit Tintenhorn überall hin gefolgt war. »Sind das alle Briefe?«

»Nein, Mylord. Wir teilten sie auf – diese hier für *Eure* Majestät, die anderen für den König der Schotten.«

»Ich bin ja gerade auf dem Weg nach Norden, um ein paar Worte mit meinem Bruder in Schottland zu wechseln«, sagte John bedeutungsvoll. »Ihr seid ihm wohl noch nie begegnet, nicht wahr? Ich glaube nicht, dass *er* mich seinen Bruder von England nennt«, fügte er mit finsterer Miene hinzu und stieß dabei mit dem Fuß nach einer Gruppe schwächlich aussehender Nelken. »Ich möchte lieber nicht hören, wie er mich nennt. Der muss wieder an die Kandare genommen werden, sonst wird es zu einer Gewohnheit. Was habt Ihr übrigens in Pontigny gemacht?«

Pontigny – es schien eine Ewigkeit her zu sein. »Das alles ist eine sehr lange Geschichte, mein König«, erwiderte Straccan.

»Gut«, sagte John, beugte sich vor und zog eine verwelkte Pflanze aus dem Boden. »Nun schaut Euch bloß das hier mal an! Ist doch miserabel, nicht wahr?« Er warf die Pflanze zwischen die erbärmlich aussehenden Rosen. »Na, dann erzählt mal, Sir Richard. Ich liebe gute Geschichten.«

Straccan erzählte ihm von der Ikone, wie diese ihn zu Julitta geführt hatte und von Soulis' Auftrag, den Finger des heiligen Thomas zu kaufen. »Deshalb habe ich den Erzbischof aufgesucht«, erklärte er. »Ich habe nicht damit gerechnet, Erfolg zu haben, aber ich musste es einfach versuchen.«

»Der ist nicht *mein* Erzbischof«, brummte der König.

Hoppla, dachte sich Straccan und sagte: »Nein, Mylord, ich bitte um Verzeihung.«

»Das kommt einem so über die Zunge, ich weiß, ich weiß«, meinte John. »Lasst uns wieder hineingehen.« Auf der Türschwelle drehte er sich um und rief anscheinend zu niemandem: »*Gießt* doch diese Dinger da mal! Die sterben wahrscheinlich vor Durst. Ich jedenfalls auch«, fügte er dann zu Straccan gewandt hinzu. »Kommt herein, kommt herein. Ich erwarte jemanden und möchte auf jeden Fall drin sein, wenn er kommt. Wie habt Ihr es denn geschafft, dass Langton Euch die Reliquie gab?« Er streckte eine Hand aus, und ein Diener reichte ihm einen Becher Wein.

»Es stellte sich heraus, dass er sich mir irgendwie verpflichtet fühlte. Ich hatte seinem Neffen vor Jahren im Heiligen Land einen Dienst erwiesen.«

»Ach«, meinte John, »wie vorteilhaft! Ihr scheint ein Mann zu sein, der Glück hat, Sir Richard. Glück ist ein seltsam

Ding – so unvorhersehbar. Man hat mir erzählt, dass Euer Pferd getötet wurde.«

Straccan war überrascht. Wenn des Königs schon regelrecht unheimlich anmutendes Wissen solcher Einzelheiten auf Larktwists Bericht zurückzuführen und Larktwist nur einer von vielen umherstreifenden Spitzeln war, musste Johns Überwachungssystem jeden Herrscher Europas neidisch machen. »Ja, mein König«, antwortete er. »Von den Menschenfressern.«

»So, so«, murmelte der König nachdenklich. »Es ist immer sehr schade, ein gutes Pferd zu verlieren. Hattet Ihr es denn schon lange?«

»Elf Jahre, Hoheit.«

Die Tür ging auf, und ein Sergeant sowie zwei Soldaten traten ein, die einen Mann grob vor sich her stießen. »Oh!«, rief der König strahlend aus. »Sir Gilbert! Jetzt fühlt Ihr Euch besser, nicht wahr?« Der Mann errötete, starrte wie ein störrisches Kind auf den Fußboden und sagte nichts.

»Gilbert war sehr krank, als ich nach ihm schickte«, erklärte John der gesamten grinsenden Gesellschaft im Raum. »Aber wie es scheint, wurdet Ihr bei meiner zweiten Aufforderung wieder völlig genesen angetroffen. Da handelt es sich doch wohl um ein kleines Wunder, ja? Das war bis jetzt überhaupt ein gutes Jahr für Wunder. Da wanderte doch erst diesen Sommer eine Gruppe von weißen Mönchen aus Altraham mit dem Schädel des heiligen Joseph auf der Landstraße, um Geld zu sammeln – und siehe da, durch Gottes Gnade wuchs der Rest des heiligen Körpers wieder an! So hatten sie schließlich das ganze Ding, außer ein paar Zehen. Ist das nicht auch ein Wunder? Ich frage mich, was mit den Zehen geschehen ist.« Er schaute Straccan schelmisch an. *O Christus,* dachte Straccan, *diese dummen Tröpfe. Wussten noch nicht einmal, wann sie aufhören mussten! Die Pocken soll dieser Larktwist kriegen für seine ausführlichen Berichte!*

Aber er begegnete dem königlichen Blick mit unschuldiger Miene, und der König grinste.

»Nun, Gilbert, so erzählt doch«, sagte John erwartungsfroh. »Oder hat die Katze Eure Zunge gefressen?« Er steckte eine Hand voll Trauben in den Mund und begann zu kauen.

»Ja, Mylord … ich meine, nein, Mylord …«

Ein Mann in königlicher Livree, der in der Türöffnung erschien, fiel dem König ins Auge, wurde herangewinkt und flüsterte ein paar Augenblicke ins königliche Ohr. John nickte, die hellen Augen auf Sir Gilbert gerichtet. Als der Bote fertig war, schnippte der König mit den Fingern, und ein Diener tauchte aus der Menge auf, um dem Mann ein paar Münzen zu geben.

»Jetzt«, fuhr John fort, »zu Euch, Sir Gilbert – zu dieser Eurer Angelegenheit. Behauptet Ihr immer noch, dass Ihr mit dem Wrack der ›*Sleipnir*‹ machen könnt, was Ihr wollt?«

»Ich war schlecht beraten, Mylord.«

»Bei Gott, das wart Ihr!« Der König spuckte einen Mund voll Traubenkerne aus. »Oh, Verzeihung, sind sie auf Eurem Ärmel gelandet? Macht Euch nichts daraus, er ist ja sowieso ein bisschen aus der Mode, nicht wahr? Ihr könnt ja mal einen guten Schneider aufsuchen, solange Ihr hier seid. Also, Ihr hattet das Wrack, die Besatzung und die ganze Fracht, und Ihr dachtet, ich würde entweder nichts davon erfahren oder mich angesichts meiner vielen anderen Probleme nicht darum kümmern können, ja? Geschickter Versuch, Gilbert, aber das war *mein* Geld, das Ihr ausgegeben habt, und das ist nicht die feine Art. Oh, schaut nicht so besorgt drein! Ich bin doch ein vernünftiger Mann. Ihr könnt wählen.«

»Was wählen, Hoheit?«

»Ob Ihr meinen guten Willen wollt oder nicht. Es liegt an Euch.«

»Hoheit …« Unruhig quetschte Sir Gilbert einen Finger unter den schweißgetränkten Kragen seines eleganten Hemds und bewegte ihn hin und her. »Mylord, ich wäre sehr betrübt, Euren guten Willen zu verlieren«, *um nicht zu sagen, dass es mein Ende wäre*, dachte er jämmerlich. *Was für ein Tor war er doch gewesen zu versuchen, den Fund des Wracks geheim zu halten. Jeder wusste doch, dass es nichts gab, was der König nicht erfuhr – und das war die reine Wahrheit.*

Der König summte eine kleine Melodie und kratzte sich den Hintern. »Also dann sendet mir mal die Fracht, sobald Ihr nach Hause kommt.«

»Natürlich, Hoheit.«

»Oh, und wie ich erfahren habe, war da auch noch ein Passagier, der jetzt Eure Gastfreundschaft genießt, nicht wahr?«

O Gott, dachte Gilbert schwitzend, *er weiß sogar von der Frau!* »Es waren zwei Fahrgäste an Bord, Hoheit. Ein Mann und seine Ehefrau, aber der Mann ertrank.«

»Mit etwas Nachhilfe, ja? Gut für Euch, dass Ihr Euch um seine Witwe kümmert. Barmherzigkeit beginnt stets zu Hause, sage ich immer – aber Ihr könnt sie auch mitschicken, zusammen mit ihren Habseligkeiten natürlich: Kleidung, *Schmuckstücke*.« Seine Stimme knirschte regelrecht bei dem Wort *Schmuckstücke*, und Sir Gilbert wand sich innerlich und versuchte, dem Starren des harten Stachelbeerblicks standzuhalten, was ihm aber nicht gelang. Der König wusste zu allem Unglück also auch von dem Schmuck. Was würde wohl Gilberts Frau sagen, wenn sie den herrlichen Satz byzantinischer Armbänder und die Rubine wieder herausgeben musste? Gilbert dachte sich, dass eine kleine Pilgerreise wohl eine gute Idee wäre, um sich ein paar Monate vor ihrer Zunge in Sicherheit zu bringen. Nicht, dass ihr bis dahin der Vorrat an Vorwürfen ausgegangen sein würde – oder überhaupt jemals …

»Also, Gilbert.« John strahlte. »Ihr gesteht Euren Fehler demütig ein und wollt ihn mir gegenüber wieder gut machen.«

»O ja, Hoheit«, erwiderte der Sünder inbrünstig.

»Wer ist schließlich König der Engländer, Gilbert – Ihr oder ich?«

»*Ihr* natürlich, Hoheit«, wand sich der Lord.

»Oh, *gut!*«, sagte John. »Ich bin froh, dass das geklärt ist. Also, dann können ja keine von diesen kleinen Missverständnissen mehr aufkommen, wenn Ihr *alle*«, und dabei schweifte sein strenger Blick durch den Raum, »das nicht vergesst. Dann sagen wir mal ... fünfhundert Markmünzen, Gilbert, ja? Als Zeichen Eurer Reue. Klingt das gerecht?«

»Ja, Mylord.«

»Und Ihr könntet auch noch einen kleinen Versüßer mit dazugeben«, schlug der König vor, jetzt wieder mit strahlendem Lächeln.

»Versüßer, Hoheit?«

»Ja. Um meinen guten Willen in vollem Maße zu gewinnen. Wir wollen doch keine halben Sachen machen, nicht wahr? Was haltet Ihr von dem großen Braunen, auf dem Euer Sohn herumrutschte, als Ihr hier ankamt?«

»Da ... das Pf... Pferd, Hoheit? Aber gewiß, Hoheit!«

»Oh, vielen Dank! Ihr seid zu gütig.« Darauf wandte der König sich Straccan zu. »Also, da habt Ihr's dann, Sir Richard.«

»Verzeihung ... was, Mylord?«

»Damit Ihr nicht sagen könnt, ich hätte nie etwas für Euch getan. Das *Pferd* meine ich, Mann.« Er grinste, als er Straccans verständnislose Miene sah. »Das Pferd! Ihr könnt es mitnehmen, wenn Ihr wieder geht. Kümmert Euch darum!« Er blickte zu einer Gruppe von Dienern und schnippte mit dem Finger. Zwei Jungen lösten sich aus dem Haufen und liefen zusammen zur Tür, wo der eine des anderen Weg blockierte, indem er ihm kräftig gegen das Schienbein trat. Der Verlierer stieß einen Schmerzensschrei aus, überließ seinem Rivalen den Auftrag und hinkte maulend zurück.

»Ich danke Euch, Hoheit!« Straccan war wirklich dankbar.

Er vermisste Zingiber sehr – und ein Tier wie dieses hier war ein fürstliches Geschenk.

»Das war ja wirklich ein bewegendes Abenteuer, das Ihr da erlebt habt«, sagte der König. »Sehr interessant. Was ist eigentlich aus der Ikone geworden? Habt sie wohl im Eifer des Gefechts verloren, ja?«

»Nein«, antwortete Straccan mit einem innerlichen Seufzer. Er hatte ja auch nicht erwartet, damit davonzukommen – nicht wirklich jedenfalls. »Ich habe sie hier, Mylord.« Er nahm die Ikone, die jetzt in einem neuen Holzbehälter lag, aus seinem Gürtelbeutel und reichte sie dem König.

John wickelte das Bild auseinander und starrte es eine Zeit lang an. »Bemerkenswert«, meinte er dann. »Ich danke Euch, Sir Richard!« Er streifte seine Handschuhe über und setzte sich zur Tür in Bewegung.

»Reist Ihr geradewegs nach Durham, Hoheit?«, fragte Gilbert mit zitternder Stimme.

»Das könnte sein«, erwiderte der König.

»Es ist nur, dass die Brücke ...«

»Weggeschwemmt ist. Ich weiß.«

»Es gibt einen Schleichweg.«

»Das *weiß* ich«, entgegnete John. »Ich kenne den Schleichweg zu jeder Stadt in meinem Königreich.« Die Tür schlug hinter ihm zu.

»Ich möchte wetten, dass er das weiß«, zischte Sir Gilbert und sank schwer auf den nächsten Schemel. »Fünfhundert Markmünzen, o Gott, und das Pferd noch dazu! Und dann noch den verdammten Schmuck! Meine Frau wird mich umbringen!«

Da steckte der König noch einmal den Kopf hinter der Tür hervor: »Ach ja, noch eins, Gilbert!«

»Ja, Hoheit?«

»Der Sattel gehört natürlich auch zum Pferd.«

»Natürlich, mein König!«

42

Der Hengst war ein prächtiges Tier – drei Jahre alt und in bester Verfassung. Nachdem er mit mehreren möglichen Namen gespielt hatte, kam Straccan auf Zingiber zurück, der für ihn der einzige mögliche Name für ein braungelbes Pferd zu sein schien. Es war eine Freude, ihn zu reiten, und der schöne Sattel passte Mensch und Tier perfekt. Armer Sir Gilbert!

Schon aus der Entfernung sah er den Ausguck auf dem Wachturm von Stirrup und hörte, wie die gesprungene Alarmglocke zu scheppern anfing. Seine Leute wimmelten am offenen Tor – Adeliza, in ihrem besten Kleid, sein Schreiber Peter, sein Verwalter Cammo und die anderen. Wieder zu Hause! Gerührt sah er, dass das Getreide gut stand, das Gemüse frisch und wohl gepflegt aussah und seinen Schafen, die geschoren und schlank aussahen, neugeborene Lämmer folgten. Gewiss hatte dieses Muttertier da Zwillinge? Aber ja! Seine Rinder rupften eifrig am Gras. Alles war in bester Ordnung.

Die nächsten Tage war er vollauf beschäftigt. Er musste Geschäfte aufarbeiten, Peter Anweisungen erteilen und sich um das Gut kümmern. Cammo verwaltete es tadellos, aber in manchen Dingen war die Entscheidung des Besitzers notwendig – beispielsweise bei der Frage, ob ein Zuchtbulle gekauft werden sollte; ob die Schurwolle dieses Jahres wie gewöhnlich an Walter Durnford verkauft werden oder nach Lincoln oder Nottingham gebracht werden sollte, um einen besseren Preis zu erzielen; ob das zu Neujahr geborene Hengstfohlen verkauft werden sollte oder nicht.

Mehrmals am Tag kletterte er die Leiter des Wachturms hinauf und verbrachte einige Zeit damit, auf den Punkt der Landstraße zu starren, wo sie am nördlichen Horizont endete, in der Hoffnung, drei Reiter zu erblicken. Immer wenn dort eine Staubwolke aufstieg, schlug sein Herz schneller und sank, wenn sie sich zu Händlern, Hausierern und anderen Arten von Reisenden auflöste. Er berechnete ständig die Mindest- und Höchstzahl der Tage, die Bane brauchen würde, um nach Christchurch zu kommen, nach Shawl zurückzukehren und dann von dort nach hier zu reiten. *Er war zu ungeduldig. Sie konnten doch eigentlich noch gar nicht kommen. Es würde noch eine Woche dauern – mindestens.*

Doch am gleichen Abend und am nächsten Morgen war er wieder auf dem Wachturm. Während dieser Zeit verließ er Stirrup nur einmal – seine Besorgungen für Gilla führten ihn zum Silberschmied in der nächsten Stadt, während er bei jeder Meile hoffte, ihnen auf der Landstraße zu begegnen.

Beim Klang der Alarmglocke rannte er aus dem Stall – aber es war nur eine Weinlieferung. Später am Tag erschallte die Glocke noch einmal, um die Ankunft eines Hausierers mit seinen Gerüchten und minderwertigen Waren anzukündigen. Als die Glocke am nächsten Tag schon wieder erklang, um noch eine Unwichtigkeit anzukündigen, verlor er die Nerven und brüllte zum überraschten Mann im Ausguck hinauf: »Läutet das verdammte Ding nicht mehr! Nicht eher, als bis Gilla kommt!« Dann ging er in sein Büro und lenkte Peter ab, der in Ruhe bei Buchhaltungsarbeiten gesessen hatte, bis er einen Fehler beim Subtrahieren und einen Fleck auf dem Blatt gemacht hatte. Dann begab er sich zur Küche, wo er in die Töpfe guckte, ein Stück von einer Pastetenkruste abbrach, einen Krug Milch umwarf und auf die Katze trat, bis eine entnervte Adeliza ihn hinausscheuchte. Schließlich nahm er eine Axt und machte sich daran, Holzklötze zu spalten. Damit beschäftigte er sich stundenlang, während Schwalben um ihn herflogen – in den Holzschober hinein, wo sie ihre Nester gebaut hatten, und wieder hinaus. (»Machen viel Dreck, die Biester. Soll ich die Nester runterreißen?«, hatte Cammo schon vor Jahren gefragt. »Lasst sie in Ruhe«, hatte Straccan geantwortet. »Ich würde es ja auch nicht mögen, die viele Arbeit umsonst gemacht zu haben – Ihr etwa?«)

So und so viele Tage zur Südküste, nach Christchurch, ohne Unfall oder sonst einen Zwischenfall; so und so viele Tage zurück nach Shawl; so und so viele Tage von Shawl nach Stirrup. Aber was, zum Teufel, war denn wieder dieser Lärm? Die Alarmglocke schepperte. Er ließ die Axt fallen, sprang über die Holzklötze und rannte.

»Ihr seht aus, als hättet Ihr einen Geist gesehen«, sagte Straccan zu Bane. Gilla und Janiva waren freudig damit beschäftigt, die neuen Lämmer zu beobachten. Er konnte sein Glück kaum fassen und dankte Gott, dass die Schrecken ihrer Entführung keine Spuren an ihr zurückgelassen zu haben schienen. Bane folgte ihm ins Büro. Auf dem Tisch waren der Dankesbrief des Priors und eine Flasche Wein.

»Ich *habe* einen Geist gesehen«, erwiderte Bane. »Ihr aber auch. Wir alle! Wir alle haben die doch gesehen.« Er hatte einen seltsam nachdenklichen Blick, und seine Augen schienen durch Straccan hindurch in die Ferne zu schauen.

»Was ist denn los? Geht es Euch nicht gut?«

»Setzt Euch einmal hin und hört zu«, sagte Bane und begann im Zimmer auf und ab zu schreiten. »Ich bin zur Priorei gegangen und habe Prior Ranulf das Geld gegeben. Dabei habe ich ihm erzählt, wie ich Bruder Celestius in Altarwell begegnet war und wie er dann wieder in Schottland auftauchte, als ich im Sterben lag. Ich lag doch im Sterben, nicht wahr?«

»O ja.«

»Er fragte mich – ich meine, der Prior – *wann* das geschehen sei, an welchem Tag ich geheilt wurde. Ich sagte ihm, dass es der sechste Tag des Monats Juni gewesen sei. Ob Zeugen da gewesen seien? O ja, antwortete ich ihm. Ob das zuverlässige Leute seien? Drei Ritter, sagte ich, und ein Spion. Man kann keine zuverlässigeren Leute finden.«

»Es müssen nämlich Zeugen da sein, um ein Wunder zu beweisen.«

»Ich weiß. Er fragte mich dann wieder, ob ich ganz gewiss sei, dass es jener Tag gewesen war. So ein kleiner Schreiberling notierte das alles. Auch der Unterprior und der Sakristan waren dort und starrten mich an, als hätte ich zwei Köpfe. Ich sagte: ›Ja, es war der sechste Tag des Monats Juni, ohne jeden Zweifel – der Tag des heiligen Gudwal.‹ Und dann erzählten sie es mir.« Bane nahm seinen Becher auf. Er war leer, und er stellte ihn wieder hin. Straccan füllte ihn nach.

»Bruder Celestius«, fuhr Bane schließlich fort, »und alle seine armen Verrückten kamen bei einem Brand in einer Herberge in der Nähe von York am Abend des heiligen Pamphilus ums Leben – sieben Tage vor dem sechsten Juni.«

»Das verstehe ich nicht«, sagte Straccan nach einer Weile.

»Es war ein altes hölzernes Gebäude. Die Pilger schliefen oben. Unten war Schurwolle gelagert. Irgendwie fing sie Feuer und brannte wie Zunder. Alle Pilger schliefen währenddessen, sodass keiner fliehen konnte. Sie fanden vierzehn Leichen.«

Straccan blieb wieder eine Zeit lang stumm, bevor er sagte: »Als Ihr da im Sterben lagt, fragten Blaise, Miles und ich uns, ob das nicht ein Heiliger gewesen sein könnte. Jesus, Hawkan, er war tatsächlich eine *Vision*!«

»Dieser Prior will ihn heilig sprechen lassen, was es auch

kosten mag. Er hat schon Hypotheken auf die meisten Ländereien der Priorei aufgenommen und verkauft, was er nur konnte. Sie werden berühmt sein – reich.«

»Er wollte ja kein Geld nehmen«, erinnerte sich Straccan. »Nachdem er Euch geheilt hatte und sich zum Weggehen wandte, haben wir versucht, ihm Geld zu geben, aber er wollte es nicht annehmen. Was allerdings seltsam war – er nahm Eure Rosinen.«

»Was hat er wohl damit gemacht?« Bane gähnte. »Nun, ich muss jetzt ein Weilchen ins Bett. Nie im Leben bin ich so müde gewesen. – Wie ist es Euch beim König ergangen?«

»Er war sehr leutselig«, erwiderte Straccan. »Gab mir sogar ein Pferd.«

»Na, dann macht Euch mal darauf gefasst, dass er Euch eine Rechnung dafür schickt.« Auf der untersten Stufe der Treppe zu seinem Schlafzimmer hielt Bane inne. »Erinnert Ihr Euch an die Würfel, die der Spion mir gab?«

»Ja.«

»Ich holte das Kästchen zu einem Freundschaftsspiel mit ein paar Laienbrüdern der Pirorei heraus, öffnete es und kippte es auf die Tischplatte um. Sie sprangen auf und schrien. Wisst Ihr was? Der kleine Gauner hatte mir stattdessen sein verflixtes Kästchen mit Maden gegeben!«

Straccan lachte. »Ich nehme an, dass es ein Irrtum seinerseits war«, sagte er schließlich und wischte sich die Augen.

»Irrtum – von wegen! Ich hoffe, ich werde ihm mal wieder begegnen. Dann kriegt er seine verdammten Maden zurück!«

Die Alarmglocke klingelte wieder. Straccan, der gerade dabei war, sich von einem Ritterkunden zu verabschieden, der den ungewöhnlichen Schritt unternommen hatte, seine Schulden persönlich zu zahlen, dachte sich – und das nicht zum ersten Mal –, dass er wirklich eine anständige kleine Glocke besorgen sollte. Er konnte Gilla aufgeregt vom Wachturm rufen hören: »Vater! Vater! Es ist Sir Miles!«

»Entschuldigt mich, Sir Walter. Ein Freund kommt gerade. Wollt Ihr nicht bleiben und ihn treffen?«

»Nun ja, eben nur um ihn zu begrüßen«, meinte der Kunde mit vor Neugier hellen Augen. »Muss aber bald weg. Versprach nämlich, meine Frau bei ihrer Cousine abzuholen. Sie wird giftig, wenn ich nicht rechtzeitig komme.«

Straccan und Miles umarmten sich mit strahlendem Lächeln und Rückenklopfen. Beide sprachen gleichzeitig, als wäre es ein Jahr her und nicht ein paar Wochen, dass sie sich das letzte Mal gesehen hatten.

»Schönes kleines Plätzchen habt Ihr hier«, lobte Miles und warf einen bewundernden Blick auf die Lämmer, die Kohlköpfe, den dampfenden Dunghaufen, die Küchenkatze und Gillas neues blaues Kleid. An Adeliza gewandt, sagte er dann: »Oh, gutes Mädchen, danke«, als sie ihm einen Becher Bier reichte. »Das ist genau, was ich jetzt brauche. Ich bin nämlich voller Staub. Gilla, du bist in der Zwischenzeit ja ganz schön gewachsen! Master Bane, ich freue mich, Euch gesund wieder zu sehen. Euer Diener, Lady«, fügte er mit einer eleganten Verbeugung vor Janiva hinzu. »Richard, ich habe hier eine Botschaft von meinem Onkel.«

»Kommt in mein Büro«, sagte Straccan. »Sir Walter Covelin ist dort, aber er ist im Aufbruch. Lasst mich ihn verabschieden, dann können wir uns unterhalten.«

Sir Walter war neugierig. Er kannte Miles' Onkel und nahm an, dass der junge Ritter entweder von irgendeinem Scharmützel, Turnier oder einem kleinen Krieg kam oder auf dem Weg dorthin war. Wozu sonst waren Ritter da?

»Nein«, sagte Miles, »ich bin auf dem Weg nach Schottland, um den Dienst bei einem Freund aufzunehmen.« Sir Walter wollte wissen, bei welchem. »Er ist alt und lebt im Ruhestand«, erwiderte Miles, der es ihm nicht genau erzählen wollte. »Ich werde dort eine Zeit lang für ihn sorgen.«

»Ha!«, tadelte Sir Walter. »Ein junger Mann wie Ihr sollte kämpfen und nicht für ältliche Freunde sorgen! Da bahnt sich ein schöner kleiner Krieg in Poitou an, und dahin reite *ich*! Aktion – das ist es, was der Ritter braucht! Einen guten Kampf und all die üblichen Belohnungen für den Sieg. Ihr versteht, was ich meine, nicht wahr?« Er stieß Miles mit einem knochigen Ellbogen an.

»Ja, Vergewaltigungen und Plünderungen«, erwiderte Miles.

Sir Walter schaute ihn entrüstet an. »Aber, aber! Nichts dergleichen! Wir sind doch Gentlemen! Edelleute!«

»Was meint Ihr dann?«

»Ein bisschen das Mütchen kühlen. Das eine oder andere Erinnerungsstück mitbringen, nicht wahr?«

»Na, hab' ich's nicht gesagt?« Miles knallte seinen noch ziemlich vollen Becher auf den Tisch, dass Sir Walter von dem herausspritzenden Bier getroffen wurde und einen ziemlich frostigen Abschied von ihnen nahm.

»Kommt zum Badehaus«, sagte Straccan. »Wir können reden, während Ihr badet und die Kleider wechselt.«

Miles war nun im Zuber und drückte sich den Seifenbeutel über Kopf und Schultern aus, während Straccan mit einer frischen Tunika, Hosen und einem Hausmantel hereinkam. »Ich hoffe, die werden Euch nicht zu eng sein, denn Ihr habt ja einen etwas breiteren Rücken als ich. Wann werdet Ihr denn nach Schottland reiten?«

»Gleich von hier aus. Onkel William bat mich zu kommen. Er hat überall bei Tempelrittern nach Julitta und ihrem Gatten nachfragen lassen. Arlen wurde erwischt, als er versuchte, ein Schiff zu finden, das ihn zur Normandie bringen würde. Er hatte eine Tasche voll von diesen seltsamen Goldmünzen dabei. Der König befahl, ihn hinzurichten.«

Straccan zuckte mit den Achseln. Das war eben der Lohn für Verrat. »Also ist er tot.«

»Sie nahmen die Goldmünzen und warfen sie in einen Schmelztiegel. Während sie schmolzen, banden sie Arlen fest. Dann gossen sie ihm das Judasgold in die Kehle.«

Straccan holte tief Luft. »Was für eine grauenhafte Strafe!«

»Das kann man wohl sagen. Was Julitta angeht, gelang es ihr, nach Frankreich zu kommen. König Philipp bezahlt für ihren Unterhalt, aber er empfängt sie nicht bei Hofe, um seinen Ruf nicht zu schädigen. Der blauäugige Knabe des Heiligen Vaters kann es sich nicht leisten, seinen Namen mit einer Hexe in Verbindung bringen zu lassen.«

»Und der Araber? Was gibt es von dem Neues?«

»Kein Zeichen von ihm – und auch nicht von den Männern, die mit ihm flohen.«

«Wie lange könnt Ihr bei uns bleiben, Bruder?«

»Bis Freitag. Ich habe mich abgesprochen, mit einer Gruppe von Kaufleuten und Pilgern bis Durham zu ziehen. Für die soll ich nämlich Räuber abschrecken.«

»Die werden eine Meile laufen, sobald sie Euch erblicken«, sagte Straccan.

»Wie ist es Euch denn beim König ergangen?«, fragte Miles, zog sich dabei Tunika und Hose an und schlüpfte in den Hausmantel.

»Sehr gut«, erwiderte Straccan lachend. »Er gab mir ein Pferd und behielt die Ikone.«

»Ah!«

Straccan reichte ihm ein Handtuch, damit er sich das Haar abreiben konnte. Es klopfte leicht an der Tür, und Gilla lugte herein. »Vater, kann ich mit Sir Miles sprechen?«

»Komm doch herein, mein Täubchen!«

Sie lächelte glücklich und fragte: »Sir Miles, Ihr werdet doch zu dem Ort reiten, wo Hob ist, nicht wahr?«

»Ja, nach Coldinghame.«

»Werdet Ihr ihm eine Botschaft von mir geben?«

»Gern.«

»Sagt ihm nur, dass ich ihn immer lieben werde.«

Als sie wieder hinausgegangen war, fragte Miles Straccan: »Wie hat sie das alles denn verkraftet?«

Straccan runzelte die Stirn. »Glücklicherweise scheint sie sich nur an wenig zu erinnern. Sie sagte aber etwas Seltsames – dass sie ihre Mutter gesehen habe, dass Marian da gewesen sei und sie beschützt habe.«

Zwischen Mittwoch und Freitag gelang es Straccan nie, Janiva allein anzutreffen. Entweder war Gilla bei ihr (und er war ja hoch erfreut über die Liebe, die zwischen den beiden aufgekeimt war), oder Miles war wieder zugegen, oder sie war in der Küche und tauschte Rezepte mit Adeliza aus, oder sie ritten oder spielten Blindekuh, oder Janiva lehrte Gilla einen neuen Tanz, oder Miles unterhielt alle mit einem erstaunlichen Vorrat an Balladen. Doch später würde bestimmt eine Zeit kommen, da sie ungestört miteinander reden konnten. Bald würden sie dann auch verheiratet sein.

Als Miles abreiste, kamen alle Angehörigen des Haushalts heraus, um sich von ihm zu verabschieden. Gilla umarmte und küsste ihn weinend.

»Ich gehe doch nicht für immer weg, Süße«, sagte er. »Ich komme ja bald wieder.«

»Versprochen?«

»Natürlich. Nichts kann mich davon abhalten. Außerdem braut Adeliza das beste Bier in ganz England.«

Sie winkten ihm vom Tor aus nach, als er davonritt, und Gilla lief vor ihrem Vater die Treppe des Wachturms hinauf, um zu sehen, wie Miles in der Ferne verschwand. Sie lehnte den Kopf an Straccans Hüfte. »Ich hasse es, von Freunden Abschied nehmen zu müssen«, sagte sie.

»Nun, Liebling, wenn es kein Abschiednehmen gäbe, dann würde es auch keine glückliche Rückkehr geben, nicht wahr?«

Er schwang sie zu sich hinauf und trug sie lachend die Treppe hinunter.

»Wo ist denn Janiva?«, wollte sie wissen. »Sie hat Sir Miles gar nicht auf Wiedersehen gesagt.«

»Ja, das stimmt. Ich weiß auch nicht, wo sie ist, Püppchen. Ob sie wohl verschlafen hat?«

»Nein. Als ich aufgestanden bin, war sie weg. Gestern sagte sie etwas von der Wasserwiese und von Kräutern, die dort wachsen. Ich dachte, dass sie dorthin gegangen ist.«

»Es wird ihr leid tun, Sir Miles nicht verabschiedet zu haben.«

Irgendwie schien der Ort nicht mehr der gleiche zu sein. Der junge Ritter mit seinem Gesang und dem Lachen fehlt, überlegte Straccan. Leute vermissen Orte, aber ihm kam es so vor, dass Orte manchmal auch Leute vermissen konnten – und Stirrup vermisste jemanden.

Er fühlte sich allmählich unbehaglich. Sie würde Miles' Abreise nicht vergessen haben. Vielleicht hatte sie sich verletzt. Sie konnte dort unten auf der Wasserwiese gestürzt sein. Die war weit vom Haus. Die Gewissheit, dass etwas nicht in Ordnung war, breitete sich in ihm aus.

»Adeliza, hat Mistress Janiva gesagt, wohin sie gehen wollte?«

»Ich habe sie an diesem Morgen nicht gesehen, Herr.«

»Sie sagte etwas davon, Kräuter auf der Wasserwiese zu suchen.«

»O nein, ich glaube nicht, dass sie dort ist. Sie hat ja den Korb nicht dabei, und auch nicht die Schere. Die nimmt sie doch immer mit, wenn sie …«

Er rannte die Treppe zum Schlafzimmer hinauf, wobei er drei Stufen auf einmal nahm. Das Bett, das Janiva sich mit

Gilla geteilt hatte, war ordentlich und glatt gestrichen. Die Haken an der Wand daneben, wo ihr Umhang und Reisemantel gehangen hatten, waren leer. Die Ledertasche, die sie mitgebracht und die am Fuße des Betts gestanden hatte, war auch nicht mehr dort.

Er rannte zum Stall. Ihr Zelter war verschwunden.

Hastig legte er Zingiber einen Sattel auf und galoppierte aus dem Tor. Nach Norden würde sie reiten müssen, nach Norden. Sie konnte ja nur auf dem Weg zu sich nach Hause sein – aber warum? Warum weglaufen? Er wollte sie doch heiraten, wollte sie hier haben, bei sich und Gilla. Hier, wo er sich von ihr verabschieden könnte, wenn er auf Reise ging, wo sie bis zu seiner Rückkehr auf ihn warten würde – an seinem Tisch, in seinem Bett, als seine Ehefrau.

Sie war nur etwa anderthalb Meilen weit gekommen, als er sie einholte. Sie hörte Hufschlag hinter sich, schaute sich um, sah ihn und hielt. Als er sie erreichte, bemerkte er Tränen auf ihren Wangen und Wimpern. Er stieg ab und hob auch sie vom Pferd. Dabei fühlte er, wie sie zitterte.

»Warum?«, fragte er. »Warum seid Ihr denn vor mir geflohen?«

»Richard ...«

»Ich möchte, dass Ihr bleibt. Wir werden heiraten.«

»Nein!«, rief sie. »Das ist ja der Grund für meine Flucht. Ihr habt Recht, dass ich vor Euch geflohen bin, und es tut mir leid, aber ich wusste, dass Ihr mich das fragen würdet. Wir *können* nicht heiraten, Richard!«

»Warum nicht?«

»Es würde nicht gut gehen.« Sie wandte das Gesicht ab, wobei sie die Tränen mit dem Handrücken abwischte.

»Warum nicht? Was ist denn verkehrt daran? Ich *weiß* doch, dass Ihr mich liebt.«

»Das hat nichts damit zu tun.«

»Dann erklärt es mir!«

Sie seufzte. »Ihr seid ein Ritter«, sagte sie. »Meine Mutter war eine Leibeigene. Ritter heiraten keine Freigelassenen.«

»Aber lassen sich von anderen zum Narren halten«, erwiderte Straccan. »Ritter können tun, was ihnen gefällt, verflixt noch mal! Ich glaube gar nicht, dass Euch *das* bekümmert.«

»Nein, Sir Richard, es wäre nicht gut für Euch – ja, es könnte Euch sehr schaden, wenn die Leute sagen, dass Eure Frau eine Hexe ist.«

»Eine Hexe?«

Sie sah sein bestürztes Gesicht und lachte. »O Richard, habt Ihr das denn nicht gehört? So nennt man Frauen wie mich.«

»Aber nein!«, protestierte er. »Eine Hexe? Julitta war eine Hexe, aber *Ihr* doch nicht!«

»Ja, ich! *Sie* wählte einen dunklen Weg, weil der sie zu Macht zu führen schien. Aber zu Beginn werden wir wohl sehr ähnlich gewesen sein. Sie richtet Schaden an, aber ich heile. Ich liebe, sie hasst. Zwei Seiten der gleichen Münze, Richard, aber beide werden ›Hexe‹ genannt.«

Er sagte nichts darauf, starrte gedankenverloren auf die Bäume und in den Himmel bei dem Versuch, Worte zu finden, um ihr Argument zu entkräften. Nach einer Weile ging sie von ihm und setzte sich ins Gras unter einer Eiche. Sie hatte ihr seltsames Erlebnis beim Bach und das Unbehagen, das sie seitdem nicht mehr verlassen hatte, nicht erwähnt, weil sie ihn – und auch Gilla – nicht hineinziehen wollte. Damit musste sie allein fertig werden. Ihr Zelter wieherte leise. Sie schloss die Augen und lehnte sich an den warmen, rauen Baumstamm. Die Sonne schien ihr ins Gesicht, bis plötzlich sein Schatten ihre geschlossenen Augenlider verdunkelte.

»Das macht doch nichts«, sagte er.

»Richard …«

»Nein, hört zu. Ob Freigelassene, Hexe oder was auch immer – Ihr seid *Janiva* für mich. Ich will Euch heiraten, weil ich Euch *liebe.* Versteht Ihr? Wenn Ihr jetzt zu Euch nach Hause reiten wollt, werde ich Euch dorthin bringen, aber ich werde immer wieder zurückkehren, bis Ihr Vernunft annehmt.«

»Tut was Ihr mögt«, erwiderte sie, doch er hatte sich abgewandt, um die Zügel zu ergreifen, und hörte sie nicht.

Das hatte er nicht erwartet, aber … na gut, er würde sie nach Hause bringen. Sie brauchte Zeit, um darüber nachzudenken. Wenn sie es sich lange genug überlegt hatte, würde sie einsehen, dass sie im Unrecht war.

Sie liebte ihn. Da war er sicher, und deshalb würde er sie umstimmen können.